楊君潛著

# 柳園文賦

張定成題

癸卯年蒲月
萬卷樓刊本

# 王序

王甦

蓋聞聖人感人心而天下和平，能感人心者，莫先乎詩，故孔子之教，以詩為首。其教伯魚曰：「汝為周南召南矣乎？人而不為周南召南，其猶正牆而立也與！」又曰：「小子何莫學夫詩，詩可以興，可以觀，可以群，可以怨，邇之事父，遠之事君，多識於鳥獸草木之名。」（論語陽貨）孔子重視詩教，由此可見。王陽明曰：「聖人之學，心學也。堯舜禹之相授受曰：『人心惟危，道心惟微，惟精惟一，允執厥中。』此心學之源也。」（陸象山文集序）

吾友柳園楊君，博學逸才，孤懷宏識，勤耕硯田，駿聲夙著。是即孔子所稱「君子不器」（論語為政）之士也。其所為文也，啟秀謝華，深造自得，一空依傍，自鑄偉辭，足以方軌儒門，生輝藝海，黲勒前修，垂範後學。近以大著《柳園文賦》見惠，開卷得意，耳目為之一新，是能妙合風騷，遙契聖人之心者也。夫能契聖人之心，是亦聖人之徒也。愚雖不敏，能與聖人之徒為友，仰其高風，沐其厚澤，所以沾溉後生，移風叔世，則其作聖之功，寧有既乎？爰為之序。

王甦　主後二〇一九年五月三十一日

# 許序

許清雲

古者能文之士，必有得于江山之助也。蘇子瞻長於眉山，運筆如行雲流水；司馬子長，生在龍門，氣勢得雄深雅健。臺灣蘭陽平原，西北倚雪山山脈，西南為中央山脈，東面濱臨太平洋，山川秀美，誠蘊育人才之福地焉。

柳園楊君潛先生，臺灣省宜蘭縣人。一九三七年生於書香之家，幼年熟讀四書。性聰穎，有才思，復從五結張火金學，能詩能文，攀桂摘冠必勝客。如：民國六十年臺東市主辦全國詩人聯吟大會第一名、六五年新竹市主辦中北部七縣市聯吟大會第一名、六七年宜蘭縣冬季詩人聯吟大會第一名、六九年南投藍田書院主辦全國詩人聯吟大會第一名、七十年臺北縣政府主辦全國詩人聯吟大會第一名、九十年獲臺北公車暨捷運詩文徵選佳作獎、九三年獲教育部文藝創作優選獎、九七年獲蘭陽文學獎、一〇〇年獲臺北文學獎、並獲南投縣政府「詩詠日月潭」全國徵詩第一名。及壯，於公餘之暇，熱衷詩壇結社，揚風扢雅。曾任濤聲詩社社長、中華民國古典詩研究社理事長、春人詩社社長，現任中華詩學研究會常務理事。著有《讀書絕句三百首》、《柳園古今詩選》、《柳園春秋千詠》、《柳園閒詠吟稿》、《柳園唱酬吟稿》、《柳園紀遊吟稿》、《柳園詩話》、《柳園聯語》、《柳園攀桂集》、

《柳園文賦》及《柳園吟稿》等，可謂著作等身。

茲編名《柳園文賦》，係總柳園辭章之結集，涵蓋文賦、誄辭、書簡，鴻篇鉅著，洋洋灑灑。賦如《桃花賦》、《鳳凰賦》、《大海賦》三篇，筆酣墨飽，徜徉恣肆，其炳炳烺烺，猶歌陽春白雪。評詩如《田園詩人陶淵明》、《孟浩然詩人本色》、《王維詩中有畫畫中有詩》、《王昌齡唐人七絕第一》、《高適詩渾樸雄遒》、《蘇軾千古一人》、《辛棄疾魄力雄大》等篇，旁徵博引，言之有物，咳唾成珠，可以見其學博才富。為人作序，如《守愚吟草第三集序》、《秉思居吟稿第二集序》、《瀛海吟草米壽續集序》、《唐謨國詩書畫集序》、《唐謨國詩書畫續集序》、《六柏居詩稿第二輯序》、《楚客留香詩集卷四序》、《古月今照戀楓情序》、《逸樓吟稿續集序》、《大漢詩選序》、《中華民族抗戰血戰史詩三百首序》等等，神完氣足，情文並茂，令人如飲甘露，如沐春風，久久不能忘懷。而誄辭、書簡，才思敏捷、要言不煩，亦能知其同明相照，同類相求矣。

往昔曹丕《論文》，曰經國之大業，不朽之盛事。子桓欲藉此使曹操另眼相待，實有其政治目的。唯立言雖久不廢，誠能使人不朽。柳園楊先生嘗論，傳房地玉珠不如書，故一生肆力于詩文。《柳園文賦》梓行，將長存於天地。余心期之，樂為誌序。

城前村人　許清雲　謹識

# 自序

楊君潛

袁隨園曰：「諺云：『讀書是前世事。』余幼時家中無書，借得《文選》，見《長門賦》一篇，恍如讀過，《離騷》亦然，方知言語之非誣。」余初未之信，以為河漢。民國九十四年，仲春之月，中華詩學研究會，應國立臺灣大學之邀，參加南投梅峰桃花緣活動，並舉行詠桃詩會。余作一篇《桃花賦》，引起蔡公鼎新十分驚訝。跑去問理事長朱公萬里先生：「君潛兄的賦，向誰學的？」對曰：「他自己學的，我看他長大，很了解。」駢文亦然。九十八年，作《立公榮譽理事長百歲壽序》，一〇一年，作《守愚吟草第三集序》均獲得張公定成等諸大老的肯定與讚許。

在我來說，這沒什麼。前者，只是熟讀司馬相如、張衡、向秀、鮑照、江淹、歐陽修及蘇軾等的賦，套來套去罷了；而後者，也是將古今駢文家，諸如陸機、徐陵、駱賓王、王勃、歐陽炯、洪亮吉、吳錫麒及成惕軒等的作品，簡練揣摩，於心略有領悟而已。

因俗物冗忙，對駢賦雖有興趣，實難兼顧。業餘對詩下的功夫比較多。遺憾生來命蹇，又未能明敏於學。直如盲人摸象，眇者說日，其將殆笑於大方之家固宜。尚祈大雅君子，不吝教正是幸。

本書渥蒙前考試委員、現任中華詩學研究會名譽理事長張公定成題耑，復承王甦教授、中華詩學研究會理理事長許清雲教授等贈序，備感榮寵，謹伸謝忱。

柳園　楊君潛　謹識

二〇二二年八月於停雲閣寓所

# 目次

**誄辭**



**書簡**

## 桃花賦 並序

粵以乙酉之年，仲春之月，中華詩學研究會，應國立臺灣大學之邀，參加南投梅峰桃花緣活動，並舉行詠桃詩會。是日也，天朗氣清，惠風和暢。昔廣平有梅花之賦，元輿有牡丹之吟，俱筆追揚、馬，才侔庾、鮑。伊余東施效顰，嫫母覽鏡，不知美醜，遑論姸媸。爾乃陸士衡笑而不置，張平子陋之固宜。

天雞警曉，桃都雲淡；踆烏破曙，梅峰霧散。景星寥落，清露璀璨。氤氳淑氣，坱軋河漢。車挂轊，人駢肩。蘇州才子之塢，河陽縣宰之廛。

芾鬱原隰，陁靡成蹊。夭夭萬樹，灼灼千畦。馨香苾苾，蕡實纍纍。放浪徘徊，容與棲遲。歌魏風之章，誦周南之詩。圓元瑞精，鍾於桃榹。姿埒南威，貌媲西施。蹙頞洛神，爭顰湘妃。賢紹齊姜，德述樊姬。依稀綠珠，彷彿紅兒。蔽衡翳李，陵杏欺梨。膝屈躑躅，腰折江蘺。玫瑰嫌俗，荷芰違時。朱槿嫉心，紫薇愁眉。最堪愛，陽春二三月，妖冶萬千枝。颭風簸動，蘸水離披。舞迴紫燕，歌詠黃鸝。凝眸處，晰白似羲娥，殷紅若胭脂。裊如弗悅，顰類覃思。邂逅相遇，婉孌其儀。

若夫梟獍受誅，晏子奇謀進御；梗雨為喻，孟嘗逡巡卻步。名士風流，秦淮相迎喚渡；徵君溪行，花源探幽迷路。息嬀無言，鬱悶深閨誰訴？崔護多情，想像伊人何去？千年一熟，曼倩三偷無斁；中庭五株，明遠萬愁並作。

是以桃花一簇，藻絢群倫。心驚才子，腸斷佳人。雖繡虎之俊彥，雕龍之豪英；飄飄有凌雲之氣，鏦鏦聞擲地之聲，誰能摹絕色之狀，寫至情之文者乎？

## 鳳凰賦 並序

粵以丙戌之年，暮春之月，中華詩學研究會，假創價學會蘭陽會館，召開第二屆第二次會員大會，暨丙戌上巳雅集。已而赴蘇澳碧涵軒禽園，觀賞鳳凰註。竊以仙禽，自炎洲而至，彌足珍貴，乃為之賦，其辭曰：

維炎洲之仙禽兮，挺自然之奇姿。秉金精之妙質兮，挾火得之明煇。騰祥雲以比翼兮，趁晨光之熹微。翩翾扶桑，足縈虹蜺。蓄情六合，結志兩儀。於是，躧鴻蒙以遐翥，戾牛斗而高飛。杯觀地脊，塊視天池。鵜鶘見而靦目，孔雀仰之愁眉。然而蜩、鳩腹捧，斥鷃鼻嗤，慨乎二三蟲之無知！

爾乃奮迅青冥，遄臻丹穴。推食竹實，嬉遊桐樾。棲遲林泉，消閒歲月。芳聲遠暢，弋者相悅。播網罟於雲坳，置罿罻於霧窟。翳薈蒙蘢，是以翔歇。雖騰攫而竦神，終顛仆而挫骨。

幸賴君子，好善推恩。贖千金以逸雕檻，敷良藥而復殘身。挈萬里而越蕩潏之鯤海，累數月乃抵蔥翠之鳥園。同氣相求殊多鴿鵠鶡雞，比鄰而棲盡是鷗鷺鴻鵝。永懷知遇委容止以閑暇，偶發靈音娛堵牆之嘉賓。豈無魂牽魏闕，以期儀立虞閣？顧意氣之相投，詎功名之焉論？願馴柔安處以報恭人，隕首結草用壯旌門。俾一德之流慶，畢萬葉而彌新。

註：關於鳳凰之資料，《尚書．益稷》、《詩．大雅．生民之什》、《論語．子罕及微子》、《大戴禮．保傅》、《左傳．昭公十七年》、《淮南子。墜形》、《春秋繁露．卷四》、《韓詩外傳．卷七》、《楚辭．涉江及遠遊》及《史記．日者列傳》等都有記載，惟皆片羽半爪。要以劉向《說苑．辨物》及《爾雅．釋鳥》郭璞注，最為具體。爰分錄如下：

一、《說苑》：「夫鳳，鴻前麟後，蛇頭魚尾。龍文龜身，燕喙雞噣。食竹實，棲梧樹。小聲合金，大聲合鼓。延頸奮翼，光與八風，氣降時雨。詩云：『鳳凰鳴矣，于彼高岡。梧桐生矣，于彼朝陽。菶菶萋萋，雍雍喈喈。』此之謂也。」

二、《爾雅》郭璞注：「雞頭，蛇頸。燕頷，龜背，魚尾。五彩色，高六尺許。」

三、許慎《說文》大部與《說苑》同。

四、《楚辭》：「鸞鳥鳳凰，日以遠兮。」

五、《淮南子》：「鳳凰生鸞鳥。」是故，鸞、鳳，系出同門，古人多持此看法。

蘇澳碧涵軒珍禽園簡報這一對鳳凰云：「正名冠青鸞Crested Argus，也稱鸞鳳。產於四季如春的緯度裡，目前全世界僅剩越南、馬來西亞，有零星且極少數的點狀族群，總額不超過一百隻。」經實地觀察，其儀容與典籍敘述，大抵符合。

## 大海賦 並序

粤以辛卯之年，仲夏之月，中華民國歷屆十大傑出女青年協會，舉辦二〇一一龜山島鯨艷奇航三合一之旅。是日也，薰風解慍，碧海寧恬。梅雨初霽，朱日晴明。良辰美景，嘉會群英。率成俚句，以紀茲行。

惟洪濤之瀾汗兮，瀇瀁萬頃而無涯際。混澒洞乎太清兮，噓噏百川而不渝潰。長泱漭以浮天兮，敻沖瀜而彌地。頹濯金烏而浴玉兔兮，區隔畛域以鼇洲界。駕馭六龍如振三軍兮，晝夜橫衝而聲澎湃。沌沌渾渾兮，澡滌胸中以抑驕泰。顒顒卬卬兮，澹澉心內而知淬礪。

若夫霾曀全消，瀲灩瀰瀰。三山縹緲以隱現，巨鱗潑刺而游嬉。天吳睇眄於掩鬱，魍象溝迮而閃屍。掩映樓臺用窺蜃市，漫啖瓜棗而遇安期。逢海運於鯤化，搏扶搖而鵬飛。平率土以權地軸，注尾閭而概天池。

若夫波譎雲詭，瞲睒無度。陽侯忿怒以檣摧，飛廉怫悒而颶作。黿鼉悚慄以潛居，雷霆噬嗑而震怖。山嶽匿形迷茫遠近，日月韜光難分朝暮。懷山襄陵，鬼泣神懼。驚濤駭浪，馳蜺奔彃。蓋地鋪天，軫念民胞物與。哀鴻遍野，矜憐血淚誰訴？

或曰：「聆君所言，天下之水，莫大於海矣。然則，就其大者而觀之，庸詎知其在天地之間，不似大澤之杯水乎？不似大倉之稊米乎？又不似毫末之於馬體乎？」余笑而對曰：「客亦不聞北海若之言乎？井蛙之不可語於海者，曲於解也。因其所大而大之，則萬物莫不侈也；因其所小而小之，則萬物莫不仔也。夫大者，不在其形，而在德之美也，是以君子比焉。遍予無私，德之始也；所及者生，仁之旨也；盈科而進，義之軌也；淵深莫測，智之似也；奔湊無畏，勇之楷也；垢入潔出，善之止也。由此觀之，海之大，豈匹夫匹婦，所能知其理乎？」

## 志工亭記

蘇澳七星山，緣聖湖至冷泉之間，鎮長李坤山於民國八十九年，篳路藍縷，開闢成蹊。

全長四・七五〇公尺。自是以還，遊憩者，與日俱增。越三年，黃順正先生，陸覺二・三二〇公尺處，廣袤可百步，甚為平砥。視野遼闊，適合建亭。於是歸而謀諸同好，俱欣然拊掌。並公推盧旺坤先生主其事，藍明益先生佐之。挈其家中之花卉木石，規劃佈置。餘若貨櫃、輪胎、鐵鏈、水泥之屬，亦陸續運至。披星而出，戴月而歸。陟陟登登，不辭辛勞。棟楹梁桷几椅甍瓴等，相繼竣工；欄楯、鞦韆、單槓、搖籃、階砌等，亦次第告成。不事崇侈，一稱心力。鄰有旅居大陸殷商李明夫先生者，聞訊，饋櫻花十株；蘇澳鎮公所亦致贈重瓣櫻花百株、杜鵑二百本、青楓四十本，及其他名貴花木數百棵。盧氏等又購植躑躅五百株，環成臺灣形狀，以粲觀瞻。亭成，遂錫嘉名為「志工」云。

吾觀蘭陽勝概，盡在蘇澳。背墳衍而吞汪洋，銜仙臺而引尾閭。海市蜃樓，豔說宿老；夷氛寇盜，謄載稗志。金烏擘海，即之匪遙；玉兔凌波，掬之尤近。千層浪破，漁舟鼓枻出航；萬商雲集，舳艫鳴笛入港。街衢衖衕，四通八達；亭榭臺閣，鳥革翬飛。米溪潺潺，何限髫髻嬉戲之情；故園歷歷，不勝水木霜露之感。干戈戚揚，緬懷巡撫宵旰平番；弓矢斯張，想像征夫槖筆紀事。窮鄉僻壤，濫觴文彩；化外東陲，始被風騷。

南望層巒，林木翳然，修柯戛雲。有徑蜿蜒，蟠繞山腰，瀕臨不測之淵，逾越烏巖之角，直抵花蓮。此即勝朝福建陸路提督羅大春，於同治間所闢之蘇花步道也。方是時，龍節虎旗，遮天蔽地。馳驛奔軺，蹄轂相劘。日居月諸，物換星移，迄今已一百三十年矣。

游目騁懷，逸興遄飛。忽見雙鶴，翔於雲表。傃西山而歸。婉將戢翼，倏復遐翥。清遠閑放，聲聞於天。使人窮睇眄於遼敻，盡遺忘於寵辱。嗒焉神遊無何有之鄉，冥然心驚列姑射之國。躊躕北顧，巉巖綿亙。中有一峰，聳而特立，逼瞰蕩潏之波洋，此即金面大山也。聯轂輣車，往返於莽蒼之間，十紀以來，涵煦吾蘭疆之民，安於畎畝衣食，樂於養生送死而無憾者，乃劉壯肅公，於光緒十一年（公元一八八五年）鑿空之北宜公路也。右側即濱海公路。又其右，距海岸五浬，有島其狀如龜，名曰龜山島。余獨愛其屏障蘭疆，不知經歷幾千萬年，風霜冰雪，刻削消磨，而益堅壯。寧非象徵斯土斯民之精神也歟？

蘭陽平原，三面皆山，東臨大海，土地腴曠，形似半規。阡陌交通，屋舍儼然。頭圍、礁溪、馬賽之濱，三星、大洲、冬山之墟，宜蘭、羅東、員山之埠，此皆吳沙之所睥睨，陳輝煌之所追逐，楊廷理、烏竹芳、柯培元及董正官等賢吏之所勵精圖治，慘澹經營。其流風遺跡，皆可指數。微斯人，蘭疆猶雕題鑿齒之鄉，茹毛飲血之邦，吾徒且趨吉避凶猶恐不及，奚暇登於衽席之上，烹經煮史，縱談闊論耶？

彼齊雲、落星，臨春、結綺，廊腰縵迴，簷牙高啄。一欃一棟，盡態極妍。不旋踵間，夷為瓦礫，化為塵埃。與荒煙野草，凋零磨滅，烏睹其所謂宏麗也？昔東坡宦遊鳳翔，築喜雨亭於廨舍之北。千載於茲，青柳紅蕖，映帶左右；綠雲朱霞，交輝上下。四圍古柏，黛色參天。此皆後人私淑坡公，慕而植之，非出公手。由此觀之，斯亭之必繼喜雨亭之後，增勝於千秋，是可得而知也。

余嘗讀唐李衛公《平泉山居記》，有曰：「鬻平泉者，非吾子孫也；以平泉一木一石與人者，非吾佳子弟也。」夫木石特燕玩之物耳，其得失亦奚足道？而衛公寶之若是，使仲尼考鍛其旨要，寧無閒言矣乎？以視此間逸民之不滯於物，其胸臆寬狹之相去，詎尋尺而已哉？

時值初夏，薰風解慍。游於斯亭者不下數百輩。歌於塗，休於谷。扶老攜幼，往來不絕。嬌花芳樹，若揖若迎；蘿蔦灌叢，若拱若伏。鳥鳴枝上，繹於管絃。流連忘返，不知夕陽之既下。人自樂其樂，而不知盧氏等之與眾樂樂；余又竊知盧氏等之與眾樂樂，而後樂為此文也。

同遊者，蘇澳鎮長李坤山、七星山風景區推廣協會理事長盧旺坤、理事黃順正、施連財先生、四弟君甫及其婦范姜春蘭、余妻張柏根及余等八人。民國九十四年五月三十日記。

# 大城天安宮奠基記

一九九六年歲次丙子陽月

大城昔稱大城厝庄，公元一七二〇年始改稱大城。遠在乾隆時代，大城與二林、王功，勢成犄角，街肆已相當發達。三百年來，人才輩出，洵非偶然。

蓋嘗竊論之，吾友蔡榮宗先生，少精岐黃之術，並留意堪輿之學。無明師碩儒與遊，憑其已知之理而益窮之。一旦豁然貫通焉，則表裡精粗無不到，而診斷窺鑑之全體大用無不明矣。孔子曰。「或生而知之。」其斯之謂歟？

德澤所暨，無遠弗屆。月旦昭代異能之士，專治疑難雜症，而洞燭陰陽風水，使人趨吉避凶，延壽納福，徵諸當世人士，無論識與不識，必斂衽而推崇先生。是其雅能近悅遠來，門庭若市，行之有年。自謙斗室不容旋馬，乃扶乩卜地於大城之南，興建天安宮。佔地一．二公頃，建物三佰伍拾餘坪。鳩工庀材，經之營之。一磚一瓦，常思來源不易；一棟一樑，恆念物力維艱。故事無鉅細，必親董之。宵旰劬勞，而精神愈王。且廟宇之規劃與夫建材之選購，事涉專門學問，先生從不假手於人。胸有成竹，督導若定，殆天授矣乎？三載於茲，燕賀落成。廟貌巍峨，如翬斯飛。山節藻棁，美侖美奐，猗歟盛哉。而今而後，神恩浩蕩。行見國泰民安，風調雨順，非特大城而已也。是為記。

## 龜山朝日

「龜山朝日」為蘭陽八景之一。龜山，島名，又稱龜嶼。位於宜蘭縣頭城海岸約五海浬，周圍十公里。島上大小兩山對峙，遠看如海龜在浮游，故名。相傳甚為靈異：將雨則噓霧咽雷，聲如震鼓。據《噶瑪蘭志略》載：「龜山……中匯一潭，清水澄澈，有赤鯉大數尺，春夏漁人結網焉。」島內蘊藏硫黃、石膏甚富。惟多在危巖峭壁處，下臨大海，開採困難。此島本是無人島，只有宜蘭濱海漁民在此捕魚而已。至道光初年，始有十三位漳州人，結伴移居於此，自是移民日增。洎臺灣光復後，政府為顧慮島民安全，將全部住戶遷徙頭城鎮，現已成縣內旅遊勝地。

余於民國八十七年六月十四日，與三重市正義國小教師暨眷屬四十餘輩，遊憩頭城農場。翌日寅時，星皎雲淨，場主遣一麻達（原住民未婚男子之稱）作為嚮導，陟草嶺觀日臺。鞭絲帽影，蜿蜒而上。途次蚓琴蛙鼓，繁彈疊擷，頗不寂寞。臺平如砥，週遭異卉，香氣襲人。驀見龜山一線刺天，須臾，霞彩繽紛。金烏展翅，嶄露山椒。動、躍、前、卻，蔚為奇觀。

海國之民，鮮有不曾觀日之所出。然令其覶縷言日之出狀，則泰半不能言。蓋欲觀日，非詣觀日臺，不足以一覽金烏之栩栩生態。而世之觀日臺，又往往處於人跡罕至，深遠險峻之所，固非有志者不能至也；有志矣，而力不逮，亦不能躋其境；有志矣，力亦逮矣，而無人作為嚮導，也是功虧一簣。推而思之，為學亦然。苟非有志，絕不願懸頭刺股，囊螢映雪；有志矣，而力不逮，亦將齎志以沒；有志矣，力亦逮矣，終因不遇青雲之士，致其為人，不能揚名於世。而其所作，亦不被人知，因而湮沒於荒煙蔓草間者，古往今來，蓋亦不尠矣。由此觀之，人之成功，豈偶然哉！



## 田園詩人陶淵明

陶淵明在晉時代名淵明字元亮，晉亡宋興，自以為勝國遺民，遂改名潛，字元亮，自號五柳先生。生於東晉哀帝興寧三年（公元三六五年），卒於宋文帝元嘉四年（公元四二七年），享壽六十三歲。故里在尋陽柴桑（今江西九江縣）。曾祖陶侃，為東晉重臣，曾任侍中、太尉，都督八州諸軍事，荊、江二州刺史，封長沙郡公，進贈大司馬，卒謚「桓」。祖父陶茂，為武昌太守，父親也曾出仕，但並不以出處為意，或許有點隱逸思想。大概到淵明父輩時，家道已趨衰落，而到他出生後，更是每下愈況。所以淵明自稱：「自余為人，逢運之貧。簞瓢屢罄，絺綌冬陳。」（自祭文）

關於陶淵明生卒日期，卒年各本無異議，即卒於劉宋文帝元嘉四年丁卯（公元四二七年）。在顏延之《陶徵士誄》、《宋書・隱逸傳・本傳》、蕭統《陶淵明傳》、《南史・隱逸傳・本傳》、《蓮社・高賢傳》等所載悉同。也與他《自祭文》：「歲維丁卯，陶子將辭逆旅之館，永歸於本宅。」的說辭吻合。他的年壽，傳統的說法是六十三歲。自元嘉四年上推六十三年，是晉哀帝興寧三年乙丑（公元三六五年），這即是他的生年。宋傳、蕭傳、晉傳均如此主張。惟南傳不載壽年，顏誄雖有「春秋六十有三」之語，但《文選》載顏誄則作「春秋若干」，因此引起了後人的懷疑，產生了各家的聚訟。第一、趙宋蜀人張縯首反舊說。彼云：「先生辛丑遊斜川詩：『開歲倏五十』，若以詩為正，則先生生於壬子歲，（晉哀帝永和八年，公元三五二年），自壬子至辛丑為五十，迄丁卯考終，是得年七十六。」（見李公煥箋注陶集引）。餘姚黃璋（宗羲玄孫）著辨數則，亦附和此說。第二、近人梁啟超作《陶淵明年譜》，主張淵明壽不及六十。並根據《辛丑七月赴假還江陵夜行塗口（口一作中）及《遊斜川》二詩中之歲數甲子，定淵明卒年為五十六歲。其生年為壬申（晉簡文帝咸安二年，公元三七二年）。第三、古直繼踵任公，訂正其誤，以淵明卒年為五十二歲。其生年為丙子（晉孝武帝太元元年，公元三七六年）。第四、逯欽立的《陶淵明年簡考》，更創五十一歲之說，其生年為丁丑（晉孝武帝太元二年，公元三七七年）。綜上諸說，仍以舊說的真實性與可靠性為最大，若張縯之說，一望而知荒唐，其餘三說所主張的年壽歲數，各不相同，而其斷定淵明之卒年不過六十則一，合並列之，以釐真相。

陶淵明青少年時代，「遊好在六經。」頗受儒家思想的薰陶，孕育出「猛志逸四海，騫翮思遠翥。」（雜詩其五）的遠大抱負。在另一方面，他又深受魏晉玄學崇尚自然的哲學思想，以及當時隱逸風氣的影響，自稱「少無適俗韻，性本愛丘山。」（《歸田園詩・其一》）。於時，「儒玄雙修」是普遍流行的學術風氣。這一時代風氣，影響了陶淵明的一生，對於他的人格個性，以及詩文風格的形成，均有很大的關係。

大約在太元二十年（公元三九六年），陶淵明二十八歲時，初仕江州祭酒，後歷任桓玄幕僚，劉裕鎮軍參軍、劉敬宣建威參軍，最後為彭澤令。在彭澤令任上僅八十餘天，解綬賦《歸去來兮辭》，時在義興元年（公元四〇五年），前後十年。淵明數次仕隱，每次長則幾年，短則數月。如此頻繁地忽仕忽隱，其中原因究竟安在？對淵明情有獨鍾的蘇軾，以為這是「真」的表現：「淵明欲仕則仕，不以求之為嫌；欲隱則隱，不以去之為高。飢則叩門而乞食，飽則雞黍以延客。古今賢之，貴其真也。」其實，蘇軾只分析其「行為」，未了解其「動機」。淵明的「欲仕則仕」，其「動機」為貧。也就是孟子所說的：「仕非為貧也，而有時乎為貧。」（萬章篇），而其「欲隱則隱」，其「動機」為性剛。《戊申歲遇火》說：「貞剛自有質，玉石乃非堅。」又《與子儼等疏》也說：「性剛才拙，與物多忤。」由於性剛，而不能與庸俗妥協，所以「與物多忤」。淵明對世俗功名利祿，榮華富貴，已無懸念，故能「性剛」。《論語・公冶長》：「子曰：『吾未見剛者。』或對曰：『申棖。』子曰：『棖也慾，焉得剛。』」淵明無慾，是真正「剛者」，惜乎孔子未能見之。這種性格，其見於行事的如《南史・隱逸・陶潛傳》：（一）「親老家貧，起為州祭酒，不堪吏職，少日自解而歸。州召主簿，不就，躬耕自資，遂抱羸疾。江州刺史檀道濟往候之，偃臥瘠餒有日矣，道濟曰：『夫賢者處世，天下無道則隱，有道則至，今子生文明之世，奈何自苦如此？』對曰：『潛也何敢望賢，志不及也。』道濟饋以粱肉，麾而去之。」（二）於彭澤令任內，「郡遣督郵至縣，吏白應束帶見之。潛嘆曰：『我不能為五斗米折腰向鄉里小人。』即日自解印綬去職。」其「性剛」如此。歷史上，蘇軾算是最了解陶淵明的人了，而猶有了解不夠徹底的地方，況他人乎？劉勰曰：「知音其難哉！音實難知，知實難逢；逢其知音，千載其一乎？」知人之難如此。

陶淵明的學術領域與哲學思想，多數人把他歸入儒家。如陸九淵說：「李白、杜甫、陶淵明皆有志於吾道。」（《象山全集》卷三十四）；真德秀說：「淵明之學，正自經術中來。」（《真文忠集・卷三十六》《跋黃瀛甫擬陶詩》）；朱熹說：「淵明所說者莊、老。」（《朱子語類》）；葛立方據淵明《自祭文》、《挽歌詩》、《飲酒》諸作，稱淵明為「第一達摩」（《韻語陽秋》）；沈德潛推淵明為「聖門弟子」（《古詩源》）。上述諸說，說明淵明思想既受儒、道、釋薰陶，又受魏晉玄學風氣的影響，創造出自己獨特的思想風貌。

陶淵明散文風格，外若平淡質樸，內實豐腴無比。《五柳先生傳》以極短的篇幅，寫出了作者超然自得的人格，讀來趣味無窮。其他如《與子儼等疏》、《自祭文》無不真趣流動。還有陶詩四小序，平淡雅潔。如《答龐參軍詩序》、《飲酒詩序》、《有會而作詩序》，言約旨遠，是不可多得的抒情小品。淵明散文中的代表作《桃花源記》，是古代散文的神品，這篇是《桃花源詩》前面的小記。他不滿意於當時的社會，描摹一個理想的和平安樂世界。人人工作，家家豐衣足食，相親相愛。對於當時的現實社會是一種諷刺，對個人也等於作一個美麗的夢。英國學者羅拔倍恩（Robert Payne），曾經把《桃花源記》翻成英文散文集，收在《白駒集》裡，德國學者洪濤生（U. Hundbausen）也曾翻譯陶淵明的詩為德文，洪氏在北京大學教過書。淵明辭賦以《歸去來兮辭》造詣最高。此文作於東晉安帝義熙元年（公元四〇五年）乙巳十一月，辭彭澤令歸田時，年四十一。抒寫其辭官退隱的心情與生活。文體雖本於楚騷，但造語簡約，不作肆意鋪陳。梁啟超說：「大文學家，真是大文學家，和我們不同就在這一點，他的神經極銳敏，別人不感覺的痛苦，他會感覺；他的情緒極熱烈，別人受痛苦，擱得住，他卻擱不住，……那種慚愧痛苦，真深刻入骨，直到擺脫後，纔算是精神上解脫了。」

陶淵明詩情韻深厚，志趣高遠，歷代嘉評如注。或謂其超越李、杜者（宋蘇軾）；或謂其與杜甫同登詩壇最高峰，並尊稱「詩聖」頭銜者（清黃子雲）。林林總總，不一而足。爰擇其尤者，列舉如下：

昭明太子《陶淵明集序》：「有疑陶淵明詩，篇篇有酒，吾觀其意不在酒，亦寄酒為跡者也。其文章不群，辭采精拔。跌宕昭彰，獨超眾類。抑揚爽朗，莫之與京。橫素波而傍流，干青雲而直上。語時事則指而可想，論懷抱則曠而且真。加以貞志不休，安道苦節，不以躬耕為恥，不以無財為病，自非大賢篤志，與道污隆，孰能如是乎？」又曰：「嘗謂有能觀淵明之文者，馳競之情遣，鄙吝之意祛；貪夫可以廉，懦夫可以立。豈止仁義可蹈，以乃爵祿可辭。不勞復傍游太華，遠求柱史，此亦有助於風教爾。」

鍾嶸《詩品》：「宋徵士陶潛詩，其源出於應璩，又協左思風力，文體省淨，殆無長語。篤意真古，辭興婉愜。每觀其文，想其人德。世嘆其質直，至如『歡言酌春酒』、『日暮天無雲』風華清靡，豈直為田家語耶？古今隱逸詩人之宗也。」

顏真卿《詠陶淵明》：「張良思報韓，龔勝恥事新。狙擊不肯就，捨生悲縉紳。嗚呼陶淵明，奕葉為晉臣。自以公相後，每懷宗國屯。題詩庚子歲，自謂羲皇人。手持《山海經》，頭戴漉酒巾。興逐孤雲外，心隨還鳥泯。」

蘇軾《評韓柳詩》：「柳子厚詩在陶淵明下，韋蘇州上。退之豪放奇險則過之，而溫麗精深不及也。所貴乎枯澹者，謂其外枯而中膏，似澹而實美，淵明、子厚之流是也。若中邊皆枯，澹亦何足道！佛云如人食蜜，中邊皆甜。人食五味，知其甘苦者皆是，能分別其中邊者，百無一二也。」

蘇軾《與蘇轍書》：「古之詩人，有擬古之作矣，未有追和古人者也；追和古人，則始於吾。吾於詩人，無所甚好，獨好淵明之詩。淵明作詩不多，然其詩質而實綺，癯而實腴，自曹、劉、鮑、謝、李、杜諸人，皆莫及也。吾前後和其詩凡一百有九篇，至其得意，自謂不甚愧淵明。今將集而併錄之，以遺後之君子，其為我志之。然吾於淵明，豈獨好其詩也哉，如其為人，實有感焉。淵明臨終，疏告儼等：『吾少而窮苦，每以家弊，東西游走。性剛才拙，與物多忤，自量為己，必貽俗患，黽勉辭世，使汝等幼而飢寒。』淵明此語，蓋實錄也。吾真有此病，而不早自知，半生出仕，以犯世患，此所以深愧淵明，欲以晚節師範其萬一也。」

秦觀《韓愈論》（節錄）：「昔蘇武、李陵之詩長於高妙，曹植、劉公幹之詩長於豪逸，陶潛、阮籍之詩長於沖澹，謝靈運、鮑照之詩長於峻潔，徐陵、庾信之詩長於藻麗。」

朱熹《朱子語類》：「晉宋人物，雖曰尚清高，然個個要官職，這邊一面清談，那邊一面招權納貨。陶淵明真個是能不要，此所以高於晉、宋人物。」又：「淵明所說者莊、老，然辭卻簡古。」又：「陶淵明詩，人皆說是平淡，據某看他自豪放，但豪放得來不覺耳。其露出本相者，是《詠荊軻》一篇，平淡底人，如何說得這樣言語出來。」又：「作詩須從陶、柳門中來，乃佳。不如是無以發蕭散沖淡之趣，不免於局促塵埃，無由到古人佳處。」

胡仔《苕溪漁隱叢話》引東坡語：「孔子不取微生高，孟子不取陵仲子，惡其不情也。淵明欲仕則仕，不以求之為嫌；欲隱則隱，不以去之為高。飢則叩門而乞食，飽則雞黍以延客，古今賢之，貴其真也。」又：「淵明詩，初視若散綺，熟視有奇趣，如曰：『日暮巾柴車，路暗光已夕。歸人望煙火，稚子候簷隙。』又曰：『採菊東籬下，悠然見南山。』又曰：『曖曖遠人村，依依墟里煙。犬吠深巷中，雞鳴桑樹顛。』大率才高意遠，則所寓得其妙，遂能如此，如大匠運斤，無斧鑿痕。」

楊時《龜山先生語錄》：「淵明詩所不可及者，沖淡深粹，出於自然，若未曾用力學，然後知淵明詩，非著力所能成也。」

何喬新《論詩》（節錄）：「如蘇、李之高妙，嵇、阮之沖淡，曹、劉之豪逸，謝、鮑之峻潔，其詩非不工也，然嘲詠風月，亡裨風教。求其有補風化者，晉之陶淵明而已。其自晉以前皆書年號，自宋以後惟書甲子，是豈可與刻繪者例論耶？」

敖陶孫《敖器之詩評》：「魏武帝如幽、燕老將，氣概沈雄；曹子建如三河少年，風流自賞；鮑明遠如飢鷹獨出，奇矯無前；謝康樂如東海揚帆，風日流麗；陶彭澤如絳雲在霄，舒卷自如。」

真德秀《跋黃瀛甫擬陶詩》（節錄）：「予聞近世之評詩者曰：『謂淵明之辭甚高，而其旨則出於莊、老；康節之辭甚卑，而其旨則原於六經。』以余觀之，淵明之學，正自經術中來，故形之於詩，有不可掩。《榮木》之憂，逝水之嘆也；《貧士》之詠，簞瓢之樂也。《飲酒》末章有曰：『羲農去我久，舉世少復真。汲汲魯中叟，彌縫使其淳。』淵明之智及此，是豈玄虛之士可望耶？雖其遺寵辱，一得喪，真有曠達之風。細玩其辭，時亦悲涼感慨，非無意世事者。或者徒知義熙以後不著年號，為恥事二姓之驗，而不知其眷眷王室，蓋有乃祖長沙公之心，獨以力不得為，故肥遯以自絕。食薇飲水之言，銜木填海之喻，至深痛切，顧讀者弗之察耳。淵明之志若是，又豈毀彝倫、外名教者，可同日語乎？」

葉夢得《石林詩話》：「鍾嶸《詩品》論陶淵明詩出於應璩，此語不知其所據。應璩詩不多見，惟《文選》載其（百一詩）一篇，所謂『下流不可處，君子慎厥初。』者，與陶詩了不相類。五臣注引（文章錄）云：『曹爽用事，多違法度，璩作此詩，以刺在位，意若百分有補於一者。』淵明正以脫略世故，超然物外為意，顧區區在位者何足累其心哉？且此老何嘗有意欲以詩自名，而追取一人而模放之，此乃當時文士與世進取競進而爭長者所為，何期此老之淺，蓋嶸之陋也。」

郭祥正《讀陶淵明傳二首》（錄一首）：「陶潛真達道，何以避俗翁。蕭然守環堵，褐穿瓢屢空。粱肉不妄受，菊杞欣所從。一琴既無弦，妙音默相通。造飲醉則返，賦詩樂何窮。密網懸眾鳥，孤雲送冥鴻。寂寥千載事，撫卷思沖融。使遇宣尼聖，故應顏子同。」

葛立方《韻語陽秋》卷一：「陶潛、謝朓詩皆平淡有思致，非後來詩人怵心劌目琱琢者所為也。老杜云：『陶謝不枝梧，風騷共推激。紫燕自超詣，翠駮誰翦剔。』是也。大抵欲造平淡，當自組麗中來，落其華芬，然後可造平淡之境，如此則陶、謝不足進矣。今之人多作拙易語，而自以為平淡，識者未嘗不絕倒也。」

嚴羽《滄浪詩話》：「謝（靈運）所以不及陶者，康樂之詩精工，淵明之詩質而自然耳。」

元好問《論詩絕句》：「一語天然萬古新，豪華落盡見真淳。南窗白日羲皇上，未害淵明是晉人。」

胡祇遹《士辨》（節錄）：「自伯夷、叔齊、長沮、桀溺、接輿、荷蕢之後，管寧之蹈海，滄海橫流，以及東晉，居間鄙夷國步隱逸之士不為不多，千載而下，獨推淵明何也？誦其詩，讀其書，見其為人，不得不為之稱道。觀淵明之《詠貧士》諸詩，曁『羲農去我久』、『東方有一士』、『先師有遺訓』、『清晨聞叩門』、『辭家夙嚴駕』、『少時壯且勵』諸章，則淵明之所學，所以自任者，豈徒嗜酒傲世、賞花柳、醉盡江山而已耶。後人之知淵明者，目為閒適放曠，長於作詩而已，豈真知淵明者哉！」

趙孟頫《五柳先生傳論》：「志功名者，榮祿不足以動其心；重道義者，功名不足以易其慮。何則？紆青懷金，與荷鋤畎畝者殊途；抗志青雲，與徼倖一時者異趣；此伯夷所以餓於首陽，仲連之所以欲蹈東海者也。矧名教之樂，加乎軒冕，違己之痛，甚於凍餒，此重彼輕，有由然矣。仲尼有言曰：『隱居以求其志，行義以達其道，吾聞其語，未見其人。』嗟乎，如先生近之矣！」

宋濂《答董秀才論詩書》（節錄）：「……獨陶元亮天分之高，其先雖出於太沖、景陽，究其所自得，直超建安而上之。高情遠韻，殆猶太羹充鉶，不假鹽醯，而至味自存者也。」

劉基《題李伯時畫淵明歸來圖》：「江左昔潰亂，桓盧遞相尋。劉裕起寒微，長驅掃氛襟。秋草雖未枯，霜雪已鬖鬖。陶公節義士，素食豈其心。我才非管葛，誰能起淪沉。所以歌去來，歸臥五柳陰。悠悠多感激，愴悢寄謳吟。哲人貴知幾，芳名留至今。展圖三嘆息，懷古一何深。」

方孝孺《張彥輝文集序》（節錄）：「下此魏、晉至隋，流麗淫靡，浮急促數，殆欲無文。惟陶元亮以沖曠天然之質，發自肺腑。不為雕刻，其道意也達，其狀物也覈，稍為近古。」

楊士奇《畦樂詩集原序》（節錄）：「詩以道性情，詩之所以傳也。古今以詩名者多矣，然《三百篇》後得風人之旨者，獨推陶靖節。由其沖和雅澹，得性情之正，若無意於詩。而千古能詩者，卒莫過焉。故能輕萬鍾，芥千駟，翛然物表，俯仰無慚，豈非足乎己而無待於外者乎？是雖不必以詩名，而誦其詩者，慨然想見其為人。」

沈周《讀陶詩二首》其一：「采菊見南山，賦詩臨清流。偶爾與物會，微言適相疇。浩蕩思為表，其心共天遊。江不阻水逝，天不礙雲浮。後人涉雕斲，七竅混沌愁。掩卷三嘆息，至山莫容丘。」其二：「元氣本無聲，宣和偶宮徵。渢渢合自然，其音無浩懣。流之天地間，六代激綺靡。遡觀刪餘什，雅豈不在是。後來庶有知，韋柳實興起。更後邈無人，斯文止於此。」

朱右《西齋和陶詩序》（節錄）：「陶淵明當晉祚將衰，欲仕則出，一不獲志，則幡然隱去，夫豈有患得失之意與。故其發於言也，清而不肆，澹而不枯，後之人雖竭力倣效而不可得，趣不同也。蘇子瞻方得志為政，固未始尚友淵明，逮其失意，迺有和陶之作，豈其情也耶？」

茅坤《評陶詩》：「閒讀陶先生所著《歸去來辭》，併《五柳先生傳》，千年來共謂古今之棲逸者流，而以詩酒自放者也。已而，予三復之。及《詠三良》，《詠荊軻》，與《感士不遇賦》，其中多嗚咽感慨之旨。予獨疑其晉室之傾，竊欲按張子房故事，以五世相韓故而行擊博浪沙中者。然子房創謀雖無成，猶藉真人起豐沛，附風雲，稍及依漢以亡秦也。嗟呼！先生獨不偶，故其言曰：『一朝長逝後，顧言同此歸。』又曰：『惜哉劍術疏，奇功遂不成。其人雖云沒，千載有餘情。』又曰：『伊古人之慷慨，病奇名之不立。屈雄志於戚豎，竟尺土之莫及。』然則先生豈盻盻然歌詠泉石，沈冥麴蘖者而已哉！吾悲其心懸萬里之外，九霄之上，獨憒翮之縶而蹄之蹶，故不得已以詩酒自溺。躑躅徘徊，待盡壑焉，焉耳。」

陸時雍《詩鏡總論》：「讀陶詩如所云：『清風徐來，水波不興。』想此老悠然之致。」

王世貞《藝苑巵言》：「淵明託旨沖淡，其造語有極工者，乃大入思來，琢之使無痕跡耳。後人苦一切深沈，取其形似，謂為自然，謬以千里。」

陳善《捫蝨新語》：「予每論詩，以陶淵明、韓、杜諸公，皆為韻勝。一日，見林倅於徑山，夜話及此。林倅曰：『詩有格有韻，故自不同。如淵明詩，是其格高；謝靈運『池塘春草』之句，乃其韻勝也。格高似梅花，韻勝似海棠花。』予時聽之，瞿然若有所悟。」

施彥執《北窗炙輠錄》：「（周）正夫書論杜子美陶淵明詩云：『子美讀盡天下書，識盡萬物理。天地造化，古今事物，盤礴鬱結於胸中，浩乎無不載，遇事一觸輒發之於詩。淵明隨其所見，指點成詩。見花即道花，遇竹即說竹，更無一毫作為。』故予嘗有詩云：『子美學古胸，萬物鬱含蓄。遇事時一麾，百怪森動目。淵明澹無事，空洞撫便腹。物色入眼來，指點詩句足。彼豈發其藏，此但隨所觸。二老詩中雄，同人不同曲。』蓋本於正夫之論也。」

李東陽《懷麓堂詩話》：「陶詩質厚近古，愈讀愈見其妙。韋應物稍失之平易，柳子厚則過於精刻。世稱陶韋，又稱韋柳，特概言之。惟謂學陶者須自韋柳入，乃為正耳。」

沈德潛《說詩晬語》：「晉人多尚放達，獨淵明有憂勤語，有自任語，有知足語，有悲憤語，有樂天安命語，有物我同得語，倘幸列孔門，何必不在季次、原憲下。」又：「陶公以名臣之後，際異代之時，欲言難言，時時寄託，不獨《詠荊軻》一章也。六朝第一流人物，其詩自能曠世獨立。鍾記室謂其源出於應璩，目為中品。一言不智，難辭厥咎已。」

又：「梁、陳、隋間，專尚琢句。庾肩吾云：『雁與雲俱陣，沙將蓬共驚。』、『殘虹收宿雨，缺岸上新流。』、『水光懸蕩壁，山翠下添流。』，陰鏗云：『鶯隨入戶樹，花逐下山風。』，江總云：『露洗山扉月，雲開石路煙。』，隋煬帝云：『鳥驚初移樹，魚寒欲隱苔。』皆成名句。然比之小謝『天際識歸舟，雲中辨江樹。』痕跡宛然矣。若淵明『采菊東籬下，悠然見南山。』、『平疇交遠風，良苗亦懷新。』，中有元化自在流出，烏可以道里計？」

黃子雲《野鴻詩的》：「古來稱『詩聖』者，唯陶、杜二公而已。陶以己之天真，運漢之風格。詞意又加烹鍊，故能度越前人，若杜兼眾善而有之也。余以為靖節如老子，少陵如孔子。」

李重華《貞一齋詩說》：「五言古以陶靖節為詣極，但後人輕易摹仿不得。王、孟、韋、柳雖與陶為近，亦各有其本色。韋公天骨最秀，然亦參學謝康樂。」

施補華《峴傭說詩》：「後人學陶，以韋公為最深，蓋其襟懷澄澹，有以契之也。東坡與陶氣質不類，故集中效陶，和陶諸作，真率處似之，沖淡處不及也。」

賀貽孫《詩筏》：「唐人詩近陶者，如儲、王、孟、韋、柳諸人，其雅懿之度，樸茂之色，閒遠之神，澹宕之氣，雋永之味，各有一二，皆足以名家，獨其一段真率處，終不及陶。陶詩中雅懿、樸茂、閒遠、澹宕、雋永，種種妙境，皆從真率中流出，所謂『稱心而言，人亦易足』也。真率處不能學，亦不可學，當獨以品勝耳。」

## 王維詩中有畫畫中有詩

《舊唐書・王維傳》：「王維，字摩詰，太原祁人；父終汾州司馬，徙家於蒲，遂為河東人。維，開元九年進士。歷右拾遺，監察御史、左補缺、庫部郎中，拜吏部郎中。天寶末，為給事中。祿山陷兩都玄宗出幸，維扈從不及，為賊所得，迫以偽署。賊平，陷賊官三等定罪，維以凝碧詩，聞於行在，肅宗嘉之，責授太子中允。乾元中，遷太子中庶子中書舍人。復拜給事中，轉尚書右丞。維以詩名盛於開元天寶間，寧王、薛王待之如師友。尤長五言詩，書畫特臻其妙。晚年長齋不衣文綵。得宋之問藍田別墅，在輞口，輞水周於舍下，與裴迪浮舟往來，嘯詠終日。妻亡不再娶，乾元二年卒。」

《唐詩紀事》引商璠曰：「維之詩詞俱秀，調雅意新。在泉為珠，著筆成繪。一字一句，皆非常境。如『落日山水好，漾舟信歸風。』，又『澗芳襲人衣，山月映石壁。』，又

『天寒遠山靜，日暮長河急。』，又『賤日豈殊眾，貴來方悟稀。』，又『日暮沙漠陲，戰聲煙塵裡。』敢謂於古人無慚。」

蘇軾《東坡題跋》卷五《書摩詰藍田煙雨圖》：「味摩詰之詩，詩中有畫；觀摩詰之畫，畫中有詩。」「詩中有畫」，寫景也：「畫中有詩」，言情也。袁枚云：「詩家兩題，不過寫景言情。」寫景與言情，務須「狀難寫之景，如在目前，含不盡之意，見於言外。」（歐陽修《六一詩話》引梅聖俞語）前者要用言語揭繪出具體、鮮明、生動、逼真之自然景物形象，使讀者感到有如在眼前展現一幅富有實體感之風景畫；而後者要抒情真切，讓讀者縈念於心而不忘，並留下許多想像空間。以上兩點，王維是完全做到的。茲分述之：

一、王維寫景詩：

**送梓州李使君**

萬壑樹參天，千山響杜鵑。山中一夜雨，樹杪百重泉。漢女輸橦布，巴人訟芋田。文翁翻教授，不敢倚先賢。

沈德潛《說詩晬語》：「右丞『萬壑樹參天，千山響杜鵑。山中一夜雨，樹杪百重泉。』分頂上二語，而一氣赴之。龍跳虎臥之筆，此皆天然入妙，未易追摹。」

王士禎《漁洋詩話》：「律詩工於發端，承接二句尤貴得勢。如『萬壑樹參天，千山響杜鵑。』即接『山中一夜雨，樹杪百重泉。』此皆轉石萬仞手也。」

徐世溥《榆溪詩話》：「右丞『萬壑樹參天，千山響杜鵑。山中一夜雨，樹杪百重泉。』之輕妙渾然，乍讀之，初不覺連用山樹字也。於參天之杪，想百重泉；於百重泉，知一夜雨。即所謂千山杜鵑者，正響於夜雨之後，百重泉之間耳。妙處豈復畫師之所能到？前身畫師故也。」

王夫之《唐詩評選》：「明明兩截，幸其不作折合，五六一似景語故也。意至則事自恰合，與事求切題者，雅俗冰炭。右丞工於用意，尤工於達意。景亦意，事亦意。前無古人，後無嗣者。文外獨絕，不許有兩。」

《紀曉嵐批瀛奎律髓》：「起四句高調摩雲，結二句不可解。」

此詩畫面鮮明，具有立體感。其佳處尚不止此，又在於畫中有聲。杜鵑啼鳴響徹千山，崖巔飛瀑聲震層巒，不惟突現巴蜀山川雄奇，更使全詩景物形象生動逼真，活靈活現。

## 山居秋暝

空山新雨後，天氣晚來秋。明月松間照，清泉石上流。竹喧歸浣女，蓮動下漁舟。隨意春芳歇，王孫自可留。

吳喬《圍爐詩話》：「盛唐不巧，大曆以後，漸入於巧。劉長卿云：『身隨敝履經殘雪。』皇甫云：『菊為重陽冒雨開。』巧矣。……如右丞之『明月松間照，清泉石上流。』極具天真大雅。後人學之，則為小兒語也。」

王文濡《唐詩評註》：「山居風景，在在可愛。即無芳草留人，王孫亦不肯去。言外有不屑仕宦之意。」

此詩「明月松間照，清泉石上流。」與《過香積寺》：「泉聲咽危石，日色冷青松。」意與景類似而句法不同，俱成名句。前六句構成一幅秋日傍晚，雨後山村之清新圖面。泉水從石上流出的聲音，竹林中傳來的浣紗女喧笑聲，漁舟穿過蓮塘的聲音，在在使這幅美麗圖畫，變成充滿詩意的境界。使得詩中景物形象，更逼真、鮮明，且富有生氣。

**終南山**

太乙近天都，連山到海隅。白雲迴望合，青靄入看無。分野中峰變，陰晴眾壑殊。欲投何處宿？隔水問樵夫。

王夫之《唐詩評選》：「工苦安排備盡矣，人力參天，與天為一矣。『連山到海隅。』非徒為窮大語，讀禹貢自知之。結語亦以形其闊大，妙在脫卸。勿但作詩中畫觀也，此正是畫中有詩。」

沈德潛《唐詩別裁》：「近天都言其高，到海隅言其遠，分野二句言其大。四十字中，無所不包，手筆不在杜陵下。或謂末二句似與通體不配，今玩其語意，見山遠而人寡也，非尋常寫景可比。」

章蘭省《歷朝詩選簡金集》：「三四寓意高遠，奇妙。」

## 鹿柴

空山不見人，但聞人語響。返景入深林，復照青苔上。

唐汝詢《唐詩解》：「不見人，幽矣；聞人語，則非滅寂也。景照青苔，冷淡自在。摩詰出入淵明，獨輞川諸作最近。探索其趣，不擬其詞。如『結廬在人境，而無車馬喧。』喧中之幽也。『空山不見人，但聞人語響。』幽中之喧也。如此變化，方入三昧。」

李東陽《懷麓堂詩話》：「詩貴意，意貴遠，不貴近；貴淡，不貴濃。濃而近者易識，淡而遠者難知。王摩詰：『返景入深林，復照青苔上。』皆淡而愈濃，近而愈遠。可與知者道，難與俗人言。」

章蘭省《歷朝詩選簡金集》：「語語化機，著不得一毫思議。」

此詩為鹿柴（鹿所宿處）所聞所見。上聯靜中有動，寫其所聞；下聯動中有靜，寫其所見。作者對景物觀察和刻劃，可謂細緻入微，創造出寂靜幽清境界。

二、王維言情詩：

送元二使安西

渭城朝雨浥輕塵，客舍青青柳色新。勸君更盡一杯酒，西出陽關無故人。

李東陽《懷麓堂詩話》：「作詩不可以意徇辭，而須以辭達意。辭能達意，可歌可泣，則可以傳。王摩詰陽關無故人之句，盛唐以前所未道。此辭一出，一時傳誦不足，至為三疊歌之。後之詠別者，千言萬語，殆不能出其意之外，必如是者方可謂之達耳。」

徐世溥《榆溪詩話》「『今日同堂，出門異鄉；別易會難，各盡杯觴。』（子建）『勸君更盡一杯酒，西出陽關無故人。』（摩詰）『異方驚會面，終宴惜征途。』（老杜）數語一類也。而子建語俊爽，摩詰語酸冷，老杜語慘淡。譬之一琴二手，宮商異曲。一曲兩彈，疾徐殊奏。」

恆仁《月山詩話》：「元吳師道集句：『勸君更盡一杯酒。』對以『與爾同銷萬古愁。』極工。」

王文濡《唐詩評註》：「朝雨濕塵，不得行旅。柳青客舍，足遣離懷。此杯中物，何敢多勸。因陽關而去，無復故人同飲，願君更盡一杯也。臨別贈言，情真意切，遂成千古絕調。」

唐賢餞別之詩雖多，惟此詩能擅名千古。蓋即因言情真切故也。此詩上半寫景，下半言情。首言朝雨浥塵，已呈一片愁慘景象。次言柳新堪折，更含無限別意。三、四言趁此未別，故人尚在，請君更進一杯。至此離別之情蓋已不勝依依矣。綿綿情意，含蘊非常豐富。一時口語，千載如新。宜乎其被後人譽為唐人七絕壓卷之作。（見王士禎《帶經堂詩話》卷四）

## 送別

下馬飲君酒，問君何所之？君言不得意，歸臥南山陲。但去莫復問，白雲無盡時。

鍾伯敬《唐詩歸》：「『但去莫復問，白雲無盡時。』感慨寄託盡此十字中。蘊藉不覺，深味之自見。此與太白七絕山中問答：『問余何事棲碧山？笑而不答心自閒。桃花流水杳然去，別有天地非人間。』意調彷彿。」

唐汝詢《唐詩解》：「此送賢者歸隱之詩，蓋因問而自道其情如此。且曰：君勿復問我，白雲無盡，足自樂矣。」

吳喬《圍爐詩話》：「王右丞五古，盡善盡美矣，觀送別篇，可入三百。」

沈德潛《唐詩別裁》：「白雲無盡，足以自樂。勿言不得意也。」

陳善《捫蝨新話》上集卷二：「文章雖要不蹈襲古人一言一句，然古人自有奪胎換骨法，所謂靈丹一粒，點鐵成金也。」王維此詩即用此法將陶宏景《詔問山中何所有賦詩以答》：「山中何所有，嶺上多白雲。只可自怡悅，不堪持送君。」略加點竄，化為己作也。讀來極為生動。

## 送沈子歸江東

楊柳渡頭行客稀，罟師蕩槳向林圻。唯有相思似春色，江南江北送春歸。

馬位《秋窗隨筆》：「最愛王摩詰『唯有相思似春色，江南江北送春歸。』之句，一往情深。高季迪『願得身如芳草多，相隨千里車前綠。』脫化之意亦復佳。余擬其意作送人絕句云：『繫馬城邊柳，攀枝淚滿衣。願為春草綠，一路送君歸。』」

唐汝詢《唐詩解》：「當無人之處蕩槳以行，落寞殆甚，獨喜相隨如春色，從君所適而之，差足慰耳。蓋相思無不通之地，春草無不通之鄉。想像及此，語亦神矣。」

此寫離別之悲。上聯寫別時淒涼景象，下聯寫別後相思之甚。相思而以春色為喻，設想佳妙。何則？以無處不到之春光喻送別者之深情，不但自然、貼切，而且耐人尋味也。

## 息夫人

莫以今時寵，能忘舊日恩。看花滿眼淚，不共楚王言。

王士禎《漁陽詩話》：「益都孫文定公（廷銓）詠息夫人云：『無言空有恨，兒女粲成行。』潛語令人解頤。杜牧之『至竟息亡緣底事，可憐金谷墜樓人。』則正言以大義責之。

王摩詰『看花滿眼淚，不共楚王言。』更不作判斷語，此盛唐所以為高。」

查為仁《蓮波詩話》：「吳文章（雯）《桃花夫人詩》云：『桃花夫人好顏色，月中飛出雲中得。新感恩仍舊感恩，一城傾矣再傾國。』漁洋曰：王右丞『看花滿眼淚，不共楚王言。』太蘊藉矣。孫文定公沚亭云：『無言空有恨，兒女粲成行』與此皆妙於調侃。」

馬位《秋窗隨筆》：「最喜王摩詰『看花滿眼淚，不共楚王言。』李太白曰：『但見淚痕濕，不知心恨誰？』及張祜『一聲何滿子，雙淚落君前。』又李嶠『山川滿目淚沾衣。』得言外之旨，諸用『淚』莫及也。義山『湘江竹上痕無限，峴首碑前灑幾多。』反無深意。魚玄機『殷勤不得語，紅淚一雙流。』亦工。」

孟棨《本事詩》透露出王維作這首詩之曲折過程：「寧王（李）憲貴盛，寵妓數十人，皆絕藝上色。宅左有賣餅妻，纖白明媚，王一見矚目，厚遺其夫，取之，寵惜逾等。環歲，因問之：『汝復憶餅師否？』默然不對。王召餅師，使見之。其妻注視，雙淚垂頰，若不勝情。時王座客數十人，皆當時文士，無不悽異。王命賦，王右丞維詩先成，座客無敢繼者。王乃歸餅師，以終其志。」按，春秋時，楚文王見息國夫人殊豔，遂滅息，奪息侯夫人為妻。生堵敖及成王。然其因念國亡夫死，終生不和文王講話。（見《左傳・莊公十四年》）王維即借此故事，來詠嘆餅師之妻被寧王霸占，寫得很蘊藉、委婉，傳誦千載。

## 西施詠

豔色天下重，西施寧久微？朝為越溪女，暮作吳宮妃。賤日豈殊眾，貴來方悟稀。邀人傅香粉，不自著羅衣。君寵益嬌態，君憐無是非。當時浣紗伴，莫得同車歸。持謝鄰家子，效顰安可希？

吳喬《圍爐詩話》：「唐人詩意，不必在題中。如右丞西施篇，當是為李林甫、楊國忠、韋堅、王鉷輩而作。」

沈德潛《唐詩別裁》：「寫盡炎涼人眼界，不為題縛，乃臻斯旨。」

黃培芳《唐賢三昧集箋注》：「托意深遠。」

唐汝詢《唐詩解》：「此小人得志，驕其故友，不為引薦，故託西施以刺焉。言豔色為世所重，若西施之質，豈久於微賤者，宜其見寵於吳王也。然居賤之時，未見其殊眾，既貴，始覺其為稀世之色耳。然彼方自重其貌，傅粉被衣，不復染指，當世豈果無其比哉？特以君寵則嬌態橫生，君憐則妍媸莫辨。惟恐同列之併己，疇肯載浣紗之伴與同歸乎？吾請謝鄰家之子，毋以效顰為也。蓋在位者嫉賢如此，為其友者信不當於進矣！」

王維此詩用比興方式寫出，因而深婉含蓄。依作者寫詩風格，必有所寄託。沈、黃所言，未諦所指；應以吳、唐之說為長。

## 觀獵

風勁角弓鳴，將軍獵渭城。草枯鷹眼疾，雪盡馬蹄輕。忽過新豐市，還歸細柳營。迴看射鵰處，千里暮雲平。

胡應麟《詩藪》：「綺麗精工，沈、宋合體。」

沈德潛《唐詩別裁》：「章法、句法、字法俱臻絕頂。盛唐詩中，亦不多見。……起二句若倒轉便是凡筆。勝人處全在突兀也。結亦有回身射鵰手段。」

何世碁《然燈記聞》：「為詩結句總要健舉，如王維『迴看射鵰處，千里暮雲平。』何等氣概。」

章蘭省《歷朝詩選簡金集》：「一起筆力千鈞，草枯二句，字字峭刻。右丞集中，此為第一。迴看二句，平遠語，恰好作收。」

此詩美將軍之出獵，意氣風發之精神面貌。風勁二句，落筆奇妙，氣勢軒昂。頷聯以鷹疾馬輕寫出獵之成功。頸聯忽過新豐，還歸細柳，寫將軍掉鞅而回。結聯更以完固筆力，兜裹全篇，令人驚嘆！

王維詩，寫景、言情俱臻上乘。其寫景詩非常擅長描寫自然風景，同時也具有一定之情感內容，且涉趣廣泛。或隱居山林，閒適自在，悠然自得；或親近自然。領受佳景，心情怡悅；或清寂寧靜。心靈境界，超然物外；或離塵絕世。心凝形釋，萬化冥合等。在這類寫景詩中，不僅善於運用其生花妙筆，鉤勒出自然界之多采多姿面貌，尚且借助自然界景物，表達自己思想與感情。至其言情詩，因其係「禪寂人」（鍾惺語），故往往妙於情語。抑且其內心充滿着豐富感情，故能體會如何描寫對象內心委曲之情。馴而藉助其各種不同藝術手法，創造出自然、平易、含蓄之詩句。使其作品具有語淺情深、蘊藉委婉，餘味無窮，天然入妙之境界，震撼讀者心扉之藝術感染力。由此可見，王維非但擅長寫景，而且善於言情。

袁枚《隨園詩話》：「余見史稱孟浩然苦吟，眉毛脫盡；王維構思，走入醋甕，可謂難矣。今讀其詩，從容和雅，如天衣之無縫。深入淺出，方臻此境。」由此觀之，王維之詩，皆由苦吟而成，人安得恃才而不苦吟哉。

## 孟浩然詩人本色

孟浩然，本名浩，以字行。荊州襄陽（今湖北襄陽）人。生於唐武后永昌元年（公元六八九年）。骨貌淑清，風神散朗。少好節義，喜救患釋紛。樂山水，好遠遊。足跡及於巴蜀、三湘、苑許、甌越。年四十入長安。嘗於太學賦詩，一座嗟伏，無敢抗。尚書左丞相張說、右丞相張九齡、侍御史京兆王維、尚書侍郎河東裴朏、范陽盧僎、大理評事河東裴總、華陰太守鄭清之、守河南獨孤策等，率與浩然為忘形之交；時房琯、崔宗之、閻防、綦毋潛、劉慎虛、崔國輔輩皆名下士，亦為之揚譽。王維私邀入內署，俄而玄宗至，浩然匿牀下，維以實對。帝喜曰：「朕聞其人而未見也，何懼而匿？」詔浩然出。帝問其詩，浩然再拜，自誦其所為《歲暮歸南山》詩曰：「北闕休上書，南山歸敝廬。不才明主棄，多病故人疏。白髮催年老，青陽逼歲除。永懷愁不寐，松月夜窗虛。」帝曰：「卿不求仕，而朕未嘗棄卿，奈何誣我？」遂放還。採訪使韓朝宗約浩然偕至京師，欲薦諸朝。會故人至，劇飲，歡甚。或曰：「君與韓公有期。」浩然斥曰：「業已飲，遑恤佗。」卒不赴。朝宗怒，辭行，而浩然不悔也。在京失意，遂歸襄陽。張九齡鎮荊州，署為從事，與之唱和。晚隱鹿門山。玄宗開元二十八年（公元七四〇年）王昌齡之嶺南，過襄陽。時浩然病疽，相見甚歡，恣情宴謔，食鱔疾動，未久卒於南園，年五十二。其後王維過郢州畫遺像於刺史亭，因曰：「浩然亭」。咸通中，刺史鄭誠謂賢者名不可斥，更署曰「孟亭」。樊澤為節度使為刻碑於鳳林山南。著有《孟浩然集》四卷。王士源《孟浩然集序》：「浩然文不為仕，佇興而作，故或遲；行不為飾，動以求真，故似誕；遊不為利，期以放性，故常貧。」綜上以觀，浩然乃詩人本色。其思惟介在儒、道之間；出世、入世，無可、無不可之人也。

韋滔《孟浩然集重序》：「宣城王士源者，藻思清遠，深鑒文理……昔虞阪之上，逸駕與駑駘俱疲，吳竈之中，孤桐與樵蘇共爨。遇伯樂與伯喈，遂騰聲於千古。此詩若不遇王君，乃數十張故紙耳。然則王君之清鑒，豈減孫、蔡而已哉！」

尤袤《全唐詩話》：「皮日休《孟亭記》：『明皇世，章句之風，大得建安體。論者推李翰林、杜工部為尤。介其間能不愧者，惟吾鄉之孟先生也。先生之詩，遇景入詠，不鉤奇抉異，令齷齪束人口者，涵涵然有干霄之興。若公輸氏當巧而不巧者也。北齊美蕭慤『芙蓉露下落，楊柳月中疏。』先生有『微雲淡河漢，疏雨滴梧桐。』樂府美王融『日霽沙嶼明，風動甘泉濁。』先生則有『氣蒸雲夢澤，波撼岳陽城。』謝朓之詩句精者有『露濕寒塘草，月映清淮流。』先生則有『荷風送香氣，竹露滴清響。』此與古人爭勝毫釐間也。』」

陳師道《後山詩話》：「子瞻謂浩然詩，韻高而才短，如造內法酒手，而無材料耳。」

殷璠《河嶽英靈集》：「浩然詩，文彩芊茸，經緯綿密。半遵雅調，全削凡體。」

嚴羽《滄浪詩話》：「孟襄陽學力下韓愈遠甚，而其詩獨出退之之上者，一味妙悟而已。」又曰：「孟襄陽之詩，諷詠之久，有金石宮商之聲。」

許顗《彥周詩話》：「孟浩然、王摩詰詩，自李、杜而下，當為第一。老杜詩云：『不見高人王右丞。』又云：『吾憐孟浩然。』皆公論也。」

高棅《唐詩品彙總序》：「開元天寶間，則有李翰林之飄逸，杜工部之沈鬱，孟襄陽之清雅，王右丞之精緻。」

李東陽《懷麓堂詩話》：「浩然詩，專心古澹，而悠遠深厚，無寒儉枯瘠之病。」又曰：「李太白集，七律止二三首，孟浩然集止二首，孟東野集無一首，皆足以名天下，傳後世，詩奚必以律為哉。」

許學夷《詩源辨體》：「孟浩然古律之詩，五言為勝。五言則短篇為勝。子美稱其『賦詩何必多，往往凌鮑謝。』正謂其古律短篇勝耳。元美亦謂浩然句不出五字外，篇不能出四十字外，此其所短，深得之矣。」又曰：「李、杜二公詩甚多，而浩然詩甚少。蓋二公才力既大，思無不獲。浩然造思極深，必待自得。故其五言律皆忽然而來，渾然而就，而圓轉超絕，多入於聖矣。須溪謂浩然不刻畫，祇以乘興。滄浪謂浩然一味妙悟，皆得之矣。」

《紀昀批瀛奎律髓》：「王、孟詩大段相近，而體格又自微別。王清而遠，而孟清而切。」

施閏章《蠖齋詩話》：「孟襄陽五言律、絕句，清空自在，淡然有餘；衍作五言排律，轉覺易盡，大遜右丞。蓋長篇中，須警策語，耐看。不得專以氣體取勝也。故必推老杜擅長。」又曰：「古人詩入三昧，更無從堆垛學問。正如眼中着不得金屑。坡公謂浩然詩韻高而才短，嫌其少料。評孟良是。然坡詩正患多料耳。坡胸中萬卷書，下筆無半點塵，為詩何獨不然。」

朱承爵《存餘堂詩話》：「詩非苦吟不工，信乎？古人如孟浩然眉毛脫落，裴祐袖手衣袖至穿，王維走入醋甕，皆苦吟之驗也。」

沈德潛《唐詩別裁》：「孟詩勝人處，每無意求工，而清超越俗，正復出人意表。清淺語，誦之自有泉流石上，風來松下之音。」

薛雪《一瓢詩話》：「東坡謂：『浩然韻高而才短，如造內法酒手而無材料。』誠為知言。後人胸無才思，易於衝口而出，孟開其端。此過信眉山之說，作踐襄陽語也。『氣蒸雲夢澤，波撼岳陽城。』亦衝口而出者所能哉？」

施補華《峴傭說詩》：「孟公邊幅太窘，然而《夜歸鹿門》一首，清幽絕妙。才力小者，學步此體，參之李東川派，亦可名家。」

李重華《貞一齋詩　》：「學韓、蘇失之者，其弊在駁雜；學王、孟失之者，其弊在闃寂；學溫、李最易入於淫哇；學元、白最易流於輕薄。」

李白《贈孟浩然詩》：「吾愛孟夫子，風流天下聞。紅顏棄軒冕，白首臥松雲。醉月頻中聖，迷花不事君。高山安可仰，徒此揖清芬。」句句似詠其爽約韓荊州及呈明皇「北闕休上書」之事，所謂「輸君一覺傛然夢，長在清泉白石間。」是也。其高風亮節，用舍行藏，君子哉若人，令李白心折而傾慕不已也。韓荊州循吏也，李白上書求見之而不可得，而孟浩然爽約之而不悔，真性中人也。葛立方《韻語陽秋》卷十八：「開元天寶間，孟浩然詩名籍甚。一遊長安，王維傾蓋延譽。然官卒不顯何哉？或謂維見其勝己，不肯薦於天子，故浩然別維詩云：『當路誰相假，知音世所稀。』史載維私邀浩然於苑，而遇明皇，遂伏於牀下。明皇見之，使誦其所為詩，至有『不才明主棄』之句。明皇云：『卿不求仕，朕未嘗棄卿。』因放歸。使維誠有薦賢之心，當於此時力薦其美，以解明皇之慍，迺爾嘿嘿。或者之論，蓋有所自也。厥後雖寵鳳林之墓，繪孟亭之像，何所補哉！」嗚呼！葛公之言過矣。司馬溫公云：「辯證古人誤處，當兩存之，勿加詆訾也。」知孟莫如王，孟之思惟，間於儒、道。仕何足喜？隱何足憂？「可以仕則仕，可以止則止。」孔子也；無為、不爭、謙退、柔弱、虛無、清靜老莊也。寧不知神龜曳尾塗中乎？奚可厚誣古人乃爾！

## 王昌齡唐人七絕第一

王昌齡字少伯，唐京兆人。生於唐武后聖曆元年（公元六九八年）。開元十五年（公元七二七年）登進士第，授汜水尉。越四年（公元七三一年）年三十八，中宏詞科，遷校書郎。二十二年在長安，與王維及裴迪同遊青龍寺，賦詩訂交，時維年三十七，昌齡年四十一歲。二十六年（公元七三八年）年四十五歲時，被謫嶺南，塗中嘗訪孟浩然於襄陽。二年後，從嶺南放還，再過襄陽訪浩然。時浩然病疽，相見甚歡，恣情宴謔。天寶元年（公元七四二年）年四十九，貶江寧丞，王維、岑參、李頎、綦毋潛等相送白馬寺。以「不護細行」被貶龍標尉。李白有《聞王昌齡左遷龍標遙有此寄》詩。天寶末，以世亂還鄉里，於肅宗至德二年（公元七五七年）為刺史閭丘曉所忌，被殺，年六十歲。（按，閭丘曉亦被河南節度使張鎬所殺，將戮時，乞曰：『有親，乞貸餘命。』鎬曰：『王昌齡之親，欲以誰養？』曉大慚沮，遂杖殺之。）

**出塞**

秦時明月漢時關，萬里長征人未還。但使龍城飛將在，不教胡馬度陰山。

王世貞《全唐詩話》：「李于鱗言唐人絕句，當以『秦時明月』壓卷。余始不信，以太白集中，有極工妙者。既而思之，若落意解，當別有所取。若以有意無意，可解不可解間求之，不免此詩第一耳。」

王世懋《藝圃擷餘》：「于鱗選唐七言絕句，取王龍標『秦時明月』四字耳。必欲壓卷，還當於王翰『葡萄美酒』，王之渙『黃河遠上』二詩求之。」

楊慎《升庵詩話》：「王昌齡《從軍行》：『秦時明月漢時關，萬里長征人未還。但使龍城飛將在，不教胡馬度陰山。』此詩可入神品。『秦時明月』四字，橫空盤硬語也，人所難解。李中溪侍御史嘗問余，余曰：揚子雲賦：『欃槍為闉，明月為堠。』此詩借用其字，而用意深矣。蓋言秦時雖遠征，而未設關，但在明月之地，猶有行役不踰時之意。漢則設關而戍守之，征人無有還期矣。所賴飛將軍，禦邊而已。雖然，亦異乎守在四夷之世矣。」

恆仁《月山詩話》：「唐人七言絕句，李于鱗推『秦時明月』為壓卷，其見解獨出王氏二美之上。王阮亭，猶以為未允，別取『渭城』、『白帝』、『奉帚平明』、『黃河遠上』四首。按『黃河遠上』王敬美已舉之矣。其餘渭城三詩，細味之，實不如『秦時明月』之用意深遠也。」

唐汝詢《唐詩解》：「匈奴之征，起自秦漢，至今勞師於外者，以將之非人也。假令李廣而在，胡人當不敢南牧矣。以月屬秦，以關屬漢者，非月始於秦，關起於漢也。意謂月之臨關，秦漢一轍，征人之出，俱無還期。故交互其文，而為可解不可解之語，讀者以意逆志，自當了然，非唐詩終無解也。」

沈德潛《說詩晬語》：「『秦時明月』一章，前人推獎之而未言其妙，蓋言師勞力竭而功不成，繇將非其人之故。得飛將軍備邊，邊烽自熄，即高常侍《燕歌行》『至今猶憶李將軍』也。防邊築城起於秦漢，明月屬秦關屬漢，詩中互文。」又曰：「李滄溟推王昌齡『秦時明月』為壓卷，王世懋推王翰『葡萄美酒』為壓倦，本朝王阮亭則云必求壓卷，王維之『渭城』，李白之『白帝』，王昌齡之『奉帚平明』，王之渙之『黃河遠上』，其庶幾乎？而終唐之世，亦無出四章之右矣。滄溟、世懋主氣，阮亭主神，各自有見。」

施補華《峴傭說詩》：「『秦時明月』一首，『黃河遠上』一首，『回樂峰前』一首，皆邊塞之作，意態絕健，音節高亮，情思悱惻，百讀不厭也。」

王文濡《唐詩評註》：「以秦時之月，照漢時之關，軍士久戍，不得瓜代。使飛將軍而在，彼胡馬其敢度陰山乎？名將之關於人家國如此。」

## 長信秋詞

奉帚平明金殿開，暫將團扇共徘徊。玉顏不及寒鴉色，猶帶昭陽日影來。

范晞文《對牀夜語》：「唐人絕句，有意相襲者，有句相襲者。王昌齡《長信宮》云：『玉顏不及寒鴉色，猶帶昭陽日影來。』，孟遲《長信宮》亦云：『自恨身輕不如燕，春來還繞御簾飛。』，韋應物《訪人》云：『怪來詩思清如骨，門對寒流雪滿山。』，王涯《宮詞》云：『共怪滿衣珠翠冷，黃花瓦上有新霜。』此皆意相襲者。賀知章《還家》云：『兒童相見不相識，笑問客從何處來？』，雍陶《過故宅看花》云：『今日主人相引看，誰知會是客移來。』，賈島《渡桑乾》云：『客舍并州已十霜，歸心日夜憶咸陽。無端更渡桑乾水，卻望并州是故鄉。』，李商隱《夜雨寄人》云：『君問歸期未有期，巴山夜雨漲秋池。何當共剪西窗燭，卻話巴山夜雨時。』此皆襲其句而意別者。若定優劣，品高下，則亦昭然矣。」

劉克莊《後村詩話》：「王岐公《宮詞》云：『翠眉不及池邊柳，取次飛花入建章。』雖本王昌齡『玉顏不及寒鴉色。』之句，然殊不相犯。」

宋犖《漫堂說詩》：「詩至唐人七言絕句，盡善盡美。自帝王公卿，名流方外，以至婦人女子，佳作纍纍。取而諷之，往往令人情移。迴環含咀，不能自已，此真風雅之遺響也。洪容齋《萬首唐人絕句》編輯最廣，足資吟詠。大抵各體有初盛中晚之別。而三唐七絕，竝堪不朽。太白龍標，絕倫逸群，龍標更有詩天子之號。楊升庵云：『龍標絕句，無一篇不佳。』良然。少陵別是一體，殊不易學。宋元以後，頗有名篇，較之唐人，總隔一塵在。」

謝榛《四溟詩話》：「夫平仄以成句，抑揚以合調；揚多抑少則調勻，抑多揚少則調促。王昌齡《長信秋詞》：『玉顏不及寒鴉色，猶帶昭陽日影來。』上句四入聲相接，抑之太過，下句一入聲，歌則疾徐有節矣。」

鍾惺《唐詩歸》：「團扇用將字、暫字，皆從秋字生來。末二句與簾外春寒，朦朧樹色，同一用法，皆不說向自家身上。然簾外春寒句，氣象寬緩，此句與朦朧樹色，情事幽細，寒鴉日影，尤覺悲怨之甚。」

沈德潛《唐詩別裁》：「昭陽宮，趙昭儀所居，宮在東方，寒鴉帶東方日影而來，見己之不如鴉也。優柔婉麗，含蘊無窮，令人一唱而三嘆。」

唐汝詢《唐詩解》：「班姬自言晨起灑掃，而殿門始闢，因傷己被棄，如扇之逢秋，故相與盤桓也。適見寒鴉帶日影而來，則又睹物興感，意謂我惟不得一近昭陽為恨。今禽鳥乃得被天子之恩輝，是我之顏色不如也。不怨君而歸咎於己之顏色，得風人渾厚之旨矣。」

施補華《峴傭說詩》：「唐人七絕，每借樂府題。其實不皆可入樂，故只作絕句論。『玉顏不及寒鴉色，猶帶昭陽日影來。』怨而不怒，詩人忠厚之旨也。」

## 西宮秋怨

芙蓉不及美人粧，水殿風來珠翠香。卻恨含情掩秋扇，空懸明月待君王。

楊慎《升庵詩話》：「王昌齡《長信秋詞》：『芙蓉不及美人粧，水殿風來珠翠香。卻恨含情掩秋扇，空懸明月待君王。』司馬相如《長門賦》：『懸明月以自照兮，但清夜於洞房。』此用其語。如李光弼將子儀之師，精神十倍矣，作詩者其可不熟《文選》乎？」

唐汝詢《唐詩解》：「香字跟着芙蓉來。」又曰：「語意渾雅，不當解以膚淺穿鑿，俟妙悟者求諸言外。」

## 閨怨

閨中少婦不知愁，春日凝粧上翠樓。忽見陌頭楊柳色，悔教夫婿覓封侯。

楊慎《升庵詩話》：「唐人詩句不厭雷同，絕句尤多。如『忽見陌頭楊柳色，悔教夫婿覓封侯。』王昌齡《閨怨》也；而李頎《春閨怨》亦云：『紅粉女兒窗下羞，畫眉夫婿隴西頭。自怨秋容長照鏡，悔教征戍覓封侯。』」

唐汝詢《唐詩解》：「傷離者莫甚於從軍，故唐人閨怨，大抵皆征婦之詞也。知愁則不復能凝粧矣。凝粧上樓，明其不知愁也。然一見柳色而生悔心，功名之望遙，離索之情亟也。蟲鳴思覯，南國之正音；萱草痗心，東遷之變調。閨中之作，近體之二南歟！」

王文濡《唐詩評註》：「少婦於春日凝粧上樓，怡然自得。初不知愁為何物？忽見陌頭春色，不覺觸目驚心。念夫婿一去不返，縱覓得封侯，亦不能償此春日之離恨，悔不當初，莫使之去。寫怨字歸咎於己，所謂怨而不怒也。」

## 採蓮曲 二首錄一

荷葉羅裙一色裁，芙蓉向臉兩邊開。亂入池中看不見，聞歌始覺有人來。

謝榛《四溟詩話》：「貢有初泰父尚書姪也，刻意於詩。嘗謂余曰：『荷葉羅裙一色裁，芙蓉向臉兩邊開。亂入池中看不見，聞歌始覺有人來。』王昌齡《採蓮曲》也，詩意謂葉與裙同色，花與臉同色，故棹入花間不能辨，及聞歌聲，方知有人來也。用意之妙，讀者皆草草看過了。」

鍾惺《唐詩歸》：「從『亂』字，『看』字，『聞』字，『覺』字，耳目心三處參錯說出詩來，若直作衣服容貌相夸示，則失之遠矣。」

唐汝詢《唐詩解》：「采蓮之女，與蓮同色，聞歌始覺其有人也。」

**芙蓉樓送辛漸**

寒雨連江夜入吳，平明送客楚山孤。洛陽親友如相問，一片冰心在玉壺。

唐汝詢《唐詩解》：「倘親友問我之行藏，當言心如冰冷，日就清虛，不復為宦情所牽矣。」

徐季龍《評解王昌齡詩》：「可謂入神之筆。」

沈德潛《唐詩別裁》：「言己之不牽於宦情也。」

洪亮吉《北江詩話》：「唐詩人去古未遠，尚多比興。如『玉顏不及寒鴉色。』、『雲想衣裳花想容。』、『一片冰心在玉壺。』及玉溪生《錦瑟》一篇，皆比體也。如『秋風江上草。』、『黃河水直人心曲。』、『孤雲與歸鳥，千里片時間。』以及李杜元白諸大家，最多興體。降及宋元，直陳其事者，居其八九，而比興體微矣。」

周敬瑜《唐詩絕句選釋》：「此詩一二兩句，景中寓情；三四兩句，送辛漸而不及辛漸之事，惟請其傳言親友，實開送別詩之另一法門。」

**春宮怨**

昨夜風開露井桃，未央前殿月輪高。平陽歌舞新承寵，簾外春寒賜錦袍。

楊慎《升庵詩話》：「王昌齡殿前曲：『昨夜風開露井桃。』云云，此詠趙飛燕事，亦開元末納玉環時，借漢為喻也。」

鍾惺《唐詩歸》：「就事寫情寫景，合來無痕，亦在言外，不曾說破。」

譚友夏《唐詩歸》：「得寵麗語，蓄意悲涼，此真悲涼也。」

沈德潛《唐詩別裁》：「只說他人之承寵，而己之失寵，悠然可會。此國風之體也。」

王闓運《湘綺樓說詩》：「言無寵者獨寒也。」

薛用弱《集異記》：「開元中詩人王昌齡、高適、王之渙齊名。一日寒微雪，三詩人共詣旗亭，貰酒小飲。有梨園伶官十數人會讌，三詩人因避席隈映，擁爐火以觀焉。俄有妓四輩，尋續而至，奢華豔曳，都冶頗極。旋即奏樂，皆當時之名部也。昌齡等私相約曰：『我輩各擅詩名，每不自定其甲乙。今者可以密觀諸妓所謳，若詩人歌詞之多者為優。』俄而一伶拊節而唱曰：『寒雨連江夜入吳，平明送客楚山孤。洛陽親友如相問，一片冰心在玉壺。』昌齡引手畫壁曰：『一絕句。』尋又一伶謳之曰：『開篋淚沾臆，見君前日書。夜臺何寂寞，猶是子雲居。』適則引手畫壁曰：『一絕句。』尋又一伶謳曰：『奉帚平明金殿開，暫將團扇共徘徊。玉顏不及寒鴉色，猶帶昭陽日影來。』昌齡則又引手畫壁曰：『二絕句。』之渙自以得名已久，因謂二人曰：『此輩皆潦倒樂官，所唱者皆巴人下里之詞耳！陽春白雪之曲，俗物豈能謳哉？』因指諸妓中最佳者曰：『待此子所唱，如非吾詩，即終身不敢與子爭衡矣。若是吾詩，子等當須拜牀下，奉吾為師。』因歡笑而俟之。須臾次至雙鬟發聲，則曰：『黃河遠上白雲間，一片孤城萬仞山。羌笛何須怨《楊柳》？春風不度玉門關。』之渙即揶揄二子曰：『田舍奴，我豈妄哉？』因大歡笑。」（相關故事並見王灼《碧雞漫志》）古人風流簸蕩，謔浪笑傲；忘形逸樂，令人嚮往。

許顗《彥周詩話》：「詩話者，辨句法、備古今、紀盛德、錄異事、正訛誤也。若含譏諷、著過惡、誚紕繆皆所不取。」準此以衡葛立方《韻語陽秋》卷十一：「觀王昌齡仕進之心，可謂切矣。《贈馮六元二》云：『雲龍未相感，干謁亦已屢。』《從軍行》云：『雖投定遠筆，未坐將軍樹。』至於《沙苑渡》之作，乃有『孤舟未得濟，入夢在何年？』之句，是以傳說自期也，一何愚哉！按史，昌齡為汜水尉，以不護細行，謫龍標尉。傳說所為，顧如是乎？昌齡未第時，岑參贈之詩曰：『潛虯且深蟠，黃鵠舉未晚。』既登第而謫官也，參又贈之詩曰：『王兄尚謫宦，屢見秋雲生。黃鵠垂兩翅，徘徊但悲鳴。』後昌齡以世亂還鄉，為閭丘曉所殺，則所謂黃鵠者，竟不能高舉矣。」全文用「以傅說自期也」、「一何愚哉！」、「傅說所為，顧如是乎？」、「則所謂黃鵠者，竟不能高舉矣。」等含譏諷、過惡字眼，則所謂溫柔敦厚之詩教，蕩然無存矣。

年少負才，仁人志士，莫不皆然，何罪之有？至若功成與否，天也，命也。常言道：「萬般皆是命，半點不由人。」年少或不之信，年老自知。王昌齡「以傅說自期」，與杜甫許身稷、契，其揆一也。不敢詬病杜甫，獨詆訾王昌齡，自有失公允。子夏曰：「大德不踰閑，小德出入可也。」是其「不護細行」，毋乃「小德出入」耳，何事大書特書，必欲加其罪而後已？詩云：「柔亦不茹，剛亦不吐。」於葛則反是，柔則茹之，剛則吐之，吾不知其可也。又況世無完人，聖人亦有過。是故大醇小疵，不足為非。葛氏之書，自署「陽秋」。「陽秋」者「春秋」也，夫子之《春秋》固如是乎？庸詎知葛氏一生絕無「小德出入」乎？何事對人責備求全乃爾。

## 高適詩渾樸雄遒

高適，字達夫，渤海蓨（河北滄縣）人。生於唐中宗景龍元年（公元七〇七年），卒於代宗永泰元年（公元七六五年）。性落拓，不拘小節，恥預常科，隱跡博徒，才名自遠。客遊梁、宋間，家貧，以求丐取給。開、天間，與杜甫、王昌齡等交遊，酬和詩篇、開元二十五年（公元七三七年），年三十，北上薊門（在河北），營州（在熱河）一帶。許多寫東北邊塞風物的樂府詩，如《燕歌行》等多是這時所作。《新唐書》、《舊唐書》說他「年過五十，始學為詩。」是錯誤的。先由宋州刺史張九皋薦舉有道科，中第。為汴州封丘（河南封邱）尉。不得志，去遊河西（陝、甘）。河西節度使哥舒翰表薦他作左驍衛兵曹，掌書記事。天寶十四年（公元七五五年），安祿山反，拜左拾遺，轉監察御史，佐翰守陝西潼關，兵敗，間道赴行在河池（陝西鳳縣）謁帝，遷侍御史，擢諫議大夫。負氣敢言，權近側目。後肅宗召與計事，拜御史大夫，揚州大都督府長史，淮南節度使，使討永王璘亂。李輔國惡而譖毀，左遷太子少詹事。後出為蜀、彭（四川彭山）二州刺史，又代崔光遠為成都尹，劍南西山節度使。代宗廣德元年（公元七六三年），召還京師，任刑部侍郎、左散騎常侍，進封渤海縣侯，食邑七百戶。在京三年卒，贈禮部尚書，著有《高常侍集》十卷。

《新唐書・高適傳》：「高適，字達夫，滄州渤海人。舉有道科，中第，調封丘尉。不得志，去客河西，哥舒翰表為左驍衛兵曹，掌書記，拜左拾遺。轉監察御史。佐翰守潼關，翰敗，天子西幸。適走間道及帝於河池，擢諫議大夫。負氣敢言，權近側目。肅宗雅聞之，召與計事，李輔國惡其才，毀之。下除太子少詹事，出為蜀、彭二州刺史，代崔光遠為西川節度使。廣德元年，召還，為刑部侍郎，左散騎常侍，封渤海縣侯。永泰元年卒，謚曰『忠』。適年五十始為詩，即工。以氣質自高，每一篇已，好是者即傳布。」

《舊唐書・高適傳》（節）：「適少濩落，不事生業。家貧，客於梁、宋，以求丐取給。……年過五十，始留意詩什。數年之間，體格漸變。以氣質自高，每吟一篇已，為好事者稱誦。宋州刺史張九皋深奇之，薦舉有道科。時右丞相李林甫擅權，薄於文雅，唯以舉子待之。解褐汴州封丘尉，非其好也，乃去位，客遊河右。河西節度哥舒翰見而異之，表為左驍衛兵曹，充翰府掌書記。從翰入朝，盛稱之於上前。……（安史亂中）永王（璘）叛，肅宗聞其論諫有素，召而謀之。適因陳江東利害，永王必敗。上奇其對，以適兼御史大夫、揚州大都督府長史、淮南節度使。」

胡仔《苕溪漁隱叢話》：「高適年五十始學詩，亦遂名家，非才本絕人，莫能爾也。」

計敏夫《唐詩紀事》：「高適年五十始學詩，即工，以氣質自高，每一篇出，好事者輒傳布。」

殷璠《河嶽英靈集》：「適性落拓，不拘小節，恥預常科，隱跡博徒，才名自遠。然適詩多胸臆，兼有氣骨，故朝野通賞其文。至如《燕歌行》等篇，甚多佳句，且余所愛者：

『未知肝膽向誰是？令人卻憶平原君。』吟諷不厭矣。」

嚴羽《滄浪詩話》：「高岑之詩悲壯，讀之使人感慨。」

曾季貍《艇齋詩話》：「大凡人為學，不拘蚤晚，高適五十歲始為詩，老蘇二十七歲始為文，皆不害其為工也。」

吳師道《吳禮部詩話》：「時天彝《唐百家詩選》評云：『高適才高，頗有雄氣。其詩不習而能，雖乏小巧，終是大才。』」

賀黃公《載酒園詩話》又編：「唐人稱：『有唐以來，詩人之達者，惟適而已。』今讀其詩，豁達磊落，寒澀瑣媚之態，去之略盡。如《送田少府貶蒼梧》曰：『丈夫窮達未可知，看君不合長數奇。』《贈別晉三處士》曰：『愛君且欲君先達，今上求賢早上書。』《九日酬顏少府》曰：『縱使登高只斷腸，不如獨坐空搔首。』《崔司錄宅燕大理李卿》曰：『飲酒欲言歸剡谿，門前駟馬光照衣。路旁觀者徒唧唧，我公不以為是非』眉宇如此，豈久處塢壁！」

沈德潛《說詩晬語》：「高、岑、王、李頎四家，每段頓挫處，略作對偶，於局勢散漫中求整飭也。」

毛先舒《詩辯坻》卷三：「盛唐歌行，高適、岑參、李頎、崔顥四家略同；然岑、李奇傑，有骨有態；高純雄勁，崔稍姸琢。其高蒼渾朴之氣，則同乎為盛唐之音也。」

賀貽孫《詩筏》：「高、岑五言古、律，俱臻化境，而高達夫尤妙於用虛。非用虛也，其筋力精神俱藏於虛字之內。急讀之遂以為虛耳。以此作律詩更難。如達夫《途中寄徐錄事》云：『落日風雨至，秋天鴻雁初。離憂不堪比，旅館復何如？君又幾時去，我知音信疏。空多篋中贈，長見右軍書。』『君又』、『我知』等虛字，豈非篇中筋力，但覺其運脫輕妙，如駿馬走阪，如羚羊掛角耳。且其難處，尤在虛字實對，仍不破除律體。太白雖有此不衫不履之致，然頗近古詩矣。李于麟諸公謂高、岑有五言古詩而短於五言律，此豈高、岑知己哉！」

施補華《峴傭說詩》：「高達夫七古，骨整氣遒，已變初唐之靡。特雄勁不如岑耳。岑嘉州五言古，源出鮑照，而魄力已大。慈雲塔詩，雄勁之概，直與少陵匹敵，高達夫氣骨自遒，微失之窘。」

余成教《石園詩話》：「殷璠云：『高常侍性落拓，不拘小節。恥預常科，隱跡博徒，才名自遠。詩多胸臆語，兼有氣骨，故朝野通賞其文。』愚謂常侍詩如『歸人望獨樹，匹馬隨秋蟬。』、『大都秋雁少，只是夜猿多。』、『功名萬里外，心事一杯中。』俱令人吟諷不厭。殷獨深愛其『未知肝膽向誰是，令人卻憶平原君。』語雖妙，然非集中極致之句。」

又：「高達夫五十始留意詩什，每吟一篇，已為好事者稱頌。《行路難》云：『安知憔悴讀書者，暮宿靈臺私自憐！』《田家春望》云：『可嘆無知己，高陽一酒徒。』當此之時，誠有如其所謂『萬事吾不知，其心只如此。』矣。又安料此後之鎮劍南，封渤海，謚忠公，為有唐三百年來詩人中之最達者哉！」

《方南堂先生輟鍛錄》：「高適、李頎不獨七古見長，大段氣體高厚，即今體亦復見骨格堅老，氣韻沉雄。」

薛用弱《集異記》：「開元中詩人王昌齡、高適、王之渙齊名。一日寒微雪，三詩人共詣旗亭，貰酒小飲。有梨園伶官十數人會讌，三詩人因避席偎映，擁爐火以觀焉。俄有妓四輩，尋續而至，奢華豔曳，都治頗極。旋即奏樂，皆當時之名部也。昌齡等私相約曰：『我輩各擅詩名，每不自定其甲乙。今者可以密觀諸妓所謳，若詩人歌詞之多者為優。』俄而一伶拊節而唱曰：『寒雨連江夜入吳，平明送客楚山孤。洛陽親友如相問，一片冰心在玉壺。』昌齡引手畫壁曰：『一絕句。』尋又一伶謳之曰：『開篋淚沾臆，見君前日書。夜臺何寂莫，猶是子雲居。』適則引手畫壁曰：『一絕句。』尋又一伶謳曰：『奉帚平明金殿開，暫將團扇共徘徊。玉顏不及寒鴉色，猶帶昭陽日影來。』昌齡則又引手畫壁曰：『二絕句。』之渙自以得名已久，因謂二人曰：『此輩皆潦倒樂官，所唱者皆巴人下里之詞耳！陽春白雪之曲，俗物豈能謳哉？』因指諸妓中最佳者曰：『待此子所唱，如非吾詩，即終身不敢與子爭衡矣。若是吾詩，子等當須拜牀下，奉吾為師。』因歡笑而俟之。須臾次至雙鬟發聲，則曰：『黃河遠上白雲間，一片孤城萬仞山。羌笛何須怨《楊柳》？春風不度玉門關。』之渙即揶揄二子曰：『田舍奴，我豈妄哉？』因大歡笑。」

安史之亂，造成許多詩人幸與不幸。杜甫因房琯兵敗，在肅宗面前為他講幾句公道話，肅宗震怒，貶為華州司功參軍；李白因被逼入永王璘幕，璘反兵敗，論罪放逐夜郎；高適因哥舒翰兵敗潼關，京師震撼，聞玄宗已幸西川，乃從駱谷小道追及於河池郡，向玄宗上《陳潼關敗亡形勢疏》，分析戰敗原因：

僕射哥舒翰忠義感激，臣頗知之。然疾病沉頓，智力俱竭。監軍李大宜與將士約為香火，使倡婦彈箜篌琵琶，以相娛樂。樗蒱飲酒，不恤軍務。蕃軍及秦隴武士，盛夏五、六月，於赤日之中，食倉米飯，且猶不足，欲其勇戰，安可得乎？故有望敵散亡，臨陣翻動，萬全之地，一朝而失。南陽之軍，魯靈、何履光、趙國珍各皆持節，監軍等數人更相用事，寧有是戰而能必勝哉？臣與國忠固爭，終不見納。陛下因此履巴山劍閣之險，西幸蜀中，避其蠆毒，未足為恥也。

這篇不足二百字的奏疏，寫得忠憤激烈。明白指出導致潼關潰敗的各種複雜與矛盾。充分顯示高適負氣敢言的性格，受到玄宗激賞。隨即擢升為侍御史。至成都後又遷諫議大夫。並下詔曰：「侍御史高適，立節貞峻。植躬高朗，感激懷經濟之略，紛綸贍文雅之才。長策遠圖，可云大體。讜言義色，實謂忠臣。宜回糾逖之任，俾超諷諭之職。」

不寧惟是，至德元年（公元七五六年）七月十二日，肅宗即位於靈武，聞永王璘有不臣舉動，令他歸覲於蜀，璘抗命不從。肅宗不得不採取預防措施，聽說高適負氣敢言，乃召而咨詢之。適因陳江東利害，永王必敗。上奇其對，以適兼御史大夫、揚州大都督府長史、淮南節度使。使與淮南西道節度使來瑱、江東節度使韋陟協同作戰，平永王璘之亂。這次事件，不但對唐代政壇、文壇影響極大，而且也是高適個人政治生活的一個重要轉捩點。

人生禍福相倚，福至禍必伏之。高適因在《陳潼關敗亡形勢疏》中，激烈抨擊宦官監軍誤國誤民的重大罪行，因而遭到勢傾朝野的宦官們忌恨而思報復。尤其是李輔國咬牙切齒，必除之而後快，在皇上前數短毀之，終於被解除節度使官職，左遷太子少詹事。

乾元二年（公元七五九年）三月，九節度使在相州潰敗，叛軍大振，東京士民震駭，散奔山谷，在危難之際，高適又被授予彭、蜀二州刺史、劍南西川節度使。坐鎮六年，到代宗廣德二年（公元七六四年）才召回長安，官刑部侍郎，轉散騎常侍（《唐書・百官志》：「門下省置左散騎常侍二人，掌規諷過失、侍從、顧問。」）。於永泰元年（公元七六五年）卒。

高適以詩人身份，出任戎帥，蕩平永王之亂，戰功彪炳。有唐以來，得未曾有。杜甫《奉寄高常侍》云：「汶上相逢年頗多，飛騰無那故人何。總戎楚蜀應全未，方駕曹劉不啻過。今日朝廷須汲黯，中原將帥憶廉頗。天涯春色催遲暮，別淚遙添錦水波。」

自從杜甫以「高岑殊緩步，沈鮑得同行。意愜關飛動，篇終接混茫。」（見杜甫《寄彭州高三十五使君適虢州岑二十七長史參三十韻》詩）稱呼高岑後，嚴羽《滄浪詩話》亦云：「高岑詩悲壯。」；高棅《唐詩品彙・總序》：「高適岑參之悲壯。」胡應麟《詩藪・內篇》卷三：「高岑悲壯為宗。」即自古以來，「悲壯」二字，即等於高岑詩的註冊商標，無人可替代。然則，二者之間相同乎？相異乎？卻成為好事者的討論話題。爰條分縷析如下：

一、認為是相同的：

鍾惺《唐詩歸》：「惟高、岑心手，如出一人。」

洪亮吉《北江詩話》：「高、岑體格并同，所謂笙磬同音。」

二、認為是相異的：

王世貞《藝苑卮言》卷四：「高、岑一時不易上下，岑氣骨不如達夫，遒上而婉縟過之，選體時時入古。岑尤陟健，歌行磊落奇俊；高一起一伏，取是而已，尤為正宗。」

王士禎《師友詩傳續錄》：「高、岑迥別，高悲壯而厚，岑奇逸而峭。鍾伯敬謂高、岑詩如出一手，大謬矣！」

喬億《劍谿說詩》卷上：「高、岑詩同而異，高詩渾樸，岑詩警動。」

翁方綱《石洲詩話》：「高常侍與岑嘉州不同，鍾退谷之論，阮亭已早辨之。然高之渾樸老成，亦杜陵之先鞭也。直至杜陵，遂合諸公為一手耳。」

管世銘《讀雪山房唐詩凡例》：「高常侍豪宕感激，岑嘉州創闢經奇，各有『建大將旗鼓出井陘』之意。」又：「高常侍律法稍疏，而彌見古意。岑嘉州始為沈著凝鍊，稍異於王、李，而將入杜矣。」

無名氏《靜居緒言》：「岑嘉州、高達夫、李東川詩，皆闊達贍博，要為一家眷屬。分而言之，岑詩樸而致；高詩簡而沖；李詩奇而峭。讀之如與有道接語，初無奧妙之辭令，而言之已竅物理；既非縱橫之口術，而聞者足為動容。平正有餘，出奇不窮。詩工矣，格尚矣，好奇務新者，宜於三家參之。」

以上二說，莫衷一是。爰將高、岑詩各舉三首比較之：

一、高適詩：

## 燕歌行並序

開元二十六年，客有從御史大夫張公出塞而還者，作《燕歌行》以示適，感征戍之事，因而和焉。

漢家煙塵在東北，漢將辭家破殘賊。男兒本自重橫行，天子非常賜顏色。摐金伐鼓下榆關，
旌旗逶迤碣石間。校尉羽書飛瀚海，單于獵火照狼山。山川蕭條極邊土，胡騎憑陵雜風雨。
戰士軍前半生死，美人帳下猶歌舞。大漠窮秋塞草衰，孤城落日鬥兵稀。身當恩遇恆輕敵，
力盡關山未解圍。鐵衣遠戍辛勤久，玉筯應啼別離後。少婦城南欲斷腸，征人薊北空回首。
邊風飄飄那可度，絕域蒼茫更何有？殺氣三時作陣雲，寒聲一夜傳刁斗。相看白刃血紛紛，
死節從來豈顧動？君不見沙場征戰苦，至今猶憶李將軍。

## 塞上

東出盧龍塞，浩然客思孤。亭堠列萬里，漢兵猶備胡。邊塵滿北溟，虜騎正南驅。轉鬥豈長策，和親非遠圖。惟昔李將軍，按節臨此都。總戎掃大漠，一戰擒單于。常懷感激心，願效縱橫謨。倚劍欲誰語？關河空郁紆！

## 古大梁行

古城莽蒼饒荊榛，驅馬荒城愁殺人。魏王宮觀盡禾黍，信陵賓客隨灰塵。憶昨雄都舊朝市，軒車照耀歌鐘起。君容帶甲三十萬，國步連營五千里。全盛須臾那可論，高臺曲池無復存。

遺墟但見狐狸跡，古地空餘草木根。暮天搖落傷懷抱，倚劍悲歌對秋草。俠客猶傳朱亥名，行人尚識夷門道。白璧黃金萬戶侯，寶刀駿馬塡山丘。年代淒涼不可問，往來唯見水東流。

二、岑參詩：

### 輪臺歌奉送封大夫出師西征

輪臺城頭夜吹角，輪臺城北旄頭落。羽書昨夜過渠黎，單于已在金山西。戍樓西望煙塵黑，漢兵屯在輪臺北。上將擁旄西出征，平明吹笛大軍行。四邊伐鼓雪海湧，三軍大呼陰山動。虜塞兵氣連雲屯，戰場白骨連草根。劍河風急雪片闊，沙口石凍馬蹄脫。亞相勤王甘苦辛，誓將報主靜邊塵。古來青史誰不見，今見功名勝古人。

### 白雪歌送武判官歸京

北風捲地白草折，胡天八月即飛雪。忽如一夜春風來，千樹萬樹梨花開。散入珠簾濕羅幕，狐裘不暖錦衾薄。將軍角弓不得控，都護鐵衣冷猶著。瀚海闌干百丈冰，愁雲慘澹萬里凝。中軍置酒飲歸客，胡琴琵琶與羌笛。紛紛暮雪下轅門，風掣紅旗凍不翻。輪臺東門送君去，去時雪滿天山路。山迴路轉不見君，雪上空留馬行處！

### 走馬川行奉送封大夫出師西征

君不見走馬川行雪海邊，平沙莽莽黃入天。輪臺九月風夜吼，一川碎石大如斗，隨風滿地石亂走。匈奴草黃馬正肥，金山西見煙塵飛，漢家大將西出師。將軍金甲夜不脫，半夜軍行戈相撥，風頭如刀面如割。馬毛帶雪汗氣蒸，五花連錢旋作冰，幕中草檄硯水凝。料知短兵不敢接，軍師西門佇獻捷。

兩相比較，我們體會到高適似不甚講究奇字奇句，亦不甚注意對景物做細致的描繪；而岑參則反是。故前人評高岑詩風的不同趨向說：「高詩尚質主理，岑詩尚巧主景。」岑參對塞外壯麗自然景物特別喜愛，故往往寓情於景，借景抒情；而高適寓景於情，緣情寫景。同是「悲壯」，高悲壯質實，岑悲壯奇峭。

高、岑詩之所以有此差異，其來有自。高適出身貧寒，早歲甚且「求丐取給」，成年後又親身農業勞作，飽經豪門貴族歧視、壓抑因而在思想上企求改變這不合理現狀，養成喜言王霸大略，務功名，尚節義的性格。而岑參的家世「國家六葉，吾門三相。」本人亦自豪以「相門子」自居。雖然家道中衰，陷入「雪凍穿履，塵緇弊裘。」的貧困生活，但祖先遺留下來的許多田產，諸如他經常掛在嘴邊的「南溪別業」、「陸渾別業」、「杜陵別業」以及「終南別業」等。是則他所處的是山水林泉的勝景，所過的是逍遙自在的優裕生活。因此他對民生問題的了解，比高適要膚淺的多。其次，高岑在文學領域裡所側重的也各不相同。高嚮往建安風骨，正如他自己所說的「縱橫建安作」。故其表現出來的是質實而不事雕琢，遺詞用語力求渾樸雄遒之美。岑參受南朝詩人影響較大，尤以鮑魚、謝朓為最。故其詩主景，造句力求奇麗峭拔。由此觀之，高岑詩欲分高下，良非易易。高詩近杜甫，岑詩近李白。難分軒輊，各有千秋。

## 岑參詩悲壯奇秀

岑參的家世，張景毓：《大唐朝散大夫潤州句容縣令岑君德政碑》、《新唐書・宰相世系表》、《鄭樵通志》、《正字通》及周嘉猷《南北史表》等所載，大同小異；至若謂其出自姬姓，則各本無異議。茲分錄如下：

張景毓《大唐朝散大夫潤州句容縣令岑君德政碑》：「其先出自顓頊氏，后稷之後。周文王母弟輝剋定殷墟，封為岑子，今梁國岑亭即其地也。因以為姓。代居南陽之棘陽。十三代孫善方隨梁宣王西上，因官投跡，寓居於荊州焉。」又曰：「梁亭漢室，先開佐命之封，吳郡荊門，晚葺因居之地。」

《新唐書・宰相世系表》：「岑氏出自姬姓，周文王異母弟耀子渠，武王封為岑子。其地梁國北岑亭是也。子孫因以為氏。世居南陽棘陽（案漢之棘陽縣故城，在今河南新野縣東北）。後漢有征南大將軍舞陽壯侯岑彭、字君然。生屯騎校尉細陽侯遵。遵曾孫像（本傳作豫）南郡太守、生晊字公孝。黨錮難起，逃於江夏山中，徙居吳郡，生亮伯。亮伯生軻，吳會稽鄱陽太守，徙鹽官，十世孫善方。」

《鄭樵通志》：「岑氏以國為氏。《呂氏春秋》云：『周文王封異母弟耀之子渠為岑子，其地梁，國岑。』是也。子孫以以國為氏。」

《正字通》：「周文王封異母弟耀之子渠為岑子，今梁國有岑亭。又姓，望出南陽。」

周嘉猷《南北史表》：「南陽岑氏，世居棘陽。漢有征南大將軍彭。彭生遵，遵玄孫晊字公孝，黨錮難起，逃於江夏山中，徙居吳郡，晊生亮伯。亮伯生軻，吳鄱陽太守復徙鹽官。軻八世孫惠甫給事中。」

岑氏一脈相承，代出將相。到了善方，更加傑出。仕後梁官拜驃騎大將軍。到魏恭帝二年授開府儀同三司，封長寧公，食邑一千二百戶。善方之子象，即岑參之高祖父，隋時歷尚書虞部員外郎。有唐一代，岑氏一門三相，聲名顯赫。岑參《感舊賦序》中就有：「國家六葉，五門三相矣。」之言。所謂三相，是指他的曾祖父文本嘗相太宗，伯祖父長倩曾相高宗，伯父羲相輔睿宗而言。文本字景仁，宏才巨量，經文緯武。不但才華蓋世，尤忠君愛國。事親至孝，生平口未嘗言家事，太宗非常賞識器重他。及卒，太宗曾親至臨視，撫之流涕不已！長倩、羲二人，相繼居宰輔，並能守正不阿，惜皆不獲令終。長倩因與諸武不合，罷為武威道行軍大總管，西征吐蕃。未至，召還下獄被誅，五子同賜死。羲則因太平公主事發，以預謀罪伏誅，籍沒其家，親族數十輩放逐略盡，此係參生前二年發生的事。

岑參的祖父景倩，武后時官麟臺少監、衛州刺史、宏文館學士。父親植字德茂，弱冠補修文生，明經擢第，官蒲州司戶參軍，遷潤州句容縣令，頗有政聲。秩滿，縣民張景毓為立德政碑，說他：「達於時事，明於政理。政不嚴而自肅，化不令而人從。甿黎感惠受之如父母，奸邪屏跡畏之如神明。戶口滋豐，田疇墾闢。」後終於仙、晉二州刺史。植有五子，即渭、況、參、秉、亞是。渭官澄城丞，秉官太子贊善大夫，亞官長葛丞。唯況與參較特出。況嘗官單父尉，有文名，與劉長卿友善，相互唱和不輟。杜甫《渼陂行》說：「岑參兄弟皆好奇，攜我遠來遊渼陂。」（渼陂：因水味美，故配水以為名。在長安鄠縣西五里。出終南山諸谷，合胡公泉為陂。陂水澄湛，環抱山麓。方可數里。中有芙蕖，梟雁之屬。見仇兆鼇《杜詩詳注》）王昌齡有詩云：「岑家雙瓊樹，騰光難為儔。」即是推許岑況與岑參。

岑參的生平，因兩唐書俱無傳，辛文房《唐才子傳》有傳，但過於簡略。所以他的生卒壽齡及其行誼，僅能據其集中諸詩及有關群書以考之。他生於開元三年乙卯（公元七一五年），卒於大曆五年庚戌（公元七七〇年），得年五十六。《感舊賦序》說他「五歲讀書」、「九歲屬文」、「十五歲隱居嵩陽」。在這十五年間，先是在仙州其父刺史官廨，後又侍父至晉州刺史任所。年十五則移居河南登封縣（原名嵩陽，武后時改名為登封）的太室別業。於時，其父已卒，家道貧寒。自從其父亡故之後，他從兄授書，勤苦向學。職是之故，他的詞章才能「屬辭尚清，用意尚切。其有所得，多入佳境，迥拔孤秀，出於常情。每一篇絕筆，則人人傳焉。雖閭里、士庶、戎夷、蠻貊，莫不諷誦吟習焉。」（見杜確《嘉州集序》）自十六歲至二十歲，初則隱居於嵩陽「太室別業」，繼則移居潁陽「少室別業」，養精蓄銳，磨礪以須。二十歲那一年，他至長安獻書闕下，不幸落第。以後十年，他往來於京洛之間，並曾經授室，而且結交了不少朋友如王昌齡、王綺、郭乂、周少府、李道士、杜位及韓樽等。三十歲一舉成名中進士高第。是年為天寶三年（公元七四四年），自是留居京師。期間又結識裴復及顏真卿等人。天寶八年，安西四鎮節度使高仙芝表參為右威衛錄事參軍充節度使幕掌書記，遂赴安西。至十年正月，高仙芝加開府儀同三司入朝，三月除武威太守兼右羽林大將軍。於是仙芝幕僚劉單、宇文判官及參等群赴武威。四月，諸胡潛行大食，欲共攻四鎮，仙芝率二萬蕃兵擊大食，不料蕃兵葛羅祿部眾叛，與大食夾攻唐軍，仙芝敗績還朝，參亦隨軍回長安。

天寶十一年秋，參和杜甫、高適、儲光羲、薛據同登慈恩寺塔，且各賦詩一首。十三年，安西節度使封常清權北庭都護伊西節度瀚海軍使，表參為大理評事攝監察御使，充安西北庭節度判官，遂赴北庭，旋遷支度副使。十四年，他往來於輪臺北庭間。是年，安祿山反，封常清被召返京。至德元年冬，參東歸。二年二月，肅宗幸鳳翔，參不久亦至。六月十二日，杜甫、裴薦、孟昌浩、魏齊　、韋少遊薦參「識度清遠，議論雅正。佳名早立，時輩所仰。可備諫職。」旋即詔參為右補闕。至十月，隨肅宗回長安。乾元元年（公元七五八年）杜甫、王維、賈至諸人與參並為兩省僚友，唱和甚頻。二年三月，參自右補闕轉起居舍人，四月署虢州長史。寶應元年（公元七六二年）肅宗崩，代宗即位。改參為太子中允兼殿中侍御史，充關西節度判官。十月，天下兵馬元帥擁王适（即德宗）討史朝義，以參為掌書記。廣德元年（公元七六三年）參回長安，入為祠部員外郎，遷考功員外郎。二年，轉虞部郎中。永泰元年轉庫部郎中。十一月出為嘉州刺史。惜因蜀中大亂，行至梁州而返。大曆元年（公元七六六年）仍在長安。二月杜鴻漸為山南西道劍南東西川副元帥，奉命平定蜀亂。乃表參為職方郎中兼侍御史，列為幕府，於是他便隨鴻漸入蜀。二年四月，杜鴻漸入朝奏事，以崔甯知西川留後，參因之遂罷使職，奔赴嘉州刺史任所。至三年七月，他又罷官東歸。行至戎州，為群盜所阻，江路已斷，不得已寄居成都。終因亂不得返，於大曆五年正月卒於成都旅舍。著有《岑嘉州集》，詩三百六十首。世稱岑嘉州。

岑參久歷戎幕，屢經征戰。長處邊陲，日與沙漠為伍。復遭安史之亂，目睹黎民生離死別之苦；感受睢陽、常山齒舌忠勇之狀，發而為詩。是其詩格調峭拔，以善寫邊塞著稱當世，後乏繼者。展卷讀之，天山雪擁，瀚海旗翻，宛在眼前；輪臺角哀，北庭鼓伐，恍聞左右。鬱豪氣於風雷，振天聲於煙磧；且復寓忠愛之旨，發警切之言，諷誦之餘，未嘗不為之奮袖起舞，撫髀賡歌。是其詩悲壯；再者，因其長居二室（太室、少室）讀書，佐治虢州，遠遊河朔，出判風景明媚秀麗之嘉州，是其詩奇秀。爰分述之：

一、悲壯：

**《白雪歌》送武判官歸京**

北風捲地白草折，胡天八月即飛雪。忽如一夜春風來，千樹萬樹梨花開。散入珠簾濕羅幕，狐裘不暖錦衾薄。將軍角弓不得控，都護鐵衣冷猶着。瀚海闌干百丈冰，愁雲慘澹萬里凝。中軍置酒飲歸客，胡琴琵琶與羌笛。紛紛暮雪下轅門，風掣紅旗凍不翻。輪臺東門送君去，去時雪滿天山路。山迴路轉不見君，雪上空留馬行處。

**《輪臺歌》奉送封大夫出師西征**

輪臺城頭夜吹角，輪臺城北旄頭落。羽書昨夜過渠黎，單于已在金山西。戍樓西望煙塵黑，漢兵屯在輪臺北。上將擁旄西出征，平明吹笛大軍行。四邊伐鼓雪海湧，三軍大呼陰山動。虜塞兵氣連雲屯，戰場白骨纏草根。劍河風急雲片闊，沙口石凍馬蹄脫。亞相勤王甘苦辛，誓將報主靜邊塵。古來青史誰不見，今見功名勝古人。

**《走馬川行》奉送封大夫出師西征**

君不見走馬川行雪海邊，平沙莽莽黃入天。輪臺九月風夜吼，一川碎石大如斗，隨風滿地石亂走。匈奴草黃馬正肥，金山西見煙塵飛，漢家大將西出師。將軍金甲夜不脫，半夜軍行戈相撥，風頭如刀面如割。馬毛帶雪汗氣蒸，五花連錢旋作冰，幕中草檄硯如凝。虜騎聞之應膽懾，料知短兵不敢接，軍師西門佇獻捷。

二、奇秀：

**與高適薛據登慈恩寺浮圖**

塔勢如湧出，孤高聳天宮。登臨出世界，磴道盤虛空。突兀壓神州，崢嶸如鬼工。四角礙白日，七層摩蒼穹。下窺指高鳥，俯聽聞驚風。連山若波濤，奔湊似朝東。青槐夾馳道，宮館何玲瓏。秋色從西來，蒼然滿關中。五陵北原上，萬古青濛濛。淨理了可悟，勝因夙所宗。誓將掛官去，覺道資無窮。

**和賈至舍人早朝大明宮之作**

雞鳴紫陌曙光寒，鶯囀皇州春色闌。金闕曉鐘開萬戶，玉階仙仗擁千官。花迎劍珮星初落，柳拂旌旗露未乾。獨有鳳凰池上客，《陽春》一曲和皆難。

**逢入京使**

故園東望路漫漫，雙袖龍鍾淚不乾。馬上相逢無紙筆，憑君傳語報平安。

【附錄】

辛文房《唐才子傳》：「參累佐戎幕，往來鞍馬烽塵間十餘載，極征行離別之情。城障塞堡，無不經行。博覽史籍，尤工綴文。屬辭尚清，用心良苦。詩調尤高，唐興罕見。所作放情山林，故常懷逸念，奇造幽致。所得往往超拔孤秀，度越常情。與高適風骨頗同，讀之令人慷慨懷感。每篇絕筆，人輒傳詠。」

《全唐詩・岑參傳》：「岑參，南陽人，文本之後。少孤貧，篤學，登天寶三載進士第。由率府參軍纍官右補闕。論斥權佞，尋出為虢州長史，復入為太子中允。代宗總戎陝服，委以書奏之任，由庫部郎中出刺嘉州。杜鴻漸鎮西川，表為從事，以職方郎兼侍御史，領幕職。使罷，流寓不還，遂終於蜀。參詩辭意清切，迥拔孤秀，多出佳境。每一篇出，人競傳寫，比之吳均何遜焉。」

杜確《嘉州集序》：「岑公昔歲孤寒，能自砥礪。遍覽史籍，尤工綴文。屬辭尚清，用意尚切。其有所得，多入佳境。迥拔孤秀，出於常情，每一篇絕筆，則人人傳寫。雖閭里士庶，戎夷蠻陌，莫不諷誦吟習焉。時議擬公於吳均、何遜，亦可謂精當矣。」

殷璠《河嶽英靈集》：「參詩語奇體峻，意亦造奇。至如『長風吹白茅，野火燒枯桑。』可謂逸矣。又『山風吹空林，颯颯如有人。』便稱幽致也。」

嚴羽《滄浪詩話》：「高岑之詩悲壯，讀之使人感慨！」

馬端臨《文獻通考》引晁氏曰：「岑參博覽史籍，尤工綴文。屬辭尚清，用心良苦。其有所得，往往超拔孤秀，度越常情。每篇絕筆，人競傳諷。」

《湖廣通志》：「岑參文本曾孫，少孤。比長，徧覽經史。綴文屬辭，迥拔孤秀。」

王世貞《藝苑卮言》：「高岑一時不易上下，岑氣骨不如達夫，遒上而婉縟過之。選體時時入古。岑尤陟健，歌行磊落奇俊。」

《唐代政教史》：「岑集中多嚮亮悲壯邊塞之音，讀之令人不勝慷慨懷感。嘗從封常清軍往來於鞍馬烽塵之間十餘年，故擅長歌詠邊塞幽朔之詩，其詩明淨整齊，語逸體俊而意亦奇。豐縟處略似王維。」

胡震亨《唐音癸籤》卷九：「嘉州清新奇逸，大是俊才。」

鍾伯敬《唐詩歸》：「岑《塔詩》惟『秋色』四語，可敵儲光羲、杜甫。餘寫高遠處，俱有極力形容之跡。」

《四庫未收書目提要》：「參詩律健整，非晚唐纖碎可比。」

洪亮吉《北江詩話》：「詩奇而入理，乃謂之奇；若奇而不入理，非奇也。盧玉川、李昌谷之詩，可云奇而不入理者矣。詩之奇而入理者，其惟岑嘉州乎？余嘗以己未冬杪，謫戍出關，祁連雪山，日在馬首。又晝夜行戈壁中，沙石嚇人，沒及髁膝，而後知岑詩『一川碎石大如斗，隨風滿地石亂走。』之奇而實確也。大抵讀古人之詩，又必身親其地，身歷其險，而後知心驚魄動者，實由於耳聞目見得之，非妄語也。」

恆仁《月山詩話》：「唐人七律壓卷，嚴滄浪取《黃鶴》，何仲默取《盧家少婦》。王元美謂沈詩末句是齊梁樂府語，崔詩起法是盛唐歌行語。如織宮錦間一尺繡，錦則錦矣，如全幅何？其論甚確。愚謂王維之《敕賜百官櫻桃》，岑參之《早朝大明宮》，李白《登金陵鳳凰臺》，不獨可為唐律壓卷，即在本集此體中亦無第二首也。」

孫一濤《全唐詩話續編》卷下：「岑參和賈至《早朝大明宮》云：『雞鳴紫陌曙光寒，鶯囀皇州春色闌。金闕曉鐘開萬戶，玉階仙仗擁千官。花迎劍珮星初落，柳拂旌旗露未乾。獨有鳳凰池上客，《陽春》一曲和皆難。』顧華玉謂岑參最善七言，興意音律，不減王維，乃盛唐宗匠。此篇頡頏王、杜，千古膾炙。」

王文濡《唐詩評註》：「雄渾悲壯，凌跨百代。而『秋色』四句，寫盡空遠之景，尤令人神往不已。」

沈騏《詩體明辨》：「王昌齡、高適之閑逸，常建、岑參、李頎之秀拔，咸殊絕倫。」

劉熙載《藝概》：「高岑兩家詩，皆可亞匹杜陵；至岑超高實，則趣尚各有近焉。」

翁方綱《石洲詩話》：「嘉州之奇峭，入唐以來所未有，又加以邊塞之作，奇氣益出。」

沈德潛《唐詩別裁》：「登慈恩寺詩，少陵下應推此作，高達夫、儲太祝皆不及也。薛據詩失傳，無可考。」又《說詩晬語》：「高、岑、王、李頎四家，每段頓挫處，略作對偶，於局勢散漫中求整飭也。」

施補華《峴傭說詩》：「岑嘉州七古，勁骨奇翼，如霜天一鶚，故施之邊塞最宜。」又：「岑嘉州五言古，源出鮑照，而魄力尤大。至《慈雲塔》詩：『秋色從西來，蒼然滿關中。五陵北原上，萬古青濛濛。』雄勁之概，直與少陵匹敵矣。」又：「和賈至《早朝》詩，究以岑參為第一，『花迎劍珮』、『柳拂旌旗』，何等華貴自然。摩詰『九天閶闔』一聯，失之廓落；少陵『九重春色醉仙桃』，更不妥矣。詩有一日短長，雖大手筆不免也。」

黃賀裳《載酒園詩話》：「鍾氏曰：『唐人如沈、宋，王、孟，李、杜，錢、劉之類，雖兩人並稱，皆有不能強同處。惟高、岑如出一人，其森秀之骨，澹遠之氣，俱皆相敵。』」

田雯《古歡堂集．雜著卷二》：「嘉州句琢字雕，刻意鍛鍊。」

喬億《劍谿說詩》卷上：「高、岑詩同而異，高詩渾樸，岑詩警動。」

管世銘《讀雪山房唐詩凡例》：「岑嘉州獨尚警拔，比於孤鶴出群。」又：「高常侍豪宕感激，岑嘉州創闢經奇。各有『建大將旗鼓出井陘』之意。」又：「高常侍律法稍疏，而彌見古意；岑嘉州始為沈著凝鍊，稍異於王、李，而將入杜矣。」

毛先舒《詩辯坻》卷三：「盛唐歌行，高適、岑參、李頎、崔顥四家略同；然岑、李奇傑，有骨有態；高純雄勁，崔稍妍琢。其高蒼渾朴之氣，則同乎為盛唐之音也。」又：「嘉州輪臺諸作，奇姿傑出，而風骨渾勁。琢句用意，俱極精思，殆非子美、達夫所及。」

## 詩仙李白

李白的遠祖，是老子李耳。他在《送于十八應四子舉落第還嵩山》詩中說：「吾祖吹橐籥，天人信森羅。歸根復太素，群動熙元和。」案《老子．五章》曾說：「天地之間其猶橐籥乎？虛而不屈，動而愈出。多而數窮，不如守中。」所以他說：「吾祖吹橐籥。」他也自稱是西漢飛將李廣的後裔，其在《贈張相鎬》詩說：「本家隴西人，先為漢邊將。功略蓋天地，名飛青雲上。苦戰竟不侯，當年頗惆悵。世傳崆峒勇，氣激金風壯。英烈遺厥孫，百代神猶王。」李陽冰《唐翰林李太白詩序》：「李白，字太白，隴西成紀人。涼武昭王暠九世孫。」又范傳正《唐左拾遺翰林學士李公新墓碑》：「公名白，字太白，其先隴西成紀人。絕嗣之家，難求譜牒。公之孫女，搜於箱篋中，得公之亡子伯禽手疏十數行，紙壞字缺，不能詳備，約而計之，涼武昭王九代孫也。」又宋祁《新唐書‧本傳》：「李白，字太白，興聖皇帝九世孫。」興聖皇帝也就是涼武昭王。因為李唐是涼武昭王的後人，所以唐高祖時特追封為興聖皇帝。根據《十六國疆域志》記載，李暠當時領秦、涼二州牧，其實一涼州。統轄：敦煌、涼興、晉昌、晉興、西都、河湟、西平、大夏、廣武、西安、武威、武興、張掖、酒泉、涼寧、建康、西海、祁連、會稽、廣夏、新城等二十一郡。到東晉義興十二年病逝，年六十七。國人上謚稱武昭王。李暠有十個兒子，名叫：譚、歆、讓、愔、恂、翻、豫、宏、眺、亮（見《北史序傳》）李白是涼武昭王九世孫，李唐也是涼武昭王的後裔，但李白不知道是出於那一房。

李白的詩文裡，很少談及他的家世，因此後人對於他的父母，尤其是曾祖父母、祖父母的生平，多不可考。我們能知道的，只有以下幾篇資料：

李陽冰《草堂詩序》：「李白，字太白，隴西成紀人。涼武昭王暠九世孫。蟬聯珪組，世為顯著。中葉非罪，謫居條支，易姓埋名……神龍之始，逃回於蜀。」

范傳正《唐左拾遺翰林學士李公新墓碑》：「……隋末多難，一房被竄於碎葉，流離散亂，隱姓埋名。故自國朝以來，漏於屬籍。神龍初潛還廣漢。因僑為郡人，父客以逋其邑，遂以客為名。高臥雲林，不求祿仕。公之生也，先府君指天枝以復姓。先夫人夢長庚而告祥。名之與字，咸所取象，受五行之剛氣。」

劉昫《舊唐書‧文苑列傳》：「李白，字太白，山東人。少有逸才，志氣宏放，飄然有超世之心。父為任城尉，因家焉。」

宋祁《新唐書‧文藝列傳》：「李白，字太白，興聖皇帝九世孫。其先，隋末以罪徙西域。神龍初，遁還，客巴西。白之生母，夢長庚星，因以命之。」

以上四篇資料，第一篇李陽冰序，是李白在時所為，其中所載，必出於李白之口。而李陽冰又是李白的族叔，寶應年間為當塗令，李白曾寄居李陽冰處，所以這篇最為可信。第二篇與第一篇大致相同。所不同的，只有謫居地，一作「條支」，一作「碎葉」，這無關宏旨。第三篇說李白是山東人，父親曾做任城尉，完全無稽之談。第四篇大概是依據李序和范碑，所以較《舊唐書》正確。

李白的一生，對於他的家世，諱莫如深，不但對他的祖父母，不著一字，就是對他的父母也絕少談及，其中必有很大的隱憂。以他呼唐高祖子孫徐王延年為從兄，呼吳王延陵為從弟看來，關係又非常密切，必有近房的血統關係。否則，以他高傲個性是不屑如此高攀的。例如他有《感時留別從兄徐王延年從弟延陵》詩說：「藥物多見饋，珍羞亦兼之。」可以推測往來的密切；又：「泣別自眷眷，傷心步遲遲。」可以領會出友愛的深篤。又如他有《寄吳王三首》，詩中說：「小子忝枝葉，亦攀丹桂叢。」可以得知他們的關係，不只是同宗，而且是近房兄弟。但是先世因罪逃亡西域，後雖蒙既往不究，得以回來。回來後又自以為不太體面，所以對其家世隻字不提。

李白父親，並不是真叫做「客」，是他逃回四川廣漢以後，鄉人稱他為「客」，他也就以「客」為名。雖然李白很少談及他的父母，但從他《秋於敬亭送從姪耑遊廬山序》中說：「余小時，大人令誦《子虛賦》。」則可知其父是相當有學問的人。又從范碑「高臥雲林，不問祿仕。」知是一位隱姓埋名的高人。抑且李白在二十五歲，即「仗劍去國，辭親遠遊。南窮蒼梧，東涉溟海。」（《上安州裴長史書》），他在維揚，見了落魄的公子，就慷慨解囊，因而「不逾一年，散金三十餘萬。」這足以證明他的家庭相當富裕。他的家從隋末至武后長安元年，至少有百年之久，也就是說住了三代以上，因此推斷他的母親應該是胡人。

李白生於唐武后長安元年（公元七〇一年）於塞外條支（即今新疆天山南麓吐魯蕃），他的父親在中宗神龍元年（公元七〇五年）挈其眷屬，跋涉萬里，潛返中原。因有所顧忌，不回隴西成紀（今甘肅天水縣）而到廣漢（今四川彰明），在城南的青蓮鄉定居下來。鄉人稱他為「客」，於是他就以「客」為名。李白十五歲，在他父親教導之下，讀盡諸子百家。兼涉方術異書。他在《上安州裴長史書》中說：「五歲誦六甲，十歲觀百家。軒轅以來，頗得聞矣。」六甲即《奇門遁甲》，讀之可推算吉凶禍福，是遁甲之術。《漢書・藝文志》載，《風鼓六甲》二十四卷，王先謙補注：「遁甲，推六甲之陰而隱遁也。」又在《贈張相鎬書》中說：「十五觀奇書，作賦凌相如。」少年英氣，嶄露頭角。《天寶遺事》載：「李太白少時，夢所用之筆，頭上生花。後天才贍逸，名滿天下。」這或許是好事者所編的故事。在彰明縣北三十里，有一座戴天山，亦稱大匡山。大匡山外，還有一座小匡山，李白在大小匡山讀書，足有三、四年之久。這幾年的時光，使他的學識更淵博，詩文更精湛。李白的從弟李令問曾稱頌李白說：「兄肝臟皆錦繡耶？不然，何開口成文，揮翰霞散？」又《天寶遺事》說：「每與人談論，皆成句讀。如春葩麗藻，粲於齒牙之下。」他有這些能耐就是在這時候孕育出來的。

開元八年（公元七二〇年），李白年已二十，他離開匡山，去蜀中一帶遊歷。途次遇到很負盛名的蘇頲。他在《上安州裴長史書》中說：「前禮部尚書蘇公，出為益州長史，白於路中投刺，待以布衣之禮。因謂群僚曰：『此子天才英麗，下筆不休。雖風力未成，且見專車之骨。若廣之以學，可以相如比肩也。』」由是聲蜚遐邇。開元十三年，李白年二十五，仗劍東去，從此他一生再也沒有回到這風景如畫的峨眉山。出川以後，先游洞庭、蒼梧，再游金陵、維揚，最後到了會稽、剡中。他東游吳越，過了一年多的浪漫生活。在開元十五年（公元七二七年）年二十七，又溯回西上。在湖北安陸，和許故宰相圉師的孫女結婚。許家在安陸是望族，歷代做官，家庭環境很好。李白結婚後，生活便安定下來。每天飲酒賦詩，一住就是十年。他的太太，出自名門閨秀，所以思想和風度自不平凡。她受道家的影響很深，愛好神仙，喜歡學道。李白說：「多君相門女，學道愛神仙。素手舉青靄，羅衣曳紫煙。一住屏風疊，乘鸞著玉鞭。」（《送內尋廬山女道士李騰空詩》）她非但思想不凡，而且文學修養很深。《柳亭詩話》載：「李白嘗作《長相思》樂府一章，末曰：『不信妾斷腸，歸來看取明鏡前。』其婦從旁觀之曰：『君不聞武后詩乎？不信比來常下淚，開箱驗取石榴裙。』太白爽然自失。此即所謂相門女也。具此才情，故當與尋真騰空為侶。第不知嬌女平陽，能繼林下風否？」安陸城西，有一座山，名叫大兆山，又稱碧山。高兩百多丈，山頂有真武廟，香火很盛。李白曾在這座山上讀書，並賦《山中問答》詩一首云：「問余何事棲碧山，笑而不答心自閒。桃花流水窅然去，別有天地非人間。」李白在安陸酒隱十年，並不完全閉門山居，有時也到附近的名勝去遊玩。首先他去武昌黃鶴樓。劉後村《後村詩話》：「古人服善，李白登黃鶴樓，有『眼前有景道不得，崔顥題詩在上頭。』之語。至金陵，乃作《鳳凰臺》以擬之。今觀二詩，真敵手。」茲分錄二詩如下：

**崔顥《黃鶴樓》**（嚴羽《滄浪詩話》推此詩為唐人七律第一）

昔人已乘白雲去，此地空餘黃鶴樓。黃鶴一去不復返，白雲千載空悠悠。
晴川歷歷漢陽樹，芳草萋萋鸚鵡洲。日暮鄉關何處是？煙波江上使人愁。

**李白《登金陵鳳凰臺》**（恆仁《月山詩話》推此詩為唐人七律第一）

鳳凰臺上鳳凰遊，鳳去臺空江自流。吳宮花草埋幽徑，晉代衣冠成古邱。
三山半落青天外，二水中分白鷺洲。總為浮雲能蔽日，長安不見使人愁。

他仰慕魯仲連、陶朱公和諸葛亮。他在《留別王司馬嵩》詩說：「魯連賣談笑，豈是顧千金？陶朱雖相越，本有江湖心。余亦南陽子，時為《梁甫吟》。」為了實現他的抱負，他首先去謁韓荊州。寫了一篇洋洋灑灑的《與韓荊州書》，希望他拉拔，結果沒有如願，又去晉見安州郡督馬某、安州長史李某和裴某，都沒有成功。因為李白傲慢成性，在達官面前毫不謙遜故也。於是他在開元二十三年離開安陸，到北方去遊歷。先到太原與老友元參軍相會。其父在太原做留守，官位很高，於是又結識了郭子儀。當時郭子儀委身行伍，職位很低，有一次犯了罪，李白代為求情，得免刑責。日後，李白自太原東遊齊魯，並在東魯（又稱任城，即今濟寧）暫時居住下來。此地東有徂徠山，北有汶水；西濱運河，南臨昭陽湖，景色清幽。並常去隱居在那裡的韓準、裴政、孔巢父、陶沔、張叔明等，飲酒賦詩，時人稱竹溪六逸。在任城居住五、六年，至開元末，又南下遊吳、越。在會稽結識了道士吳筠。天寶元年，吳筠應召晉京，推薦李白。玄宗下詔徵李白進京。到了長安，拜見玄宗，很受賞識，辟翰林待詔。有所謂龍巾拭吐、御手調羹、力士脫鞋、貴妃捧硯等故事，分述如下：

李陽冰《草堂集序》：「天寶中，皇祖下詔徵就金馬，降輦步迎，如見綺皓。以七寶牀賜食，御手調羹以飯之。謂曰：『卿是布衣，名為朕知，非素蓄道義，何以及此。』置於金鑾殿，出入翰林中，問以國事，潛草詔誥。」

魏顥《李翰林集序》：「上皇豫游，召白。白時為貴門邀飲，比至半醉，令製《出師詔》，不草而成。」

樂史《李翰林別集序》：「開元中，禁中初重木芍藥，即今牡丹也。得四本，紅紫淺紅通白者，上因移植於興慶池東沉香亭前。會花方繁開，上乘照夜車，太真妃以步輦從，詔選梨園弟子中尤者，得樂一十六色。李龜年以歌擅一時之名，手捧檀板，押眾樂前，將欲歌之，上曰：『賞名花，對妃子，焉用舊樂辭焉。』遽命龜年持金花牋，宣賜翰林供奉李白，立進《清平調》三章，白欣然承詔旨，猶若宿酲未解，因援筆賦之。其一曰：『雲想衣裳花想容，春風拂檻露華濃。若非群玉山頭見，會向瑤臺月下逢。』其二曰：『一枝紅豔露凝香，雲雨巫山枉斷腸。借問漢宮誰得似？可憐飛燕倚新妝。』其三曰：『名花傾國兩相歡，長得君王帶笑看。解識春風無限恨，沉香亭北倚闌干。』龜年以歌辭進，上命梨園弟子，略約調撫絲竹，遂命龜年以歌之，太真妃持玻璃七寶杯，酌西涼蒲萄酒，笑領歌辭，意甚厚，上因調玉笛以倚曲，每曲遍將換，則遲其聲以媚之，太真妃飲罷，斂繡巾重拜，上自是顧李翰林優異於諸學士。」

范傳正《唐左拾遺翰林學士李公新墓碑》：「天寶初，召見於金鑾殿，玄宗明皇帝降輦步迎，如見園綺。論當世務，草答蕃書，辯如懸河，筆不停綴。玄宗嘉之，以寶牀方丈賜食於前。御手和羹，德音褒美。褐衣恩遇，前無比儔。遂置翰林，專掌密命。將處司言之任，多陪侍從之游。他日泛白蓮池，公不在宴，皇歡既洽，召公作序。時公已被酒於翰苑中，乃命高將軍扶以登舟，優寵如是。」

其他尚有劉昫《舊唐書・文苑列傳》、宋祁《新唐書・文藝列傳》、《天寶遺事》等所載略同。看以上記載，古今文人，無人能比。在此期間，他與賀知章、李適之、汝陽王璡、崔宗之、蘇晉、張旭、焦遂等為飲中八仙人，杜甫有詩謳之。李白自天寶元年，詔為翰林，享盡人間榮寵。豈知僅三年，竟優詔賜金放還。事起突然，眾皆錯愕。傳說紛紜，莫衷一是。擇要說明如下：

樂史《李翰林別集》：「……會高力士終以脫鞋為恥。異日太真重吟前辭，力士曰：『始以妃子怨李白深入骨髓，何翻拳拳如是耶？』太真妃因驚曰：『何翰林學士能辱人如斯！』力士曰：『以飛燕指妃子，賤之甚矣。』太真妃頗深然之。上嘗三次命李白官，卒為宮中所捍而止。」

其餘新、舊《唐書》、《唐國史補》、《酉陽雜俎》也都說是因高力士脫鞋引起。也有說是因權臣毀謗而去職的，如李陽冰、魏顥、劉全白等是。李白放歸後，途次洛陽和杜甫會面。此時杜甫才三十三歲，還是個落第生，毫無功名；而李白年四十四，做了三年的供奉翰林，已大名滿天下。二人一見如故，相處雖然只有五、六個月，但交情賢於兄弟，傳為佳話。

天寶十二年，李白到了宣城，盤桓留連，有終老之意。十三年在廣陵遇到了魏顥。魏顥是李白最知心的一位朋友。他初名魏萬，因為仰慕李白，所以不遠千里，自王屋往吳越訪求李白，終於在廣陵相會。相談甚歡，成為忘年之交。遂攜手同遊金陵、廣陵達數月之久。當他們分手時候，李白說：「爾後必著名於天下。」於是把全部著作，請魏顥編集，可見知遇之深。而魏顥果然不負李白所託，後來登進士第，為李白編成《李翰林集》，可惜這本書今已失傳。

天寶十四年（公元七五五年）十一月安祿山反，攻陷河北諸郡。十二月攻陷東京，朝野大恐。玄宗急調哥舒翰守潼關。翌年六月，潼關失守，玄宗幸蜀。十五年六月，至漢中郡，下詔給他的第十六子永王璘，為山南東路、嶺南、黔中、江南西路四道節度採訪等使，江陵郡大都督。七月，肅宗即位於靈武，改元至德。長安陷落，中原震動，人民四散逃亡。此時李白在宣城，惶惶不安，乃沿江隱居廬山。永王璘兒子襄成王勇而有力，掌握兵權，向左右眩惑，勸其父親奪取金陵，圖謀不軌。並以李廣琛、高仙奇等為將，率甲兵五千，在至德元年十二月，擅引舟師東下，抵潯陽，因慕李白之名，三次下書召辟李白為府僚。李白當時並不願就任，但受永王璘脅迫，不得不登舟同行。他在《經亂後天恩流放夜郎憶舊遊書懷贈江夏韋太守良宰》詩說：「僕臥香爐頂，飡霞漱瑤泉。門開九江轉，枕下五湖連。半夜水軍來，潯陽滿旌旃。空名適自誤，迫脅上樓船。徒賜百五金，棄之若浮煙。辭官不受賞，翻謫夜郎天。」李白不願入永王幕府，是有原因的：一則，身心疲憊，對政治已毫無興趣；二則，他對這件事情，始終疑慮不安，很怕不慎，招致禍害。但是永王璘身為四道節度採訪等使，在「大總元戎，辟書三至」之下，難以固辭，而不得不應命。永王璘自潯陽沿江東向吳越進攻，江淮震盪。此時江北王師一齊圍剿永王璘，河南招討判官李銑射傷永王璘兒子銑，全軍大亂。永王璘逃往鄱陽，在大庾嶺展開激戰，父子兩人遇害。

李白入永王璘幕府，坐繫潯陽獄。雖經宣慰使崔煥、御史中丞宋若思聯合上書，奔走營救，還是難免一死。幸汾陽王郭子儀趕來搶救，願以官爵代贖罪。樂史《李翰林別集序》：「白嘗有知鑑，客并州，識汾陽王郭子儀於行伍間，為其刑責而奬重之。及翰林坐永王之事，汾陽功成，請以官爵贖翰林。上許之，因而免誅。翰林之知人如此，汾陽之報德如彼。」（並見《新唐書・本傳》）乾元元年（公元七五八年）李白流放夜郎（今貴州梓桐縣東），當時年已五十七。一個風燭殘年的人，遠徙天涯，自是萬感交集，心碎腸斷。二年春，行至四川巫山，奉到大赦命令，他真的高興極了，像死灰重新燃起生命的火焰，像飛鳥重新回到廣闊的天空。於是立即沿江而下，到江夏、岳陽及潯陽。他有一首詩，述說出峽的情形：「朝辭白帝彩雲間，千里江陵一日還。兩岸猿聲啼不住，輕舟已過萬重山。」（《早發白帝城》）。李白返回荊楚後，縱情遊玩，飲酒賦詩。作有：《江夏史君叔席上贈史郎中欽》、《與史郎中欽聽黃鶴樓上吹笛》、《早春寄王漢陽》、《望漢陽柳色寄王宰》、《陪族叔侍郎曄及中書賈舍人至遊洞庭》、《陪侍郎叔遊洞庭醉後與賈舍人於龍興寺剪落梧桐枝望灉湖》等詩。寶應元年（公元七六二年）往依其族叔當塗令李陽冰。代宗立，以左拾遺召，而白已卒，享年六十二歲。

李白入永王幕，結果下獄治罪。這是他身後留下來一個爭議話題。持平而論，是冤枉的。因為當初永王璘引兵東下廣陵，他是以「總江淮銳兵，長驅雍洛。」（見《新唐書．永王璘傳》）為號召，就是說李白自願入永王璘幕府，也不算有錯。天寶末年，中原板蕩，戎馬生郊。唐室諸王，像吳王祇、虢王巨等，都奉命勤王。志士仁人，紛紛擇主而事，為何李白受辟於永王璘，大家就說不對？後來永王璘擅領舟師東下，圖謀不軌，誰能洞燭機先呢？《新唐書》載永王璘部將李廣琛對其屬下說：「吾與公等從王，豈欲反耶？上皇播遷，道路不通，而諸子無賢於王者。如總江淮銳兵，長驅雍洛，大功可成。今乃不然！使吾等名掛叛逆，如後世何？」李白初入永王幕府，還不是和李廣琛一樣，認為撥亂反正以抵抗安史亂軍。後來察覺永王璘圖謀不軌，李白逃到彭澤，李廣琛奔走廣陵。兩人行為一樣，但結果不同，命運迥異。李廣琛以擁兵歸降，位至節度使；而李白隻身逃遁，竟遭下獄，世之不幸，寧過於此？蘇軾《李太白碑陰記》：「太白之從永王璘，當由脅迫。不然，璘之狂肆寢陋，雖庸人知其必敗也。太白識郭子儀之為人傑，而不能知璘之無成，此理之必不然者也。」蔡啟《蔡寬夫詩話》：「太白之從永王璘，世頗疑之。《唐書》載其事甚略，亦不為明辨其是否。獨其詩自序云：『（見前贈江夏韋太守良宰詩序）』然太白豈從人為亂者，蓋其學本出縱橫，以氣俠自任。當中原擾攘時，欲藉之以立奇功耳。故其《東巡》歌有：『但用東山謝安石，為君談笑靜胡沙。』之句。至其卒章乃云：『南風一掃胡塵靜，西入長安到日邊。』亦可見其志矣。大抵才高意廣如孔北海之徒，固未必有成功，如知人料事，尤其所難。議者或責以璘之猖獗，而欲仰以立事，不能如孔巢父、蕭穎士察以未萌，斯可矣。若其志，亦可哀已。」

李白死後五十年，他的朋友鄧州范倫的兒子范傳正，做宣、池州觀察使，遷移李白墳墓，照顧其子孫。並寫了一篇《唐左拾遺翰林學士李公新墓碑並序》（節）說：「傳正生唐代，甲子相懸。常於先大夫文字中，見與公有潯陽夜宴詩，則知與公有通家之舊。早於人間得公遺篇逸句，吟詠在口。無何，叨蒙恩獎，廉問宣、池。按圖得公之墳墓在當塗邑，因令禁樵採，備灑掃。訪公之子孫，欲申慰薦。凡三、四年，乃獲孫女二人：一為陳雲之室，一乃劉勸之妻。皆編戶甿也。因召至郡庭，相見與語。衣服村落，形容朴野，而進退閑雅，應對詳諦。且祖德如在，儒風宛然。問其所以，則曰：『父伯禽，於貞元八年，不祿而卒。有兄一人，出遊一十二年，不知所在。父存無官，父歿為民。有兄不自保，為天下之窮人。無桑以自蠶，非不知機杼；無田以自力，非不知稼穡。況婦人不任，布裙糲食，何所仰給？儷於農夫，救死而已。久不敢聞於縣官，懼辱祖考。鄉閭逼迫，忍恥來告。』言訖，淚下。余亦對之泫然。因云：『先祖志在青山，遺言宅兆。頃屬多故，殯於龍山東麓，地近而非本意。墳高三尺，日益摧圮。力且不及，知如之何？』聞之憫然！將遂其請。因當塗令諸葛縱會計在州，得諭其事。縱亦好事者，學為歌詩，樂聞其語。便道還縣，躬相地形，卜新宅於青山之陽。元和十二年正月二十三日，遷神於此，遂公之志也。西去舊墳六里，南抵驛路三百步，北倚謝公山，即青山也。天寶十二載，敕改名焉。因告二女，將改適於士族，皆曰：『夫妻之道，命也，亦分也。在孤窮既失身於下俚；仗威力乃求援於他門，生縱偷安，死何面目見大父於地下？欲敗其類，所不忍聞。』余亦嘉之，不奪其志。復井稅，免傜役。」

【附錄】

孟棨《本事詩》：「李太白初自蜀至京師，舍於逆旅。賀知章聞其名，首訪之。既奇其姿，復請所為文，出《蜀道難》以示之，讀未竟，稱嘆者數四，號為『謫仙』。解金龜換酒，與傾盡醉，期不間日，由是稱譽光赫。賀又見其《烏棲曲》，嘆賞苦吟。曰：『此詩可以泣鬼神矣！』」

魏慶之《詩人玉屑》：引朱晦庵語：「李太白詩，非無法度，乃從容於法度之中，蓋聖於詩者也。」

嚴羽《滄浪詩話》：「李、杜二公，正不當優劣。太白有一二妙處，子美不能道；子美有一二妙處，太白不能作。」又曰：「子美不能為太白之飄逸，太白不能為子美之沈鬱。」

范德機《木天禁語》：「學李白，成則雄豪空曠，不成則失於狂誕。」

王若虛《滹南詩話》卷二：「李太白《廬山瀑布詩》『銀河落九天』句，東坡嘗稱美之。又觀太白『海風吹不斷，江月照還空。』一聯，磊落清壯，語簡意足，優於絕句，真古今絕唱也。然非歷覽此景，不足以見此詩之妙。」

宋濂《答張秀才論詩書》：「李太白宗《風》、《騷》及建安七子，其格極高。其變化若神龍之不可羈。」

楊慎《升庵詩話》卷十一：「楊誠齋云：『李太白之詩，列子之御風也；杜少陵之詩，靈鈞之乘桂舟駕玉車也。無待者，神與詩者與？有待而未嘗有待者，聖於詩者與？宋則東坡似太白，山谷似少陵。』徐仲車云：『太白之詩，神鷹瞥漢，少陵之詩，駿馬絕塵。二公之詩，意同而語亦相近。』余謂太白詩，仙翁劍客之語，少陵詩，雅士騷人之詞。比之文，太白則《史記》，少陵則《漢書》也。」

王世貞《藝苑卮言》：「五言古《選》體及七言歌行，太白以氣為主，以自然為宗，以俊逸高暢為貴。子美以意為主，以獨造為宗，以奇拔沈雄為貴。其歌行之妙，詠之，使人飄飄欲仙者，太白也；使人慷慨激烈歔欷欲絕者，子美也。」

王士禎《論詩絕句》：「青蓮才筆九州橫，六代淫哇總廢聲。白紵青山魂魄在，一生低首謝宣城。」

恆仁《月山詩話》：「唐人七律壓卷，嚴滄浪取《黃鶴樓》，何仲默取《盧家少婦》，愚謂李白《登金陵鳳凰臺》不獨可為唐律壓卷，即在本集此體中，亦無第二首也。」

沈德潛《說詩晬語》：「太白想落天外，局自變生。大江無風，波浪自湧。白雲捲舒，從風變滅。此殆天受，非人力也。」

葉燮《原詩》：「七言絕句，古今推李白、王昌齡。李俊爽，王含蓄。兩人辭調意俱不同，各有至處。」

賀貽孫《詩筏》：「太白仙才，然其持論，不鄙齊、梁；子美詩聖，然其持論，尚推盧、駱。譬之滄海，百川細流無不容納，所謂『不薄今人愛古人』也。虛心憐才，殊為可師。今之名流，遞相掊擊，拔幟立幟，爭名喪名，較之李、杜，度量相越，豈不遠哉！」

黃賀裳《載酒園詩話》：「不讀全唐詩，不見盛唐之妙；不遍讀盛唐諸家，不見李、杜之妙。太白胸懷高曠，有置身雲漢，糠粃六合意，不屑屑為體物之言。其言如風卷雲舒，無可蹤跡。子美思深力大，善於隨事體察，其言如水歸墟，靡坎不盈。兩公之才，非惟不能兼，實亦不可兼也。」

田雯綸《古歡堂集》雜著卷一：「太白縱橫之才，俯視一切。《蜀道難》等篇，長短句奇而又奇，可謂極才人之致。然亦惟青蓮自為之，他人不敢學，亦不能學也。」

僑億《劍谿說詩》卷上：「朱子謂：『太白終始學《選》詩，所以好。杜子美詩好者亦多是傚《選》詩，夔州以前詩佳，夔州以後，自出規模，不可學。』大儒天縱，論詩亦深到如此。」又：「太白詩有似《國風》、《小雅》者，有似《楚騷》者，似漢、魏、樂府及古歌謠雜曲者，有似曹子建、阮嗣宗者，有似鮑明遠者，似謝玄暉者，又有似陰鏗、庾信者，獨無一篇似陶。子美間有似陶，亦無全篇似之者。雖李、杜之不為陶，不足為病，而陶之難擬可見也。」

施補華《峴傭說詩》：「太白七古，體兼樂府，變化無方。然古今學杜者多成就，學李者少成就。聖人有規矱可循，仙人無蹤跡可躡也。」

管世銘《讀雪山房唐詩序例》：「李太白《古風》一卷，上薄《風》、《騷》，顧其間多隱約時事。如：『蟾蜍薄太清』，為王皇后被廢而作。『胡關饒風沙』，為哥舒翰開邊而作。『天津三月時』，為林甫斵棺而作。『羽檄如流星』，為鮮于喪師而作。至後一章云：『比干諫而死，屈平竄湘源。彭城久淪沒，此意與誰論？』又一章云：『姦臣欲竊位，樹黨自相群。果然田成子，一旦殺齊君。』直指國忠、祿山亂政跋扈，不啻垂涕泣而道之也。世推杜工部為詩史，而知太白之意者少矣，故特揭而著之。」又：「李供奉歌行長句，縱橫開闔，不可端倪。高下短長，唯變所適。『昂昂若千里之駒，汎汎若水中之鳧。』太白斯近之矣。」

佚名《靜居續言》：「太白詩寄興物外，故意在言外；子美之詩興在目前，故意在言內。李詩《騷》，杜詩《史》也。李能憑空締構，杜貴實境舉足，故杜詩尤易使人激昂感喟。」

延君壽《老生常談》：「太白歌行真是不許人學，學之者先得其字面，『上有』云云，『下有』云云，『噫吁戲』等字，則永墮呆相矣。」

梁章鉅《退庵隨筆》：「唐詩自以李、杜、韓、白為四大家。李詩不可不讀，而不可遽學。有人問李太白詩於李文貞公。公曰：『他天才妙，一般用事用字，都飄飄在雲霄之上。此人學不得，無其才斷不能到。』竊謂太白之神采，必有迴異乎常人者，司馬子微一見，即謂其有仙風道骨，可與神遊八極之表；賀知章一見，即呼為謫仙人；甚至唐玄宗一見，即若自失其萬乘之尊者。其人如此，其詩可知，故斷非學力所能到。」又：「太白本是仙靈降生，其視成仙得道，如其性所自有。然未嘗不以立功為不朽。所仰慕之人，率多見諸吟詠。如魯仲連、侯嬴、酈食其、張良、韓信輩，皆功名中人也。其《贈裴仲堪》云：『明主倘見收，煙霄路非遐，時命若不會，歸應鍊丹砂。』《贈楊山人》云：『待吾盡節報明主，然後相攜臥白雲。』《贈衛尉張卿》云：『功成拂衣去，搖曳滄洲旁。』《贈韋祕書》云：『終與安社稷，功成去五湖。』《登謝安墩》云：『功成拂衣去，歸入武陵源。』其意總欲先有所樹立於時，然後拂衣還山，登真度世。此與少陵之一飯不忘何異？以此齊名萬古，良非無因。李義山詩云：『李杜操持事略齊。』蓋知李、杜者，固莫如義山也。」

厲志《白華山人詩說》卷一：「太白姿稟超妙，全得乎天，其至佳處，非其學力心力所能到。千載而下，讀其詩只得歸之無可思議，即其自為之時，恐未必一準要好到如此地位。」

## 詩聖杜甫

杜甫（公元七一二～七七〇年）字子美，原籍京兆杜陵（今陝西長安）。晉鎮南大將軍杜預十三世孫。《晉書・杜預傳》：「杜預，字元凱，京兆杜陵人。尚文帝高陸公主。襲祖爵豐樂亭侯。羊祜卒，拜鎮南大將軍，都督荊州諸軍事。孫皓平，以功進爵當陽縣侯，年六十三卒。追贈征南大將軍、開府儀同三司，諡曰：『成』。」故杜氏望族，出於杜陵。杜甫詩每自稱「杜陵布衣」、「少陵野老」。進《西嶽賦表》亦云：「臣本杜陵諸生。」皆以此也。其家世之可考者：一世為杜預；二世為尹；十世為依藝（監察御史、河南鞏縣令）；十一世為審言（修文館學士、尚書膳部員外郎）；十二世為閑（兗州司馬、終奉天令）；十三世為甫；十四世為宗文、宗武；十五世為嗣業（宗武子）。有弟四人：穎、觀、豐、占。

少陵生卒年月，史不詳載，尤以卒之年月，眾說最為紛歧。新、舊唐書本傳，皆不言少陵何時生，即元稹墓誌銘亦未及此。惟卒時年五十九，則三家一致。

元稹《唐故工部員外郎杜君墓誌銘》：「旋又棄去，扁舟下荊楚間，竟以寓卒，旅殯岳陽，享年五十有九。」

劉昫《舊唐書・文苑傳》：「永泰二年，啗牛肉白酒，一夕而卒於耒陽，時年五十有九。」

宋祁《新唐書・本傳》：「大曆中，出瞿塘，下江陵，泝沅湘以登衡山，因客耒陽，游嶽祠，大水遽至，涉旬不得食，縣令具舟迎之，乃得還。令嘗饋牛肉白酒，大醉，一夕卒，年五十九。」

以上三說皆未明確說明少陵生時年月。根據清人仇兆鼇《杜詩詳注・杜工部年譜》：「唐睿宗先天元年，甫生。」、「（代宗）大曆五年庚戌，公年五十九。春，在潭州。夏四月，避臧玠亂入衡州。欲如郴州依舅氏崔偉，因至耒陽，泊方田驛。秋，舟下荊楚，竟以寓卒，旅殯岳陽。」鼇按：「五年冬，有《送李衡》詩云：『與子避地西康州，洞庭相逢十二秋。』西康州即同谷縣。公以乾元二年冬寓同谷，至大曆五年之秋為十二秋。又有《風疾舟中》詩云：『十暑岷山葛，三霜楚戶砧。』公以大曆三年春適湖南，至大曆五年之秋為三霜。以二詩證之，安得云是年之夏卒於耒陽乎？舊譜當屬可信，而錢、朱兩譜，偏信《新書》，遂以牛肉白酒，斷送一生，豈不誣杜前賢。夫不信親著之詩章，而信後人之記載；不信子孫之行述，而信史氏之傳聞，其亦昧於權衡審擇矣。」少陵卒年既考定，即自大曆五年（公元七七〇年）上推五十九年為睿宗先天元年（公元七一二年），當為少陵誕生之年。

少陵家世本出襄陽，自曾祖依藝為鞏縣令，始徙河南。考其居處，係在偃城（今河南偃師縣，在鞏、洛之間）之首陽山下。其遠祖杜預，即葬於此（見《祭遠祖當陽君文》）。不寧唯是，其曾祖於藝、祖父審言、祖母薛氏、繼祖母盧氏亦並葬首陽。少陵歿後四十年，亦葬首陽山前。故偃師實為少陵真正故鄉，童年游釣之所在。

少陵秉賦優異，天才卓越。其《壯游》詩云：「往者十四五，出游翰墨場。斯文崔魏徒，以我似班揚。七齡思即壯，開口詠鳳凰。九齡書大字，有作成一囊。」開元十九年（公元七三一年），嘗游金陵、登瓦官、下姑蘇、渡浙江、游剡溪，飽覽南朝文物，久之方歸。按南北朝對峙，文物中心久在江左，文學無論矣。以藝術而言，如顧愷之之畫，瓦官閣之建築，皆驚心動魄，千古傳名者。至如詩人，若鮑照、庾信、陰鏗、何遜等，皆為少陵之所心折者，並在南朝。故少陵吳越之游，於其文學修養，藝術鑑識，影響至大。開元二十三年

（公元七三五年）年二十四，少陵自吳越歸關中，赴京兆貢舉，不第，是為其仕途失意之始。遂東游齊魯。先至兗州，於時其父為兗州司馬，故有「東郡趨庭日，南樓縱目初。」（《登兗州城樓》）之句，又有《望嶽》詩，傳誦千古。開元二十九年（公元七四一年）年三十，築室首陽山下，有《祭遠祖當陽君文》及《過宋員外之問舊莊》一詩。天寶三年（公元七四四年），少陵在洛陽，始識李白。此時少陵年三十三，猶是落第生，無功名，而李白年四十四，做過供奉翰林三年，名滿天下。二人一見如故，相從賦詩，並攜手梁宋之游。雖然相處僅五、六個月，但交情深篤。時高適亦在洛陽，少陵嘗從二子過汴州，酒酣登吹臺，慷慨懷古。才士相逢擊節高歌，最為愜意。是以晚年詩中，屢憶及之。別後，李白往宣城，而少陵則東游歷下。自是，兩人再也沒有機會見面。少陵至歷下，訪北海太守李邕，同游歷下亭，有「海內此亭古，濟南名士多。」二句傳誦於世。按少陵下考功第，在開元二十三年（公元七三五年），東游梁、宋、齊、趙，凡八、九年，才西歸長安。

天寶六載（公元七四七年），詔天下有一藝者詣闕下，少陵應詔，時李林甫當道，未能登庸，是為少陵仕途第二次失意。十載，少陵年四十，《進三大禮賦表》，辭氣壯偉，直薄兩漢。玄宗奇之，命待制集賢院。翌年，召試文章，送隸有司，參列選序。於時，哥舒翰攻拔吐蕃石堡城、鮮于仲通討南詔敗績，少陵反對開邊黷武，其《兵車行》、《前出塞》作於此時。天寶十三載（公元七五四年），少陵《進封西嶽賦表》、《封西嶽賦》。叵奈時運不濟，玄宗無意封禪。遂再《進鵰賦表》、《鵰賦》，仍未獲聖眷。此為少陵仕途第三次失意。雖然年逾不惑，猶未一命，潦倒不遇，固未嘗須臾忘朝廷也。蓋當時楊國忠擅權，炙手可熱。讀其《麗人行》、《虢國夫人》，可見其氣燄。而才士沉淪，賢者退隱，此少陵之所以發不平之鳴也。是歲，少陵曾與岑參兄弟，游鄠縣渼陂，有《城西陂泛舟》、《渼陂西南臺》、《與鄠縣源大少府宴美陂》等詩。天寶十四載（公元七五五年），少陵授河西尉，不拜；改右衛率府胄曹參軍。冬十一月，安祿山反，時玄宗幸華清宮，初猶不之信，繼諸道告急，乃遣封常清禦之，敗績，東京遂陷。以哥舒翰為副元帥守潼關，次年六月，賊破潼關，玄宗奔蜀。衛兵殺貴妃及楊國忠；太子即位靈武，尊玄宗為上皇，進駐彭原鳳翔。安祿山為其子慶緒所殺，廣平王俶、郭子儀借回鶻兵收復二京，肅宗入西京，上皇還自蜀。此天寶亂事之始末也。然自是以還，唐室不振，北有史思明之亂，西有吐蕃之患，內有藩鎮之禍，干戈擾攘，無年無之。於是國步艱難，至尊蒙塵，少陵於顛沛流離之餘，忠君愛國之思，時時流露字裡行間。

當安祿山亂作，關中大饑，長安居不易，少陵挈家北走，依舅氏崔十九於白水。時寇勢方張，白水亦不可久居，乃輾轉北徙，置家於鄜州。天寶十五載（即至德元年）八月，自鄜州赴彭原行在，為賊所得，羈於長安。身陷賊中，歷八月之久。感懷家國，世事日非；沉鬱悲痛，結於中腸。乃有《月夜》、《哀王孫》、《哀江頭》、《悲陳陶》、《悲青阪》等作。而《春望》一首，尤膾炙人口。至德二載，夏，少陵自金光門出，慷慨奔行在，間道竄歸鳳翔，肅宗嘉其忠貞，拜左拾遺。適房琯以客董庭蘭有賕謝之事，復兼兵敗陳陶斜，罷宰相，少陵與房琯，為布衣交，因上疏，言罪微不宜免大臣，肅宗怒，詔三司推問，宰相張鎬、御史大夫韋陟救之，得解。少陵雖得免罪，然自此肅宗不甚省錄。秋，少陵得家書，歸思益亟，肅宗墨制放還鄜州，省視家室，有《羌村》三首及《北征》長篇之作。是年十月，廣平王俶及郭子儀收復西京，肅宗還京。聞詔下，遂挈眷至京，有《收京》三首之作。乾元元年（公元七五八年）春末，徙左拾遺移華州掾。少陵再出國門，不勝感慨。有詩云：「此道昔歸順，西郊胡正繁。至今猶破膽，應有未招魂。近侍歸京邑，移官豈至尊。無才日衰老，駐馬望千門。」（《至德二載甫自金光門出間道歸鳳翔乾元初從左拾遺移華州掾與親故別因出此門有悲往事》）

少陵在華州自夏徂秋，嘗至藍田，有《九日藍田崔氏莊》及《崔氏東山草堂》詩。乾元二年（七五九），史思明僭稱燕王；九節度之兵潰於相州，郭子儀斷河陽橋，退保東京。時少陵適在東都，將回華州，因有《新安吏》、《潼關吏》、《石壕吏》、《新婚別》、《垂老別》、《無家別》之作，蓋紀當時鄴師之敗。是年，少陵凡四度行役：一、春由東都回華州；二、秋自華州客秦州；三、冬自秦州客同谷；四、又自同谷赴劍南。時關輔饑饉，生事艱難；況又路途遙遠，至負薪採橡栗以維生者。自同谷入成都，歷木皮嶺、白沙渡、水會渡、飛仙閣（即棧道）、五盤、龍門閣、石櫃閣、桔柏渡、劍門、鹿頭山而至成都。紀行諸作，奧險奇峭，雄秀荒幻，無所不備。此杜詩之所以獨步古今歟！

少陵於上元元年（公元七六〇年）抵達成都，初寄居浣花溪寺。時高適為彭州刺史，裴冕為成都尹兼劍南西川節度使，嚴武為巴州刺史，皆少陵故人，頗不落寞。後卜居浣花溪西，建草堂，悉賴裴、嚴二中丞、高使君為之主，有徐卿、蕭何韋二明府為之圃，有王錄事、王十五司馬為之營修，大官遣騎，親朋展力，煞費苦心。嘗從蕭八明府實處覓桃，韋二明府續處覓綿竹，何十一府邕處覓榿木，韋少府班處覓松樹子並乞瓷盌，再詣徐卿處覓果栽。遂使草堂風景清幽，成千古名宅。少陵心情怡悅，賦《堂成》詩云：「榿林礙日吟風葉，籠竹和煙滴露梢。暫止飛烏將數子，頻來語燕定新巢。」寫林竹之佳，禽鳥之適也；《狂夫》詩云：「風含翠篠娟娟淨，雨裛紅蕖冉冉香。」寫風雨晦暝之景也；《江邨》詩云：「清江一曲抱邨流，長夏江邨事事幽。自去自來梁上燕，相親相近水中鷗。」《野老》詩云：「野老籬邊江岸迴，柴門不正逐江開。漁人網集澄潭下，估客船隨返照來。」《客至》詩云：「舍南舍北皆春水，但見群鷗日日來。花徑不曾緣客掃，蓬門今始為君開。」寫郎景之幽也。至若草堂之內，則藥圃水檻，點綴荒庭；松榿柟竹，扶疏拂簷。北里南鄰，亦自不俗。迄今遷客騷人，爭相一覩為快，豈偶然哉！

然而，少陵在蜀，生事艱難，常依故人，勉度時日。故一則曰：「故人供祿米。」（《狂夫》）；二則曰：「厚祿故人書斷絕，恆飢稚子色淒涼。」（《酬高使君相贈》）；三則曰：「但有故人供祿米，微軀此外更何求？」（《江郎》）；四則曰：「百年已過半，秋至轉飢寒。為問彭州牧，何時救急難？」（《因崔五侍御寄高彭州一絕》）。蓋少陵初至成都，來依裴冕。上元元年三月，以李若幽為成都尹，時少陵方卜居草堂，而裴冕將去矣。裴冕既去，不得不轉求高適，時適已由彭州改刺蜀州，故少陵嘗至蜀州。至寶應元年（公元七六二年），嚴武自東川除西川，權令兩川都節制，往返草堂，相與唱和，少陵生計，始又有所托。是年六月，嚴武被召還朝，西川節度高適代之，東川節度虛懸，以章彝為留後。無何，劍南西川兵馬使徐知道反，欲西取邛南，以連聲勢；北斷劍閣，以絕援師。然賊徒爭長，羌兵不附，其部將李忠厚因而殺之，縱兵殺掠，成都大亂，少陵遂自綿至梓州，依章彝及李使君。在梓州，間嘗至射洪縣，展拜陳子昂故居。冬十月，僕固懷恩等屢破史朝義兵，進克東京，其將薛嵩以相、衛等州降；張志忠以恆、趙等州降；廣德元年（公元七六三年）

春正月，朝義自縊。其將田承嗣以莫州降。李懷仙以幽州降。擾攘多年安史之亂，至是略平。少陵漂泊劍南，固無日或忘君國，得此消息，驚喜欲涕。賦《聞官軍收河南河北》詩云：「劍外忽聞收薊北，初聞涕淚滿衣裳。卻看妻子愁何在，漫卷詩書喜欲狂。白日放歌須縱酒，青春作伴好還鄉。即從巴峽穿巫峽，便下襄陽向洛陽。」秋九月，少陵由梓州至閬州。有詔召補京兆功曹不赴。

廣德二年（公元七六三年），嚴武以黃門侍郎拜成都尹，充劍南節度使。少陵本欲辭巴下荊，聞嚴公將至，遂不果行。挈眷回成都，重居草堂。計少陵自寶應元年（公元七六二年）六月去成都，至廣德二年（公元七六四年）春暮始復歸草堂，前後三年。既返成都，入嚴武幕。武表為節度參謀，檢校尚書工部員外郎賜緋魚袋。往返唱和，頗多佳作。永泰元年（公元七六五年）四月，嚴武卒於成都，少陵失所依恃，遂不得不去蜀矣。至於少陵與嚴武之交誼，肝膽相照，終始如一。宋祁《新唐書・本傳》言嚴武欲殺少陵，採擷流俗傳聞，未足為徵。孟子曰：「盡信書，則不如無書。吾於《武成》取二三策而已矣。仁人無敵於天下，以至仁伐至不仁，而何其血之流杵也？」明乎此，思過半矣。五月，少陵遂離蜀南下，由岷江歷嘉、戎（今宜賓）至渝州。然後順流下峽，至忠州，小憩龍興寺，即放船下雲安（今雲陽縣）居焉。大曆元年（公元七六六年）春暮，即自雲安出發，經西閣，小住，有

《中夜》、《中宵》、《江月》諸作。翌年（公元七六七年）春，離西閣，經赤甲而抵夔州瀼西。賃草屋居焉。並於瀼溪隔岸，置園築舍。大曆三年（公元七六八年）正月，去夔出峽，而作江漢之游矣。總計少陵在蜀，前後凡歷九年（肅宗上元元年至代宗大曆三年），而在夔獨留三年。平生所作詩一千四百三十九篇，而在夔者乃三百六十有一，誠其文藝上之黃金時代也。故其第一流傑作，七律如《秋興》八首；《詠懷古蹟》五首；《諸將》五首；五排如《謁先主廟》；七古如《古柏行》；五古如《八哀》詩；懷念舊游，如《昔游》、《壯游》、《遣懷》等；寫景狀物，如《白帝城最高樓》、《返照》、《夜》、《閣夜》、《見螢火》各首；論詩遣懷，則有《解悶》十二首、《偶題》等作，皆文章炳煥，流傳千古；而沉鬱蒼涼，尤其特色。

久客異鄉，長思歸秦。先是大曆二年春，少陵得其弟觀書，自中都已達江陵，不日到夔州，悲喜交集，團圓可待。觀到夔後相聚歸去。次年歲首，有書迎少陵就當陽居止。於是歸心似箭，乃於大曆三年春，放舟白帝城，出瞿塘峽，而有荊楚之行。三月抵江陵，是時衛伯玉為荊南節度使，少陵同宗弟杜位為行軍司馬，故往依之，與許多故舊，頻相唱和，流連至秋。少陵本欲先赴當陽，再謀歸秦，但至江陵以後，即無弟觀消息。八月，吐蕃復寇靈邠，京師戒嚴，欲歸不得。遂去江陵，移居公安山館。然公安亦小邑，非久居之地，遂不得不買棹而適湘潭矣。三年冬，抵岳陽。四年春，少陵自潭州至衡州，欲如郴州，依舅氏崔偉，因至耒陽，為暴水所阻，耒陽聶令知之，親致酒肉，迎公而還。秋迴棹北歸，卒於途次，旅殯岳陽。歿後四十年，其孫嗣業，迎其殯而葬於偃師縣西北首陽山之前。詩人元稹為之作墓誌銘。一代詩人，遂長眠終古。然其詩卷，長留於天地之間，與河山並壽，與日月爭光，歷萬古而不磨滅者矣。

【附錄】

元稹《唐故工部員外郎杜君墓誌銘》：「至於子美，蓋所謂上薄風騷，下該沈佺期宋之問；言奪蘇武李陵，氣吞曹植劉楨。掩顏延之謝靈運之孤高，雜徐陵庾信之流麗。盡得古今之體勢，而兼昔人之所獨專矣。使仲尼考鍛其旨要，尚不知貴其多乎哉！苟以為能所不能，無可無不可，則詩人以來未有如子美者。」

宋祁《新唐書・杜甫傳》贊：「至甫，渾涵汪茫，千彙萬狀，兼古今而有之。他人不足，甫乃厭餘。殘膏賸馥，沾丐後人多矣。故元稹謂：『詩人以來，未有如子美者。』甫又善陳時事，律切精深，至千言不少衰，世號詩史。昌黎韓愈，於文章慎許可，至於歌詩，獨推曰：『李杜文章在，光燄萬丈長。』誠可信云。」

蘇軾《論杜》：「太史公論詩，『《國風》好色而不淫，《小雅》怨誹而不亂。』以予觀之，是特識變風變雅耳，烏覩詩之正乎？昔先王之澤衰，然後變風作，發乎情，雖衰而不竭，是以猶止乎禮義，以為賢於無所止者而已。若夫發乎性，止乎忠孝，其諸豈可同日而語哉！古今詩人眾矣，而子美獨為首者，豈非以其流落飢寒，終身不用，而一飯未嘗忘君也歟？」

秦觀《論杜》：「杜子美之詩，實積眾家之長，適當其時而已。昔蘇武、李陵之詩，長於高妙；曹植、劉楨之詩，長於豪邁；陶潛、阮籍之詩，長於沖澹；謝靈運、鮑照之詩，長於峻潔；徐陵、庾信之詩，長於藻麗。於是子美窮高妙之格，極豪邁之氣，包沖澹之趣，兼峻潔之姿，備藻麗之態，而諸家之作，所不及焉。然不集諸子之長，子美亦不能獨至於斯也。豈非適當其時故耶？孟子曰：『伯夷，聖之清者也；伊尹，聖之任者也；柳下惠，聖之和者也；孔子，聖之時者也。孔子之謂集大成。』嗚呼！子美其集詩之大成者歟？」

李綱《校定杜工部集序》：「杜詩舊集，古律異卷，編次失序。余嘗有意參訂之，特病多事，未能也。故校書郎武陽黃長睿父，博雅好古，工文詞，尤篤好公之詩。乃用東坡之說，隨年編纂，以古律相參，先後始末，皆有次第，然後子美之出處及少壯老成之作，粲然可觀。蓋自開元、天寶太平全盛之時，迄於至德、大曆干戈亂離之際，子美之詩凡千四百四十餘篇，其忠義氣節，羈旅艱難，悲憤無聊，一寓於此。句法理致，老而益精。時平讀之，未見其工，迨親更兵火喪亂，誦其詞如出乎其時，犁然有當於人心，然後知為古今絕唱也。公之述作，行於世者既不多，遭亂亡逸，加以傳寫謬誤，浸失舊文，烏三轉而為舄者，不可勝數。長睿父官洛下，與名士大夫游，裒集諸家所藏，是正訛舛，又得逸詩數十篇參於卷中。及在秘閣，得御府定本，校讎益號精密，非行世者之比。長睿父歿十七年，予始見其親校集二十二卷於其家，朱黃塗改，手蹟如新，為之愴然。竊嘆其博學淵識，有功於子美之多也。方肅宗之怒房琯，人莫敢言，獨子美抗疏救之，由是廢斥終身不悔，與陽城之救陸贄何異？然世罕稱之者，殆為詩所掩故耶？因序其集而及之，使觀者知公遇事不苟，非特言語文章妙天下而已。」

歐陽修《六一詩話》：「陳舍人從易偶得《杜集》舊本，文多脫誤。至《送蔡都尉詩》云：『身輕一鳥』其下脫一字。陳公因與數客各用一字補之。或云『疾』，或云『落』，或云『起』，或云『下』，莫能定。其後得一善本，乃是『身輕一鳥過』。陳公嘆服，以為雖一字，諸君亦不能到也。」

黃庭堅《黃魯直詩話》：「子美作詩，退之作文，無一字無來處。蓋後人讀書少，故謂韓杜自作此語耳。古人之為文章，直能陶冶萬物，雖取古人陳言入翰墨，如靈丹一粒，點鐵成金也。」

嚴羽《滄浪詩話》：「李、杜二公，不當優劣。太白有一二妙處，子美不能道；子美有一二妙處，太白不能作。」

《唐庚文錄》：「過岳陽樓觀杜子美詩，不過四十字，氣象閎放，涵蓄深遠，殆與洞庭爭雄，所謂富哉言乎者。太白、退之率為大篇，極其筆力，終不逮也。杜詩雖小而大，餘詩雖大而小。」

蔡啟《蔡寬夫詩話》：「老杜《兵車行》、《悲青坂》、《無家別》等篇，皆因時事，自出己意立題，略不更襲前人陳跡，真豪傑也。」

王嗣奭《杜臆》：「少陵《北征》，其篇法之妙，若有照應，若無照應，若有穿插，若無穿插，不可捉摸。」

葉夢得《石林詩話》：「七言難於氣象雄渾，句中有力，而紆餘不失言外之意。自老杜『錦江春色來天地，玉壘浮雲變古今。』等句之後，常恨無後繼者。韓退之筆力最為傑出，然每苦意與語俱盡。」又曰：「長篇最難，晉、魏以前無過十韻者，蓋古人以意逆志，初不以敘事傾倒為工。至杜子美《北征》、《述懷》諸篇，窮極筆力，如太史公記傳，此古今絕唱也。」

李頎《古今詩話》：「范元實云：『老杜詩凡一篇皆工拙相半，古人文章類如此。皆拙固無取，使其皆工，則峭急而無古氣，如李賀之流是也。然後世學者，皆先學其工者，精神氣骨皆在於此。如《望嶽》詩云：『齊魯青未了。』、《洞庭》詩云：『吳楚東南坼，乾坤日夜浮。』語既高妙有力，而言東嶽與洞庭之大，無過於此。後來文士極力道之，終有限量，益知其不可及。《望嶽》第二句如此，故先云：『岱宗夫如何？』。《洞庭》先如此，後乃云：『親朋無一字，老病有孤舟。』使《洞庭》詩無前兩句，而皆如後兩句，語雖健，終不工。《望嶽》詩無第二句，而云：『岱宗夫如何？』雖曰亂道可也。今人學詩先得平漫處，乃鄰女之效顰者耳。』」

魏泰《臨漢隱居詩話》：「唐人詠馬嵬之事尚矣，世所稱者，劉禹錫云：『官軍誅佞倖，天子捨妖姬。』白樂天云：『六軍不發無奈何，宛轉蛾眉馬前死。』此乃官軍背叛，逼迫明皇，不得已而誅貴妃也。頗失事君之禮。老杜《北征》詩曰：『不聞夏、殷衰，中自誅褒妲。』蓋言明皇畏天悔禍，賜妃子以死，無預官軍也。」

李東陽《懷麓堂詩話》：「五七言古詩，仄韻者上句末字類用平聲，惟杜子美多用仄。如《玉華宮》、《哀江頭》諸作，概亦可見。其音調起伏頓挫，獨為趫健以別出一格。迴視純用平字者，便覺萎弱無生氣。自後則韓退之、蘇子瞻有之，故亦健於諸作。此雖細故末節，蓋舉世歷代而不之覺也。偶一啟鑰，為知音者道之。若用此太多，則又矯枉之失，不可不戒也。」

胡應麟《詩藪》：「杜甫《登高》：『此章五十六字，如海底珊瑚，瘦勁難移，深沈莫測，而精光萬丈，力量萬鈞。通章章法、句法、字法，前無古人，後無來者。此當為古今七律第一，不必為唐人七言律第一也。』」又曰：「杜之《北征》、《述懷》皆長篇敘事，然高者尚有漢人遺意，平者遂為元、白濫觴。李《宋魏萬》等篇，自是齊、梁，但才力加雄，辭藻增富耳。」又曰：「樂府則太白擅奇古今，少陵嗣跡《風》、《雅》，《蜀道難》、《遠別離》等篇，出鬼入神，惝恍莫測；《兵車行》、《新婚別》等作，述情陳事，懇切如見。張、王欲以拙勝，所以差之毫釐；溫、李欲以巧勝，所以謬以千里。」

鍾惺《唐詩歸》：「讀少陵《奉先詠懷》、《北征》等篇，知五言古長篇不易作，當於潦倒淋漓，忽正忽反，若整若亂，時亂時續處得其篇法之妙。」

唐汝詢《唐詩解》：「杜五言古體莫妙於《三別》，嘆事莫眩於《三吏》，自訴莫苦於《紈袴》，經濟莫備於《北征》，《夢李白》、《寫懷》見其高遠，《望嶽》、《慈恩寺》取其壯。他若《留花門》、《前後出塞》、《玉華》、《九成》諸作，胸中羅宇宙，無所不有，斯見其大。」

邵子湘《評解杜詩》：「《秋興》八首，自是杜集有名大篇。八章固有八章之結構，一章亦有一章之結構，渾渾吟諷，佳趣當自得之。」

章蘭省《歷朝詩選簡金集》：「杜甫《秋興》八首，懷鄉戀闕，感時撫事，無限悲淒。至其筆致蘊藉，章法渾成，洵是千秋絕調。」

張綖《杜工部詩通》：「《秋興》八首，皆雄渾豐麗，沈着痛快。其有感於長安者，但極摹其盛，而所感自寓於中。徐而味之，則凡懷鄉戀闕之情，慨往傷今之意，與夫外夷亂華，小人病國。風俗之非舊，盛衰之相尋。所謂不勝其悲者，固已不出乎意言之表矣。卓哉一家之言，敻乎百世之上，此杜子美之所以為詩之宗仰也。」

趙翼《甌北詩話》卷二：「宋子京《新唐書．杜甫傳》贊，謂其詩『渾涵汪茫，千彙萬狀，兼古今而有之。』大概就其氣體而言。此外如荊公、東坡、山谷等各就一言一句，嘆以為不可及，皆未說着少陵之真本領也。其真本領乃在少陵詩中『語不驚人死不休』一句，蓋其思力深厚，他人不過說到七八分者，少陵必說到十分，甚至有十二三分者，其筆力之豪勁，又足以副其才思之所至，故深入無淺語。微之謂其薄《風》、《雅》，該沈、宋，奪蘇、李，吞曹、劉，掩顏、謝，綜徐、庾，足見其牢籠萬有。」

仇兆鼇《杜詩詳注》卷一引諸家之說，贊杜甫之律詩云：

一、高棅曰：「少陵七言律法，獨異諸家，而篇什亦盛。如《秋興》諸作，前輩謂其大體渾雄富麗，小家數不可髣髴，誠然。」

二、楊士奇曰：「律詩始盛於開元、天寶之際，若渾雄深厚，有行雲流水之勢，冠裳佩玉之風，流出胸次，從容自然。而皆由夫性情之正，不拘於法律，而亦不越乎法律之外。所謂從心所欲不踰矩。為詩之聖者，其杜少陵乎？」

三、胡應麟曰：「近體，盛唐至矣，充實輝光，種種備美，所少者曰大曰化耳。故能事必老杜而後極。杜公諸作，正所謂正中有變，變而能化者。變則標奇越險，不主故常。化則神動天隨，從心所欲。七言近體諸作，所謂變也。如『錦江春色來天地，玉壘浮雲變古今。』、『織女機絲虛夜月，石鯨鱗甲動秋風。』、『香稻啄餘鸚鵡粒，碧梧棲老鳳凰枝。』、『聽猿實下三聲淚，奉使虛隨八月槎。』字中化境也。『無邊落木蕭蕭下，不盡長江滾滾來。』、『二儀清濁還高下，三伏炎蒸定有無。』、『永夜角聲悲自語，中天月色好誰看？』、『絕壁過雲開錦繡，疏松隔水奏笙簧。』句中化境也。『昆明池水』、『風急天高』、『老去悲秋』、『霜黃碧梧』，篇中化境也。」

四、王世貞曰：「七言律，不難於中二聯，難於發端及結句耳。發端，盛唐人無不佳者。結頗有之，然亦無轉入他調及收頓不住之病。篇法，有起有束，有放有斂，有喚有應。大抵一開則一闔，一揚則一抑，一象則一意，無偏用者。句法，有直下者，有倒插者。倒插最難，非老杜不能也。字法，有虛有實，有沉有響。虛響易工，沉實難至。五十六字，如魏明帝凌雲臺，材木銖兩悉配，乃可耳。篇法之妙，有不見句法者。句法之妙，有不見字法者。此是法極無跡，人猶能之。至境與天會，未易求也。有俱屬象而妙者，有俱屬意而妙者，有俱作高調而妙者，有俱直下而不偶對而妙者，皆興詣而神合氣完使之然。」

五、陸時雍曰：「工部七律，蘊藉最深。有餘地，有餘情。情中有景，景外含情。一詠三諷，味之不盡。」

六、周敬曰：「少陵七言律，如八音並奏。清濁高下，種種具陳，真有唐獨步也。然其間半入大曆後聲調，實開中晚濫觴之竇。」

賀貽孫《詩筏》：「太白仙才，然其持論，不鄙齊、梁；子美詩聖，然其持論，尚推盧、駱。譬之滄海，百川細流，無不容納，所謂『不薄今人愛古人』也。虛心憐才，殊為可師。今之名流，遞相掊擊，拔幟立幟，爭名喪名，較之李、杜，度量相越，豈不遠哉。」又曰：「杜子美詩云：『熟讀文選理』，而子瞻獨不喜《文選》，蓋子瞻文人也，其源出於《國策》、《莊》、《孟》，而助以晁、賈諸公之波瀾，所浸灌於古者深矣。《文選》之文，自秦、漢諸篇外，其餘皆不脫六朝浮靡，其為子瞻唾棄，無足怪者。若子美則詩人也，詩以《騷》為祖，以賦為禰，以漢、魏諸古詩，蘇、李、《十九首》，陶、謝、庾、鮑諸人為嫡裔。子美詩中沉鬱頓挫，皆出於屈、宋，而助以漢、魏、六朝詩賦之波瀾。《文選》諸體悉備，縱《選》未盡善，而大略具矣。子美少年時，爛熟此書，而以清矯之才，雄邁之氣鞭策之，漸老漸熟，範我馳驅，遂爾獨成一體。雖未嘗襲《文選》語句，然其出脫變化，無非《文選》者，生平苦心在此一書，不忍棄其所自，故言之有味耳。」

田同之《西圃詩說》：「詩之妙處無他，清、空而已。然不讀萬卷，豈易言『清』；不讀破萬卷，又豈易言『空』哉！杜詩云：『讀書破萬卷，下筆如有神。』『神』者，『清』、『空』之謂也。而『清』、『空』二字，正難理會。」

翁方綱《石洲詩話》卷一：「杜之魄力聲音，皆萬古不再有。其魄力既大，故能於正位卓立鋪寫，而愈覺其超出；其聲音既大，故能於尋常言語，皆作金鐘大鏞之響。此皆後人之必不能學，必不可學者。苟不揣分量，而妄思攀援，未有不顛躓者也。」

管世銘《讀雪山房唐詩凡例》：「七言律詩，至杜工部而曲盡其變。蓋世人多以自在流行出之，作者獨加以沉鬱頓挫。其氣盛，其言昌。格法、句法、字法、章法，無美不備，無奇不臻。橫絕古今，莫能兩大。」

延君壽《老生常談》：「五律限於字句，雖有才氣，無從施展，極縱橫變化之能，仍不許溢於繩墨之外。如工部之《岳陽樓》第五句『親朋無一字』，與上文全不相連，然人於異鄉登臨，每有此種情懷。下接『老病有孤舟』，倘無『舟』字，則去題遠矣。『戎馬關山北』，所以『親朋無一字』也。以此句醒隔句『憑軒涕泗流』。親朋音乖，戎馬阻絕，所以『涕泗流』。『憑軒』者，樓之軒也。以工部之才為律詩，其細鍼密線有如此，他可類推。」

梁章鉅《退庵隨筆》：「杜詩無體不佳，論者謂惟絕句稍讓李白。然後學卻不必如此分別，但須學其字字有來歷，即其蕪詞累句，讀之亦皆有益。猶憶少時，聞先資政公言：『讀杜詩，須當一部小經書讀之。』此語似未經人道過。顧亭林亦謂：『經書後，有幾部書可以治天下，《前漢書》其一，杜詩其一也。』」

潘德輿《養一齋詩話》卷二：「荊公云：『李白歌詩，豪放飄逸，人固莫及。然其格僅止於此而已。至於杜甫，則發斂抑揚，疾徐縱橫，無施不可，斯其所以光掩前人，後來無繼。』」

厲志《白華山人詩說》卷二：「少陵近體，於雙聲疊韻極其講究，此即所謂『律細』也。赤堇氏云：『蓋其務兩兩屬對者，無他，欲聲相和耳。』」

朱庭珍《筱園詩話》卷三：「學老杜詩有八字訣，曰：學其『開』、『闔』、『頓』、

『挫』、『沈』、『鬱』、『動』、『盪』。此工部獨至之詣。」

劉熙載《詩概》：「杜詩高、大、深俱不可及。吐棄到人所不能吐棄，為高；涵茹到人所不能涵茹，為大；曲折到人所不能曲折，為深。」

施補華《峴傭詩說》：「奉先《詠懷》及《北征》是兩篇有韻古文，後人無此才氣，無此境遇，無此襟抱，不能作。然細繹其中陽開陰合，波瀾頓挫，殊足增長筆力。百回讀之，隨有所得。」

## 讀權德輿兩漢辨亡論

《新唐書・權德輿傳》曰：「嘗著論辨漢之所以亡，西京以張禹，東京以胡廣，大指有補於世。」皇甫湜論贊云：「權文公之文，如朱門大第，而氣勢宏敞，廊廡廩廄，戶牖悉周。」余則有閒言焉。

《漢書・成帝紀》：「贊曰：『湛於酒色，趙氏亂內，外家擅朝，言之可為於邑。建始以來，王氏始執國命。哀、平短祚，莽遂篡位，蓋其威福所由來者漸矣。』」當成帝即位之初，即以王鳳為大司馬大將軍輔政領尚書事。又封王崇為安成侯；賜王譚、王商、王立、王根、王逢、王時為關內侯。建始四年，以王商為為丞相，以王尊為京兆尹。王鳳卒，以王晉為大司馬車騎將軍。永始元年，封王莽為新都侯。

永始、元延之間，天地之眚屢見，言事者皆譏切王氏專政，成帝亦悔懼天變，而未有以決。張禹于時以經術為帝師，身備漢相。成帝乃駕至禹第，屏左右以問之，亟得其一言，以為律度。禹則謂上曰：「春秋二百四十年間，日蝕三十餘，地震五，或為諸侯相殺，或為夷狄侵中國。災變之意，深遠難見，故聖人罕言命，不語怪神，性與天道。自子貢之屬不得聞，何況淺見鄙儒之所言？陛下宜修政事，以善應之，與下同其福喜，此經義意也。新學小生，亂道誤人，宜無信用，以經術斷之。上雅信愛禹，由此不疑王氏。後曲陽侯根及諸王子弟，聞知禹言，皆喜說，遂親就禹。」（見《漢書・張禹傳》）權德輿據此以責禹，謂亡西京者張禹也；《新唐書》亦附和曰：「大指有補於世。」夫「衮職有闕，仲山甫補之。」固宰輔之責，然則，成帝既非周宣王，欲求張禹效法仲山甫耶？《管子》曰：「人主不周密，則正言直行之士危。」《穀梁傳》曰：「上泄則下暗。」張禹昧知乎？寧正言不諱以危身乎？其所以不言，知言出而身首異處矣。

東漢之亡，歸咎胡廣，亦非中肯。《後漢書・胡廣傳》：「廣舉孝廉，既到京師，試以奏章，安帝以廣為天下第一。旬月拜尚書郎，五遷尚書僕射。廣典機事十年，出為濟陰太守，入拜大司農。順帝元年，遷司徒。質帝崩，代李固為太尉，錄尚書事。以定策立桓帝，封育陽安樂鄉侯。」于時梁冀身為順帝梁皇后胞兄，官拜大將軍，鴆殺質帝，專橫暴濫，忌害忠良，集軍政大權於一身，廣雖以鉅儒柄用，位極上臺，實則尸位而已。《後漢書・梁冀傳》：「順帝拜冀為大將軍，及帝崩，冀立質帝。帝少而聰慧，知冀驕橫，嘗朝群臣，目冀曰：『此跋扈將軍也。』冀聞，深惡之，遂令左右進鴆加煮餅，帝即日崩。復立桓帝，而枉害李固及前太尉杜喬，海內嗟懼。」權文謂：「張綱以卑職埋輪，獨何人哉，而不是思也。」嗚呼！彼一時，此一時也。情勢如此嚴峻，胡廣白身且朝不保夕，率爾而效張綱埋輪，與暴虎馮河何異，災必逮其身。非徒無益，且貽後世譏。又曰：「亡東京者胡廣。」，實使一代忠良，號泣於天衢，抱無涯之慼也！

然則，桓帝積愆藏慝，比諸成帝猶過之而無不及。《後漢書・孝桓帝紀》：「論曰：『五邪注一嗣虐，流衍四方。自非忠賢力爭，屢折姦鋒，雖願依湛流斄注二，亦不可得也。』」是故諸葛亮《前出師表》曰：「親賢臣，遠小人，此先漢所以興隆也；親小人，遠賢臣，此後漢所以傾頹也。先帝在時，每與臣論此事，未嘗不嘆息痛恨於桓、靈也。」

綜結上論，西京之亡，亡於成帝；東京之亡，亡於桓帝。權德輿之言與《新唐書》之論述，皆明足以察秋毫之末，而不見輿薪也。

註一、五邪：謂單超、徐璜、左悺、唐衡、具瑗也。
註二、依湛流斄：《帝王紀》曰：「夏帝相為羿所逐，相乃都商丘，依同姓諸侯斟灌、斟尋氏。」《史記》曰：「周厲王好利暴虐，周人相與畔，而襲厲王。王出奔於彘。」言帝寵幸宦豎，令執威權。賴忠臣李膺等竭力諫爭，以免篡弒之禍。不然，則雖願如夏相依斟，周王流彘，不可得也。斟灌、斟尋，國名，故城在今青州。彘，晉地也。



## 韓愈文起八代之衰

韓愈，字退之，唐代宗大曆三年（公元七六八年）生，穆宗長慶四年（公元八二四年）卒，享年五十七歲。他誕生於長安，祖籍昌黎（今河北徐水縣），後徙鄧州南陽（今河南南陽縣），故自稱昌黎韓愈。韓愈始祖韓穨當，韓王信之子。王信入匈奴，至穨當城生子，因取以名焉。漢文帝時，穨當率眾降漢，封弓高侯。吳楚反時，功冠諸將。裔孫韓尋為後漢隴西太守，世居潁川——韓稜，官至司空——韓耆，為後魏常山太守、武安成侯——韓茂，後魏文成帝時為尚書令拜征南大將軍、安定桓王，勇冠當世——韓均，後魏時為定州刺史，封安定康公——韓晙，為雅州都督—曾祖父韓仁泰為唐朝曹州司馬——祖父韓叡素為桂州長史，化行南方——韓仲卿（愈父）為武昌令，有美政。既去，縣人刻石頌德，終秘書郎，卒贈尚書令右僕射。（叡素生四子：長子仲卿；次子少卿，慷慨重然諾，死於節義；三子雲卿，善詞章，當大曆世，文詞獨行中朝，時人欲銘述其先世功行，取信來世者，多屬雲卿為之，官終禮部侍郎；四子紳卿，有文名。任揚州錄事參軍，終涇陽令。）——韓愈（愈有二位哥哥，長兄韓會，善清言，工文章，負盛名，官起居舍人。大曆初，坐元載黨，貶韶州刺史，卒於官。無子，以弟介子老成即十二郎為後；仲兄韓介，官率府參軍。）從這個世系表，可見韓氏累世為仕宦之家、韓愈欲繼承祖武，其熱中仕宦，可以理解。況且他的父親、叔父及哥哥都善文章。尤其三叔雲卿，文章冠世；大哥韓會，名望尤高。這種家學淵源，韓愈自幼耳濡目染，薰陶默化，是他成為大文學家的一個潛在因素。

大曆五年（公元七七〇年）韓愈三歲，愈父仲卿卒。由長兄韓會（起居舍人）夫妻撫養。《祭嫂鄭夫人》文云：「我生不辰，三歲而孤。」、《祭十二郎文》云：「吾少孤，及長，不省所怙，惟兄嫂是依。」於是住在京師長安。十二年（公元七七七年）愈十歲，宰相元載擅權專橫被殺，韓會被牽累，由起居舍人（從六品，掌記錄天子言行起居）貶為韶州（廣東曲江以西）刺史，愈隨行。十四年（公元七七九年）代宗卒，太子适即位，是為德宗。德宗建中元年（公元七八〇年）愈十三歲，已能寫文章。《上邢君牙書》說：「愈七歲而讀書，十三歲而能文。」建中二年，愈十四歲，伯兄韓會卒（四十二歲）。嫂鄭氏帶著韓愈及四歲兒子老成（即十二郎）扶柩歸葬河南省河陽。適因河南一帶兵亂，遂避難居於安徽宣城。德宗貞元四年（公元七八八年）韓愈二十一歲，第一次參加進士考試，沒有考中。其後又於貞元五年、貞元七年兩次應試，皆未中。至貞元八年（公元七九二年），二十五歲，第四次應試，始登第。同榜錄取者有：歐陽詹、李絳、李觀、崔群、王涯、馮信、庾承宣等二十三人，咸稱一時之選，時謂「龍虎榜」。唐時進士擢第後，須由吏部再試，如及格，然後授官。職是之故，韓愈又於貞元九年、十年、十一年三次應「博學宏詞科」之試，又皆沒考上。遂乃於貞元十一年正月二十七日、二月十六日、三月十六日前後三次上書宰相求仕。當時宰相為賈躭、趙憬、盧邁，不能賞識韓愈。韓愈三上書不得報，又三及門不獲見。於是遂出長安，遊鳳翔、洛陽。後人於韓愈三上宰相書而求仕，多所議論，或謂其乞求垂憐之態為不知恥；或謂為求行其志，又逼於窮困，不得已而出此，見仁見智，莫衷一是。獨程學恂《韓詩臆說》之言最為平允：「公三上宰相書，自先儒有論說，後來耳食之流，多謂此公一生短處。不知於此果其疚於心而害於義，則大節已虧，餘尚何足多耶？故須識得此正公之安身立命處。蓋公學孟子者也。孟子言三月無君則皇皇，則弔，何嘗不急？又言入孝出弟，守先王之道，則傳食諸侯，不以為泰。此則大聲疾呼之義也。退之識之真，信之真，故其心坦然，如天經地義，無稍疑貳。其辭朗然，如白日青天，無稍迴護。獨於義之所在，則強立而不回。故看其上宰相書時，若不可一日而不仕。及甫致通顯，反鬱鬱侘侘，志不自得。直諫佛骨，冒險不顧，此豈戀戀於祿位者所肯為哉？」在唐朝時代，讀書人欲「學而優則仕」，通過考試是唯一捷徑。可是由於考試的刻板程式，及考官的學識、能力、偏見及背後複雜因素，往往使得奇才異能之士落選。韓愈個性倔強，自尊心也重。他不是一個諂事權貴而不顧品格的人。《上張僕射書》說：「韓愈之識其所依歸也如此，韓愈之不諂屈於富貴之人如此。」《與鳳翔邢尚書》說：「布衣之士，身居窮約，不借勢於王公大人，則無以成其志；王公大人，功業顯著，不借譽於布衣之士，則無以廣其名。是故布衣之士，雖甚賤而不諂；王公大人，雖甚富而不驕。其事勢相須，其先後相資也。」他的友人崔立之來信慰勉，他回信說：「誠使古之豪傑之士，若屈原、孟軻、司馬遷、相如、揚雄之徒，進於是選，必知其懷慚，乃不自進而已耳。設使與夫今之善進取者，競於蒙昧之中，僕必知其辱焉。」最後他寫了一篇《復志賦》以抒其志云：「惟名利之都府兮，羌眾人之所馳。競乘時而附勢兮，紛變化其難推。」於是他就離開長安，游鳳翔、洛陽去了。

貞元十二年（公元七九六年）七月，宣武軍作亂。朝廷命董晉為檢校尚書左僕射、同中書門下平章事、汴州（今開封）刺史、宣武軍節度副使。董氏便徵辟韓愈試署秘書省校書郎（正九品，為文士起家之美官），出任汴、宋、亳、潁四州觀察推官（審判官），愈於是到汴州。十五年（公元七九九年）董晉卒。愈攜眷屬東行往依故人徐州節度使張建封。建封奏請朝廷派愈為節度推官，得試太常寺協律郎（音律技術官）。冬，建封又讓韓愈到長安去朝見皇上。十七年（公元八〇一年）愈三十四歲，在長安參加調選，不成。按韓愈自貞元二年來長安，到今年，前後十六年。宦途失意，生活困苦。然而「文」窮而後工。是年他寫的

《送李愿歸盤谷序》，很受蘇東坡的推崇。東坡說：「歐陽公言：『晉無文章，惟陶淵明《歸去來辭》而已。』余謂唐無文章，惟韓退之之《送李愿歸盤谷序》而已。平生欲效此作，每執筆輒罷。因自笑曰：『不若且放教退之獨步。』」此固東坡之謙辭，但韓文之無朋，可見一斑。否極泰來，是年冬，愈授四門博士。四門博士是學官，正七品上，地位不及五經博士（正五品）和太學博士（正六品）高，只相當於大學副教授。「掌教文武官七品以上侯伯子男之子為學生者，若庶人之子為俊士生者。」（唐六典）。作育高級人才，有助於學問的傳播和地位的提高。（古者，天子設四學於四郊，後魏嫌其遼遠，故於四門建學，置四門博士，歷代相沿。見《北史・魏世宗紀》、《文獻通考・職官考十一》）。貞元十九年（公元八〇三年）韓愈三十六歲，由四門博士改派監察御史。《新唐書・百官志》：「監察御史，正八品下。」其官等雖比四門博士低，但監察工作和教職大不相同。是年冬，卻被降調為連州陽山令（在廣東連縣東南）。被降調原因，據《新唐書・本傳》是說以監察御史身分「上疏極論宮市，德宗怒，貶陽山令。」出發前作了一篇照耀千古的《祭十二郎文》。至情至性之作，沒有韓愈那種感情和那枝彩筆是寫不出來的。從長安到陽山，路遠且交通不便，翌年春才抵達。他在陽山，心情不受影響。「有愛在民。民生子，多以其姓名之。」（《新唐書・本傳》）。

貞元二十一年（公元八〇五年）正月，德宗崩，太子即位，是為順宗。大赦天下。韓愈亦被赦免，改派為江陵府法曹參軍。法曹是司法官，法曹參軍是法官兼管治安。可惜順宗身體不好，八月便傳位於太子純，是為憲宗。憲宗元和元年（公元八〇六年）六月，韓愈自江陵召拜（權知）國子博士（正五品上，相當於大學教授）。他能夠榮膺此新命，是宰相鄭餘慶所拔擢的。四年（公元八〇九年）改任都官員外郎（都官管犯法之事。隋、唐在六部郎中之下，設員外郎，作為郎中助理。正六品。郎中相當於現在部級司長，員外郎相當於幫辦。）五年，改派河南縣令，分宰河、洛。這個縣令，兼管軍事，韓愈幹得有聲有色。可是因為操守廉潔，宦囊始終不豐，並和窮鬼有不解之緣，於是模仿揚雄《逐貧賦》，而作了一篇《送窮文》，雖係即興所作，仍長存不朽。六年秋，奉派為尚書省職方員外郎，掌地圖、城隍、鎮戍、烽火、防人、道路及四夷歸化之事。在河南令任內，先後作出《石鼓歌》、《送石處士序》、《送溫處士赴河陽軍序》等，都是傳誦千古的鴻文。七年二月，復改派為國子博士，這是韓愈第三次做博士。八年三月，改任為比部郎中史館編修。比部郎中隸屬刑部，掌內外賦斂、經費、俸祿等，亦即審計工作。《新唐書・本傳》：「愈數黜官，又下遷，乃作《進學解》以自喻。執政覽之，奇其才，改比不郎中、史館修撰。」、《舊唐書・本傳》：「愈自以才高，屢被擯黜，作《進學解》以自喻。執政覽其文而憐之，以其有史才，改比部郎中、史館修撰。」執政是指武元衡、李吉甫、李絳等。九年（公元八一四年）十月，奉派考功郎中，屬吏部，掌內外文武官員的考績。十一年（公元八一六年）正月，轉中書舍人。屬中書省，賜服緋魚。正五品上。「掌侍進奏參議表。凡詔旨、制敕、璽書、策命，皆起草進畫。」（《新唐書・百官志》）。可見中書舍人是一種相當重要的官。旋以奏議觸怒宰相，降調為太子右庶子。

元和十二年（公元八一七年）朝廷做了一件大事：平定藩鎮反叛，造成中興。此事韓愈亦參與。先是元和九年，淮西節度使吳元濟造反，憲宗下令討伐。兵連禍結，打了四年，還沒有結果。宰相李逢吉等都主張罷兵。只有裴度主戰，並請前往督戰。韓愈也奏說：「吳元濟以淮西三小州，殘弊困劇之餘，而當天下之全力，其破敗可立而待。然所未可知者，在陛下斷與不斷耳。」憲宗便派裴度為門下侍郎同平章事，兼彰義節度使，仍充淮西宣慰處置使。度於是奏請派韓愈兼御史中丞，為彰義行軍司馬判官書記。度臨走，稟憲宗說：「臣若滅賊，則朝天有期；賊在，則歸期無日。」憲宗感動得流下淚來。裴度等進駐郾城（河南臨潁縣南）。十月，和吳軍對抗了很久的唐鄧節度使李愬，進入吳元濟所盤據的蔡州（河南省汝南縣），生擒元濟，把他囚送長安斬首。賜李愬爵涼國公，裴度晉國公。韓愈也升任刑部侍郎。當裴度等出了潼關，韓愈請先行到汴州，說服都統韓弘，同心協力討賊。在李愬還沒有進攻蔡州之前，韓愈請裴度以兵三千攻蔡州，但李愬卻先一步，進入蔡州，建了第一功。淮州平定，韓愈建議派人勸說反抗朝廷的成德節度使王承宗歸順。並由韓愈口授一封信帶給承宗，承宗果降。此是韓愈的貢獻，所以他升任侍郎，並非無功受祿。

大功告成，憲宗命韓愈作《平淮西碑》以紀其事。《舊唐書・本傳》說：「其辭多敘裴度事。時先入蔡州平吳元濟，李愬功第一。愬不平之，愬妻出入禁中，因訴碑辭不實。詔令磨愈文。憲宗命翰林學士段文昌重撰之，勒石。」一說是李愬部將石孝忠把碑推倒，稟報憲宗，才重撰的。但後來知道段文的不多，而韓文卻傳誦千古。蘇軾《韓碑》詩：「淮西功業冠吾唐，吏部文章日月光。千載斷碑人膾炙，不知世有段文昌。」李商隱《韓碑》：「元和天子神武姿，彼何人哉軒與羲。誓將上雪列聖恥，坐法宮中朝四夷。」、「帝曰：『汝度功第一，汝從事愈宜為辭。』」、「公退齋戒坐小閣，濡染人筆何淋漓！點竄《堯典》、《舜典》字，塗改《清廟》、《生民》詩。」、「公之斯文若元氣，先時已入人肝脾。《湯盤》、《孔鼎》有述作，今無其器存其辭。嗚呼聖王及聖相，相與烜赫流淳熙。公之斯文不示後，曷與三五相攀追。」

元和十四年（公元八一九年）韓愈五十二歲。功德使（負責佛教的官）奏言：鳳翔的法門寺塔，有佛祖指骨。三十年一開，開則國泰民安，來年應開等語。憲宗晚年，篤信佛教，遂遣中使杜英奇，押著宮人三十，手持香花，到鳳翔去把佛骨迎來長安。留置禁中三日，然後送到佛寺。上有好者，下必有甚焉。當時仕宦之家，奔走相告，趨之若鶩。百姓有廢業破產，燒頂灼背，而求供養的，韓愈於是上《諫佛骨表》來勸阻這件事。韓愈對佛學，素乏涉獵，此表對佛教精深義理，均未涉及。只是說佛陀是夷狄之人，佛教是夷狄之教，信佛是有害無益的。建議：「以此骨付之有司，投諸水火，永絕根本，杜天下之疑，絕後代之惑。」憲宗看了表，大恚，要殺韓愈。宰相裴度、崔群，勸憲宗說：「愈言訐牾，罪之誠宜。然非內懷至忠，安能及此？願少寬假，以來諫諍。」憲宗說：「愈言我信佛太過，猶可容。至謂東漢奉佛以後，天子咸夭促，言何乖刺耶？愈人臣，狂言取爾，固不可赦。」遂貶愈為潮州（今廣東潮安）刺史。韓愈抵達潮州，寫了《謝上表》，憲宗很感動，也很後悔，想再重用之。顧宰相說：「愈前所論，是大愛朕，然不當言天子事佛乃年促耳。」當時宰相皇甫鎛，素忌韓愈剛直，回奏說：「愈終狂疏，可且內移。」於是把韓愈調為袁州（今江西宜春縣）刺史。

韓愈被貶潮州，在宦途上實為不幸，但「塞翁失馬，焉知禍福？」使他有了更多的題材，寫了不朽的作品。他立刻首途赴任。從正月十四日起至三月二十五日，足足走了七十天，才到潮州。路經藍田關（今陝西省長安縣南九十里處），遇到姪孫湘（即十二郎老成的兒子，字北渚，登長慶三年第。），便寫了《左遷至藍關示姪孫湘》詩：「一封朝奏九重天，夕貶潮陽路八千。本為聖朝除弊政，敢將衰朽惜殘年。雲橫秦嶺家何在？雪擁藍關馬不前。知汝遠來應有意，好收吾骨瘴江邊。」此詩示以死報國，忠貞不二。激昂慷慨，義薄雲天。千年之後讀之，猶為感動不已。韓愈到了潮州，詢問民間疾苦，都說：「惡谿有鱷魚，食民產且盡。」，遂作《祭鱷魚文》，並帶一羊一豚，投置惡谿而祝之，說也奇怪，當夜鱷魚便走光了。那篇《祭鱷魚文》，寫得典雅可誦，被收入《古文觀止》。據說當天夜裡，狂風暴雨，雷電交作。幾天以後，江水全乾了，鱷魚向西遷徙六百多里，從此以後，潮州就沒有鱷魚的禍害。文章寫得泣鬼驚神，如興師問罪。讀了心驚膽寒。過商侯說：「全在提天子二字壓倒在前。然後轉入刺史。正面處處明是奉天討罪，何等義正詞嚴。中幅勸勉一番，令其從容悔過。鱷雖冥頑，不得不俯首遠退矣。然非平日實有一片忠愛心腸，可以通諸天地鬼神，雖有此篇妙文，未必感格乃爾。」韓愈在潮州，為時雖短，卻提倡教育，使潮人知道向學。潮人感激他，建立祠廟供奉。豔說韓文公祠有公手植的異木，此種樹木在祠外十幾步遠處都不能活。有人題文公祠云：「韓木有情春谷暖，鱷魚無種海潭清。」蘇軾《潮州韓文公廟碑》：「始潮人未知學，公命進士趙德為之師，自是潮之士，皆篤於文行，延及齊民，至於今號稱易治。」、「潮人之事公也，飲食必祭，水旱疾疫，凡有求必禱焉。」可謂人、碑、文三不朽。韓愈為官，廉潔自持。非己之所有，雖一毫而勿取。他到了潮州，他的頂頭上司嶺南節度使孔戣送他錢，他婉謝了。回信說：「伏奉七月廿七日牒，以愈貶授刺史，特加優禮。以州小俸薄，慮有闕之，每月別給錢五十千，以送使錢充者。開緘捧讀，驚榮交至。顧已量分，慚懼益深。欲致辭為讓，則乖伏屬之禮；承命苟貪，又非循省之道。進退反側，無以自寧。其妻子男女並孤遺孫姪奴隸等，尚未到官，窮州使賓罕至，身衣口食，絹米充足。過此以往，實無所用。積之於室，非廉者所為；受之於官，名且不正。特蒙眷待，特此披陳。」

元和十五年（公元八二〇年）正月，宦官陳宏志弒憲宗，太子恆即位，是為穆宗。韓愈在袁州，任期雖短，但做出了重大貢獻。袁州有一種陋習，即貧窮人家把男女抵押給富家。過期不贖，便被富家沒入為奴隸。韓愈到任，即設法贖回所沒入的男女七百多人，歸還他們的父母。並下令禁止這種類似買賣奴隸的習俗。九月，韓愈被召拜國子祭酒（相當於大學校長），從三品。穆宗長慶元年（公元八二一年）七月，朝廷改派韓愈為兵部侍郎。鎮州（河北省正定縣）叛亂，殺害節度使田弘正，立王廷湊為留後。朝廷命牛元翼為深、冀節度使，以討伐王廷湊。十月，命裴度為四面行營都招討使，齊心協力，攻打王廷湊。但牛元翼卻為王所圍困。長慶二年（公元八二二年）二月，由於王廷湊兵力頗強，討伐無功，朝廷只好赦免王廷湊的罪，並派韓愈去宣慰。這是一件相當冒險的工作，搞不好會殉職賊營，歷史上不乏先例。韓愈毅然決然，隻身前往鎮州王營，說服了王，解除了牛元翼之圍。此事《新唐書・本傳》有詳細記載：「詔愈宣撫，既行，眾皆危之。元稹言：『韓愈可惜。』穆宗亦悔，詔愈度事從宜，無必入。愈曰：『安有受君命而滯留自顧？』遂疾趨入。廷湊嚴兵迓之，甲士陳廷。既坐，廷湊曰：『所以紛紛者，乃此士卒也。』愈大聲曰：『天子以公為有將相材，故賜以節。豈意同賊反耶？』語未終，士前奮曰：『先太師（指故鎮帥王武俊）為國繫朱滔，血衣猶在此軍，何負朝廷，乃以為賊乎？』愈曰：『以為爾不記先太師也，若猶記之，固善。且為逆與順利害，不能遠引古事，但以天寶來禍福，為爾等明之。安祿山、史思明、李希烈、梁崇義、朱滔、吳元濟、李思道，有若子若孫在乎？亦有居官者乎？』眾曰：『無。』愈曰：『田公（指田弘正）以魏博六師歸朝廷，官中書令，父子受旗節，劉悟、李祐皆大鎮，此爾軍所共聞也。』眾曰：『弘正刻，故此軍不安。』愈曰：『然爾曹害田公，又殘其家矣，復何道？』眾乃嘆曰：『侍郎語是。』廷湊恐眾心動，遽麾使去。因泣為愈曰：『今欲廷湊何所為？』愈曰：『神策六軍之將如牛元翼比者不少。但朝廷顧大體，不可棄之。公久圍之，何也？』廷湊曰：『即出之。』愈曰：『若爾則無事矣。』會元翼亦潰出，廷湊不追。」此事對韓愈安危，國家盛衰關係重大，蘇軾稱讚他：「勇奪三軍之帥」，一點也不為過。穆宗大悅，詔韓愈返任吏部侍郎。長慶三年（公元八二三年）三月，韓愈為京兆尹兼御史大夫。任內發生穆宗寵臣御史中丞李紳，把囚犯械送到京兆尹府，要韓愈杖打囚犯，意見不洽，發生爭執。穆宗為平息紛爭，把李紳調為兵部侍郎，韓愈調回為吏部侍郎。長慶四年（公元八二四年）十二月二日，韓愈卒於官邸，明年正月，歸葬河陽。諡曰「文」，追贈禮部尚書，世稱韓文公。三子分別名昶、爽、佶；婿李漢。著作由李漢編輯為《昌黎先生集》。

提倡質樸流暢的古文，非自韓愈始，其來有自。在西元五五〇年左右，北朝的蘇綽曾經倡議改革文體，摒棄駢偶，模仿《尚書》而作《大誥》。顏之推所作的《顏氏家訓》，便是清新曉暢的散文。隋末王通仿傚《論語》體裁作《中說》。隋文帝於開皇四年（公元五八四年），普詔天下公私文翰，並宜實錄。侍御史李諤對於駢麗文體，也大加抨擊。《北史．李諤傳》：「降及後代，風教漸落。魏之三祖，更尚文詞；忽君人之大道，好雕蟲之小藝。下之從上，有同影響競騁文華，遂成風俗。江左齊、梁，其敝彌甚。貴賤賢愚，唯務吟詠。遂復遺理存異，尋虛逐微。競一韻之奇，爭一字之巧，連篇累牘，不出月露之形；積案盈箱，唯是風雲之狀。世俗以此相高，朝廷據茲擢士。」他指出競尚駢文對於政治的副作用是：「以傲誕為清虛，以緣情為勳績；指儒素為古拙，用詞賦為君子。故文筆日繁，其政日亂。」到了唐朝，陳子昂始以經典之格為文，同時有盧藏用、富嘉謨等響應，然而其勢未盛。自是以後，文士猶沿六朝之習。經開元天寶，詩格才斐然改變。於是蕭穎士、李華、賈至等，始奮起崇尚古文。元結、獨孤及、梁肅諸人，相與述作，終不能鼓動風潮。逮韓愈崛起，文風才為之丕變。韓愈是唐宋古文運動的領導人。所謂古文運動，就是反對六朝以來的駢麗唯美文體，而恢復到周秦兩漢的質樸古文。他主張「文以載道」，所謂「道」，就是周公孔子所傳的治國平天下之道，也就是儒家所常講的仁義倫常之道。他自己的文章，氣勢很雄偉流暢，內容也曲折變化，達意抒情，都能生動感人。蘇軾讚美他「文起八代之衰」。所謂八代，即指東漢、魏、晉、宋、齊、梁、陳、隋而言。韓文在唐代總是別開生面，以復古為解放，成就卓越。對於後來的文體影響很大。唐代的李翺、皇甫湜，宋代的歐陽修、三蘇父子、曾鞏，乃至明朝的古文家，都尊重崇拜他，僅次於司馬遷。「其人雖已沒，千載有餘情。」令人嚮往不已！

【附錄】

皇甫湜《韓文公墓誌銘》：「先生之作，無圓無方，至是歸工。抉經之心，執聖之權，尚友作者。跋邪觝異，以扶孔氏，存皇之極。知與罪非我計。茹古涵今，無有端涯。渾渾灝灝，不可窺校。及其酣放，豪曲快字，凌紙怪發。鯨鏗春麗，驚耀天下。然而栗密窈眇，精能之至，入神出天。嗚呼極矣，後人無以加之矣。」

李漢《昌黎先生集序》：「諸史百子，皆搜抉無隱。汗瀾卓踔，奫泫澄深。詭然而蛟龍翔，蔚然而虎鳳躍，鏘然而韶鈞鳴。日光玉潔，周情孔思。千態萬貌，卒澤於道德仁義，炳如也。洞視萬古，愍惻當世，遂大拯頹風，教人自為。時人始而驚，中而笑且排，先生益堅。終而翕然隨以定。嗚呼！先生於文，摧陷廓清之功，比於武事，可謂雄偉不常者矣。」

杜牧《讀杜韓集》：「杜詩韓筆愁來讀，似倩麻姑癢處搔。天外鳳凰誰得髓？無人解合續弦膠！」

歐陽修《記舊本韓文後》：「韓氏之文，沒而不見者二百年，而後大施於今。此又非特好惡之所上下，蓋其久而愈明，不可磨滅。雖蔽於暫，而終耀於無窮者，其道當然也。」

又《六一詩話》：「退之筆力，無施不可，而嘗以詩為文章末事，故其詩曰：『多情懷酒伴，餘事作詩人。』也。然其資談笑，助諧謔，敘人情，狀物態，一寓於詩，而曲盡其妙。此在雄文大手，固不足論。而余獨愛其工於用韻也。蓋其得韻寬，則波瀾橫溢；泛入傍韻，乍還乍離。出入迴合，殆不可拘以常格，如《此日足可惜》之類是也。得韻窄，則不復傍出。而因難見巧，愈險愈奇。如《病中贈張十八》之類是也。余嘗與聖俞論此，以為譬如善馭良馬者，通衢廣陌，縱橫馳逐，惟意所之。至於水曲蟻封，疾徐中節，而不少蹉跌，乃天下之至工也。」

宋祁《新唐書・本傳》：「愈深探本元，卓然成一家言。其《原道》、《原性》、《師說》等數十篇，皆奧衍閎深，與孟軻、揚雄相表裏而佐佑六經云。」又曰：「昔孟軻拒楊、墨，去孔子才二百年，愈排二家（佛、老）乃去千餘歲。撥衰反正，功與齊而力倍之，所以過況、雄為不少矣。自愈沒，其言大行，學者仰之如泰山北斗云。」

陳師道《後山詩話》引蘇東坡語：「杜詩、韓文、顏書、左史皆集大成者也。」

葛立方《韻語陽秋》卷三：「裴度平淮西，絕世之功也；韓愈《平淮西碑》，絕世之文也。非裴度之功，不足以當愈之文，非愈之文，不足以發度之功。」

張戒《歲寒堂詩話》：「退之詩，大體才氣有餘，故能擒能縱，顛倒崛奇，無施不可。放之則如長江大河，瀾翻洶湧，滾滾不窮；收之則藏形匿影，乍出乍沒，姿態橫生，變怪百出。可喜可愕，可畏可服也。」

姜夔《白石道人詩說》：「詩有出於風者，出於雅者，出於頌者。屈原之文，風出也；韓愈之詩，雅出也；杜子美獨能兼之。」

曾季貍《艇齋詩話》：「古人於前輩未嘗敢忽，雖不逮於己者，亦不敢少忽也。以韓退之之於文，杜子美之於詩，視王楊盧駱之文，不啻如俳優；而王績之文於退之猶土苴爾。然退之於王勃《滕王閣記》，王績《醉鄉記》，方且有歆豔不及之語；子美於王楊盧駱之文，又以為詩體，而不敢輕議。古人用心忠厚如此，異乎今人露才揚己，未有寸長者，已譏議前輩。此皇甫持正所以有衙官老兵之論。」

辛文房《唐才子傳》：「公英偉間生，才名冠世。繼道德之統，明列聖之心。獨濟狂瀾，詞彩燦爛。齊梁綺麗，毫髮都捐。有冠冕珮玉之氣，宮商金石之音。為一代文宗，使頹綱復振，豈易言也哉？因無詞足以贊述云。」

袁枚《隨園詩話》：「青蓮少排律，少陵少絕句，昌黎少近體，善藏其短，而長乃愈見。」

趙翼《甌北詩話》卷三：「韓昌黎生平，所心摹力追者，惟李、杜二公。顧李、杜之前，未有李、杜，故二公才氣橫恣，各開生面，遂獨有千古。至昌黎時，李、杜已在前，縱極力變化，終不能再闢一徑。惟少陵奇險處，尚有可推擴，故一眼覷定，欲從此闢山開道，自成一家。此昌黎注意所在也。然奇險處亦自有得失。蓋少陵才思所到，偶然得之；而昌黎專以此求勝，故時見斧鑿痕跡。有心與無心異也。其實昌黎自有本色，仍在文從字順中，自然雄厚博大，不可捉摸，不專以奇險見長。恐昌黎亦不自知，後人平心讀之自見。若徒以奇險求昌黎，轉失之矣。」

沈德潛《唐詩別裁》：「昌黎於李、杜崛起之後，能不相沿襲，別開境界，雖縱橫變化，不逮李、杜，而規模堂廡，彌見闊大，洵推豪傑之士。」又《說詩晬語》：「昌黎豪傑自命，欲以學問才力跨越李、杜之上，然恢張處多，變化處少，力有餘而巧不足也。獨四言大篇，如《元和聖德》、《平淮西碑》之類，義山所謂『句奇語重，點竄塗改』者，雖司馬長卿亦當斂手。」又《唐宋八家文讀本凡例》：「昌黎出入孟子，陶鎔司馬子長，六朝後故為文字中興；維時雄深雅健，力與之角者，柳州也。」

曾國藩《家書》：「余好古人雄奇之文，以昌黎為第一。」

葉燮《原詩》卷三：「古人之詩，必有古人之品量。其詩百代者，品量亦百代。古人之品量，見古人之居心，其所居之心，即古盛世賢宰相之心也。宰相所有事，經綸宰制，無所不急，而必以樂善愛才為首務，無毫髮媢疾忌忮之心，方為真宰相。百代之詩人亦然，如孟郊之才，不及韓愈遠甚，而愈推高郊，至『低頭拜東野』，願郊為龍為雲，『四方上下逐東野』；盧仝、賈島、張籍等諸人，其人地與才，愈俱十百之，而愈一一為之嘆賞推美。史稱其獎借後輩，稱薦公卿間，寒暑不避。」

賀貽孫《詩筏》：「韓文公絕妙詩文，多在骨肉離別生死間，信筆揮灑，皆以無心得之，矩矱天然，不煩繩削。亦是哀至即哭，真情流溢，非矜持造作所可到也。文即《祭十二郎》是已；詩則吾得《河之水》二首焉。詩云：『河之水，去悠悠。我不如，水東流。我有孤姪在海畈，三年不見兮使我生憂。日復日，夜復夜。三年不見汝，使我鬢髮未老而先化。』、『河之水，悠悠去。我不如，水東注。我有孤姪在海浦，三年不見兮使我心苦。採薇於山，緡魚於淵。我徂京師，不遠其還。』二詩只似說話，而澹泊淋漓，詠之生悲。諸選皆收其鉥心劌腸之篇，而此獨以質樸見遺，何也？」

薛雪《一瓢詩話》：「蘇黃門謂杜詩雄，韓詩豪。杜詩之雄，可以兼韓之豪。如柳柳州不若韓之變態百出也。使昌黎收斂而為柳柳州易，使柳柳州開拓而為昌黎則難。此無他，意味可學，才氣不可學也。」

馬位《秋窗隨筆》：「退之古詩，造語皆根柢經傳，故讀之猶陳列商、周彝鼎，古痕斑然，令人起敬；時而火齊木難，錯落照眼；非徒作幽澀之語，如牛鬼蛇神也。」

## 平淮西碑平議

唐自代宗至憲宗期間，出任淮西節度的，先後有李忠臣、李希烈、陳仙奇、吳少誠及吳少陽。至憲宗元和九年閏八月，吳少陽死了，少陽的兒子吳元濟向朝廷謊報少陽生病，請朝廷同意由自己總領淮西軍務。朝廷不允他的要求，於是他就據淮西叛亂。元和九年十月，唐憲宗調集大軍進攻淮西。由於征淮西諸將不能通力合作，打了三年，沒有結果。到了元和十二年，一方面主持淮西軍務的宰相裴度親往前線督戰，將士用命；另一方面由於唐、鄧、隨節度使李愬出奇制勝，直搗叛軍巢穴——蔡州，生擒蔡帥吳元濟，平淮之役才大功告成。

先是李愬麾下驍將馬少良，擒敵捉生虞候丁士良。眾請剖其心，士良無懼色，愬嘉其真丈夫也，命釋其縛並給其服以禮待之，署為捉生將。士良感其不殺之恩，誓盡死以報德。乃進言曰：「吳秀琳擁三千之眾，據文城柵，為賊左臂。官軍不敢近者，有陳光洽為之謀主也。請為公先擒光洽，則秀琳自降矣。」遂擒光洽以歸。無何，吳秀琳以文城柵降於李愬。其部將李憲，有材勇，愬更其名曰「忠義」而用之。愬每得降卒，必親引問委曲，由是賊中險易、遠近、虛實盡知。愬厚待吳秀琳，與之謀取蔡。秀琳曰：「公欲取蔡，非李祐不可，秀琳無能為也。」愬乃用計召廂虞候史用誠守興橋柵，俟李祐出時活捉以歸。將士以李祐向日多殺官軍，爭請殺之，愬不許，釋縛待以客禮而更密其謀。獨召祐及李忠義屏人語，或至夜分，它人莫得預聞。或留之同宿密語，不寐達曙。有竊聽於帳外者，但聞感泣聲。

李祐言於李愬曰：「蔡之精兵皆在洄曲及四境拒守，守州城者，皆羸老之卒。可以乘虛直抵其城，比賊將聞之，元濟已成擒矣。」愬然之。冬十二月甲子，遣掌書記鄭澥至郾城密白裴度，度曰：「兵非出奇不勝，常侍良圖也。」於是李愬命隨州刺史史旻留鎮文城，命李祐、李忠義帥突將三千為前驅，自將三千人為中軍，命李進誠將三千人殿其後。軍出，不知所之。愬曰：「入蔡州取吳元濟！」諸將皆失色。時大風雪，旌旗裂，人馬凍死者相望。天陰黑，人人自以為必死，然畏愬，莫敢違。自吳少誠拒命，官軍不至蔡州城下三十餘年，故蔡人不為備。四鼓，愬至城下，無一人知者。李祐、李忠義钁城以先登，城中不之覺。愬入元濟外宅，元濟尚寢。或告元濟曰：「官軍至矣！」、「城陷矣！」元濟乃率左右拒戰。城上矢如蝟毛，門壞，元濟於城上請罪。愬以檻車送元濟詣京師，且告於裴度。然後將兵屯於鞠場以待其入城慰撫。度建彰義軍節入城。李愬具櫜鞬出迎，拜於路左，度將避之。愬曰：「蔡人頑悖，不識上下之分數十年矣。願公因而示之，使知朝廷之尊。」度乃受之。（以上係約略採集司馬光《資治通鑑》第二百四十卷《李愬雪夜下蔡州》）由此可知李愬為人及其謹守上下分際與官場倫理。

淮西平定，朝臣請憲宗刻石紀功，憲宗命韓愈撰寫碑文。愈於元和十三年正月十四日奉到命令，經過七十多天至三月二十五日才寫就，獻上朝廷。就在這篇碑文刻石之後，有人向憲宗訴說韓愈碑中多敘述裴度事，而對於首先攻入蔡州擒吳元濟的李愬的功勞則說的不多，實有失公平。愬妻唐安公主女也，出入禁中，訴碑不實。憲宗終於命令磨去韓碑，另詔段文昌寫一篇刻之。不過，韓愈撰的碑文雖被磨去，但至今依然膾炙人口；而段文昌寫的，則素來沒人注意。

問題核心在是否實錄。至若字句優劣乃屬次要。檢點韓碑正文，總計五四〇字，而實際點出李愬的僅九字而已。即「乃敕顏（李光顏）、胤（烏重胤）、愬（李愬）、武（韓公武）、古（李道古）、通（李文通）。」此句「愬」一字；及「西師躍入，道無留者。」，此兩句八字。餘皆謳頌元和天子與裴度，與實際戰況出入甚大。

憲宗非庸主，史稱「憲宗中興」、亦稱「元和之治」。蓋以其能平定抗命之藩鎮也。唐在玄宗以前，雖有節度使，但只是統兵之鎮將，並不能干涉地方行政。玄宗時內憂外患交迫，設置邊境十節度使。以數州為一鎮，節度使即統此數州，刺史盡為其所屬，握有軍政、民政、財政之大權，藩鎮割據，其勢甚強。天寶以後，安史之亂起，朝廷威力凌替，兵士自由擁戴主帥，鎮將自由割據，朝廷不能制止。為使其發揮作戰力量，更不得不授予高位，賜以種種特權。甚至連安史降將，亦姑息籠絡，亦賜與節度使之官，於是藩籬日多，其勢日盛。

德宗即位，撤梨園，遣宮女，躬行節儉，整飭政事。然剛愎忌刻，處事暴躁，易聽讒言，任賢不專。欲控制藩鎮，反引起大亂。憲宗用杜黃裳為相，力排德宗姑息之弊，必欲振舉綱紀，以法度制裁藩鎮；並決定討伐抗命之藩。先自弱者起。元和元年，使神策軍使高崇文征討叛變之節度副使劉闢，擒之。其族黨皆處死。以崇文為西川節度使。是年又命河東節度使嚴綬及夏府兵馬使張承金討抗命之夏綏（今陝西橫山縣）節度使韓全義之甥楊惠琳（為留守而抗命），西北得以無事。二年，鎮海（今浙江杭州）節度使李錡反，遣淮南節度使王鍔進討，擒錡，處斬。四年，成德節度使王士真卒，其子王承宗自為留後，憲宗欲除河北藩鎮世襲之弊，欲由朝廷派人繼之，不從則興兵討之。承宗果抗命，乃以宦官吐突承璀往討。不得已乃赦承宗罪，復以德、棣二州與之。但及元和九年，淮西亂起，承宗陰與其謀。次年，以魏博節度使田興等鄰近六節度討之。田興為之請和。未幾承宗死，唐室以田興鎮其地。逮淮西之亂平，元和十三年（公元八一八年）以來，全國所有藩鎮，至少名義上皆服從中央，元和之治，莫甚於此。

平淮西碑共有兩篇，一篇是韓愈撰；另一篇是段文昌撰。兩篇之存廢，前已言之。元和之治，得來不易，憲宗懲前毖後，豈有不妥善處理？況復於時朝廷須要武臣效命方殷，命段文昌重撰平淮西碑，多敘李愬等武將的功勞，對他們頗有鼓勵作用。所以沒有人說韓碑辭不實便罷，一經有人提出，憲宗為了籠絡武將，以激勵士氣，勢必下詔磨去韓文，命人重撰。

《舊唐書・韓愈傳》：「淮、蔡平，十二月，隨度還朝，以功授刑部侍郎，仍詔愈撰平淮西碑。其辭多敘裴度事。時先入蔡州擒吳元濟，李愬功第一。愬不平之。」其中「愬不平之。」乃「想當然耳」之詞，依據李愬為人及其謹守分際（見第一頁），若「不平之」當不至親自啟齒，若由其家人說出，則或有可能。

唐羅隱《石烈士文》，或謂憲宗獻替平淮西碑的關鍵，爰抄錄於後：「石烈士者，生長韓、魏間。其為人猛悍多力。少年時偷雞殺狗，殆不可勝計，州里甚苦之。後折節事李愬，為愬前驅；其信任與愬家人伍。……明年，蔡平，天子快之，詔刑部韓侍郎撰平蔡碑，將所以大丞相功業於蔡州。孝忠一旦熟視其文，大恚怒，因作力推去。其碑僅傾陊者再三。吏不能止，乃執詣節度使，悉以聞。時章武皇帝方以東北事倚諸將，聞是卒，心甚訝之。命具獄，將斃於碑下。孝忠度必死也，苟虛死，將無以明愬功，乃偽低畏若不勝按驗。吏閔之，未知其為人也。孝忠伺吏隙，用枷尾拉一吏殺之。天子聞之怒，且使送闕下。……孝忠頓首曰：『……臣事李愬歲久，以賤故給事，無不聞見。平蔡之日，臣從在軍前。且吳秀琳，蔡之奸賊也，而愬降之；李祐，蔡之驍將也，而愬擒之。蔡之爪牙脫落於是矣。及元濟縛，雖丞相與二三輩不能先知也。蔡平之後，刻石紀功，盡歸乎丞相，而愬第具名，與光顏、重胤齒。……臣所以推去碑者，不惟明愬之績，亦將為陛下正賞罰之源。臣不推碑，無以為吏擒；臣不殺吏，無以見陛下。臣死不容時矣，請就刑。』憲宗既得淮西本末，且多其義，遂赦之，因命曰『烈士』。復召翰林段學士撰平淮西碑，一如孝忠語。……。」

李商隱《韓碑詩》，長達五十二句，對於李愬，但憑一句（實際僅一字）：「愬（李愬）、武（韓公武）、古（李道古）、通（李文通）作爪牙。」蓋過了事，餘皆敘述天子神武、裴度功勞及韓愈文章。東坡題跋載有一首不知作者的七絕：「淮西功業冠吾唐，吏部文章日月功。千載斷碑人膾炙，不知世有段文昌。」宋洪邁《夷堅志》載：「政和中，陳珦守蔡州，始視事，訪裴晉公廟。讀《平淮西碑》，乃文昌所作者，忿然不平，即日磨去，別委能書者寫韓碑刻之。」沈德潛說：「段文昌改作，亦自明順，然段之韓碑不啻蟲鳴草間矣。宋代陳珦磨去段文，仍立韓碑，大是快事。」以上皆認為平淮西的功勞，數裴度功第一，韓碑多敘裴度事並無不當，而且韓文也比段文昌撰的好。

獨柳宗元於時人雖然在數千里外的柳州（廣西），但一直及時掌握這一重大事件的發展。在平亂勝利之後，很快以莊重的詩經《雅》的體裁，寫出了《平淮夷・雅・皇武》及《平淮夷・雅・方城》二篇。見《柳宗元集・第一卷》，分別記敘裴度和大將軍李愬，率軍克敵的詳細經過。歌頌他們對國家的貢獻。也歌頌了唐王朝的輝煌武功。《皇武》篇是專為贊頌裴度而寫的，詳細地敘述了裴度受命、行軍、督戰、取勝、撫民和凱旋回朝受到封賞的全部過程。《方城》篇是專為贊頌李愬雪夜襲蔡州。滿腔熱血地稱述戰功卓著的隨、唐、鄧節度使李愬及其所部將士，不畏強敵，英勇善戰，出奇制勝的全部經過。詩中對李愬精心整訓部隊，重振士氣，深入了解敵情，寬待俘虜，任用降將，善於選擇作戰時機，終於搗毀敵人巢穴，活捉叛逆吳元濟等等重要情節，都作了真實、具體、生動的描述。對於安撫蔡州百姓在淮西平定後的和平生活中表現出來的欣喜之情，也作了細緻的描繪。點出了平亂後的鮮明對比。強化了國家統一的主題思想。《皇武》、《方城》兩篇皆十一章，每章八句，等量齊觀，平衡敘述。宰相在前，將帥在後，秩然有序，倫理分明。讀罷司馬光《資治通鑑》，再讀柳宗元《平淮夷雅》，不禁為之敬佩不已！感奮不已！

## 鬼才李賀

李賀，字長吉。生於唐德宗貞元六年（公元七九〇年），卒於憲宗元和十一年（公元八一六年），享年僅二十有七。祖籍隴西成紀（今甘肅秦安縣），故常自稱「隴西長吉」。實則其出生地在福昌縣（今河南宜陽縣）城西之昌谷，故亦被稱為昌谷生。

李賀遠祖李亮，係唐高祖李淵之叔父，封鄭王。故杜牧於《李賀歌詩集序》中稱其為「唐皇諸孫」。究及實際，年湮代遠，說說而已，談不上沐什麼「皇恩」。其父名晉肅，嘗為胥吏。母鄭氏，姊弟各一人，人丁稀少。其姊適進士王參元。王參元是節度使王茂元之胞弟，而李商隱又是王茂元之女婿，故李賀與李商隱有親戚關係。李商隱《李賀小傳》說：「恆從小奚奴，騎距驢，背一古破錦囊，遇有所得，即書，投囊中。及暮歸，太夫人使婢受囊出之，見所書多，輒曰：『是兒當嘔出心乃始已耳！』……長吉將死時，忽見一緋衣人，駕赤虬，持一版書，若太古篆或霹靂石文者，云：『當召長吉。』長吉了不能讀，欻下榻叩頭曰：『阿母老且病，賀不願去。』緋衣人笑曰：『帝成白玉樓，立召君為記。天上差樂，不苦也。』少之長吉氣絕。……王氏姊非能造作謂長吉者，實所見如此。」

杜牧《李賀歌詩集序》稱讚說：「鯨呿鼇擲，牛鬼蛇神，不足為其虛荒誕幻也。蓋騷之苗裔，理或不及，辭或過之。」他是鬼才兼天才之絕代詩人，李頎《古今詩話》：「李賀七歲，以長短之製，名動京師。韓文公、皇甫湜過其父肅，見其子總角荷衣而出。二公不之信，因而試一篇。賀承命忻然，操觚染翰，旁若無人。仍目曰《高軒過》：『華裙織翠青如蔥。金環壓轡搖玲瓏。馬蹄隱隱聲隆隆。入門下馬氣如虹。云是東京才子，文章鉅公。二十八宿羅心胸。元精炯炯貫當中。殿前作賦聲摩空。筆補造化天無功。龐眉書客感秋蓬。誰知死草生華風。我今垂翅附冥鴻。他日不羞蛇作龍。』二公大驚，以所乘馬聯鑣而還所居，親為束髮。」事並見《新唐書・文藝傳》。

李賀之詩，總共二百二十三首，除上述《高軒過》外，另一首《金銅仙人辭漢歌》亦傳誦千古（序略）：「茂陵劉郎秋風客，夜聞馬嘶曉無跡。畫欄桂樹懸秋香，三十六宮土花碧。魏官牽車指千里，東關酸風射眸子。空將漢月出宮門，憶君清淚如鉛水。衰蘭送客咸陽道，天若有情天亦老。攜盤獨出月荒涼，渭城已遠波聲小。」其中名句「天若有情天亦老。」還衍生一段韻事。司馬光《溫公續詩話》：「李長吉歌『天若有情天亦老』，人以為奇絕無對，曼卿對『月如無恨月長圓。』人以為勍敵。」

李賀於其父卒後二年，時年二十歲，參加河南府試獲雋。旋入京參加禮部進士考試。竟因被檢舉犯嫌名[註]不避家諱，而被取消應試資格。韓愈為作《諱辯》曰：「父名『晉肅』，子不得舉『進士』，若父名『仁』，子不得為『人』乎？」為其仗義執言。終於為了生活，只好屈就隸屬太常寺之奉禮郎。其職務類似朝會、祭祀之司儀。因工作並非很冗忙，故仍有時間讀書、遊宴、寫作。長安城內外，名勝古蹟，幾乎遊遍，並得詩不尠。無奈身體孱弱，做了三年官後，於廿四歲便辭職回昌谷老家。昌谷有南園，風景優美，他經常到那裡尋詩、遊憩，頗不寂寞。是故，辭職後作品比辭職前還多。其震撼人心之作品，尚有：《南園》十三首、《蘇小小墓》、《雁門太守行》、《致酒行》、《馬詩》、及《夢天》等。故讀其詩者，蔑不想其為人，迴腸盪氣，不能自已！爰摘錄如下：

一、宋・嚴羽《滄浪詩話》：（一）稱李賀詩為「李長吉體」。（二）「大曆以後，我所深取者，李長吉、柳子厚、劉言史、李涉與李益耳。」（三）「人言太白仙才，長吉鬼才。不然，太白天仙之詞，長吉鬼仙之詞耳。」（四）「玉川之怪，長吉之瑰詭，天地間自欠此體不得。」

二、宋・葛立方《韻語陽秋》：「李長吉云：『我當二十不得意，一心愁謝如枯蘭。』至二十七而卒。語意不祥如此，豈神明者先授之邪？」

三、明・高棅《唐詩品類總序》；「李厚、盧仝之鬼怪。」

四、清・李重華《貞一齋詩話》：「古人於古近諸體，各有所長。如太白七律至少，昌谷七律全無。」

五、清・馬位《秋窗隨筆》：「長吉善用『白』字，如：『雄雞一聲天下白。』、『吟詩一夜東方白。』、『薊門白於水。』、『一夜綠房迎白曉。』、『一山唯白曉。』皆奇句。」

六、清・黃子雲《野鴻詩的》：「昌谷之筆，有若鬼斧。然僅能鑿幽，而不能抉明。其不永年宜矣，嘔心之句，亦亙古僅見。」

七、清・施補華《峴傭說詩》：（一）「李長吉七古，雖幽僻多鬼氣，其源自《離騷》來，哀豔荒怪之語，殊不可廢，惜成章者少耳。」（二）「長吉七古，不可以理求，不可以氣求。譬之山妖木怪，怨月啼花，天壤間宜有此事耳。」

八、清・葉燮《原詩・外篇下》：「李賀鬼才，其造語入險，正如蒼頡造字，可使鬼夜哭。」

綜觀李賀一生，遊戲人間，僅二十七年，竟締造千秋名山事業。天賦之高，千載於茲，無人能與之比倫。其命雖短實修，雖死實生。何則？老子曰：「死而不亡者壽。」莊子曰：「芴漠无形，變化无常。死歟？生歟？天地並與。」夫死生亦大矣，而李賀得之，又何憾焉！

註：嫌名：古人避君父名諱，諧音字也要避，叫做「嫌名」。如李賀考「進士」，而其父名「晉肅」，諧音，要避。不避，即犯「嫌名」，不准考。

## 柳宗元博極群書

柳宗元（公元七七三—八一九年）字子厚，河東解（今山西運城西）人。少聰警絕倫，尤精西漢詩騷。下筆構思，與古為侔。精裁密緻，粲若珠貝。唐德宗貞元九年（公元七九三年）進士，時二十一歲。三年後又登博學宏詞科。貞元十九年（公元八〇三年），自藍田縣尉調為監察御史。適翰林院待詔王叔文、翰林院學士韋執誼，獲得太子誦信任。王、韋有意改革弊政，乃延攬韓泰、呂溫、劉禹錫、柳宗元等結成政黨，而宗元尤為叔文所倚重。貞元二十一年，德宗崩，太子誦即位，是為順宗，政事為王、韋黨議決。為政日新，大快人心。無何，順宗退位，憲宗監國。叔文一黨，全被貶逐。宗元貶為邵州刺史，赴任在道，又貶為永州司馬。第二年，憲宗改號元和，舉行大赦。但詔書規定，叔文一黨，不能赦免。在永州十一年，至元和十年，例召回京師，喜而成詠。有曰：「投荒垂一紀，新詔下荊扉。」又云：「十一年前南渡客，四千里外北歸人。」是也。既至都，乃復不得用，出任柳州刺史。由永至京已四千里，自京徂柳又復六千里，往返殆萬里矣。故贈劉夢得詩云：「十年憔悴到秦京，誰料翻為嶺外行。」贈宗一詩云：「一身去國六千里，萬里投荒十二年。」是也。

在柳州，興學校、造船隻、修園池、築道路，使人民安居樂業。最感奮人心者，厥為解放奴婢。柳州貧民向富有人家借貸，向以兒女作抵押。逾期不還，人質沒為奴婢。宗元到任後即嚴令禁止。已經沒為奴婢者，令其家屬出錢贖回。其因特別貧困，不能贖回者，令其在債主家幫傭，工資夠抵本利，債主便得放歸人質。一年中解放近千奴婢。宗元在永州已得痞病（腹內脹氣），到柳州後又罹毒瘡，益以心情惡劣，身體日趨衰弱，乃於元和十四年（公元八一九年）病死柳州，年四十七。嗚呼！宗元之命窮極矣。柳州人感念其德政，在羅池立廟祭祀並請韓愈作廟碑。

柳宗元讀書之多，用力之深，唐賢能與之頡頏者蓋寡也。其《答韋中立論師道書》自述其讀書云：「本之《書》以求其質；本之《詩》以求其恆；本之《禮》以求其宜；本之《春秋》以求其斷；本之《易》以求其動。此吾所以取道於原也。參之穀梁氏以厲其氣；參之孟、荀以暢其支；參之莊、老以肆其端；參之《國語》以博其趣；參之《離騷》以致其幽；

參之太史公以致其潔。此吾所以旁推交通，而以為之文也。」是其辭章，光芒萬丈，與日月爭輝，其來有自。不寧惟是，姚鼐謂其文章取法於韓非、賈生並得力於《水經注》及《洛陽伽藍記》。其落筆謹嚴，字字斟酌，句句推敲。嘗謂：「吾每為文章，未嘗敢以輕心掉之，懼其剽而不留也；未嘗敢以怠心易之，懼其弛而不嚴也；未嘗敢以昏氣出之，懼其昧沒而雜也；未嘗敢以矜氣作之，懼其偃蹇而驕也。抑之欲其奧，揚之欲其明，疏之欲其通，廉之欲其節，激而發之欲其清，固而存之欲其重。此吾所以羽翼夫道也。」古人致力於學如此，以視今人之有書而不讀，相去又何如哉？

人成名後，其言行舉措，便為好事者論述焦點：

一、嚴羽《滄浪詩話》：「唐人惟柳子厚，深得騷學。」

二、許顗《彥周詩話》：「柳柳州詩，東坡云：『在陶彭澤下，韋蘇州上。』」

三、胡震亨《唐音癸籤》：「引陳直齋語：『柳宗元詩與王摩詰、韋應物相上下，頗有陶家風氣。』又引劉履語：『柳子厚詩與韋應物並稱。然子厚之工緻，乃不若蘇州之蕭散自然。』」

四、高棅《唐詩品彙總序》：「下暨元和之際，則有柳愚溪超然復古。」

五、施閏章《蠖齋詩話》：「韓文公愈、柳柳州宗元、李尚書翺、皇甫郎中湜，皆以引接後學為務。」

六、宋犖《曼堂說詩》：「錢起、劉長卿、韋應物、柳宗元，古淡清逸，多神來之句，所謂好詩必是拾得也。」

七、沈德潛《說詩晬語》：「柳子厚哀怨有節，律中騷體，與夢得故是敵手。」

八、黃子雲《野鴻詩的》：「韓、柳之文，陶、杜之詩，無句不琢，卻無纖毫斧鑿痕者，能鍊氣也。氣鍊則句自鍊矣。雕句者有跡，鍊氣者無形。」

九、施補華《峴傭說詩》：「柳子厚幽怨有得騷旨而不甚似陶公，蓋怡曠氣少，沈至語少也。《南澗》一作，氣清神斂，宜為坡公所激賞。」

柳宗元才空士類，學究天人。以王佐之才，被貶逐十五年，羈官數千里，時歟？命歟？韓愈謂：「使子厚在臺省時，自持其身，已能如司馬、刺史時，亦自不斥；斥時有人力能舉之，且必復用不窮。然子厚斥不久，窮不極，雖有出於人，其文學辭章必不能自力，以致必傳於後如今，無疑也。雖使子厚得所願，為將相於一時，以彼易此，孰得孰失，必有能辨者矣。」故冥冥之中，似乎注定欲其振藻炎徼，不由其宰執百僚，所謂「萬般皆是命，半點不由人。」者是也。然則「塞翁失馬」焉知非福？老子曰：「禍兮福之所倚，福兮禍之所伏。」莊子曰：「安危相易，禍福相生。」使宗元如韓愈所言，出將入相，時朝廷板蕩，憲宗且死於閹豎之手，宗元能免於禍耶？以此易彼，禍福明矣。方竊自慶幸之不遑，又何介然於心哉？

## 白居易廣大教化主

白居易字樂天，號醉吟先生，晚年又號香山居士。原籍太原，後遷下邽（今陝西渭南）。唐代宗大曆七年（公元七七二年）正月二十日，生於新鄭東郭宅。生下來六七個月，即認識「之」、「無」兩字。五六歲開始學作詩，九歲識聲韻，十六歲作《賦得古原草送別詩》，受名宿顧況所激賞。德宗貞元中，二十九歲，進士及第。累遷校書郎、盩厔縣尉、集賢校理、翰林學士、左拾遺、太子左贊善等官。憲宗元和十年（公元八一五年）忤時相，貶江州（江西九江）司馬。越三年，升任忠州（四川忠縣）刺史。四十九歲還長安，任主客司郎中，知制誥，次年遷中書舍人。穆宗好畋遊，獻箴以諷，不聽。乃丐外遷為杭州刺史，時五十一歲。在杭州築西湖堤，興修水利，為人民所愛戴。五十四歲任蘇州刺史。文宗太和元年（公元八二七年）任祕書監，旋授刑部侍郎，封晉陽縣男。太和五年除河南尹，開成元年，任太子少傅，封馮翊縣侯。七十一歲以刑部尚書致仕，隱居於洛陽履道里。所居有花木池泉，景物絕勝，以詩酒佛書自娛，七十五歲卒，謚法「文」。葬於香山（在洛陽龍門山東）僧如滿塔旁。居易曾與如滿結香火社，茹素奉佛。

唐代張為作《詩人主客圖》，以白居易為廣大教化主。王世貞《藝苑卮言》卷四云：「張為稱白樂天『廣大教化主』，用語流便，使事平安。」又云：「詩自正宗之外，如昔人所稱『廣大教化主』者，於長慶得一人，曰白樂天。」

元稹《白氏長慶集序》：「雞林賈人求市頗切，自云本國宰相每以百金換一篇，其甚偽者宰相輒能辨別之。」王世貞《藝苑卮言》卷八：「元和中，雞林賈人鬻元、白詩云：『東國宰相百金易一篇，偽者輒能辨。』」按：雞林，即新羅、朝鮮古國名。

尤袤《全唐詩話》：「樂天未冠，以文謁顧況，況睹姓名熟視曰：『長安米貴，居大不易。』及披卷至其《草》詩云：『野火燒不盡，春風吹又生。』嘆曰：『我謂斯文遂絕，今又得子，前言戲之耳。』」

胡仔《苕溪漁隱叢話》：「樂天初舉，名未振，以歌詩投顧況。戲之曰：『長安物貴，居亦不易。』及讀至『原上草』云：『野火燒不盡，春風吹又生。』嘆曰：『有句如此，居亦何難！老夫前言戲之耳。』」

釋惠洪《冷齋夜話》：「白樂天每作詩，令一老嫗解之。問曰：『解否？』嫗曰：『解。』則錄之；『不解。』則又復易之。」

葛立方《韻語陽秋》卷十：「白樂天、元微之皆老而無子。樂天五十八歲始得阿崔，後崔兒三歲而亡；微之五十一歲始得道保，三歲而卒。」又曰：「白樂天賦《有木》八章，其六章託弱柳、櫻桃、枳橘、杜梨、野葛、水裡以諷在位者，至第七章則曰：『有木名凌霄，擢秀非孤標。偶依一株樹，遂抽百尺條。自謂得其勢，無因有動搖。一旦樹摧倒，獨立忽飄颻。疾風從東來，吹折不終朝。』專又以諷附麗權勢者。其八章則曰：『有木名丹桂，四時香馥馥。風影清如水，霜華冷如玉。獨占小山幽，不容凡鳥宿。重任雖大過，直心自不曲。縱非梁棟材，猶勝尋常木。』蓋樂天自謂也。樂天素善李紳而不入德裕之黨，素善牛僧孺、楊虞卿而不入宗閔之黨，素善劉禹錫而不入伾文之黨，中立不倚，峻節凜然。於八木之中，而自比於桂，殆未為過也。」

袁枚《隨園詩話》：「詩人家數甚多，不可硜硜然域　先生之言，自以為是。而妄薄前人。須知王孟清幽，豈可施諸邊塞？杜韓排奡，未便播之管絃。沈宋莊重，到山野則俗。盧仝險怪，登廟堂則野。韋柳雋逸，不宜長篇。蘇黃瘦硬，短於言情。悱惻芬芳，非溫李郎冬不可。屬詞比事，非元白梅村不可。古人各成一家，業已傳名而去，後人不得不兼綜條貫，相題行事。雖才力筆性，各有所宜，未容勉強，然寧藏拙而不為則可，若護其所短，而反譏人之所長則不可。所謂以宮笑角，以白詆青者，謂之陋儒。」

趙翼《甌北詩話》：「中唐詩以韓、孟、元、白為最。韓、孟尚奇警，務言人所不敢言；元、白尚坦易，務言人所共欲言。試平心論之，詩本性情，當以性情為主。奇警者，猶第在詞句間爭難鬥險，使人蕩心駭目，不敢逼視，而意味或少焉。坦易者，多觸景生情，因事起意，眼前景，口頭語，自能沁人心脾，耐人咀嚼，此元、白較勝於韓、孟。世徒以輕俗訾之，此不知詩者也。元、白二人才力本相敵，然香山自歸洛以後，益覺老幹無枝，稱心而出，隨筆抒寫，並無求工見好之意，而風趣橫生，一噴一醒，視少年時與微之各以才情工力競勝者，更進一籌矣。故白自成大家，而元稍次。」

沈德潛《說詩晬語》：「白樂天詩，能道盡古今道理，人以率易少之。然《諷諭》一卷，使言者無罪，聞者足戒，亦風人之遺意也。」

馬位《秋窗隨筆》：「東坡《祭柳子玉文》：『郊寒島瘦，元輕白俗。』彥周謂其論道之語。然東坡詩鎔化樂天語及用樂天事甚多，如『故將別語調佳人，要看梨花枝上雨。』、『不似楊枝別樂天。』、『海天兜率兩茫然。』、『腸斷閨中楊柳枝。』之類，雖作此論，終不免踐樂天之跡。」

葉燮《原詩》：「白居易詩，傳為老嫗可曉，余謂此言亦未盡然。今觀其集，矢口而出者固多，蘇軾謂其局於淺切，又不能變風操，故讀之易厭。夫白之易厭，更甚於李，然有作意處，寄託深遠，如《重賦》、《致仕》、《傷友》、《傷宅》等篇，言淺而深，意微而顯，此風人之能事也。至五言排律，屬對精緊，使事嚴切，章法變化中，條理井然，讀之使人惟恐其竟，杜甫後不多得者，人每易視白，則失之矣。元稹作意勝於白，不及白舂容暇豫。白俚俗處而雅亦在其中，終非庸近可擬。二人同時得盛名，必有其實，俱未可輕議也。」

錢泳《履園譚詩》：「白香山使老嫗解詩，為千古佳話。余亦謂詩非帷薄之言，何人不可與譚詩哉？然不可與譚者卻有幾等：工於時藝者，不可與譚詩；鄉黨自好者，不可與譚詩；市井小人，營營於勢利者，亦不可與譚詩。若與此等人譚詩，毋寧與老嫗譚詩也。」

薛雪《一瓢詩話》：「元、白詩言淺而思深，意微而詞顯，風人之能事也。至於屬對精警，使事嚴切，章法變化，條理井然，杜浣花之後，不可多得。」

王漁陽（阮亭）《論詩絕句三十二首》第十首云：「廣大居然太傅宜，沙中金屑苦難披。詩名流播雞林遠，獨愧文章替左司。」首句用「居然」，表示出於意外，不當如此。次句誚其庸俗，無金屑可披。三四句謂雖然詩名遠播雞林，但其詩品，遠不如韋應物。按：左司，官名。韋應物曾官左司郎中，故其調任蘇州刺史時賦詩云：「蘇州刺史例能詩，西掖吟來廢左司。」後來白居易亦擔任蘇州刺史，乃賡歌曰：「分無佳麗敵西施，敢有文章替左司。」韋、白都是自謙之詞，爾乃阮亭據以譏訾之。《易・繫辭》曰：「言行，君子之樞機，樞機之發，榮辱之主也。」遂招致紛紛物議：

宗廷輔《古今論詩絕句》評此詩云：「香山詩平易，故不喜之。」

翁方綱《石洲詩話》卷八評曰：「先生不喜白詩，故特借白詩此句，以韋左司超出白詩上也。白詩云：『敢有文章替左司。』是因守蘇州云爾，豈其關涉詩品耶？白公之為廣大教化主，實其詩合賦、比、興之全體，合風、雅、頌之諸體，他家所不能奄有也。若以漁洋論詩之例例之，則所謂廣大教化主者，直是粗細雅俗之不擇，泥沙瓦礫之不揀耳。依此，以披沙得金，則何金屑之有哉？竟皆目為沙焉而已。未知先生意中所謂『金屑』者，何等『金』，何等『屑』也？若以白詩論之，則無論昆田、麗水皆金也。即一切恆河沙，皆得化為金也。若以漁洋之揀金，則宋人刻玉以為楮葉，必如此而後為楮葉，則凡花草之得有葉者鮮矣。明朝李、何以訖王、李，皆偽詩也。漁洋先生豈惟於滄溟不免周旋鄉人，抑且於治七子沿習信陽、北地之遺。是以『神韻』者，即『格調』之改稱，自必覺白公詩皆粗俗膚淺矣。故以維摩一瓣香屬之錢、劉，而以『文章替左司』之語原出於白詩，只作引述，宛似不著議論者，轉使人乍看不覺其有貶斥白詩之痕跡耳。」

王若虛《滹南詩話》卷一云：「樂天之詩，情致曲盡，入人肝脾。隨物賦形，所在充滿，殆與元氣相侔。至長韻大篇，動數百千言，而順適愜當，句句如一，無爭張牽強之態。此豈撚斷吟鬚悲鳴口吻者之所能至哉！而世或以淺易輕之，蓋不足與言矣。」

袁枚《隨園詩話》卷三云：「阮亭《池北偶談》笑元、白作詩未窺盛唐門戶，此論甚謬。桑弢父譏之云：『大辨才從覺悟餘，香山居士老文殊。漁洋老眼披金屑，失卻光明大寶珠。』余按：元、白在唐所以獨豎一幟者，正為其不襲盛唐窠臼也。阮亭之意，必欲其描頭畫角若明七子，而後謂之能窺盛唐乎？要知唐之李、杜、韓、白俱非阮亭所喜，因其名太高，未便詆毀；於少陵亦時有微詞，況元、白乎？阮亭主修飾，不主性情，觀其到一處必有詩，詩中必用典，可以想見其喜怒哀樂之不真矣。」

劉勰《文心雕龍‧知音》：「知音其難哉！音實難知，知實難逢，逢其知音，千載其一乎！昔《儲說》始出，《子虛》初成，秦皇、漢武，恨不同時。既同時矣，則韓囚而馬輕。」班固、傅毅，文在伯仲，而固嗤毅云『下筆不能自休。』故魏文稱『文人相輕』非虛談也。」章學誠《知難》云：「讀其書，知其言，知其所以為言而已矣。知其名者，天下比比矣；知其言者，千不得百焉；知其言者，天下寥寥矣；知其所以為言者，百不得一焉。然而天下皆曰我知言，我知所以為言矣，此知之難也。」孔子生前，道不行於世，栖栖皇皇，席不暇暖。至漢武帝時始大行其道，其間沈默三百有餘年矣；韓愈生前致力恢復古文，然並時駢四儷六盛行，李商隱即其尤者。陵夷至宋初，楊億、劉筠、錢惟演輩所倡「西崑體」猶是顯學，逮歐、蘇始矯而出之，其間亦悠悠二百有餘年矣。白居易《與元九書》曰：「文章合為時而著，歌詩合為事而作。」然「今僕之詩，人所愛者，悉不過雜律詩與《長恨歌》已下耳。時之所重，僕之所輕。至諷諭者意激而言質，閒適者思澹而辭迂，宜人之不愛也。」夫以孔子之至聖，與韓愈之賢明，欲求知音，必俟二三十紀而後已，白居易並世即有元稹、張為作憑翼，後世更有王世貞、袁枚、趙翼及葉燮等明清詩豪為之頌揚，亦應含笑於天衢矣，彼阮亭所言，徒見其明足以察秋毫之末而不見輿薪者也。

## 杜牧風流倜儻

杜牧字牧之，京兆萬年（今陝西長安附近）人。唐德宗貞元十九年（公元八〇三年）生。祖父佑官至宰相，精通歷代典章制度，纂集《通典》一書，為後世言典章制度者所宗。牧之天才俊邁，善作詩文。文宗太和元年（公元八二七年），二十五歲進士及第。次年天子親試於宣政殿，登制策科，授弘文館校書郎。不久江西觀察使右丞沈傳師，表為江西團練府巡官，因從沈於鍾陵（江西進賢縣西北）。太和四年九月沈轉職宣歙觀察使，牧之隨赴宣城，親信任事。三十一歲，淮南節度使牛僧孺聘為掌書記。太和九年任監察御史，分司東都。旋授咸陽尉、直史館。以疾辭官，下揚州，居龍興寺。開成二年（公元八三七年）以弟顗久病，迎醫療養，奔走於洛陽、揚州。遂赴宣州任團練判官殿中侍御史。四年二月回京，遷左補闕、史館修撰。次年冬移膳部員外郎。乞假省兄弟於潯陽。武宗會昌元年（公元八四一年）七月回長安，轉膳部比部員外郎，兼史職。二年七月出任黃州（今湖北黃岡）刺史，時年四十。四年調池州（安徽貴池縣）刺史。六年九月移睦州（今浙江桐廬）刺史，十二月渡錢塘江赴任。宣宗大中元年（公元八四七年），在睦州以政績優異，為吏部所褒獎。次年授尚書司勳員外郎、史館修撰。三年轉吏部員外郎。俸給微薄，不足贍家。上書求為杭州刺史，不許。四年（公元八五〇年）七月拜湖州（浙江吳興）刺史。五年八月拜考功郎中知制誥，冬日還京。傾湖州所餘官俸以修樊川別墅，有終老之志。六年冬遷中書舍人。頹唐多病，夢寐以為不久於人世，自撰《墓志銘》。竟於是年冬末卒於長安安仁里，享年五十歲。牧之卒前曾自焚其詩文十之七八，卒後其甥裴延翰就所抄存及焚餘作品編為二十卷，合四百五十首，題曰《樊川文集》。

《新唐書・杜佑傳》：「杜佑，京兆萬年人。子式方，式方子牧。……牧剛直有奇節，不為齷齪小謹，敢論列大事，指陳利病尤切。卒年五十。牧于詩情致豪邁，人號為小杜，以別杜甫云。」

計敏夫《唐詩紀事》卷五十六云：「吳武陵（太和初為太學博士），以杜牧《阿房宮賦》薦於崔鄽（字廣略，為禮部侍郎）遂登第。」

周必大《二老堂詩話》：「《池陽集》載：杜牧之守郡時，有妾懷娠而出之，以嫁州人杜筠。後生子，即荀鶴也。此事人罕知。余過池陽有詩云：『千古風流杜牧之，詩材猶及杜筠兒。向來稍喜《唐風集》，今悟樊川是父師。』」原註：「《唐風集》，杜荀鶴詩集名。」

許顗《彥周詩話》：「杜牧之《題桃花夫人廟詩》云：『細腰宮裡露桃新，脈脈無言幾度春。至竟息亡緣底事？可憐金谷墜樓人。』僕謂此詩為二十八字史論。」

孟棨《本事詩》：「杜為御史，分務洛陽時。李司徒愿罷鎮閒居，聲妓豪華，為當時第一。洛中名士咸謁之。李乃大開筵席，當時朝客高流，無不臻赴。以杜持憲，不敢邀置。杜遣座客達意，願與斯會，李不得已馳書。方對花獨酌，亦已酣暢，聞命遽來。時會中已飲酒，女奴百餘人，皆絕藝殊色。杜獨坐南行，瞪目注視，引滿三卮，同李云：『聞有紫雲者孰是？』李指之。杜凝睇良久，曰：『名不虛得，宜以見惠。』李俯而笑，諸妓亦回首破顏。杜又自飲三爵，朗吟而起曰：『華堂今日綺筵開，誰喚分司御史來。忽發狂言驚滿座，兩行紅粉一時迴。』氣意閒逸，旁若無人。杜登科後，狎遊飲酒，為詩曰：『落拓江湖載酒行，楚腰纖細掌中輕。十年一覺揚州夢，贏得青樓薄倖名。』後又題詩曰：『觥船一棹百分空，十載青春不負公。今日鬢絲禪榻畔，茶煙輕颺落花風。』按此事並見尤袤《全唐詩話・

杜牧》、李頎《古今詩話》。

曾季貍《艇齋詩話》：「絕句之妙，唐則杜牧之，本朝則荊公，此二人而已。」又：「小杜《秋夜宮詞》云：『銀燭秋光冷畫屏，輕羅小扇撲流螢。天階夜色涼如水，臥看牽牛織女星。』含蓄有思致。星象甚多，而獨言牛女，此所以見其為宮詞也。」

楊慎《升庵詩話》：「律詩至晚唐，李義山而下，惟杜牧之為最。宋人評其詩豪而豔，宕而麗，於律詩中特寓拗峭以矯時弊，信然。」

王士禎《論詩絕句・杜牧》：「京兆風情粉黛叢，鬢絲晚惜落花風。湖州箋記揚州夢，綺語翻教詆白公。」其二：「星宿羅胸氣吐虹，屈蟠兵策畫山東。黨牛怨李君何與，青史千秋有至公。」

王士禎《漁洋詩話》：「益都孫文定公廷銓《詠息夫人》云：『無言空有恨，兒女粲成行。』諧語令人頤解。杜牧之：『至竟息亡緣底事，可憐金谷墜樓人。』則正言以大義責之。王摩詰：『看花滿眼淚，不共楚王言。』更不著判斷一語，此盛唐所以為高。」

翁方綱《石洲詩話》：「小杜之才，自王右丞以後，未見其比。其筆力回斡處，亦與王龍標、李東川相視而笑。『少陵無人謫仙死』，竟不意又見此人。」

李調元《雨村詩話》：「杜牧之詩輕倩秀麗，在唐賢中另是一種筆意。故學詩者不讀小杜，詩必不韻。」

洪亮吉《北江詩話》：「杜牧之與韓、柳、元、白同時，而文不同韓、柳，詩不同元、白；復能於四家外，詩文皆別成一家，可謂特立獨行之士矣。」又：「中唐以後，小杜才識，亦非人所及。文章則有經濟，古近體詩則有氣勢。倘分其所長，亦足以了數子，宜其薄視元、白諸人也。」又：「有唐一代，詩文兼善者，惟韓、柳、小杜三家。」

趙翼《甌北詩話》：「杜牧《桃花夫人廟》云：『細腰宮裡露桃新，脈脈無言幾度春。至竟息亡緣底事？可憐金谷墜樓人。』以綠珠之死，形息夫人之不死，高下自見，而詞語蘊藉，不顯露譏訕，尤得風人之旨耳。」

薛雪《一瓢詩話》：「杜牧之晚唐翹楚，名作頗多，而恃才縱筆處亦不少。如《題宣州開元寺水閣》，直造老杜門牆，豈特人稱小杜而已哉？」按：牧之《題宣州開元寺水閣》詩云：「六朝文物草連空，天澹雲閒今古同。鳥去鳥來山色裏，人歌人哭水聲中。深秋簾幙千家雨，落日樓臺一笛風。惆悵無因尋范蠡，參差煙樹五湖東。」

施補華《峴傭說詩》：「小杜『看取漢家何事業，五陵無樹起秋風。』是加一倍寫法。陵樹秋風，已覺凄慘，況無樹耶？用意用筆甚曲。」

牧之少承家學，有經世之略，邃研兵法。生平注意治亂興衰之跡，財賦兵甲之事；地形之險易遠近，古人之長短得失。曾注曹操所定《孫武十三篇》，並著有《罪言》、《原十六衛》、《戰論》、《守論》等，剖析時事，切中情實，傳誦於世。會昌中，李德裕為相，平澤潞，拓北疆，實隱用其議。因曾任牛僧孺幕客，以門戶之見，不肯顯擢。浮沈郎署，于役遠郡，用不盡其才。其詩風格與元、白迥異。《樊川文集》卷九：「詩可以歌，可以流於竹，鼓於絲，婦人小兒皆欲諷誦。國俗厚薄扇之於詩，如風之疾速。嘗痛自元和以來，有元、白詩者，纖豔不逞，非莊士雅人多為其所破壞，流於民間，疏於屏壁，子父女母，交口教授，淫言媟語，冬寒夏熱，入人肌骨，不可除去。吾無位，不得用法以治之。欲使後代知有發憤者，因集國朝以來類於古詩得若干首，編為三卷，目為《唐詩》，為序以導其志。」其視元、白詩若紫之奪朱，鄭聲之亂雅樂，痛心極矣！卷十三述其為文云：「凡為文以意為主，氣為輔，以辭采章句為之兵衛。……苟意不先立，止以文采辭句繞前捧後，是言愈多而理愈亂。如入闤闠，紛紛然莫知其誰，暮散而已。是以意全勝者，辭愈朴而文愈高；意不勝者，辭愈華而文愈鄙。是意能遣辭，辭不能成意，大抵為文之旨如此。」又卷十六述其為詩云：「某苦心為詩，本求高絕，不務奇麗，不涉習俗，不今不古，處於中間。」

《四庫全書總目提要》：「牧詩冶蕩甚於元白，其風骨實出元白上。其古文縱橫奧衍，多切經世之務。……觀其集中有讀韓杜詩，又《冬日寄小姪阿宣》詩曰：『經書刮根本，史詩閱興亡。高摘屈宋豔，濃薰班馬香。李杜泛浩浩，韓柳摩蒼蒼。近者四君子，與古爭強梁。』則牧於文章具有本末，宜其睥睨長慶體矣。」

牧之自負才略，擬致位公輔。曾賦詩云：「平生五色線，願補舜衣裳。」、「誰知我亦輕生者，不得君王丈二殳。」其志遠大，可見一斑。以時無援引者，致賫志以終。蓋其思惟豁達，介於儒道之間，入世出世，無可無不可者也。用舍行藏，泰然自若。不營營於富貴，不汲汲於名利。後人但知其「十年一覺揚州夢」，誰知其人在江湖，心懷魏闕哉。孟子曰：「古之人，得志澤加於民，不得志，修身見於世。窮則獨善其身，達則兼善天下。」其牧之之志也夫？

## 李商隱無題詩

李商隱字義山，號玉谿生（玉谿在河南濟源山下，商隱早年習業於此。）又號樊南生（長安城南有樊川，亦即樊鄉，是漢初名將樊噲的封邑，因在長安城南，故稱樊南。自韋曲而南，長渠分注，土壤肥腴，菜圃稻畦，罫紛綺錯，田廬雞犬，是一個風景美麗的地方，商隱最喜歡的遊憩處。）懷州河內（河南沁陽）人，寄居鄭州滎陽（鄭縣）。生於唐憲宗元和七年（公元八一二年），十歲喪父，受經典於諸父，遂能文章。有唐三百年間，古文、駢文同時風行，商隱同房叔父是一位晦跡隱逸，時人莫得而知的古文大家，所寫文章詩賦，味醇道正，辭古義奧，商隱受其深刻影響。於時，初唐王勃、楊炯、盧照鄰、駱賓王四傑文章「不廢江河萬古流」，降及中晚唐，蘇廷碩、張道濟、陸敬輿的制誥文；李德裕、令狐楚的奏章；李邕的碑志，均享盛譽。尤其令狐楚的駢儷文，辭情典鬱，為文士所重，與韓文、杜詩並稱顯學。

商隱於文宗太和六年（公元八三二年）二十一歲時，以文干謁令狐楚，受其賞識，辟為幕僚。《舊唐書・李商隱傳》：「商隱能為古文，不喜偶對。從事令狐楚幕，楚能奏章，遂以其道授商隱，自是始為今體章奏。博學強記，下筆不能自休，尤善為誄奠之辭。」《新唐書。李商隱傳》：「商隱初為文，瑰邁奇古。及在令狐楚府，楚本工章奏，因授其學。商隱儷偶長短，而繁縟過之。」商隱自是平步青雲，聲明顯達。所謂馬一登驥阪，則價十倍，士一登龍門，則聲烜赫者是。《舊唐書》本傳又稱：「商隱幼能為文，令狐楚鎮河陽，以所業文干之，年才及弱冠。楚以其少俊，深禮之，令與諸子遊案：楚有三子，緒、綯、綸。楚徙天平、汴州，從為巡官，歲給資裝，令隨計上都。」《新唐書》本傳亦云：「令狐楚帥河陽，奇其商隱文，使與諸子遊，楚徙天平、宣武，皆表署巡官，歲具資裝，使隨計。」這兩段記載，除年代有出入外，基本上是相同的。根據這兩段記載，有三點值得探討：一是李商隱之所以受知於令狐楚，是因他的文章寫得瑰奇典奧，出類拔萃；二是正式入令狐楚幕，並受其歲給資裝，備加禮遇與愛護；三是得與令狐楚諸子遊。可見他與令狐楚父子關係非常密切。

開成二年（公元八三七年）商隱二十六歲，登進士第。中進士除了由於他自己發憤讀書之外，還得力於令狐綯的幫忙推薦。《新唐書》載：「開成二年，高鍇知貢舉，令狐綯雅善鍇，獎譽甚力，故擢進士第。」翌年，李商隱和李黨王茂元的女兒結婚。《舊唐書》載：「王茂元鎮河陽誤，應是涇原，辟為掌書記，得侍御史；愛其才，以子妻之。」李商隱入李黨並作為王茂元女婿，是他一生禍福榮枯轉折點。其感情生活固然得到滿足，然而政治活動從此遭到困厄，招惹不少是非風波，再三受到牛黨令狐綯的歧視、冷遇、排擠和打擊，這就是他後來作許多首《無題》詩的前因後果。

牛、李黨爭對晚唐政局影響至深且鉅。牛黨以牛僧孺、李宗閔為代表，嫡系為令狐楚、令狐綯父子，用人重科舉出身；李黨以李吉甫、李德裕父子為代表，用人重門第而輕仕科。彼此利用職權，排斥傾軋，永無寧日。而且雙方都企圖利用自己的地位和職權，樹黨植私；或籠絡同僚以資聲援；或勾結門生，以為羽翼。歷穆、敬、文、武、宣五朝。形成晚唐政治上集團派系爭鬥，忘國家人民的公益，但求朋黨個人私利。遂致政局敗壞，朝綱不振，王室衰微，國土日削而不可收拾。甚至文宗也每對人嘆曰：「去河北賊易，去朝中朋黨難！」自元和三年（公元八〇八年），牛僧孺、李宗閔對策結怨李吉甫起，到大中十三年（公元八五九年）令狐綯罷相為止，前後整整五十年。李商隱婚前受恩於牛黨，婚後知遇於李黨，所累積恩怨，難分難解，其所作九首《無題》詩即其內心寫照。不知其經過始末，徒望文生義，猶盲人摸象也。

穆宗長慶元年（公元八二一年）貶牛黨李宗閔，敬宗寶曆元年（公元八二五年），牛僧孺罷相，朋黨之釁肇端。文宗太和四年（公元八三〇年）李宗閔引牛僧孺為相，排李德裕黨。七年李德裕相，牛僧孺罷。九年貶李宗閔。武宗會昌四年（公元八四四年）李德裕獲重用加太尉、衛國公。宣宗大中元年（公元八四九年）先後復用牛僧孺、李宗閔、崔珙、楊嗣復、李玨等五相。並重用白敏中、令狐綯。李黨失勢。李德裕貶為潮州司馬、崖州司戶。李商隱依違牛、李兩黨之間，未蒙其利，先受其害，到處碰壁。牛黨認為李商隱忘恩負義，放利偷合，而表示極大不滿。大中四年（公元八五〇年）令狐綯拜相，在宣宗輔政十年，累官至吏部尚書、右僕射、涼國公，食邑二千戶，直到大中十三年（公元八五九年）宣宗崩才罷相，而李商隱卻於一年前逝世，年四十七。

魏慶之《詩人玉屑》：「李商隱詩好積故實，如《喜雪詩》：『班扇慵裁素，曹衣詎比麻？鵝歸逸少宅，鶴滿令威家。』又：『洛水妃虛妒，姑山客慢誇。聯辭雖許謝，和曲本慚巴。』一篇中用事者十七八，以是知凡作者，須飽材料。」

蔡啟《蔡寬夫詩話》：「王荊公晚年亦喜稱義山詩，以為唐人知學老杜，而得其藩籬，惟義山一人而已。」

元好問《論詩絕句》論李商隱詩：「望帝春心託杜鵑，佳人《錦瑟》怨華年。詩家總愛西崑好，獨恨無人作鄭箋。」蓋言義山《錦瑟》詩典奧晦澀，而世無人能說解其旨者。

胡震亨《唐詩談叢》：「溫、李皆遊令狐相之門，交皆不終。溫不終，以平昔狼藉口語不慎，故恨尚淺；李不終，以其忘家恩，受贊皇黨人辟，從宦途門戶起見，恨較深。……士君子出身，一有倚托，便去就兩難。李錯處不在忘恩，正在受恩之初耳。然亦見當時黨禍之烈。」

胡震亨《唐音癸籤》：「義山詩精索群材，包蘊密緻，味酌之而愈出。」

王士禎《論詩絕句》評李商隱詩：「獺祭曾驚奧博殫，一篇《錦瑟》解人難。千年毛鄭功臣在，猶有彌天釋道安。」《四庫全書總目提要》云：「李商隱詩舊有劉克、張文亮二家注本，後俱不傳。明末釋道源，始為作注。王士禎《論詩絕句》所謂『獺祭（略）』者，即為道源是注作也。然其書徵引雖繁，實冗雜寡要，多不得古人之意。」

李重華《貞一齋詩說》：「學韓、蘇失之者，其弊在駁雜；學王、孟失之者，其弊在闃寂；學溫、李最易入於淫哇；學元、白最易流於輕薄。」

沈德潛《說詩晬語》：「義山近體，襞積重重，長於諷諭，中多借題攄抱，遭時之變，不得不隱也。」

姚鼐《今體詩鈔序》：「玉谿生雖晚出，而才力實為卓絕。七律佳者，幾欲遠追拾遺杜，其次者猶足近掩劉禹錫、白。第以矯弊滑易，用思太過，而僻晦之弊又生，要不可不謂之詩中豪士矣。」

翁方綱《石洲詩話》：「微婉頓挫，使人蕩氣迴腸者，李義山也。自劉隨州而後，漸趨平坦，無從睹此豐韻。七律則遠合杜陵。五律七絕之妙，則更深探樂府。晚唐自小杜而後，惟有玉谿耳。溫岐、韓偓，何足比哉！」

冒春榮《葚原詩說》：「元和律體屢變，其間卓然成家者，皆自鳴所長。若李商隱之長於詠史，許渾、劉滄之長於懷古，此其著也。」

薛雪《一瓢詩話》：「有唐一代詩人，惟李玉谿直入浣花之室，溫飛卿、段柯古諸君，雖與並名，不能歷其藩翰，後人以獺祭毀之，何其愚也？試觀獺祭者，能作得半句玉谿詩否？」

施補華《峴傭說詩》：「義山七律，得於少陵者深，故穠麗之中，時帶沈鬱。如《重有感》、《籌筆驛》等篇，氣足神完，直登其堂，入其室矣。飛卿華而不實，牧之俊而不雄，皆非此公敵手。」

繆鉞《詩詞散論》：「李義山詩，具有特美。自北宋以還，即為世人所愛誦。但義山詩情辭雖美，而義旨淵微，不易索解。元好問論詩，已有『獨恨無人作鄭箋』之嘆。近三百年，治義山詩者，近十家，大抵皆以論世為逆志之具，進而探求其託意之所在。就中以馮浩《玉谿生詩箋注》及張孟劬先生《玉谿生詩年譜會箋》兩書，旁蒐遠紹，精密詳覈，用力最勤，成績最佳，而張書尤為後來居上，於義山詩中微辭深旨，十得七八。」又：「李義山蓋靈心善感，一往情深，而不能自遣者。方諸曩哲，極似屈原。昔之論詩者，謂吾國古人之詩，或出於莊，或出於騷。出於騷者為正，出於莊者為變。斯言頗有所見。蓋詩以情為主，故詩人皆深於哀樂。然同為深於哀樂，而又有兩種殊異之方式，一為入而能出，一為往而不返。入而能出者超曠，往而不返者纏綿，莊子與屈原恰為此兩種詩人之代表。」又：「凡讀義山詩者，無不注意其與令狐綯之關係。義山集中佳詩，多為此事而發。義山少時受知於令狐綯之父令狐楚，其後登進士第，又賴令狐綯推薦之力，受恩兩世，淵源深厚。唐代新及第進士，往往為達官貴人之選，故義山進士登第後，娶涇原節度使王茂元之女。此事本無足異。惟當時李德裕與牛僧孺兩黨相爭，分立門戶，令狐氏父子黨於牛僧孺，而王茂元乃李德裕所厚，義山以孤寒書生，與牛、李兩黨均無關涉，其娶王茂元之女，或亦未嘗思及黨爭門戶之事，然因此為令狐綯所怨，謂義山背恩，情好漸乖。其後義山又應桂管觀察使鄭亞之辟，為使府掌書記，鄭亞亦李德裕之黨，令狐綯益不悅。宣宗時，令狐綯為相十年，威權震爍，干進者率趨其門，義山與令狐綯有兩世交誼，本應受其沾溉，乃因曾依王茂元及鄭亞之故，為綯所怨，絕不汲引，義山遂蹭蹬終身。」

## 無題二首

昨夜星辰昨夜風，畫樓西畔桂堂東。身無綵鳳雙飛翼，心有靈犀一點通。隔座送鉤春酒暖，分曹射覆蠟燈紅。嗟余聽鼓應官去，走馬蘭臺類轉蓬。

唐武宗會昌三年，王茂元鎮涇原，辟義山掌書記，得侍御史，詩中「走馬蘭臺」即述此事。次言讌集場所即在「畫樓」、「桂堂」之間，雖不能至而心嚮往之。「隔座送鉤」、「分曹射覆」言一宵樂事甚多。無奈身為侍御史，須聽鼓應官而去，不得參與，徒呼負負！

## 其二

聞道閶門綠萼華，昔年相望抵天涯。豈知一夜秦樓客，偷看吳王苑內花。

此詩與前詩同一時間作，見得欲聽鼓應官而去，卻依依不捨，偷看王茂元家閨女的綽約丰姿。

馮浩《玉谿生詩箋注》：「自來解《無題》諸詩者，或謂其皆屬寓言，或謂其盡賦本事；各有偏見，互持莫決。余細讀全集，乃知實有寄託者多，直作豔情者少，夾雜不分，令人迷亂耳。此二篇定屬豔情，因窺見後房姬妾而作。」

查為仁《蓮坡詩話》：「阿雲舉學士論李義山『昨夜星辰昨夜風』與『聞道閶門綠蕚華』二詩，謂耑指王茂元家妓而言。蓋義山為茂元之婿，又為其書記，『隔座送鉤』、『分曹射覆』非家妓如何？想時適有事奉命而去，是以有『聽鼓應官』、『走馬蘭臺』之句。至『豈知一夜秦樓客，偷看吳王苑內花。』更其明證也。」

**無題**

想見時難別亦難，東風無力百花殘。春蠶到死絲方盡，蠟炬成灰淚始乾。曉鏡但愁雲鬢改，夜吟應覺月光寒。蓬萊此去無多路，青鳥殷勤為探看。

此係以詩代書呈令狐綯，望其援引之意。起聯言相見既不易，欲分道揚鑣更是艱難；而韶光易逝，轉瞬春又將盡。頷聯言蠶未到死，則絲尚牽，燭未成灰，則淚猶落。有一息尚存，此志不渝之意。頸聯言人漸衰老，而病亦侵尋而至。結聯言幸蓬萊有路可通，希望「青鳥」殷勤尋覓，以遂一見。干謁之情，溢於言表。

馮浩《玉谿生詩箋注》：「首言相晤為難，光陰易逝。次言己之愁思，畢生以之，終不忍絕。五言惟愁歲不我與。六言長此孤冷之態。末句則謂未審其意旨究何如也。」

程午橋《評解李商隱詩》：「此詩似邂逅有力者，望其援引入朝而作。」

**無題四首**

來是空言去絕蹤，月斜樓上五更風。夢為遠別啼難喚，書被催成墨未濃。蠟照半籠金翡翠，
麝熏微度繡芙蓉。劉郎已恨蓬山遠，更隔蓬山一萬重。

此詩「題眼」是首句「來是空言去絕蹤」，餘七句俱輻湊於此句。按令狐綯於時身為宰相，一再收到義山無題詩，系念兩代交情，又是少時玩伴，雖然忘不了他的忘恩背義，終於設法給他一個太學博士職務，縱然是有職無權的「清秩」，但名義上是正六品上階，讓他主事講經、教太學生寫文章，但仍堅持老死不相往來，所以義山的心情是痛苦的。根據這段史實，偶而回信，敷衍幾句，應是合理推斷。是故次句說夜晚輾轉反側，不能入眠。三句言夢為遠別，何蹤跡可尋？四句言為了急着寫信給伊人（指令狐綯），連墨水也未及磨濃。五六句「蠟照半籠」言燈光已淡；「麝熏微度」言香氣漸消，是夜將盡而天欲明的時候了。七八句言昔日劉晨與阮肇入天臺山採藥，遇二仙女，結為眷屬，居留半年，回家後，仙凡阻隔，再也無路尋找，而今詩人與伊人（令狐綯）之相隔何止萬重蓬山！言下不勝慼慨係之。

吳喬《圍爐詩話》：「於李杜韓後，能別開生路，自成一家者，惟李義山一人。既欲自立，勢不得不行其心之所喜深奧之路。義山思路既自深奧，而其造句又不必使人知其意，故其詩七百年來知之者尚鮮也。高棅以為隱僻，又以為屬對精切。陸游輩謂《無題》為豔情，楊孟載亦以豔情和之，能不使義山失笑九原乎？淺見寡聞，難與道也。」

馮浩《玉谿生詩箋注》：「此與『昨夜星辰』二首，判然不同，蓋恨令狐綯之不省陳情也。首章首二句，謂綯來相見，僅是空言，去則更絕蹤矣。令狐為內職，故次句點入朝時也。『夢為遠別』，緊接次句，猶下云隔萬重也。『書被催成』，蓋令狐促義山代書而攜入朝。文集有上綯啟，可推類也。五六言留宿蓬山，唐人每以比翰林仙署。怨恨之至，故言更隔萬重山也。若誤認豔體，則翡翠被中，芙蓉褥上，既已惠然肯來，豈徒託空言，而有夢別催書之情事哉？次首首二句，紀來時也。三句取瓣香之義，四句申汲引之情。五句重在『掾』字，謂己之常為幕官。六句重在『才』字，謂幸以才華尚未相絕。五六自嘆自愧。結則言惟遺騎送歸，蒙其虛體而已。」

其二

颯颯東風細雨來，芙蓉塘外有輕雷。金蟾齧鎖燒香入，玉虎牽絲汲井迴。賈氏窺簾韓掾少，宓妃留枕魏王才。春心莫共花爭發，一寸相思一寸灰。

張采田《玉谿生年譜會箋》謂此詩作於唐宣宗大中五年（八五一）並以為李商隱欲重見當時宰相令狐綯而不可得。起聯謂阻我良會者東風與雷雨也。彼門禁森嚴，金蟾齧鎖，香煙猶得乘虛而入；井水雖深，玉虎（轆轤）猶得牽絲汲之，獨我「舊好隔良緣」一籌莫展。五六句追憶往事，意謂令狐楚憐他而辟為幕僚，王茂元愛他而妻其女，但過去種種，不堪回首，愈想愈傷心。

謝榛《四溟詩話》：「李商隱作《無題》詩五首，格新意雜，託寓不一，難於命題，故曰《無題》。」

朱彝尊《明詩綜詩話》：「風懷之作，段柯古《紅樓集》，已不可得見矣。存者玉谿生最擅場，韓冬郎次之。由其緘情不露，用事豔逸，造語新柔，令讀之者喚奈何，所以擅絕也。後之為豔體者，言之惟恐不盡，詩焉得工？故必琴瑟鐘鼓之樂少，而寤寐反側之情多，然後可以追韓軼李。」

**其三**

含情春晼晚，暫見夜闌干。樓響將登怯，簾烘欲過難。多羞釵上燕，真愧鏡中鸞。歸去橫塘晚，華星送寶鞍。

**其四**

何處哀箏隨急管，櫻花永巷垂楊岸。東家老女嫁不售，白日當天三月半。溧陽公主年十四，清明暖後同牆看。歸來輾轉到五更，梁間燕子聞長嘆。

第三首初看不易懂，故歷來評注者寡。但如先領會第四首，則第三首也就迎刃而解了。

第四首的主題思想是以令狐綯的飛黃騰達，對照寫出自己的美人遲暮之慨。首聯以「哀箏」

起興，刻劃處境的孤單淒寂。頷聯反映身世之潦倒不偶。「東家老女」詩人自喻，「三月半」寓遲暮之慨。頸聯極力渲染「溧陽公主」（喻令狐綯）尊貴恩寵無倫。「同牆看」謂朝野為之側目歆羨。結聯言相形對比之下，能不為之喟嘆！借梁燕聞聲，側面寫來，意最委婉蘊藉。

紀昀《紀曉嵐批李義山詩集》：「《無題》諸詩，大抵祖述美人香草之遺，以曲傳不遇之感，故情真調苦，足以感人。」

薛雪《一瓢詩話》：「《無題》詩四首之四，意云：永巷櫻花，哀絃急管，白日當天，青春將半，老女不售，少婦同牆，對此情景，其何以堪？輾轉不寐，直至五更，梁燕聞之，亦為長嘆。此是一副不遇血淚，雙手掬出，何嘗是豔作？故公詩云：『楚雨含情俱有託。』早將此意，明告後人。」

施補華《峴傭說詩》：「無題詩多有寄託，以男女比君臣，猶是風人之旨。其間意多沈志，詞不纖佻，非冬郎《香奩》可比。」

**無題二首**

鳳尾香羅薄幾重，碧文圓頂夜深縫。扇裁月魄羞難掩，車走雷聲語未通。曾是寂寥金燼暗，
斷無消息石榴紅。斑騅只繫垂楊岸，何處西南待好風？

按《唐書》本傳：「令狐綯作相，商隱屢啟陳情，綯不之省。」這二首《無題》詩疑作

於此時。因不便明言，故託為男女之詞，亦《風》、《騷》的遺意。「鳳尾香羅」以下二句是比體，即本傳所云「屢啟陳情」之意。三句「羞難掩」是強顏見之，很不好意思。四句言來不及交談，車子就開走了。五句言自朝至暮，惟有寂寥；六句言自春徂夏，都無消息。七八句言伊人（令狐綯）所乘的馬，就在垂楊岸邊，安得好風把他吹來，該有多好！

**其二**

重幃深下莫愁堂，臥後清宵細細長。神女生涯原是夢，小姑居處本無郎。風波不信菱枝弱，月露誰教桂葉香？直道相思了無益，未妨惆悵是清狂。

此篇起聯言重幃深下，長夜無眠，細細思量，相思無益。頷聯言神女本夢中之事，小姑有無郎之謠。辯解己之與李黨縱有過從之跡，實無結援之心（《唐書》本傳所謂「窮自解」者，即指此。）頸聯「風波」指牛黨，「月露」指李黨，「菱枝」與「桂葉」指自己。言「風波」不信「菱枝」很脆弱，還一直打擊；而自己的「香」不是「月露」所賜予（暗喻是先前受牛黨令狐楚薰陶）。結聯言相思無益，唯有「清狂」自適，才能放浪形骸，恢復我的本性。馮浩謂：「沉淪悲憤，一字一淚之篇。」此語得之。

歐陽修說：「詩非能窮人，待窮而後工耳。」證諸李商隱，良是。商隱出身貧寒子弟，少受令狐楚悉心培植，長大後又受令狐綯力薦而登進士第。翌年，即受李黨大將涇原節度使王茂元賞識而為乘龍快婿。至其壽終正寢，悠悠二十年。除盡己之力，做好本職，並無對牛黨做出攻訐或傷害行為，但牛黨認為這是忘恩負義，放利偷活。後來李黨失勢，牛黨執政，一直拒李商隱於門外，不讓他歸隊。李商隱一再用《無題》詩及書簡呈宰相令狐綯，表明心跡，但令狐心意已決，礙於二代交情，只給他一個太學博士清秩（正六品），讓他去教太學生做文章，其餘一概免談。就是因為有這些錯綜複雜的經過，使其作品尤其是《錦瑟》與《無題》詩，連元好問也說：「獨恨無人作鄭箋。」難以理解。

詩人少達而多窮，方諸曩哲，屢見不鮮。然商隱雖厄窮於生前，卻名稱於身後，而達者多反是。此天之所以乘除於人也。兩相比較，孰得孰失，必有能辨之者。鑑往知來，詩人無日而無不自得，有何歉於心哉！

## 蘇軾千古一人

蘇軾字子瞻，晚號東坡居士（公元一〇三七～一一〇一年），四川眉山人。他是宋朝最大的詩人與散文作者，和他的父親蘇洵，弟弟蘇轍齊名，並稱為三蘇。在世傳唐宋古文八大家裡，蘇氏一家佔了三位。大蘇（東坡）天才最高，學問最博，思想最開放，感情最真摯，他的作品傳誦也最盛。

他生於宋仁宗景祐三年十二月十九日，自幼聰慧，由母親程氏親授經史。二十一歲從父親到汴京，次年春應禮部試。其時主試官是那時古文大家歐陽修、梅聖俞等人。見了他的《刑賞忠厚之至論》，大家都很驚奇，但歐陽修恐怕是自己的門下客曾鞏的文章，為欲避嫌，只好將他屈居第二名。其在考卷中杜撰的典故：「皋陶曰殺之三，堯曰宥之三。」卻傳為千古名言。然而到了第二場，他所作的《春秋對義》，即居第一。等到殿試，題目是《重申巽命論》（易經題）及《鸞刀詩》，他就以第二名及第，成進士，名滿天下。那時他寫書謝歐陽修，歐陽修看了他的書，便對梅聖俞說：「讀軾書不覺汗出，快哉！快哉！老夫當避此人，放他出一頭地。」

無祿，四月他的母親逝世，奔喪回鄉，丁憂三年。嘉祐四年（一〇五九），又同他的父親弟弟，沿長江東下，由鄂北上入汴京。授官河南府福昌縣主簿，除大理評事，簽書鳳翔府判官。三十歲奉召入京，直史館。次年他的父親蘇洵病卒，又扶柩歸葬。神宗熙寧二年，他三十四歲，再到京城。王安石當國，正進行變法。他因為反對新法，不得重用，曾攝開封府推官。寫了一篇《上神宗皇帝書》痛論新法之不可行，觸怒王安石，調任杭州通判。在杭三年，轉知密州、徐州、湖州。因為作詩譏評時政，被拘捕下獄，貶官作黃州團練副使。他到了黃州，頗能優遊自適，築室於東坡，自號東坡居士。在黃州五年，以讀書作詩，遊覽名勝，結交方外自遣。四十九歲離黃州過江西遊廬山，次年定居常州。哲宗立，司馬光為相，廢新法，奉召入京，由中書舍人，升任翰林學士兼侍讀，拜龍圖閣直學士。元祐四年（一〇八九）他以論事為當道所忌，復請出外作官，乃以龍圖閣直學士知杭州，時年五十四。建西湖長堤，杭人稱為蘇公堤，大興水利，為當地所愛戴。六年，召為翰林承旨。數月，知潁州、揚州。復調為吏部尚書、兼侍讀，改禮部，兼端明殿翰林侍讀兩學士。宣仁皇后崩，哲宗親政，新黨復得勢，元祐舊人多被讒逐。八年徙知定州（今甘肅蘭山道）。以地屬邊圉故，盡力整頓軍備，部勒戰法，軍校皆畏服。紹聖元年（一〇九四），他復以所作詞被御史尋瑕索疵，說他譏斥先朝，貶寧遠軍節度副使，安置於惠州（今廣東惠陽縣）。在惠三年，以詩文教當地秀士。六十二歲，責授瓊州別駕，編官於儋耳（今海南島儋縣），自築茅屋，種芋度日。哲宗死，徽宗立，於建中靖國元年（一一〇一），移舒州團練副使，徙永州，更三赦，遂提舉玉局觀，復朝奉郎。五月至真州（今江蘇儀徵縣），臥病，七月二十八日卒於常州（今江蘇武進）年六十六歲。次年閏六月葬於汝州郟城縣（今河南郟縣）鈞臺鄉上瑞里。高宗時謚「文忠」，著有《東坡集》。

薛雪《一瓢詩話》：「王阮亭先生謂東坡千古一人。」

陳師道《後山詩話》：「歐陽永叔不好杜詩，蘇子瞻不好司馬《史記》，余每與黃魯直怪嘆，以為異事。」又：「蘇詩始學劉禹錫，故多怨刺，學不可不慎也。晚學太白，至其得意，則似之矣。然失諸粗，以其得之易也。」

周紫芝《竹坡詩話》：「林和靖賦《梅花詩》，有『疏影橫斜水清淺，暗香浮動月黃昏。』之語，膾炙天下殆二百年。東坡晚年在惠州，作《梅花詩》云：『紛紛初疑月掛樹，耿耿獨與參黃昏。』此語一出，和靖之氣遂索然矣。」又：「東坡喜食燒豬，佛印住金山時，每燒豬以待其來。一日為人竊食，東坡戲作小詩云：『遠公沽酒飲陶潛，佛印燒豬待子瞻。採得百花成蜜後，不知辛苦為誰甜。』」又：「東坡性喜嗜豬，在黃岡時，嘗戲作《食豬肉詩》云：『黃州好豬肉，價賤等糞土。富者不肯喫，貧者不解煮。慢著火，少著水，火候足時他自美。每日起來打一盌，飽得自家君莫管。』此是東坡以文滑稽耳。後讀《雲仙散錄》，載黃昇日食鹿肉二斤，自晨煮至日影下西門，則曰：『火候足。』乃知此老雖煮肉亦有故事，他可知矣。」又：「李端叔嘗為余言，東坡云：『街頭市語，皆可入詩，但要人鎔化耳。』此雖一時戲言，觀此亦可以知其鎔化之功也。」

胡仔《苕溪漁隱叢話》引東坡語：「陶淵明作詩不多，然其詩質而實綺，癯而實腴，自曹、劉、鮑、謝、李、杜諸人，皆莫及也。」

蔡夢弼《杜工部草堂詩話》引東坡《蘇子瞻詩話》：「七言之偉麗者，如子美云：『旌旗日暖龍蛇動，宮殿風微燕雀高。』、『五更鼓角聲悲壯，三峽星河影動搖。』爾後寂寞無聞焉。直至歐陽永叔云：『蒼波萬古流不盡，白鳥雙飛意自閑。』、『萬馬不嘶聽號令，諸番無事著耕耘。』可以並驅爭先矣。」

許顗《彥周詩話》：「老杜作《曹將軍丹青引》云：『一洗萬古凡馬空。』東坡《觀吳道子畫壁詩》云：『筆所未到氣已吞。』吾不得見其畫矣，此兩句，二公之詩，各可以當之。」又：「東坡《海南詩》，荊公《鍾山詩》超然邁倫，能追逐李杜陶謝。」又：「東坡祭柳子玉文：『郊寒島瘦，元輕白俗。』此語具眼。」又：「東坡《羅漢贊》云：『空山無人，水流花謝。』八字，還許人再道否？」又：「季父仲山在揚州時，事東坡先生。聞其教人作詩曰：『熟讀《毛詩》、《國風》與《離騷》，曲折盡在是矣。』僕嘗以謂此語太高，後年齒益長，乃知東坡先生之善誘也。」又：「東坡受知神廟，雖謫而實欲用之，東坡微解此意，論賈誼謫長沙事，蓋自況也。後作神廟挽詞云：『病馬空思櫪，枯葵已泫霜。』此非深悲至痛不能道此語。」又：「東坡詩，不可指摘輕議，詞源如長河大江，飄沙卷沫，枯槎東薪，蘭舟繡鷁，皆隨流矣。珍泉幽澗，澄澤靈沼，可愛可喜，無一點塵滓，只是體不似江湖，讀者幸以此意求之。」

葉夢得《石林詩話》：「元豐間，蘇子瞻繫大理獄，神宗本無意深罪子瞻，時相（王珪）進呈，忽言蘇軾於陛下有不臣意。神宗改容曰：『軾固有罪，然於朕不應至是，卿何以知之？』時相因舉軾『檜』詩：『根到九泉無曲處，世間惟有蟄龍知。』之句，對曰：『陛下飛龍在天，軾以為不知己，而求之地下之蟄龍，非不臣如何？』神宗曰：『詩人之詞，安可如此論，彼自詠檜，何預朕事！』時相語塞。章子厚亦從旁解之，遂薄其罪」（葛立方《韻語陽秋》卷五亦載此事。）又：「蘇子瞻嘗為人作挽詩云：『豈意日斜庚子後，忽驚歲在己辰年。』此乃天生作對，不假人力。」

葛立方《韻語陽秋》卷一：「東坡喜獎與後進，有一言之善，則極口褒賞，使其有聞於世而後已。故受其獎者，亦踴躍自勉，樂於修進，而終為令器。若東坡者，其有功於斯文哉，其有功於斯人哉！」又卷十三：「蘇子瞻兄弟，以仕宦久，不得歸蜀，屢見於篇詠。……老蘇在京師，乃有厭蜀之意。嘗有意嵩山之下，洛水之上，買地築室而居。……則是二蘇欲歸蜀，而老蘇欲出蜀也。厥後老蘇葬於蜀，而治命者指其墓旁庚壬地為二子之藏，而二子終不得歸焉。信知人事不可期也。」

嚴羽《滄浪詩話》：「國初之詩，尚沿襲唐人。王黃州學白樂天，楊文公、劉中山學李商隱，盛文肅學韋蘇州，歐陽公學韓退之古詩，梅聖俞學唐人平淡處。至東坡山谷始自出己意以為詩，唐人之風變矣。」

張表臣《珊瑚鉤詩話》：「東坡先生，人有尺寸之長，瑣屑之文，雖非其徒，驟加獎借，如曇秀『吹將草木作天香』、妙總『知有人家住翠微』之句，仲殊之曲，惠聰之琴，皆咨嗟歎美，如恐不及。至於士大夫之善，又可知也。觀其措意，蓋將攬天下之英才，提拂誘掖，教裁成就之耳。夫馬一駿驥坂，則價十倍，士一登龍門，則聲烜赫，足以高當時而名後世矣。嗚呼！惜公逝矣，而吾不及見之矣。」

《遯齋閑話》：「佛印名了元，住金山寺，東坡入方丈，戲云：『借和尚四大，用作禪牀。』師曰：『山僧有一轉語，內翰言，下即答，當從所請，否則，願留玉帶鎮山門。』東坡解帶置几上，師云：『四大本空，五蘊非有，內翰欲於何處坐？』公擬議未即答，師急呼侍者，收玉帶永鎮山門。公笑而與之，師取衲裙相報。」蘇軾有《以玉帶施元長老，元以衲裙相報》詩：「瘦骨難堪玉帶圍，鈍根仍落箭鋒機。欲教乞食歌姬院，故與雲山舊衲衣。」

按：蘇詩第二句「箭鋒機」謂佛印辭鋒似箭鋒也。《傳燈錄》有「函蓋箭鋒」語，喻佛印辭鋒犀利，而坡公自謙遲鈍，終不敵也。第三句，係用韓熙載典故。《北夢瑣言》云：「韓熙載罷官後，隱於寺，常披毳衲於歌姬院，掛鉢乞食。」由此知坡公風趣，其與佛印交情，非比尋常，於斯益見。（按此事亦載許顗《彥周詩話》惟佛寺住持說是寶覺禪師）

范溫《潛溪詩眼》：「蘇軾和陶潛《貧士》詩云：『夷、齊恥周粟，高歌誦虞、軒。

祿、產彼何人，能致綺與園。古來避世士，死灰或餘煙。末路益可羞，朱墨手自研。淵明初亦仕，絃歌本誠然。不樂乃逕歸，視世嗟獨賢。』詩中以陶公比夷、齊，四皓隱喻周顒，謂其『末路益可羞』，其立意亦深矣。」

無名氏《漫叟詩話》：東坡最善用事，既顯而易讀，又切當。若：

一、《招持服人游湖不赴》云：「却憶呼盧袁彥道，難邀罵坐灌將軍。」

二、《柳氏二外甥求筆跡詩》云：「君家自有元和脚，莫厭家雞更問人。」天然奇作。（按：唐元和間，柳公權以書名，因稱其書為「元和脚」。又《晉中興書》：「庾翼在荊州與都下書云：『小兒輩厭家雞愛野雉，皆學逸少書，須吾還，當比之。』」家雞，翼自謂；野雉，謂逸少也。）

三、《賀人洗兒詞》云：「犀錢玉果，利市平分霑四座；深愧無功，此事如何到得儂？」南唐時宮中嘗賜洗兒果，有近臣謝表云：「猥蒙寵數，深愧無功。」李主曰：「此事卿安得有功？」尤為親切。

四、《和李公擇詩》云：「敝裘羸馬古河濱，野闊天低摻玉塵。自笑餐氈典屬國，來看換酒謫仙人。」蓋為蘇、李也。用事親切如此，他人不及。」

魏慶之《詩人玉屑》：「語不可熟，東坡作《聚遠樓詩》，本合用『青山綠水』對『野草閑花』，因字太熟，故易以『雲山煙水』，此深知詩病者。」

李頎《古今詩話》：「東坡云：『唐末，司空圖崎嶇兵亂之間，而詩文高雅，猶有承平遺風。其論詩曰：「梅止於酸，鹽止於鹹，飲食不可無鹽梅，而其味常在於酸鹹之外。」蓋自列其詩之有得於文字之表者，二十有四韻，恨當時不識其妙，予三復其言而悲之。』」

施閏章《蠖齋詩話》：「坡公謂浩然詩韻高才短，嫌其少料。評孟良是。然坡詩正患多料耳。坡胸中萬卷書，下筆無半點塵，為詩何獨不然。」

吳喬《圍爐詩話》卷一：「子瞻云：『詩以奇趣為宗，反常合道為趣。』此語最善。無奇趣，何以為詩？反常而不合道，是謂亂談。不反常而合道，則文章也。山谷云：『雙鬟女娣如桃李，早年歸我第二雛。』亂談也。堯夫《三皇》等吟，文章也。」

沈德潛《說詩晬語》：「蘇子瞻胸有洪爐，金銀鉛錫，皆歸鎔鑄。其筆之超曠，等於天馬脫羈，飛僊遊戲，窮極變幻，而適如意中所欲出。韓文公後，又開一境界也。」

趙翼《甌北詩話》卷五：「坡公熟於《莊》、《列》諸子及漢、魏、晉、唐諸史，故隨所遇，輒有典故以供其援引，此非臨時檢書者所能辦也。」又：「東坡襟懷浩落，中無他腸。凡一言之合，一技之長，輒握手言歡，傾蓋如故，而不察其人之心術，故邪正不分，而其後往往反為所累。如李公擇、王定國、王晉卿、孫莘老、黃魯直、秦少游、鼂補之、張文潛、趙德麟、陳履常等，固終始無間甚至有為坡遭貶謫，亦甘之如飴者。其他則一時傾心寫意，其後背而陷之者甚多。……如坡與章惇尤厚善，可稱密友。後惇貶逐元祐正人，各以其名字定配地，子瞻貶儋，子由貶雷，皆惇所為也。」

葉燮《原詩》：「蘇軾之詩，其境界皆開闢古今之所未有。天地萬物，嬉笑怒罵，無不鼓舞於筆端，而適如其意之所欲出，此韓愈後之一大變也。」又：「蘇軾之一篇一句，無處不可見其凌空如天馬，遊戲如飛仙，風流儒雅，無入不得。好善而樂與，嬉笑怒罵，四時之氣皆備，此蘇軾之面目也。」又：「蘇詩包羅萬象，鄙諺小說，無不可用，譬之銅鐵鉛錫，一經其陶鑄，皆成精金，庸夫俗子，安能窺其涯涘？并有未見蘇詩一斑，公然肆其譏彈，亦可哀也。」

李重華《貞一齋詩說》：「坡公以其才涵蓋今古，觀其命意，殆欲兼擅李、杜、韓、白之長；各體中七古尤闊視橫行，雄邁無敵。」

施補華《峴傭說詩》：「東坡最長於七古，沈雄不如杜，而奔放過之；秀逸不如李，而超曠似之，又有文章以濟其才，有宋三百年無敵手也。」

陳衍《石遺室詩話》卷十九：「東坡七古，中間全用對句，排奡到底，其法學自老杜。」

元好問《新軒樂府序》：「唐歌詞多宮體，又皆極力為之。自東坡一出，情性之外不知有文字，真有『一洗萬古凡馬空。』氣象。」

陳廷焯《白雨齋詞話》：「蘇、辛並稱，然兩人絕不相似。魄力之大，蘇不如辛；氣體之高，辛不逮蘇遠矣。東坡詞寓意高遠，運筆空靈，措語忠厚。其獨至處，美成、白石亦不能到。」

王國維《人間詞話》：「東坡之詞曠，稼軒之詞豪。無二人之胸襟而學其詞，猶東施之效捧心也。」

況周頤《蕙風詞話》卷一：「東坡、稼軒，其秀在骨，其厚在神。」

蔣兆蘭《詞說》：「初學填詞，勿看蘇、辛，蓋一看即愛，下筆即來，其實只糟粕耳。宋代詞家，源出於唐五代，皆以婉約為宗。自東坡以浩瀚之氣行之，遂開豪邁一派。」

王直方《王直方詩話》：「東坡嘗以所作小詞示无咎、文潛曰：『何如少游？』二人皆對曰：『少游詩似詞，先生詞似詩。』」

《歷代詩餘》引晁以道云：「紹聖初，與東坡別於汴上，東坡酒酣，自歌《古陽關》，則公非不能歌，但豪放，不喜裁剪以就聲律耳。試取東坡諸詞歌之，曲終，覺天風海雨逼人。」

胡仔《苕溪漁隱叢話》：「東坡詞皆絕去筆墨畦徑間，直造古人不到處，真可使人一唱而三嘆！」

胡寅《酒邊詞序》：「眉山蘇氏，一洗綺羅香澤之態，擺脫綢繆宛轉之度，使人登高望遠，舉首高歌，而逸懷浩氣，超乎塵垢之外。於是《花間》為皂隸，而耆卿為輿臺矣。」

張炎《詞源》：「詞須要出新意，能如東坡清麗舒徐，出人意表，不求新而自新，為周、秦諸人所不能到。」

俞文豹《吹劍錄》：「東坡在玉堂日，有幕士善歌，因問：『我詞何如耆卿？』對曰：『郎中詞，只好十七八女子，執紅牙板，歌「楊柳岸曉風殘月。」』；學士詞，須關西大漢，綽鐵板，唱『大江東去』。為之絕倒。」

王士禎《花草蒙拾》：「山谷云：『東坡詩挾海上風濤之氣，讀坡詞當作如是觀。瑣瑣與柳七較錙銖，無乃為髯公所笑。』」

《詞林紀事》引樓敬思云：「東坡老人故自靈氣仙才，所作小詞，衝口而出，無窮清新。不獨寓以詩人句法，能一洗綺羅香澤之態也。」

許昂霄《詞綜偶評》：「子瞻自許其文如萬斛泉源，不擇地皆可出，唯詞亦然。」

劉熙載《藝概》：「東坡詞頗似老杜詩，以其無意不可入，無事不可言也。若其豪放之致，則時與太白為近。」

王鵬運《半塘老人遺稿》：「北宋人詞如潘逍遙之超逸，宋子京之華貴，歐陽文忠公之騷雅，柳屯田之廣博，晏小山之疏俊，秦太虛之婉約，張子野之流麗，黃文節之雋上，賀方回之醇肆，皆可撫擬，得其彷彿，惟蘇文忠之清雄，敻乎軼塵絕跡，令人無從步趨。蓋霄壤相懸，寧止才華而已！其性情，其學問，其襟抱，舉非恆流所能夢見。詞家蘇、辛並稱，其實辛猶人境也，蘇其殆仙乎？」

《四庫全書──東坡詞提要》：「詞自晚唐、五代以來，以清切婉麗為宗，至柳永而一變，如詩家之有白居易；至軾而又一變，如詩家之有韓愈，遂開南宋辛棄疾等一派。尋源溯流，不能不謂之別格。然謂之不工則不可，故今日尚與《花間》一派並行，而不能偏廢。」

東坡早歲成名，遍交當代作者，出入翰苑，廣讀中祕典籍。政治生活亦因緣複雜，波瀾縱橫。言事則慷慨忘身，廢放則嘯傲自適。一生奔波，足跡遍於全國。無不見之景物，無不解之人生。得穎悟於禪門，學達觀於道書。他作古文，遠師韓愈，近法歐陽修。豪放瑩徹似《莊子》，縱橫排宕似《戰國策》。以散文之法，運用於詩詞。狀難寫的景物，生動如在目前。抒鬱結的心情，詼諧歸於平淡。一洗晚唐五代藻麗堆砌，脂粉柔靡的作風。風操繁富，機趣橫溢。遂為宋代詩詞開一新局面。他自己說：「作文如行雲流水，初無定質，但常行於所當行，止於所不可不止。雖嬉笑怒罵之詞，皆可書而誦之。」

東坡是歷史上最傑出的全能文學家。吾國文學概括分成文、詩、詞三類。可是古今作者，三項全能的如鳳毛麟角，大多擇一而終，能兼善其二者很少。精於文而不擅詩或詞的，如韓愈、柳宗元、蘇洵、曾鞏、王世貞、歸有光、姚鼐、魏禧等；精於詩或詞而不擅於文的如李白、杜甫、李商隱、黃庭堅、陸游、吳偉業、王士禎等；精於詞而不擅文或詩的最多，如李後主、柳永、晏幾道、周邦彥、辛棄疾、姜夔、吳文英、張炎、王沂孫、納蘭性德、朱祖謀等。然則，為何如此？因為此三者的風格與韻味，截然不同。是其創作技巧也差別很大。所以凡是用作文的方法去吟詩或填詞；或用吟詩的方法去作文或填詞，又或用填詞的方法去其作文或吟詩，其作品多很難有上上之作。是故，古今文人很少有試圖兼善三項的勇氣；即使偶而有之，其作品也很難達到三項都第一流的地位。就這一點看來，蘇東坡不愧是王漁洋所說的「千古一人」。

趙翼評論他的詩：「才思橫溢，觸處生春。胸中萬卷繁富，又足以供其左抽右旋，無不如意。其尤不可及者，天生健筆一枝，爽如哀梨，快如并剪。有必達之隱，無難顯之情，此所以繼李杜為一大家也。」然而，「文章憎命達，魑魅喜人過。」他所度過的人生是榮寵與屈辱的。有一則故事敘述他如何受到榮寵：神宗崩，哲宗即位。就召他還朝，任禮部郎中，元祐二年，任翰林學士兼侍讀，頗獲哲宗禮遇。有一夜，他被召入內殿，見宣仁皇后（神宗后），皇后問他：「卿前年為何官？」他答：「臣為汝州團練副使。」又問：「今為何官？」他答：「臣今待罪翰林學士。」皇后便說：「何以遽至此？」他說：「遭遇太皇太后，皇帝陛下。」皇后說：「非也。」他說：「豈大臣論薦乎？」皇后又說：「亦非也。」他倒怕起來，連忙自己表白說：「臣雖無狀，不敢自他途進。」皇后告訴他：「此先帝意也。先帝每誦卿文章，必嘆曰：『奇才！奇才！』但未及進用耳。」於是他感激涕零，至於痛哭失聲，皇后和哲宗俱泣，甚至連左右亦為之感動垂涕。那夜，他並且領受了許多殊恩——命坐，賜茶，撤御前金蓮燭送歸院。這件事是蘇軾生平最得意的事，也是《宋史》所豔稱的。可見神宗如長壽些，他的仕途不可限量。無奈，元祐七年，宣仁皇后崩，哲宗親政，新黨復掌國柄，東坡從此又過着屈辱、貶謫生活。

薛雪《一瓢詩話》：「蘇眉山天才俊逸，瀟灑風流，嬉笑怒罵，皆成文章。又因其學力宏贍，無入不得。幸有權臣與之齟齬，成就眉山到老。」此言良是。使東坡出將入相，長年輕裘肥馬，榮華富貴。其文學辭章必不能白力，以致不能廣傳於世如今，孰得孰失，就不難明辨了。從這個角度看，王珪、章惇輩千方百計害他，反而玉成了他。老子說：「禍兮福所倚，福兮禍所伏。」印證蘇軾一生，若合符節，令人夕惕不已！

# 辛棄疾魄力雄大

辛棄疾，字幼安，原字坦夫，曾因體認人生之道在於勤，當以盡力農事為先，因而又號稼軒，齊州歷城（今山東省濟南市）人。宋高宗紹興十年生，寧宗開禧三年卒（一一四〇～一二〇七），年六十八歲。棄疾誕生時，宋室南渡已十五年，遂在金人的統治下成長。姿貌英偉，體格碩健。勇武善戰，且聰明好學。少年時期受學於蔡伯堅、劉瞻二位先生，與黨懷英同學，號稱「辛黨」；祖父辛贊教以民族大義，故心懷大志，卓犖不群。曾兩次入金都燕京（今北平市），秘密觀察天下虛實。

紹興三十一年，金主完顏亮大舉南侵，中原義民，屯聚蠭起，棄疾亦率眾二千餘人，參加聚兵山東的耿京起義隊伍，且為之掌書記，力勸決策南向，共圖恢復。忽一日，義端和尚竊走耿京印信而逃，棄疾於三日內，將義端追回斬之，耿京大悅。次年，耿京奉表歸宋，派遣棄疾為特使，高宗設宴勞軍於建康城，封棄疾為承務郎，天平節度掌書記。不料北返之後，耿京已被張安國等人所殺，於是棄疾親率五十騎，闖入金營，捉縛張氏，獻於行在，高宗仍授前官，改差江陰僉判，時年二十三歲。

孝宗乾道四年受命為建康通判。六年，召對延和殿，棄疾言南北形勢及三國、晉、漢人才，持論勁直，作《九議》及《應問》三篇、《美芹》十論獻於朝廷。惜因宋金議和方畢，無法採納其意見，遷司農寺主簿，出知滁州。後在江東安撫司參議官任內，受到上司葉衡的推薦，稱其「慷慨有大略」，於是孝宗再次召見，遷倉部郎官、提點江西刑獄，因討平大盜賴文政有功，加贈秘閣參撰，調京西轉運判官，差知江寧府兼湖北安撫使、隆興府兼江西安撫使，再調任大理少卿，外調為湖北轉運副使，改湖南轉運副使，不久知潭州兼湖南安撫使。

當時湖湘一帶盜匪猖獗，棄疾全力討平後，上疏：「田野之民，郡以聚斂害之，縣以科率害之，吏以乞取害之，豪民以兼併害之，盜賊以剽奪害之，民不為盜，去將安之？……欲望陛下深思致盜之由，講求弭盜之術，無徒恃平盜之兵。申飭州縣，以惠養元元為意，有違法貪冒者，使州司各揚其職，無徒按舉小吏以應故事，自為文過之地。」孝宗稱獎。於是，棄疾所到之處，必先整肅貪官污吏，打擊奸商豪強，振興經濟。其次則積極組訓軍隊，提振士氣，既可平盜立功，亦能建立抗金的武裝力量。終於在湖南創立「飛虎軍」，治軍嚴明，雄鎮一方，為江上諸軍之冠。不久，加封棄疾為右文殿修撰，知隆興府兼江西安撫使，恰逢該地大饑，於是再次理財救災，民生得以安和樂利。

光宗、寧宗二朝，棄疾仕途不濟，雖曾轉任福建提點刑獄、大理少卿、集賢殿修撰、知福州兼福建安撫使、知紹興府兼浙東安撫使、寶謨閣待制、知鎮江府、寶文閣待制、龍圖閣待制、知江寧府……等職，但因時常檢討北伐大計，而皆未見採用。加以身具北方雄壯悲歌風骨，與當時江南風氣不合，頗為當權者所忌。因此數遭落職，不得已而晦跡林泉，未能展盡長才。晚年，曾多次辭官，進封樞密都承旨，未受命而卒。理宗超定六年，追贈光祿大夫；恭帝德祐元年，加贈太師，賜諡「忠敏」。著有《稼軒詞》、《南渡錄》等。

陳廷焯《白雨齋詞話》：「辛稼軒，詞中之龍也，氣魄極雄大，意境卻極沈鬱，不善學之，流入叫囂一派。」又《詞壇叢話》：「稼軒詞，粗粗莽莽，桀驁雄奇，出坡老之上。」

《四庫全書——稼軒詞提要》：「棄疾詞慷慨縱橫有不可一世之概；於倚聲家為變調，異軍特起，能於剪翠刻紅之外，屹然別立一宗，迄今不廢。」

徐釚《詞苑叢談》引黃梨莊云：「辛稼軒當弱宋末造，負管、樂之才，不能盡展其用，一腔忠憤，無處發洩；觀其與陳同父抵掌談論，是何等人物？故其悲歌慷慨，抑鬱無聊之氣，一寄之於其詞。今欲與搔首傅粉者比，是豈知稼軒者？」

岳珂《程史》：「稼軒以詞名，有所作輒數十易稿，纍月未竟，其刻意如此。」

陳謨《懷古錄》：「蔡光工於詞，靖康中陷金，辛幼安於詩詞謁蔡。曰：『子之於詩則未也，他日當以詞名家。』」

范開《稼軒詞序》：「其詞之為體如張樂洞庭之野，無首無尾，不主故常；又如春雲浮空，捲舒起滅，隨所變態，無非可觀。」

劉克莊《後村詩話》：「公所作，大聲鏜鞳，小聲鏗鍧；橫絕六合，掃空萬古；其穠麗綿密處，亦不在小晏、秦郎之下。」

毛晉《稼軒詞跋》：「詞家爭鬥穠纖，而稼軒率多撫時感事之作，磊落英多，絕不作妮子態；宋人以東坡為詞詩，稼軒為詞論，善評也。」

王士禎《花草蒙拾》：「石勒云：『大丈夫磊磊落落，終不學曹孟德、司馬仲達狐媚。』讀稼軒詞當作如是觀。」

彭孫遹《金粟詞話》：「稼軒詞，胸有萬卷，筆無點塵。激昂排宕，不可一世。」

鄒祇謨《遠志齋詞衷》：「稼軒詞，中調、小令亦間作嫵媚語，觀其得意處，真有壓倒古人之意。」

樓敬思《詞林紀事》：「稼軒驅使《莊》、《騷》、《經》、《史》，無一點斧鑿痕，筆力甚峭。」

周濟《介存齋論詞雜著》：「稼軒不平之鳴，隨處輒發。有英雄語，無學問語。故往往鋒頭太露。然其才情富，思力果銳，南北兩朝，實無其匹，無怪流傳之廣且久也。」又：「世以蘇、辛並稱，蘇之自在處，辛偶能到；辛之當行處，蘇必不能到。二公之詞，不可同語也。後人以粗豪學稼軒，非徒無其才，並無其情。稼軒固是才大，然情至處，後人萬不能及。」又：「北宋詞多就景敘情，故珠圓玉潤，四照玲瓏。至稼軒、白石，一變而為即事敘景；使深者反淺，曲者反直。吾十年來服膺白石，而以稼軒為外道，由今思之，可謂瞽人捫籥也。稼軒鬱勃，故情深；白石放曠，故情淺。稼軒縱橫，故才大；白石局促，故才小。」

納蘭性德《淥水亭雜識》：「詞雖蘇、辛並稱，而辛實勝蘇。蘇詩傷學，詞傷才。」

吳衡照《蓮子居詞話》：「辛稼軒別開天地，橫絕古今，《論》、《孟》、《詩．小序》、左氏《春秋》、《南華》、《離騷》、《史》、《漢》、《世說》，選學、李、杜詩，拉雜運用，彌見其筆力之峭。」

王國維《人間詞話》：「南宋詞人，堪與北宋人頡頏者，唯一幼安耳。幼安之佳處，在有性情，有境界。即以景象論，亦有傍素波，干青雲之概。」又：「東坡之詞曠，稼軒之詞豪。無二人之胸襟而學其詞，猶東施之效捧心也。」

馮煦《宋六十一家詞選例言》：「稼軒負高世之才，不可羈勒，能於唐宋諸大家外，別樹一幟。」

況周頤《香海棠館詞話》：「東坡、稼軒其秀在骨，其厚在神。」

陳其年《詞選序》：「東坡、稼軒諸長調，又駸駸乎如杜甫之歌行，西京之樂府也。」

許玉瑑《蘇辛詞合刻敘》：「蘇、辛以忠愛之旨，寫憂樂之懷，固與姜、張諸家刻畫宮徵，判然異軌。」

蔣正子《山房隨筆》：「辛稼軒帥浙東時，晦菴、南軒任倉憲使。劉改之欲見辛，不納。二公為之地，云：『某日公燕至後筵便坐，君可來。門者不納，但喧爭之，必可入。』既而，改之如所教，門外果諠譁。辛問故，門者以告，辛怒甚。二公因言改之豪傑也，善賦詩，可試納之。改之至，長揖。公問：『能詩否？』曰：『能』。時方進羊腰腎羹，辛命賦之。改之對：『寒甚，願乞巵酒。』酒罷，乞韻。時飲酒手顫，餘瀝流於懷，因以『流』字為韻。即吟云：『拔毫已付管城子，爛首曾封關內侯。死後不知身外物，也隨樽酒伴風流。』辛大喜，命共嘗此羹，終席而去，厚餽焉。」

辛稼軒的詞，綜合各家所說，多說魄力雄大，爰舉七闋如下：

**水龍吟——登建康賞心亭**

楚天千里清秋，水隨天去秋無際。遙岑遠目，獻愁供恨，玉簪螺髻。落日樓頭，斷鴻聲裡，江南遊子。把吳鉤看了，欄干拍遍，無人會，登樓意。　休說鱸魚堪鱠，儘西風、季鷹歸未？求田問舍，怕應羞見，劉郎才氣。可惜流年，憂愁風雨，樹猶如此！倩何人、喚取紅巾翠袖，揾英雄淚。

【集評】

陳廷焯《詞則・放歌集》：卷一：雄勁可喜。一結風流悲壯。

又《白雨齋詞話》卷一：「落落數語，不數王粲《登樓賦》。」

**菩薩蠻——書江西造口壁**

鬱孤臺下清江水，中間多少行人淚。西北望長安，可憐無數山。　青山遮不住，畢竟東流去。江晚正愁余，山深聞鷓鴣。

【集評】

陳廷焯《白雨齋詞話》卷一：「用意用筆，洗脫溫、韋殆盡，然大旨正見吻合。」

梁啟超《藝蘅館詞選》丙卷：「《菩薩蠻》如此大聲鏜鞳，未曾有也。」

卓人月《詞統》：「忠憤之氣，拂拂指端。」

**摸魚兒——淳熙己亥，自湖北漕移湖南，同官王正之置酒小山亭，為賦。**

更能消、幾番風雨，匆匆春又歸去。惜春長怕花開早，何況落紅無數。春且住。見說道、天涯芳草迷歸路。怨春不語。算只有殷勤，畫簷蛛網，盡日惹飛絮。　長門事，準擬佳期又誤。蛾眉曾有人妒。千金縱買相如賦，脈脈此情誰訴。君莫舞。君不見、玉環飛燕皆塵土。閒愁最苦。休去倚危欄，斜陽正在，煙柳斷腸處。

【集評】

李星垣《類編草堂詩餘》卷四：「稼軒之詞，清剛雄秀，另是一副筆墨。」

陳廷焯《白雨齋詞話》卷一：「稼軒『更能消幾番風雨』一章，詞意殊怨。然姿態飛動，極沉鬱頓挫之致。」

譚獻《復堂詞話》：「權奇倜儻，純用太白樂府詩法。」

梁啟超《藝蘅館詞選》丙卷：「迴腸盪氣，至於此極。前無古人，後無來者。」

**祝英臺近——晚春**

寶釵分，桃葉渡，煙柳暗南浦。怕上層樓，十日九風雨。斷腸片片飛紅，都無人管，更誰勸、啼鶯聲住。

鬢邊覷。試把花卜歸期，才簪又重數。羅帳燈昏，哽咽夢中語：是他春帶愁來，春歸何處，卻不解、帶將愁去。

【集評】

張端義《貴耳集》卷下：「呂婆，即呂正己之妻。……有女事辛幼安，因以微事觸其怒，竟逐之。今稼軒『桃葉渡』詞，因此而作。」

張炎《詞源》卷下：「簸弄風月，陶寫性情，詞婉於詩。蓋聲出鶯吭燕舌間，稍近乎情可也。若鄰乎鄭衛，與纏令何異？……辛稼軒《祝英臺近》『寶釵分』云……皆景中帶情，而存騷雅。」

沈際飛《草堂詩餘・正集》卷二：「『寶釵分桃葉渡』妖豔。『是他春帶愁來』怨春問春，口快心靈，非關勦襲。」

黃氏《蓼園詞選》：「按此閨怨詞也。史稱稼軒人材，大類溫嶠、陶侃。周益公等抑之，為之惜。此必有所託而借閨怨以抒其志乎。言自與良人分釵後，一片煙雨迷離，落紅已盡。而鶯聲未止，將奈之何乎！次闋，言問卜欲求會，而間阻實多，而憂愁之念，將不能自已矣。意致悽然，其志可憫。史稱葉衡入相，薦棄疾有大略，召見，提刑江西，平劇盜，兼湖南安撫。盜起湖湘，棄疾悉平之。後奏請於湖南設飛虎軍，詔委以規畫。時樞府有不樂者，數阻撓之。議者以聚斂聞，降御前金字牌停住。棄疾開陳本末，繪圖繳進，上乃釋然。詞或作於此時乎。」

沈祥龍《論詞隨筆》：「詞貴愈轉愈深。稼軒云：『是他春帶愁來，春歸何處，卻不解帶將春去。』玉田云：『東風且伴薔薇住，到薔薇春已堪憐。』下句即從上句轉出，而意更深遠。」

陳廷焯《詞則・大雅集》卷二：「諷刺語，卻婉雅。按《貴耳錄》，呂婆有女事辛幼安，以微事觸怒，逐之，稼軒因作此詞，此亦一說。」

沈謙《填詞雜說》：「稼軒詞以激揚奮厲為工，至『寶釵分、桃葉渡』一曲，昵狎溫柔，魂銷意盡。詞人伎倆，真不可測。」

譚獻《譚評詞辨》：「『斷腸』三句，一波三過折；末三句託興深切，亦非全用直語。」

## 鷓鴣天——鵝湖歸病起作

枕簟溪堂冷欲秋。斷雲依水晚來收。紅蓮相倚渾如醉，白鳥無言定自愁。　書咄咄，且休休。一丘一壑也風流。不知筋力衰多少，但覺新來嬾上樓。

【集評】

陳廷焯《白雨齋詞話》卷一：「稼軒詞著力太重處，如《破陣子》——為陳同甫賦壯詞以寄之、《水龍吟》——過南劍雙溪樓，等作，不免劍拔弩張。余所愛者，如『紅蓮相倚渾如醉，白鳥無言定是愁。』……之類，信筆寫去，格調自蒼勁，意味自深厚。不必劍拔弩張，洞穿已過七札，斯為絕技。」

又《詞則・放歌集》卷一：「『定自愁』一作『定是愁』妙，壯心不已，稼軒胸中有如許不平之氣。」

梁啟超《藝蘅館詞選》丙卷：「譚仲修最賞『不知筋力衰多少，但覺新來嬾上樓。』此二語，謂學詞者當於此中消息之。」

俞陛雲《唐五代兩宋詞選釋》：「人之由壯而衰，積漸初不自覺，迨孄上高樓，始知老之將至，如一葉落而知秋至矣。故『紅蓮』、『白鳥』，風物本佳，而自倦眼觀之，覺花鳥皆遜前神采，吾浙譚仲修丈，喜誦其『嬾上樓』二句，謂學詞者，當於此等句意求消息之。」

## 賀新郎——別茂嘉十二弟

綠樹聽啼鴂。更那堪、鷓鴣聲住，杜鵑聲切。啼到春歸無尋處，苦恨芳菲都歇。算未抵、人間離別。馬上琵琶關塞黑、更長門、翠輦辭金闕。看燕燕，送歸妾。　將軍百戰身名裂，向河梁、回頭萬里，故人長絕。易水蕭蕭西風冷，滿座衣冠似雪。正壯士、悲歌未徹。啼鳥還知如許恨，料不啼清淚長啼血。誰共我，醉明月？

【集評】

陳模《懷古錄》卷中：「此詞盡集許多怨事，全與李太白《擬恨賦》手段相似。」

周濟《介子齋論詞雜著》：「『馬上琵琶』為北都舊恨，『易水蕭蕭』為南都新恨。」

沈雄《古今詞話・詞品》下卷：「稼軒《賀新郎》『綠樹聽鵜鴂』一首，蓋集許多怨事，卻與太白《擬恨賦》相似。……又『黑』，易安詞『守著窗兒，獨自怎生得黑。』幼安詞『馬上琵琶關塞黑。』張端義《貴耳集》曰：『此黑字不許第二人押。』」

許昂霄《詞綜偶評》：「『綠樹聽鵜鴂，更那堪杜鵑聲住。』舊注云：『鵜鴂、杜鵑實兩種。』（見《離騷》補注）。『看燕燕，送歸妾。』《詩·小序》云：『燕燕，送歸妾也。』竟作換頭用，直接，亦奇。『將軍百戰身名裂。』六句，上三項說婦人，此二項言男子。中間不敘正位，卻羅列古今許多離別，如讀文通《別賦》，亦創格也。」

謝章鋌《賭棋山莊詞話》卷四：「蔣竹山《聲聲慢》、《秋聲》、《虞美人》、《聽雨》，歷數諸景，揮灑而出，比之稼軒《賀新郎——綠樹聽鵜鴂》闋，盡集許多恨事，同一機杼，而用筆尤為嶄新。」

王國維《人間詞話刪稿》：「稼軒《賀新郎》詞送茂嘉十二弟，章法絕妙。且語語有境界，此能品而幾於神者。然非有意為之，故後人不能學也。」

**永遇樂——京口北固亭懷古**

千古江山，英雄無覓，孫仲謀處。舞榭歌臺，風流總被，雨打風吹去。斜陽草樹，尋常巷陌，人道寄奴曾住。想當年，金戈鐵馬，氣吞萬里如虎。　元嘉草草，封狼居胥，贏得倉皇北顧。四十三年，望中猶記，烽火揚州路。可堪回首，佛貍祠下，一片神鴉社鼓。憑誰問，廉頗老矣，尚能飯否！

【集評】

宋翔鳳《樂府餘論》：「辛稼軒《永遇樂・京口北固亭懷古》一詞，意在恢復，故追數孫劉，皆南朝之英主。屢言佛貍，以拓跋比金人也。」

陳廷焯《詞則・放歌集》卷一：「稼軒詞拉雜使事，而以浩氣行之。有如五都市中，百寶雜陳；又如淮陰將兵，多多益善。風雨紛飛，直能百變，天地奇觀也。岳倦翁議其用事多，謬矣。」

俞陛雲《唐五代兩宋詞選釋》：「此詞登京口北固山亭而作。人在江山雄偉處，形勢依然，而英雄長往，每發思古之幽情。況磊落英多者，當其憑高四顧，煙樹人家，夕陽巷陌，皆孫、劉角逐之場，放眼古今，別有一種蒼涼之思。況自胡馬窺江去後，烽火揚州，猶有餘慟。下闋慨嘆佛貍，乃回應上文『寄奴』等句。當日魚龍戰伐，只贏得『神鴉社鼓』，一片荒寒。往者長已矣，而當世豈無健者？老去廉頗，猶思用趙，但知我其誰耶？英詞壯采，當以鐵綽板歌之。」

稼軒才兼文武，智略絕人。忠義奮發，棄家以赴國難。而南渡以後，前後廢放幾二十年。就是服官任職的時候，也不能盡展其才。生平眷懷光復，欲效力於邊疆，更始終未有機緣。抑鬱悲憤之氣，完全發洩於詞。今存有稼軒詞六百二十多闋。題材廣泛，風格雄奇。豪放曠達像蘇軾，而感情的真摯，寄託的深遠過之；慷慨激昂像陸游，而抒情的蘊藉，詞藻的絢爛過之。詞到了稼軒，才能融合《詩經》、《左傳》、《莊子》、《離騷》、《史記》、《漢書》、《世說》及《文選》等，用以作感時撫事，譜成韻律，以成為歌詠。

中國文學史上最偉大的詩（詞）人，類具三種條件：（一）有學問、有識見、有真性情，而襟懷闊遠，抱負宏偉，志在用世；（二）境遇艱困，不能盡舒其志，而抑鬱於中；（三）天才卓絕，專精於詩（詞），以表現其整個的人格。如屈原、曹植、陶潛、謝靈運、李白、杜甫、韓愈、柳宗元、歐陽修及蘇軾等，雖具備以上三種條件，但非專力注於詞者，至若晏幾道、柳永、周邦彥、秦觀、姜夔、張炎及王沂孫等，雖亦具備以上三種條件，且專力注於詞，但其志量之雄偉稍遜；惟獨辛稼軒既具備以上三種條件，而復魄力雄大且專心於詞。所作六百二十多闋，大含細入。平生襟懷志事，盡瘁於詞。故就此點而言，宋詞之有辛稼軒，亦猶唐詩之有杜子美。後先輝映，夐鑠千古。

歐陽炯《花間集序》：「綺筵公子，繡幌佳人。遞葉葉之花牋，文抽麗錦；舉纖纖之玉指，拍按香檀。不無清絕之辭，用助嬌嬈之態。」是故，推本溯源，詞的創作，多寫男女間的閑情幽怨。其體要眇，其境淒迷。溫飛卿、韋端己是其尤者。

自蘇軾崛起，一洗晚唐五代藻麗堆砌，脂粉柔靡的詞風，別開生面，以浩瀚之氣，開拓豪邁的一派。詞的境界擴大而作法不變。世以蘇、辛並稱，然兩家之詞，同中有異，各擅勝場。爰分析之：蘇詞如《卜算子・缺月掛疏桐》、《水調歌頭・明月幾時有》、《念奴嬌・大江東去》，其情思為超曠，而詞境亦為超曠，二者相合，讀之得一單純之印象；辛詞如《摸魚兒・更能消幾番風雨》、《永遇樂・千古江山》、《菩薩蠻・鬱孤臺下清江水》，其情思為雄奇，而詞境卻含有一種淒美境界，二者相異，讀之得雙重之印象。舉例來說：上述《摸魚兒》詞，乃慨南宋國勢微弱，恐偏安之局難以長保，而傷己之不見用，不能發揮壯志，建立功業。通篇皆用含蓄之筆，比興之法，而所借以發抒者，如惜春之情，如落紅，如芳草，如畫簷蛛網，如千金買賦，如蛾眉人妒，如斜陽煙柳等，皆極美之意象。悲憤沈鬱之情，映於淒美之境，遂成絕唱。此稼軒詞之優於東坡者，亦其所以大過人處。梁啟超稱讚他：「前無古人，後無來者。」良非過譽。

論稼軒詞者，率推其豪壯。豪壯固為稼軒優點之一，惟南宋人作豪壯詞者甚多。前於稼軒者，有岳飛、張元幹、張孝祥；與稼軒同時者，有陸游、陳亮、劉過；後於稼軒者，有劉克莊等。以上諸人靡不奮孤臣孽子之心，抱興滅繼絕之志。是其詞悲憤激烈，然皆不及稼軒境界之高，意味之美，耐人翫誦。「哲人日已遠，典型在宿夙。」風簷展讀其詞，不勝嚮往之至。

## 一代宗匠元遺山

公元四世紀八十年代至六世紀三十年代，鮮卑族拓跋氏在中國北方建立了魏朝。史家為了與三國曹魏有所區隔，稱它為「後魏」或「北魏」。北魏孝文帝雄才大略，為了鞏固統治、經營大中國，除了大力推行漢化政策，還把拓跋氏改姓為元。北魏滅亡之後，它的皇族有一支落籍到汝州（今河南臨汝縣），這一支就是元好問的直系祖先。元氏世代多有名人，元好問自己說：「祖考承三公餘烈，賢俊輩出，文章行業，皆可稱述。」北魏的元季海，曾任司徒、馮翊王。在唐代，最為人稱述的就是在玄宗、肅宗時中過進士，作過監察御史、道州刺史、卒贈禮部侍郎的元結（字次山）。元結是唐代古文運動的先驅者，元好問也很為此自豪，曾賦《聱齋》（元結齋名）一首有句云：「名作聱齋疑未盡，峿山衣缽在遺山。」儼然以繼承元結衣缽自任。元好問的高祖誼，在北宋徽宗宣和間官忻縣神虎（武）軍使。曾祖春任北宋隰州團練使。到靖康末，隰州被金佔領，他就掛冠而去，并將家由平定遷到忻州（今山西忻州市），從此他家就成了忻州人。元好問的祖父滋善，在金朝海陵王正隆三年（一一五七）中進士，歷任柔服（在今內蒙古土默特旗西北）丞、銅山令，並曾官汲縣。元好問的父親兄弟三人，長字德明，為元好問的本生父。累舉不第，一生不曾作官，教授過鄉學。並在忻州東南的系舟山住過十五年，讀書教學，因以「東岩」自號，著有《東岩集》，元好問能詩，也許與他父親教導有關。元好問為了把自己的本生父和後來過繼的父親相區別，稱生父為「東岩府君」，稱繼父為「顯伯考」。元好問的二叔父名格，是後來的繼父，歷任縣令等地方官。三叔父名升，字德清，在元格去世後，獲得蔭封，仕為奉承班。元好問兄弟三人，長名好古，次名好謙，他排行第三。

元好問，字裕之，號遺山，金太原秀容（今山西忻縣）人。生於金章宗昌明元年（一一九〇），元憲宗七年（一二五七）九月四日旅卒於河北獲鱗縣，歸葬於忻縣系舟山下，享年六十八。由於他的二叔父、三叔父都沒有兒子，他的父親卻有三個，他又是第三，根據中國傳統，他的二叔父元格在他生後七個月，就把他做個繼兒子，隨即把他帶到縣令任上。他的叔父和嬸母張氏對這個過繼兒子視如心肝寶貝，在生活上無微不至地關懷。由於他天資聰明，八歲就學會作詩，被人譽為「神童」。因此獲得翰林侍讀學士兼知登聞鼓院的路鐸賞識，教之為文。這位路鐸，字宜叔，道德學問都很好，有直臣之風。為文尚奇，詩篇溫潤精致，《金史》有傳。元好問的父母為了給他找一個好老師，而當時教授縣學的郝天挺，是一位「習於禮義之俗，出於賢父母教養之舊，且嘗以太學生游公卿間。閱人既多，處事愈審，故其容止可觀，而話言皆可傳，州里老成宿德，皆以為不可及也。」（見元好問撰《郝先生墓銘》）。元好問跟着郝天挺學習了六年，博通經史，淹貫百家。他工於詩，經常讓元好問屬和，元好問詩學大進，不幾年工夫，就名震京師，被人譽為「元才子」。但當時科舉考試重要科目之一是「時文」。郝天挺對這方面指導不夠得力，所以元好問參加科舉考試多次名落孫山。直到三十二歲才中了進士。又過了三年，到他三十五歲再考中博學宏詞科，授官國史館編修，時在金哀宗正大元年（一二二四），獲得主考官趙秉文的青睞，從此結了翰墨因緣。

正大三年，除鎮平令，四年遷內鄉令，八年（一二三一）調任南陽縣令。在南陽，深知為官難，為南陽令尤難。因為自西漢以來，任南陽長官者不計其數，但只有西漢召信臣和東漢杜詩，被稱作「召父杜母」，受人歌頌，載入史冊，其餘連姓名都鮮為人知。即使東漢開國皇帝漢光武劉秀，為了抑制土地兼併而發起之清丈土地的「度田」運動，也因南陽豪強帶頭抵制以至武裝反抗，最後也只好不了了之，半途而廢，被稱作「度田事件」。由此可見，這裡豪強勢力之強大，和社會問題的嚴重。所以殫心竭慮，勵精圖治。任內政績卓著。不僅《南陽縣志》作了高度評價，而且清雍正時孫顥纂的《河南通志》也說他，在內鄉「勞撫流亡，邊境寧謐。」而「知南陽縣，善政尤著。」於時，蒙古兵日益進迫，財匱援絕。金哀宗看到危亡在即，曾經自縊、跳樓，均為左右營救才免於死。洛陽陷，窩闊臺在返回北方避暑前，又命速不臺攻汴，派人命金哀宗投降，並依中書令耶律楚材建議，向金下通牒要翰林學士趙秉文、衍聖公孔元措等二十七位作人質。金哀宗固不能照單全收，只得封完顏守純之子完顏訛可為曹王作人質（見《金史》卷十七《哀宗・上》及《續資治通鑑》卷一一六）速不臺看到汴京不易攻取，且金哀宗亦自知勢弱，派員向蒙古兵犒勞酒肉，又賄賂了大批金帛，才允許退兵。金哀宗認為這次汴京保衛戰成功是「天意」，遂改元「天興」。

天興元年（一二三二）一月，元好問年四十三歲，榮陞尚書省令史、除左司員外郎。十二月，蒙古遣王楫使宋商議挾攻金人，金哀宗感到形勢已經無望，向右司員外郎白華問計。白華提出一個哀宗逃出汴京，而由太后、皇族向蒙古投降，作為蒙古的附庸，以求保全哀宗和皇族的方案。君臣上下經過一番爭論後，看到別無良法，只好同意哀宗以親征之名出走到河朔（黃河以北）去。哀宗逃出汴京後，蒙古兵又把汴京團團圍住。未幾，速不臺親率大軍入汴京城。元好問向進入汴京城中的蒙古國中書令耶律楚材上書，請求他保護北渡河朔的金朝遺老，如衍聖公孔元措、狀元王剛、王鶚、李治、杜仁杰、商挺、張仲經、麻革、楊奐、張德輝、李謙、徐世隆、劉祁兄弟、程思溫兄弟及樂夔等五十四人，不要使他們受「指使之辱，奔走之役。」、「泯泯默默與與草木同腐」，幫助耶律楚材建「蕭、曹、丙、魏、房、杜、姚、宋之功」。元好問雖然自身難保，但他珍惜、愛護人才於此可見。這五十四人中大部分為蒙古國和後來的元朝建立了勳績。耶律楚材很重視元好問的建議，也確實盡力做到這一點。嗣後元好問被蒙古兵押往青城，接著拘管山東聊城，從此開啟了「南冠」的囚徒生活。

天興三年（一二三四）正月初九日，金哀宗看到大勢已去，危亡在即，強行傳位於宗人東面元帥完顏承麟，翌日自縊於幽蘭軒。元好問在聊城六年，到戊戌年（一二三八）時年四十九才被釋放，離開山東，回到家鄉忻州。在忻州，他隱居不仕，以著述金史、吟詠詩文、教授生徒來謀生活。如果他想當蒙古國的官，可以說易如反掌，因為有故人耶律楚材在朝任要職。他自以為金朝遺老，念茲在茲，以修金史為己任。遂到順天（今河北保定）拜會故舊張柔（時任歸德府總管）擬借閱《金實錄》以修金史，張柔當即向蒙古皇帝奏上，並得到允許，但為樂夔所阻作罷。（原來癸巳年四月汴京城破時，張柔率蒙古兵進入汴京，他「於金帛一無所取，獨入史館，取《金實錄》并秘府圖書，衛送北歸。」見《元史》卷一四七《張柔傳》）。元好問因此發憤，自己建了一座房子，取名「野史亭」，以在野之人身分來修金史。這就是此後十幾年，元好問不顧年老體衰，不遑寧居，為搜集資料，僕僕風塵來往於道路的主要原因。

《中州集》是元好問十年來辛苦編著的，終於脫稿。他說：「人以詩傳，詩以人傳，詩以傳史。」這就是他用心編著《中州集》深刻用心所在。此書保留了金源一代已經去世的二百多人主要作品及其生平事略。清王士禎說：「元裕之撰《中州集》，其小傳足備金源一代故實。」而且他這種以詩存史的方法，也為後世之人所喜愛。明末錢謙益撰《明列朝詩集》，即仿《中州集》之例。朱彝尊編《明詩綜》、吳之振《宋詩鈔》、陳焯《宋元詩會》、顧嗣立《元詩選》、徐倬《全唐詩錄》以及康熙御定的《全金詩》等，多以《中州集》為藍本，且遵照其體例編成的。

遺山篤守儒家思想，古文宗韓愈、歐陽修，詩學杜甫，詞法周邦彥。故其著作，卓然成一家之言。去世後，他的學生郝經為他寫《遺山先生墓銘》，稱他為「一代宗匠」。千載於茲，人盡翕服。他之所以受人推崇，就在他作出了較之別人要獨特而重大的貢獻。主要有三方面：

（一）著作等身：郝經《陵川文集・遺山先生墓銘》謂詩「千五百餘篇」（《甌北詩話・卷八》引華希閔刻本郝經《遺山先生墓銘》則謂詩「五千五百餘篇」）；詞三百八十闋；散文二百四十三篇；小說《續夷堅志》四卷；編著有《中州集》、《唐詩鼓吹》十卷。此外，尚有遺失的著作，如《錦機》、《東坡詩雅》、《杜詩學》、《詩文自警》等。

（二）論詩絕句：論詩絕句發展至元好問，可謂登峰造極，後世於此亦皆推崇備至。他的詩學造詣，在金元時代，無人能出其右。郝經說：「當德陵（金宣宗葬德陵）之末，獨以詩鳴。上薄風雅，中規李杜，粹然一出於正，直配蘇、黃氏。」首先他對詩的定義是詩出於「情性」。他說：「詩與文，特言語之之別稱耳，有所記述謂之文，吟詠情性之謂詩。」其次他認為詩的功能是「由心而誠，由誠而言，由言而詩也。三者相為一，情動於中而形於言，言發乎邇而見乎遠。同聲相應，同氣相求。雖小夫賤婦，孤臣孽子之感諷，皆可以厚人倫，美教化。」為此，他作《論詩絕句三十首》，大致依時代的先後，逐條討論詩品與人品。

（三）憐才育才：元好問說：「文章雖出於真積之力，然非父兄淵源，師友講習，國家教養，能卓然自立者鮮矣！」他在青年時受到楊雲翼、趙秉文、馮璧、雷淵、王從之等師友鼓勵和切磋，詩文得以大進，所以他領會出師友淵源的重要性。因之他與幾十個學有專長的人交游甚密，也因此很珍惜人才。國破之日，除了向耶律楚材推薦五十四位中原秀士並請求保護外，自己指導或培育出來的文壇名手又有郝經、王惲、許楫、王思廉、孟琪、徐琰、郝繼先、閻復等許多人。對於自己老友的孩子如商挺之子商琥、張德輝之子張復、張柔第八子張忠杰等，更是多方面鼓勵、啟發。最膾炙人口的就是他保護、教育白樸的故事。白樸是他生死之交白華的仲子。據王博文為白樸的

《天籟集》所作序文稱：「明年春，京城變，遺山遂挈以北渡。……嘗罹疫，遺山晝夜抱持，凡六日，竟於臂上得汗而愈。蓋視親子弟不啻過之。既讀書穎悟異常兒，日親炙遺山。謦欬談笑，悉能默記。」後來白樸成為元雜劇四大家（關白馬鄭）之一。

【附錄】

《金史・本傳》：「元遺山詩奇崛而絕雕刻，巧縟而謝綺麗。五言高古沉鬱，七言樂府不用古題，特出新意。歌謠慷慨，挾幽并之氣。其長短句揄揚新聲，以寫恩怨者又數百篇。」

趙翼《甌北詩話》卷八：「元遺山專以精思銳筆，清鍊而出，故其廉悍沉摯處，較勝於蘇、陸。蓋生長雲、朔，其天稟本多豪健英傑之氣，又值金源亡國，以宗社丘墟之感，發為慷慨悲歌，有不求而自工者，此固地為之也，時為之也。同時李冶，稱其『律切清深，有豪放邁遠之氣。樂府則清雄頓挫，用俗為雅，變故作新，得前輩不傳之妙。』郝經亦稱其『歌謠跌宕，挾幽、并之氣，高視一世。以五言雅為工，出奇於長句、雜言，揄揚新聲，以寫怨思。』……是數說者，皆可得其真矣。」又：「蘇、陸古體詩，行墨間尚多排偶，一則以肆其辨博，一則以侈其藻繪，固才人之能事也。遺山則專以單行，絕無偶句。構思窅渺，十步九折。愈折而意愈深，味愈雋，雖蘇、陸亦不及也。七言律詩則更沉摯悲涼，自成聲調。唐以來律詩之可歌可泣者，少陵十數聯外，絕無嗣響。遺山則往往有之。如『蕩蕩青天非向日，蕭蕭春色是他鄉。』、『只知終老歸唐土，忽漫相看是楚囚。』、『日月盡隨天北轉，古今誰見海西流。』此等感時觸事，聲淚俱下，千載下猶使讀者低徊不能置。」

翁方綱《石洲詩話》卷五：「遺山七言歌行，真有牢籠百代之意。」又：「遺山雖較之東坡，亦自不免肌理稍粗，然其秀骨天成，自是出群之姿。若無其秀骨，而但於氣概求之，則亦末矣。」又：「《論詩絕句》『奇外無奇』、『金入洪爐』二篇，即先生自任之旨也。此三十首，已開阮亭『神韻』二字之端矣，但未說出耳。」

李調元《雨村詩話》卷下：「元遺山詩，精深老健，魄力沉雄，直接李、杜，上下千古，能並駕者寥寥。」

梁章鉅《退庵隨筆》：「金詩只一元遺山為大宗。《遺山集》四十卷，詩凡十四卷，所作興象深邃，風格遒上，無南渡江湖諸人之習，亦無江西流派生拗粗獷之失。古體構思窅渺，十步九折，竟欲駕蘇、陸而上之。七言律沉摯悲涼，自成格調，直接少陵。非王滹南、趙閒閒諸家所能企及。」

潘德輿《養一齋詩話》卷八：「趙甌北謂元遺山自創一種拗體七律，拗在五六字。如：『來時弭筆誇健訟，去日攀車餘淚痕。』、『市聲浩浩如欲沸，世路悠悠殊未涯。』、『東門太傅多祖道，北闕詩人休上書。』之類，不一而足。予按此體亦不始於遺山，蘇詩：『扁舟去後花絮亂，五馬來時賓從非。』……是也，特不能如遺山之多耳。」

## 茶與詩

我國人民識茶，始自戰國時代。《本草經》載：「神農嚐百草，日遇七十二毒，得茶而解之。」而以茶為貨物，則肇於西漢。王褒《童約》載：「武陽賣茶，烹茶待客。」武陽即今四川雙江鎮。以茶外銷，則始自南北朝。突厥族（今土耳其）於西元四七五年，經陸路商隊至蒙古，沿華北，以物易茶，首開紀錄。即今土耳其人，猶稱茶為CHAY，阿拉伯人稱為CHAI，俄國人亦稱CHA，均遺留我國「茶葉」之發音。嗣後海岸紛告通商，廈門、廣州為集散中心。故今西班牙、馬來西亞、丹麥、義大利等國，均稱茶為TE，德國稱為THE，即係廈門人之元音。另如日本、葡萄牙則稱茶為CHA，越南則稱為TSA，則是廣東人之元音。物換星移，其演變亦大矣哉。

有唐一代，嗜茶成風。至德宗，史稱「比屋而飲」。陸羽為作《茶經》，凡三卷十篇，係世界上最早、最權威之茶學著作。於公元七八〇年脫稿，呈德宗皇帝御覽，並蒙嘉許，於是人稱羽為「茶博士」。逝世後，祀之為「茶神」。廟食千秋，配享天地。陸龜蒙置茶園於顧渚山，品種殊佳。盧仝嗜茶如命，一飲必七碗而後已，都是歷史上之佳話。

至宋，飲茶之風更盛，朝廷且擁有廣大茶園，稱為北苑。陸游詩：「茗芽落磑壓北苑，菜苗入饌逾天臺。」、馮駰詩：「茶名重北苑，酒格跋中山。」所指是也。宋朝皇帝，常以茶賜大臣，所賜之茶，稱為「賜茶」。因來自九重，彌足珍貴。周必大詩：「敕使傳宣坐賜茶」，歐陽修詩：「京師三月賜新茶」。良由贈者貴，而受者榮，天下口碑載道。民間名茶以：（一）福建武夷之「龍團」、「栗粒」、及「鐵觀音」；（二）紹興之「日鑄」；（三）婺源之「謝源」；（四）隆興之「雙井」等，皆稱極品。

元朝對茶之處理略變，其品種大抵分為二類：（一）芽茶類：有「探春」、「紫筍」、「揀尖」等。（二）葉茶類：有「雨前」、「雨後」等。其製法亦有改進，係將蒸青改為炒青，以提高其香味。迄明，製茶技術，更有突破。諸如「白茶」、「青茶」、「黃茶」、「黑茶」及「紅茶」等，紛紛推陳出新。種類繁富，各擅奇香。

清代踵事增華，廣闢茶園。最負盛名的是武夷茶。武夷茶中，最優良的是「奇種」，其次依序是「名種」、「小種」、「花香」。此外，安溪「鐵觀音」，福鼎「白毫銀針」，福州「香片」，亦暢銷國內外。由於利厚，故杭州「龍井」、黃山「毛峰」、徽州「松蘿」、蘇州「碧螺春」、岳陽「君山銀針」、敬亭「綠雪」、太平「猴魁」、六安「瓜片」、信陽

「毛尖」、廬山「雲霧」、天臺「雀舌」等如雨後春筍，相繼興起，極一時之盛。

臺灣茶業之發展，始自嘉慶年間（一八一〇），有柯朝者，攜武夷茶種植於文山區，嗣後安溪移民來臺，又將烏龍茶分植於水沙連（即今日月潭），及噶瑪蘭（即今宜蘭）。至一九八五年，臺茶即成為臺灣大宗出口物之一，僅次於米、糖、及樟腦。

詠茶之詩，以李白《答族姪僧中孚贈玉泉仙人掌茶》為最早：

常聞玉泉山，山洞多乳窟。仙鼠如白鴉，倒懸深谿月。茗生此中石，玉泉流不歇。根柯灑芳津，採服潤肌骨。楚老卷綠葉，枝枝相接連。曝成仙人掌，似拍洪崖肩。舉世未見之，其名定誰傳？宗英乃禪伯，投贈有佳篇。清鏡燭無鹽，顧慚西子妍。朝坐有餘興，長吟播諸天。

接武者是劉禹錫，其《嘗茶》詩云：「生怕芳叢鷹觜芽，老郎封寄謫仙家。今宵更有湘江月，照出霏霏滿盌花。」然而傳誦最廣的是盧仝七碗茶歌《走筆謝孟諫議新茶》：「一碗喉吻潤。二碗破孤悶。三碗搜枯腸，惟有文字五千卷。四碗發輕汗，平生不平事，盡向毛孔散。五碗肌骨清。六碗通仙靈。七碗吃不得也，惟覺兩腋習習清風生。」

鄭谷《峽中嘗茶》詩云：「簇簇新英摘露光，小江園裡火煎嘗。吳僧漫說丫山好，蜀叟休誇鳥觜香。合坐半甌輕泛綠，開緘數片淺含黃。鹿門病客不歸去，酒渴更知春味長。」

徐寅《尚書惠蠟面茶》詩云：「武夷春暖月初圓，採摘新芽獻地仙。飛鵲印成香蠟片，啼猿溪走木蘭船。金槽和碾沉香末，冰椀輕涵翠縷煙。分贈恩深知最異，晚鐺宜煮北山泉。」

宋賢詠茶以李虛己為最先，其《建茶呈使君學士》詩云：「石乳標奇品，瓊英碾細文。試將梁苑雪，煎動建溪雲。清味通宵在，餘香隔座聞。遙思擇山日，龍焙未春分。」

林逋《茶》詩云：「石碾輕飛瑟瑟塵，乳香烹出建溪春。世間絕品人難識，閒對茶經憶古人。」

范仲淹《武夷鬥茶歌》云：「年年春自東南來，建溪先暖水微開。溪邊奇茗冠天下，武夷仙人從古栽。新雷作夜發何處，家家嘻笑穿雲去。露芽錯落一番榮，綴玉含珠散嘉樹。終朝采掇未盈襜，惟求精粹不敢貪。研膏焙乳有雅製，方中圭合圓中蟾。北苑將期獻天子，林下雄豪先鬥美。鼎磨雲外首山銅，瓶攜江上中泠水。萬金碾畔玉塵飛，紫玉甌心雪濤起。鬥茶味兮輕醍醐，鬥茶香兮薄蘭芷。其間品第胡能欺，十目視而十手指。勝若登仙不可攀，輸同降將無窮恥。吁嗟天產石上英，論功不愧階前蓂。眾人之濁我可清，千日之罪我可醒。屈原試與招魂賦，劉伶卻得聞雷霆。盧仝敢不歌，陸羽須作經。森然萬象中，焉知無茶星。商上大人休茹芝，首陽先生休采薇。長安酒價減千萬，成都藥市無光輝。不如仙山一啜好，泠然便欲乘風飛。君莫羨，君莫誹。花間女郎只鬥草，贏得珠璇滿斗歸。」

丁謂《建溪新茶》詩：「南國溪陰暖，先春發茗芽。採從青竹籠，蒸自白雲家。粟粒烹甌起，龍文御餅佳。過茲安得比，顧渚不須誇。」

蘇東坡詠茶詩作，量大而質精。清拔之氣，如見其人。如：

### 試院煎茶

蟹眼已過魚眼生，颼颼欲作松風鳴。蒙茸出磨細珠落，眩轉遶甌飛雪輕。銀瓶瀉湯誇第二，未識古人煎水意。君不見、昔時李生好客手自煎，貴從活火發新泉。又不見、今時潞公煎茶學，西蜀定州花瓷琢紅玉。我今貧病常苦飢，分無玉器捧蛾眉。且學公家作茗飲，塼爐石銚行相隨。撐腸拄腹文字五千卷，顧但一甌常及睡足日高時。

### 月兔茶

環非環，玦非玦。中有迷離玉兔兒。一似佳人裙上月，月圓還缺缺還圓。此月一缺圓何年，君不見、鬥茶公子不忍鬥小團。上有雙銜綬帶雙飛鸞。

### 和錢安道寄惠建茶

我官於南今幾時，嘗盡溪茶與山茗。胸中似記故人面，口不能言心自省。為君細說我未暇，試評其略差可聽。建溪所產雖不同，一一天與君子性。森然可愛不可慢，骨清肉膩和且正。雪花雨腳何足道，啜過始知真味永。縱復苦硬終可錄，汲黯少戇寬饒猛。草茶無賴空有名，高者妖邪次頑懭。體輕雖復強浮汎，性滯偏工嘔酸冷。其間絕品豈不佳，張禹縱賢非骨鯁。葵花玉銙不易致，道路陰險隔雲嶺。誰知使者來自西，開緘磊落收百餅。嗅香嚼味本非別，透紙自覺光炯炯。粃糠團鳳友小龍，奴隸日注臣雙井。收藏愛惜待佳客，不敢包裹鑽權倖。此詩有味君勿傳，空使時人怒生瘿。

## 和蔣夔寄茶

我生百事常隨緣，四方水陸無不便。扁舟渡江適吳越，三年飲食窮芳鮮。金虀玉膾飯炊雪，海螯江柱初脫泉。臨風飽食甘寢罷，一甌花乳浮輕圓。自從捨舟入東武，沃野便到桑麻川。翦毛胡羊大如馬，誰記鹿角腥盤筵。廚中烝粟埋飯甕，大杓更取酸生涎。柘羅銅碾棄不用，脂麻白土須盆研。故人猶作舊眼看，謂我好尚如當年。沙谿北苑強分別，水腳一綫爭誰先。清詩兩幅寄千里，紫金百餅費萬錢。吟哦烹噍兩奇絕，只恐偷乞煩封纏。老妻稚子不知愛，一半已入薑鹽煎。人生所遇無不可，南北嗜好知誰賢？死生禍福久不擇，更論甘苦爭媸妍。知君窮旅不自釋，因事寄謝聊相鐫。

## 惠山謁錢道人烹小龍團登絕頂望太湖

踏遍江南南岸山，逢山未免更留連。獨攜天上小團月，來試人間第二泉。石路縈迴九龍脊，水光翻動五湖天。孫登無語空歸去，半嶺松聲萬壑傳。

## 新茶送簽判程朝奉以饋其母有詩相謝次韻答之

縫衣付與溧陽尉，捨肉懷歸潁谷封。聞道平反供一笑，會須難老待千鍾。火前試焙分新胯，雪裡頭綱輟賜龍。從此升堂是兄弟，一甌林下記相逢。

## 次韻曹輔寄壑源試焙新芽

仙山靈草濕行雲，洗遍香肌粉未勻。明月來投玉川子，清風吹破武林春。要知冰雪心腸好，不是膏油首面新。戲作小詩君勿笑，從來佳茗似佳人。

## 汲江煎茶

活水還須活火烹，自臨釣石取深清。大瓢貯月歸春甕，小杓分江入夜瓶。茶雨已翻煎處腳，松風忽作瀉時聲。枯腸未易禁三碗，坐聽荒城長短更。

## 謝曹子方惠新茶

陳植文華斗石高，景公詩句復稱豪。數奇不得封龍額，祿仕何妨有馬曹。囊簡久藏科斗字，銛鋒新瑩鷓鴣膏。南州山水能為助，更有英辭勝廣騷。

## 遊諸佛舍一日飲釅茶七盞戲書勤師壁

示病維摩元不病，在家靈運已忘家。何須魏帝一丸藥，且盡盧仝七碗茶。

黃山谷所作，亦卓爾不群，粲溢古今：

### 雙井茶送子瞻

人間風日不到處，天上玉堂森寶書。想見東坡舊居士，揮毫百斛瀉明珠。我家江南摘雲腴，落磑霏霏雪不如。為公喚起黃州夢，獨載扁舟向五湖。

### 和答子瞻

一月空回長者車，報人問疾遣兒書。翰林遺我東南句，窗間默坐得玄珠。故園溪友膾腹腴，遠包春茗問何如。玉堂下直長廊靜，為君滿意說江湖。

### 省中烹茶懷子瞻用前韻

閤門井不落第二，竟陵谷簾定誤書。思公煮茗共湯鼎，蚯蚓竅生魚眼珠。置身九州之上腴，爭名焱中沃焚如。但恐次山胸磊隗，終便酒舫石魚湖。

### 以雙井茶送孔常父

校經同省並門居，無日不聞公讀書。故持茗椀澆舌本，要聽六經如貫珠。心知韻勝舌知腴，何似寶雲與真如。湯餅作魔應午寢，慰公渴夢吞江湖。

### 常父答書有煎點徑須煩綠珠之句復次韻戲答

小鬟雖醜巧粧梳，掃地如鏡能檢書。欲買娉婷共煮茗，我無一斛明月珠。知公家亦闕掃除，但有文君對相如。政當為公乞如願，作箋遠寄宮亭湖。

**謝黃從善司業寄惠山泉**

錫谷寒泉橢石俱，並得新詩蠆尾書。急呼烹鼎供茗事，晴江急雨看跳珠。是功與世滌膻腴，令我屢空常晏如。安得左轓清潁尾，風爐煮茗臥西湖。

**以團茶洮州綠石研贈無咎文潛**

晁子智囊可以括四海，張子筆端可以回萬牛。自我得二士，意氣傾九州。道山延閣委竹帛，清都太微望冕旒。貝宮胎寒弄明月，天網下罩一日收。此地要須無不有，紫星訪問富春秋。晁無咎贈君越侯所貢蒼玉璧，可烹玉麈試春色。澆君胸中過秦論，斟酌古今來活國。張文潛贈君洮州綠石含風漪，能淬筆鋒利如錐。請書元祐開皇極，第入思齊訪落詩。

**謝送碾賜壑源揀芽**

矞雲從龍小蒼璧，元豐至今人未識。壑源包貢第一春，緗匳碾香供玉食。睿思殿東金井欄，甘露薦椀天開顏。橋山事嚴庀百局，補袞諸公省中宿。中人傳賜夜未央，雨露恩光照宮燭。右丞似是李元禮，好事風流有涇渭。肯憐天祿校書郎，親敕家庭遣分似。春風飽識太官羊，不慣腐儒湯餅腸。搜攪十年燈火讀，令我胸中書傳香。已戒應門老馬走，客來問字莫載酒。

**以小龍團及半挺贈無咎並詩用前韻為戲**

我持玄圭與蒼璧，以暗投人渠不識。城南窮巷有佳人，不索賓郎常晏食。赤銅茗椀雨斑斑，銀粟翻光解破顏。上有龍文下碁局，擔囊贈君諾已宿。此物已是元豐春，先皇聖功調玉燭。
晁子胸中開典禮，平生自期莘與渭。故用澆君磊隗胸，莫令鬢毛雪相似。曲几團蒲聽煮湯，
煎成車聲繞羊腸。雞蘇胡麻留渴羌，不應亂我官焙香。肥如瓠壺鼻雷吼，幸君飲此勿飲酒。

## 博士王揚休碾密雲龍同事十三人飲之戲作

矞雲蒼壁小盤龍，貢包新樣出元豐。王郎坦腹飯牀東，大官分物來婦翁。棘圍深鎖武成宮，
談天進士雕虛空。鳴鳩欲雨喚雌雄，南嶺北嶺宮徵同。午窗欲眠視濛濛，喜君開包碾春風。
注湯官焙香出籠，非君灌頂甘露椀，幾為談天乾舌本。

## 答黃冕仲索煎雙井並簡揚休

江夏無雙乃吾宗，同舍頗似王安豐。能澆茗椀湔祓我，風袂欲挹浮丘翁。吾宗落筆賞幽事，
秋月下照澄江空。家山鷹爪是小草，敢與好賜雲龍同。不嫌水厄幸來辱，寒泉湯鼎聽松風。
夜堂朱墨小燈籠，惜無纖纖來捧椀。唯寄新詩可傳本。

## 再答冕仲

邱壑詩書雖數窮，田園芋栗頗時豐。小桃源口雨繁紅，春溪蒲稗沒梟翁。投身世網夢歸去，
摘山鼓聲雷隱空。秋堂一笑共燈火，與公草木臭味同。安用茗澆磊隗胸，他日過飯隨家風。
買魚貫柳雞著籠，更當力貧開酒椀，走謁鄰翁稱子本。

**和答梅子明王揚休點密雲龍**

小壁雲龍不入香，元豐龍焙承詔作。二月嘗新官字盞，游絲不到延春閣。去年曾口減光輝，人間十九人未知。外家春官小宗伯，分送蓬山裁半壁。建安甆椀鷓鴣班，谷簾水與月共色。五除試湯飲墨客，泛甌銀粟無水脈。辟宮邂逅王廣文，初觀團團破龍紋。諸公自別淄澠了，兔月葵花不足論。石磑春芽風雪落，煮澆肺渴初不惡。河伯來觀東海若，鹿逢朱雲真折角。子真雲孫唾成珠，廟堂只今用諸儒。煉成五石補天手，上書致身可亨衢。顧我賜茶無骨相，他年幸公肯相餉。

王禹《詠普洱茶》：「香於九畹芳蘭氣，圓似三秋皓月輪。愛惜不嘗唯恐盡，除將供養白頭親。」

陸游《九日試霧中僧所贈茶》：「少逢重九事豪華，南陌雕鞍擁鈿車。今日蜀州生白髮，瓦爐獨試霧中茶。」

元代劉秉忠《嘗雲芝茶》：「鐵色皴皮帶老霜，含英咀美入詩腸。舌根未得天真味，鼻觀先通聖妙香。海上精華難品第，江南草木屬尋常。待將膚湊侵微汗，毛骨生風六月涼。」

孫淑《對茶》詩云：「小閣烹香茗，疏簾下玉鉤。燈光翻出鼎，釵影倒沉甌。婢捧消春困，親嘗散暮愁。吟詩因坐久，月轉晚粧樓。」

謝宗可《雪煎茶》詩云：「夜掃寒英煮綠塵，松風入鼎更清新。月團影落銀河水，雲腳香融玉樹春。陸井有泉應近俗，陶家無酒未為貧。詩脾奪盡豐年瑞，分付蓬萊頂上人。」

明代謝肇淛有《鼓山採茶曲》一首云：「雨前初出半巖香，十萬人家未敢嘗。一自尚方停進貢，年年先納縣官堂。」

瞿佑《茶煙》詩云：「濛濛漠漠更霏霏，淡抹銀瓶羃講帷。石鼎火紅詩詠後，竹爐湯沸客來時。雪飄僧舍夜初濕，花落朓船鬢已絲。惟有庭前雙白鶴，翩然趨避獨先知。」

陳章《採茶歌》云：「風篁嶺頭春露香，青裙女兒指爪長。度澗穿雲採茶去，日午歸來不滿筐。催貢文移下官府，那管山寒芽未吐。焙成粒粒比蓮心，誰知儂比蓮心苦。」

清代茶業發達，但騷人詠茶詩吝作。臺灣則陵鑠勝朝，詠茶之詩如雨後春筍，大放異彩。爰擇其尤者如下：

**茶味** 林其美

武夷山上露珠新，曲院傳香破麴塵。知是玉人親手瀹，帶些花氣自精神。

**茶味** 杜仰山

撲鼻微聞鳳餅新，烹餘活火異醪醇。記曾丙夜青燈畔，破睡嗟余藉汝頻。

**茶味** 高肇藩

數片含黃顧渚春，風生兩腋氣甘醇。文章嘗盡酸鹽外，七碗清香更可人。

茶味　黃水沛

苦甘能別果何人，雀舌龍團自有真。世味深嘗同嚼蠟，一經陸羽感清新。

品茶　傅鶴亭

爐火純青蟹眼圓，聞香我欲暗流涎。龍團雀舌分明異，知合茶經第幾篇。

品茶　王了庵

一卷茶經閱有年，露芽雀舌試烹煎。欲將氣味分濃淡，火候還須論後先。

品茶　林少英

雪蕊雲腴氣色鮮，中泠井水惠山泉。夜來欲試真滋味，翻盡茶經陸羽篇。

品茶　吳閒雲

半碗清泉試啜先，笑談席上學坡仙。武夷佳種西湖水，醉後閒評一快然。

茶癖　黃啟棠

憑人水厄肆譏評，茗椀風爐伴此生。我也年來茶當酒，旗槍賴汝破愁城。

茶癖　王金鐘

雀舌龍芽漫費評，怡神最愛一甌清。武夷自古多名種，甚欲移家伴此生。

## 茶癖

楊星甫

竹爐湯沸夜三更，七碗茶偏當酒傾。我與玉川有同嗜，詩脾沁得十分清。

## 茶癖

黃南勳

只爭一喝不爭名，雀舌龍芽取次烹。除卻貪花和戀酒，慳囊端為此君傾。

## 品茗

張達修

新泉活火對爐紅，泛綠含黃七碗中。自愛茶經翻陸羽，誰將水厄笑王濛。香分芽葉寒宵裡，侶約鳧鷗小閣東。嘗到凍峰鄉味好，詩脾沁罷腋生風。

## 茶味

郭淵如

煮茗瓜棚下，芬芳溢四圍。龍團煙乍裊，蟹眼味初馡。淡啜吟脾沁，深嘗逸興飛。回甘知苦後，推理悟天機。

## 適心亭品茗

鮑樑臣

亭敞心堪適，烹茶萃眾賓。腋間風習習，舌本味津津。色認蒙山種，香凝顧渚春。不須傾七碗，解渴爽精神。

## 爐邊品茗

卓夢庵

蕭齋對坐竹爐邊，活火新泉手自煎。寒夜最宜茶款客，清談不用酒當權。心焦曾解相如渴，經撰爭推陸羽專。莫讓烏龍擅臺島，武夷佳種至今傳。

## 爐邊品茗

李天鷺

一番斟酌竹爐邊，沸水沖開蟹眼圓。絕壑叢生無苦澀，名巖芽茁獨清鮮。幽香我判安溪好，嫩色人評凍頂妍。撥盡餘灰添獸炭，興來七碗飲連連。

## 試新茶

高文淵

龍芽雀舌久馳名，新葉呼童掃葉烹。為汲石泉燒活火，初融玉乳響瓶笙。斟來甘露三甌後，頓覺清風兩腋生。好是清神消夏夜，談詩當酒喜相傾。

## 試新茶

林光炯

焚竹須將活火烹，品嘗泉取在山清。淺斟人愛龍團馥，初沸壺翻蟹眼明。笑我一杯供款客，嗤他七碗亦留名。至今齒頰餘甘在，和氣欣從兩腋生。

## 品茶

張清輝

羅漢誇仙種，珍奇費品評。龍芽頻細試，蟹眼愛新烹。陸羽三篇著，盧仝七碗傾。清香留舌本，啜後爽吟情。

## 品茶

邱攸同

客來堪當酒，試茗論分明。羅漢香還淡，觀音氣轉清。苦甘如世味，冷暖比人情。凍頂揚中外，於今博好評。

**茶煙**

林湘帆

竹爐湯沸綴烏薪，裊裊簾前散作塵。一陣落花風颺處，鬢絲禪榻伴詩人。

**茶煙**

林說樵

落花風裡颺頻頻，繚白縈青畫不真。四月武夷山下路，人家槐火一時新。

**茶煙**

黃小石

畫來隱約辨來真，風定虛廊漾麴塵。紗帽籠頭僮拾葉，夕陽池館隔花人。

**茶聲**

趙又銘

禪榻何須感鬢毛，一甌苦茗抵醇醪。十年淨洗箏琶耳，松下支頤當聽濤。

**茶煙**

林駿聲

一曲瓶笙起暗濤，坡仙清趣助詩豪。秋宵試院多明月，許聽吟聲到白袍。

陸羽《茶經》說：「茶之為用，味至寒，為飲最宜。……四肢煩懣，百節不舒，聊四五啜，與醍醐甘露抗衡也。」茶又稱國飲，意指它是中國人的標準飲料，日常生活不可缺少之物。以前癮君子也有將茶與香煙，合稱「文房六寶」者，隨著時代演變，目前此風已寢。晨起一杯茶，自是人生樂事。酒能亂性，咖啡、果汁有損臟腑，只有茶，非啻能提神、解酒、利尿、強心，抑且能養目、保齒、殺菌、消炎等功效。故諺有之曰：「寧可一日無食，不可一日無茶。一日無茶則滯，三日無茶則病。」大魚大肉之食，非茶不消，惡痾惡毒之患，非茶不解。由此觀之，茶之道，大矣哉！

## 得之為難知之愈難——柳宗元答人求文章書讀後

柳宗元答人求文章書，論文章之難云：「非謂比興之不足，恢拓之不遠，鑽礪之不工，頗纇之不除也。得之為難，知之愈難。」旨哉斯言，爰舉例廣之：

一、得之為難：宋濂《送東陽馬生序》：「余幼時即嗜學，家貧，無從致書以觀，每假借於藏書之家，手自筆錄，計日以還。天大寒，硯冰堅，手指不可屈伸，弗之怠，錄畢，走送之，不敢稍逾約。以是人多以書借余，余因得遍觀群書。」、「當余之從師也，負笈曳屣，行深山巨谷中。窮寒烈風，大雪深數尺，足膚皸裂而不知；至舍，四肢僵勁不能動。……蓋余之勤且艱若此。」

《朱子語錄》：「游（酢）楊（時）二子，初見伊川，伊川瞑目而坐，二子侍，既覺曰：『尚在此乎，且休矣！』出門，門外雪深一尺。」

李頎《古今詩話》：「唐相國鄭綮善詩，嘗有人問：『相國近有新詩否？』對曰：『詩思在灞橋風雪中驢子上，此中安可得之？』蓋言平生苦心。」

歐陽修《六一詩話》：「梅聖俞平生苦於吟詠，故其構思極艱。」

葛立方《韻語陽秋》：（一）「陳去非嘗為余言，唐人皆苦思作詩，所謂『吟安一箇字，撚斷數莖鬚。』、『句向夜深得，心從天外歸。』、『吟成五字句，用破一生心。』、『蟾蜍影裡清吟苦，舴艋舟中白髮生。』之類是也。」（二）《摭言》載：賈島初赴名場，於驢上吟：「鳥宿池邊樹，僧敲月下門。」遇京尹韓吏部，呼唱而不覺，洎擁至馬前，則曰：「欲作敲字，又欲作推字，神遊詩府，致衝大官。」愈曰：「作敲字佳矣。」

尤袤《全唐詩話》：「周朴性喜吟詩，尤尚苦澀，每遇景物，搜奇抉思，日旰忘返。苟得一聯一句，則欣然自快。嘗野逢一負薪者，忽持之，且厲聲曰：『我得之矣。』樵夫矍然驚駭，掣臂棄薪而走。」

楊載《詩法家數》：「詩要苦思，詩之不工，只是不精思耳。不思而作，雖多亦奚以為？古人苦心終身，日鍊月煅，不曰『語不驚人死不休』，則曰『一生精力盡於詩』。今人未嘗學詩，往往便稱能詩，詩豈不學而能哉？」

朱承爵《存餘堂詩話》：「詩非苦吟不工，信乎？古人如孟浩然眉毛脫落，裴祐袖手衣袖至穿，王維走入醋甕，皆苦吟之驗也。」

魏慶之《詩人玉屑》引唐子西語錄曰：「詩，最難事也。吾於他文不至蹇澀，惟作詩甚苦。悲吟累日，僅能成篇。初讀時未見可羞處，姑置之，明日取讀，瑕疵百出；輒復悲吟累日，反覆改正，比之前時，稍稍有加焉；復數日取出讀之，疵病復出；凡如此數四，方敢示人，然終不能奇。李賀母責賀曰：『是兒必欲嘔出心乃已！』非過論也。今之君子，動輒千百言，略不經意，真可責哉！」

曾季貍《艇齋詩話》：「呂東萊詩：『風聲入樹翻歸鳥，月影浮江倒客帆。』此篇年十六時作。作此詩嘗嘔血，自此遂得羸疾終其身，其始作詩，如是之苦也。」

范晞文《對牀夜語》：「『兩句三年得，一吟雙淚流。知音如不賞，歸臥故山秋。』島之詩，未必盡高，此心亦良苦矣。信乎非言之難，其聽而識之者難遇也。」

王世貞《藝苑巵言》：「皇甫汸曰：『或謂詩不應苦思，苦思則喪其天真。』殆不然。方其收視反聽，研精殫思，寸心幾嘔，修髯盡枯；深湛守默，鬼神將通之。又曰：『語欲妥貼，故字必推敲。一字之瑕，足以為玷；片語之纇，並棄其餘。』」

都穆《南濠詩話》：「世人作詩以敏捷為奇，以連篇累冊為富，非知詩者也。老杜云：『語不驚人死不休』，蓋詩須苦吟，則語方妙。不特杜為然也，賈閬仙云：『兩句三年得，一吟雙淚流。』孟東野云：『夜吟曉不休，苦吟鬼神愁。』盧延遜云：『險覓天應悶，狂搜海亦枯。』杜荀鶴云：『生應無輟日，死是不吟詩。』予由是知詩之不工，以不用心之故。蓋未有苦吟而無好詩者。唐山人題詩瓢云：『作者方知吾苦心。』亦此意也。」

張泰來《江西詩社宗派圖錄》：「熙寧中，王氏經學盛行，陳后山心非其說，遂絕意進取，至是始以薦得官。家極貧，苦吟，每偕及門登臨得句，即急歸臥一榻，以被蒙首，惡聞人聲，謂之『吟榻』。家人知之，即嬰兒稚子，亦抱寄鄰家。自詠絕句：『此生精力盡於詩』，殆無忝矣。」

查為仁《蓮坡詩話》：「周月東焯，賦詩務極研鍊，不肯苟為雷同。嘗作詠物詩，推敲一字未就，語人曰：『吾為此損眠兩夜矣。』又嘗待渡河干，日已昏暮，孤艇獨橫旁厓，絕無人影。得句云：『喚船人不應，水應兩三聲。』且行且誦，有同渡者見之匿笑，月東傲兀自喜，夷然不顧。里中人爭傳述之。」

無名氏《靜居緒言》：「沈隱侯腰瘦，孟公眉落，裴祐（一作祜）穿袖，摩詰蹈甕，子安蒙被，無已鍵戶，躭吟之癖，可謂堇荼如飴矣。」

袁枚《隨園詩話》：（一）薛道衡登吟榻構思，聞人聲則怒；陳后山作詩，家人為之逐去，貓犬嬰兒，都寄別家。（二）余見史稱孟浩然苦吟，眉毫脫盡；王維構思，走入醋甕，可謂難矣。今讀其詩，從容和雅，如天衣之無縫，深入淺出，方臻此境。唐人有句云：「苦吟僧入定，得句將成功。」

陳天倪《尊聞室賸稿》：「戴復古以詩鳴江湖間近五十年，所作正大醇雅，多與理契。嘗謂：『詩不可計遲速，每得一句，或經年而成篇。』其鍛煉之苦如此。」

二、知之愈難：知之義大矣，欲行之難矣。白居易詩曰：「周公恐懼流言日，王莽謙恭下士時。若使當時身早死，兩人真偽有誰知。」夫以周公之盛德，且恐懼流言；王莽之大憝，猶謙恭下士。世之不逮周公者，何可勝數？其肖王莽者，更比比也。一部中華民族史，忠者，果盡忠乎？姦者，果盡姦乎？孟子曰：「盡信書，則不如無書。吾於《武成》取二三策而已矣。仁人無敵於天下，以至仁伐至不仁，而何其血之流杵也。」由此觀之，史上多少英雄豪傑、仁人志士，在天上飲泣？又多少禍首罪魁、大奸巨宄，在地下竊笑？推而至於遷客騷人，其生前既不被人知，而其遺作又湮沒而不彰者，蓋亦不尠矣。各家闡釋知之難，黼黻斑斕。爰錄其犖犖大者，如下：

劉勰《文心雕龍．知音》：「知音其難哉！音實難知，知實難逢，逢其知者，千載其一乎？昔《儲說》始出，《子虛》初成，秦皇、漢武，恨不同時。既同時矣，則韓囚而馬輕。」

白居易《與元九書》：「今僕之詩，人所愛者，悉不過雜律詩與長恨歌已下耳。時之所重，僕之所輕。至於諷諭者，意激而言質，閒適者思澹而辭迂，以質合迂，宜人之不愛也。」

章學誠《文史通義・知難》：「為之難乎哉？知之難乎哉？知其名者，天下比比矣；知其言者，千不得百焉；知其言者，天下寥寥矣；知其所以為言者，百不得一焉。然而天下皆曰我知言，我知所以為言矣；此知之難也。人知《易》為卜筮之書矣，夫子讀之，而知作者有憂患，是聖人之知聖人也。人知《離騷》為辭賦之祖矣，司馬遷讀之，而知悲其志，是賢人之知賢人也。夫不具司馬遷之志，而欲知屈原之志；不具夫子之憂，而欲知文王之憂，則幾乎罔矣。然則古之人有其憂與其志者，不得後之人有能憂其憂、志其志，而因以湮沒不彰者，蓋不少矣。」

劉攽《中山詩話》：（一）歐陽永叔云：「知聖俞詩莫如某，然聖俞平生所自負者，皆某所不好；聖俞所卑下者，皆某所稱賞。」知心賞音之難如是，其評古人之詩，得毋似之乎？（二）楊大年不喜杜工部詩，謂為村夫子。歐公亦不甚喜杜詩，謂韓吏部絕倫。吏部於唐世文章，未嘗屈下，獨稱道李、杜不已。歐貴韓而不悅子美，所不可曉，然于李白而甚賞愛。

陳師道《後山詩話》：「歐陽永叔不好杜詩，蘇子瞻不好司馬《史記》，余每與黃魯直怪歎，以為異事。」

魏泰《臨漢隱居詩話》：「孟郊詩蹇澀窮僻，而退之薦其詩云：『榮華肖天秀，捷疾愈響報。』何也？」

葉夢得《石林詩話》：（一）文同與蘇子瞻為中表兄弟，熙寧初，子瞻數上書論天下事，退而與賓客言，亦多以時事為譏誚，同極以為不然，每苦口力戒之，子瞻不能聽也。出為杭州通判，同送行詩有「北客若來休問事，西湖雖好莫吟詩。」之句。及黃州之謫，正坐杭州詩語，人以為知言。（二）熙寧初，王荊公以翰林學士被召，前此屢召不起，至是始受命。王介以詩寄云：「草廬三顧動幽蟄，蕙帳一空生曉寒。」用蕙帳事，蓋有所諷。荊公得之大笑。他日作詩，有「丈夫出處非無意，猿鶴從來不自知。」之句，蓋為介發也。

葛立方《韻語陽秋》：（一）王介甫、蘇子瞻皆為歐陽文忠公所收，公一見二人，便知其他日不在人下。（二）蘇子瞻登乙科，以書謝歐公，歐公語梅聖俞曰：「老夫當避此人放出一頭地。」（三）揚雄曲諂新室，議之者眾矣，王荊公乃深許之，何也？（四）唐馬周以一介草茅，遭遇太宗，不累年而致位卿相，皆由常何之一言。

尤袤《全唐詩話》：（一）劉禹錫《獻權舍人書》曰：「昔宋廣平之沉下僚也，蘇公味道時為繡衣直指使者，廣平投以《梅花賦》，蘇盛稱之。自是方列于聞人之目，名遂振。嗚呼！以廣平之才，未為是賦，則蘇公未暇知其人邪！將廣平困于窮，阨于躓，然後為是文邪！是知英賢卓犖，可外文字，然猶用片言借說于先達之口，席其勢而後驤首當時，矧碌碌者，疇能自異？」（二）李群玉好吹笙，善急就章，喜食鵝。裴休觀察湖南，厚延至之。及為相，以詩論薦，授校書郎。（三）賈島為僧時，韓愈惜其才，俾反俗應舉。貽其詩曰：「孟郊死葬北邙山，日月星辰頓覺閒。天恐文章中斷絕，再生賈島在人間。」由是振名。（五）鄭谷幼年，司空圖見而奇之。撫其背曰：「當為一代風騷主。」

許顗《彥周詩話》：（一）司馬溫公嘗語程正叔云：「辯證古人誤處，當兩存之，勿加詆訾也。」（二）東坡祭柳子玉文：「郊寒島瘦，元輕白俗。」此語具眼。（三）宋顏延之問己與靈運優劣于鮑照，照曰：「謝五言如初發芙蓉，自然可愛；君詩鋪錦列繡，亦雕繢滿眼。」此明遠對面褒貶，而人不覺。善論詩也。

張表臣《珊瑚鉤詩話》：「酈食其，辯士也，初見沛公，稱高陽酒徒。」（蓋深知沛公不喜讀書人，而投其所好也。）

魏慶之《詩人玉屑》：（一）寇準詩思悽惋，蓋富於情者。如《江南春》云：「波渺渺，柳依依，孤村芳草遠，斜日杏花飛。江南春盡離斷腸，蘋滿汀洲人未歸。」又云：「杳杳煙波隔千里，白蘋香散東風起。日落汀洲一望時，愁情不斷如春水。」觀此語意，疑若優柔無斷者。至其端委廟堂，決澶淵之策，其氣鋭然，奮仁者之勇，全與此不相類，蓋人之難知也如此。（引《苕溪漁隱叢話》）（二）白居易云：「韋蘇州歌行，才麗之外，頗近興諷。其五言又高雅閒淡，自成一家之體。今之秉筆者，誰能及之？然當韋蘇州在時，人亦不甚重視，必待身後然後貴之。」

孟棨《本事詩》：「太白初自蜀至京師，舍於逆旅。賀監知章聞其名，首訪之。既奇其姿，復請所為文，《蜀道難》以示之。讀未竟，稱歎者數四，號為『謫仙』。解金龜換酒，與傾盡醉。期不間日，由是稱譽光赫。」

曾季貍《艇齋詩話》：（一）蔡天啟因能暗誦韓文《南山詩》見知於荊公。（二）徐俯年十三，有《紅梅詩》云：「紫府與丹來換骨，東風吹酒上凝脂。」東坡見之極稱賞，自此有詩名。

張戒《歲寒堂詩話》：「韓退之之文，得歐公而後發明；陸宣公之議論、陶淵明、柳子厚之詩，得東坡而後發明。」

王世貞《藝苑卮言》：「劉誠意伯溫與夏煜、孫炎輩，皆以豪詩酒得名。一日遊西湖，望建業五色雲起，諸君謂為慶雲，擬賦詩；劉獨引大白慷慨曰：『此王氣也，後十年有英主出，吾當輔之。』眾皆掩耳。尋高皇帝下金陵，劉建帷幄之勛，為上佐，開茅土，其言若契。」

吳幵《優古堂詩話》：「呂獻可誨嘗云，丁謂詩有『天門九重開，終當掉臂入。』王元之禹偁見之曰：『入公門猶鞠躬如也，天門豈可掉臂入乎？此人必不忠。』後果如其言。」

謝榛《四溟詩話》漢高祖《大風歌》曰：『安得猛士兮守四方。』後乃殺戮功臣；魏武帝《對酒歌》曰：『耄耋皆得以壽終，恩澤廣及草木昆蟲。』坑流民四十餘萬；魏文帝《猛虎行》曰：『與君結新婚，託配於二儀。』甄后被讒而死；張華《勵志詩》曰：『甘心恬澹，栖志浮雲。』竟以貪位被殺；隋煬帝《景陽井銘》曰：『前車已覆，後乘將沒。』淫亂尤甚於陳。」（或曰：「觀詩則知其人。」其然？豈其然乎？）

李頎《古今詩話》：（一）王播少遊揚州惠照寺木蘭院，隨僧飯，僧頗厭之。後二紀出鎮廣陵，因訪舊遊，向書字已為碧紗籠矣。題二詩曰：「二十年前此院遊，木蘭初發院初修。而今再到經行處，樹老無花僧白頭。」、「上堂已了各西東，慚愧闍黎飯後鐘。二十年來塵撲面，而今始得碧紗籠。」（二）楊祭酒嘗見江表人士項斯詩，贈之詩云：「幾度見君詩句好，及觀標格過於詩。平生不解臧人善，到處相逢說項斯。」由是四方知名。

王士禎《漁洋詩話》：「蕭山毛奇齡，不喜蘇詩。一日復於座中訾謷之。汪懋麟起曰：『竹外桃花三兩枝，春江水暖鴨先知。』如此詩，亦可道不佳耶？毛怫然曰：『鵝也先知，怎只說鴨？』」

馬位《秋窗隨筆》：「陶靖節高人隱士之操，而有《閒情》一賦；宋廣平鐵石心腸而賦《梅花》；韓昌黎有『銀燭未銷窗送曙，金釵欲醉座添春。』范文正有『酒入愁腸，化作相思淚。』皆偶然遊戲翰墨，不得以常例論也。」

錢泳《履園譚詩》：「白香山使老嫗解詩，為千古佳話。余亦謂詩非帷薄之言，何人不可與譚哉？然不可與譚者卻有幾等：工於時藝者，不可與譚詩；鄉黨自好者，不可與譚詩；市井小人，營營於勢利者，亦不可與譚詩。若與此等人譚詩，毋寧與老嫗譚詩也。」

賀貽孫《詩筏》：「少陵不喜淵明詩，永叔不喜少陵詩，雖非定評，亦足見古人心眼各異。」

葉矯然《龍性堂詩話》：「殷璠獨遺工部，昭明廣錄平原，選家好自矜尚，從古已然。」

袁枚《隨園詩話》：（一）余雅不喜杜少陵《秋興》八首，而世間耳食者，往往贊嘆，奉為標準。（二）蔣心餘手持詩集廿卷，向余云：「知交遍海內，作序只託隨園。」余感其意，臨別涕下。（三）《王陽明集》中云：「正德庚辰八月，夢見郭璞，極言王導姦邪，在王敦之上。」故公詩責導云：

「事成同享帝王貴，事敗仍為顧命臣。」璞亦有詩云：「倘其為我一表揚，萬世萬世萬世。」余按此說，與蘇子瞻夢中人告以唐楊綰之好殺，陶貞白《眞誥》言晉太尉郗鑒之貪酷，皆與史冊相反。

陳天倪《尊聞室賸稿》：「王漁洋幼以詩謁牧齋，牧齋為長古贈之。有『毌以獨角麟，儷茲萬牛毛。』之句。謂其作，愴惻於少陵；纏綿於義山，以此名振天下。」古之人，「得之為難，知之愈難。」若是，而今之人，非但不悟，抑且多玩物喪志，寧不欷歔！爰表而出之，藉以自勉焉。

## 柳園詩話自序

詩話者，辨句法、敍古今、誌盛德、述異同、正訛謬也。然則，李東陽云：「詩話作而詩亡。」其慨歎蓋亦深矣。良由詩之淵源流別，不易知也，好名之士，挾其健筆一枝，暢所欲言。含譏諷、著過惡；入主出奴，黨同伐異，不一而足。夫如是，詩道烏得不亡？

荀子曰：「善為詩者不說。」某也幸，不知詩，故姑妄說之。是書分三十有五章，曰：詩之意義、詩之功能、詩之體裁、相題、立意、御韻、字法句法、章法、屬對、拗救、奪胎換骨、聲調譜、明辨四聲、實字與虛字、方言與俗語、不用事、用事、除俗、詩病、詩讖、格調說與性靈說、二十四詩品賞析、竹枝詞、樂府、藏拙、知難、苦吟、詩才、註詩、改詩、家數、天命、滿招損謙受益、詩窮而後工、及多讀多作多遊歷等，都二十萬餘言，純為探討詩學而作。第念能薄材譾，引喻蕪雜，至祈　騷壇大雅，有以正之，是幸。

本書辱承中華詩學研究會名譽理事長張定成先生題耑，理事長朱萬里先生、前唐榮公司副總經理鄧馥苑先生、前新生報主編劉東橋先生暨致理技術學院朱自力校長等贈序，併此誌謝。

## 讀書絕句三百首並序

是書係就經、史、子、集，各系兩韻，故名之曰《讀書絕句》。實三百三十二首，云三百者，總數言之也。大抵各家系一首，間若《易》、莊子、王維、李白、杜甫及蘇軾等，則因其人其書素所愛讀，故多作一首。袁隨園云：「讀史書無新義，便成廿一史彈詞。」然則，議論古人、古籍，茲事體大，余何人，焉敢措一詞，故請出曩哲為余背書，庶免河漢之譏。隨園又曰：絕句之難，甚於古風。非子才之擅作絕句，不足以言此。蓋絕句雖寥寥二三十字，欲得其三昧，往往使人窮畢生之力，猶不能竟其功。先府君嘗為余言：「絕句易作難工。」時余方幼，罔知其訓，於今思之，實寓誡忽之意。坡公詩曰：「人生到處知何似？應似飛鴻踏雪泥。泥上偶然留指爪，鴻飛那復計東西。」讀之深有所契，乃作是書。惟因寫作期間，前後只幾個月，藐忽若此，實有忝於所生。更兼才迂學淺，欲求免於疏誤，其可得耶？雖然，苟遂於所涉之籍，留一泥爪，於願足矣，工拙豈敢計哉？至祈　騷壇大老、藝苑先進，不吝教正為幸。

## 柳園攀桂集自序

我少即好讀書，又幸而生於書香之家，小學肄業，在先父的教導下，就把四書背熟。讀初中時，張仰安父執，在臺灣水泥公司蘇澳廠供職，因家住利澤簡，交通不方便，須騎腳踏車往返，而蘇澳地區，一年四季，經常下雨，先父力勸他下雨時就宿寒舍。我有幸得其青睞，傳授《古文觀止》（他是清朝末代秀才吳蔭培先生的入室弟子）。因此學校每週作文，我都用文言文寫，獲得陳一聰老師讚揚我有文學天才。

北商畢業，進入臺灣水泥公司臺北總管理處工作。內部有《臺泥月刊》，我投了一首五言律詩，題為《蘇澳即景》。詩云：「五澳鎮瀛洲，三仙（臺名）話海樓。白雲依靜渚，碧水弄輕舟。樵唱如天籟，漁歌散客愁。避秦留勝地，何用覓丹邱。」主編朱萬里先生很高興，到處為我說項。入伍後，被分發湖口裝一師師部連第三科（訓練作戰科）上班。科長待我如手足，要我不擅離崗位就好，有空看報紙沒關係。我於是買了《古今文選》上下兩冊。每夜抄一篇，翌日放在報紙下，佯裝看報，實係背書。兩年間，讓我讀了不少文章。

退伍後，半工半讀。先後進入臺大夜間補習班（夜間部前身），修國文、歷史兩年；又在私立美爾頓英語補習學校讀了四年。並加入瀛社、淡北吟社、逸社、澹社、及高山文社等詩社。耆宿李嘯庵、林熊祥、張晴川、林義德、黃春亮、黃鑑塘、廖心育、蕭獻三及葉蘊藍等，把我這個後生晚輩，照顧得無微不至。傾吐其所學，悉心傳授。我亦恭謹執弟子禮，隨侍問惑，於是對詩學始略知梗概。

民國六十六年，誤落塵網，辭掉工作，回蘇澳老家，開設天府工業股份有限公司，生產碎石及石粉。前五年蠻順利，第六年則因強颱來襲，礦區路斷，逾一年未能修復，原料斷絕而歇業。自是困知勉學，肆力於詩文。

諸子學說，各有所長，亦各有所短。修習辭章，非儒家莫屬；治國平天下，當推法家；去奢寡欲，則道家為尚。自讀老莊之書後，心情豁然開朗，精神勃然振作。發奮忘食，不知老之將至。蘇轍云：「人生逐日，胸次須出一好議論。若飽食煖衣，惟利欲是念，何以自別於禽獸。」午夜夢迴，未嘗不三復斯言。

本書，民國八十九年以前得獎作品，係參加全省各地詩人聯吟大會所作；九十年以後得獎作品，大部份係參加教育部及各縣市政府，舉辦文學獎時所作。良由學無根柢，措詞蕪雜。偶然得獎，徼倖而已。尚祈吟壇大雅，不吝教正之。辱承我最敬愛的長者，前考試委員、現任中華詩學研究會名譽理事長張公定成，惠予題耑，備感榮寵，謹誌謝忱。

柳園　楊君潛　謹識

歲次丙申（二〇一六）臘月於停雲閣寓所

## 柳園聯語自序

對聯是我國文學的一種特殊作品，在世界各國是獨一無二的。因為西洋用的是拼音字母，每個單字是由若干字母構成。又習慣於橫寫，自然無法形成對聯。唯獨我國文字是單字單形，用來聯綴對偶，極為方便；且慣於直寫，於是有對聯的產生。我們應該好好珍惜，並加以發揚光大。

書房或客廳裏，如不懸掛一副對聯，就覺得高雅不足；在喜、喪、慶、弔中，沒有張貼一些聯語，就不能呈現出悲喜氣氛。推之寺廟、樓閣及園亭等亦然。尤其是人與人相處，如餽贈聯語，更能培養彼此之間的感情。身為智識份子，對於這方面的文學素養，實不宜忽視。

坊間有關對聯的書，上焉者，深奧高雅，但難於瓣香學步；下焉者，膚淺俚俗，而乏研究價值。本書別開蹊徑，按其「言」數，逐章敘述。並就其平仄結構相同，有脈絡可循者，製成「聯譜」，俾初學之士，過目即悟，坐收事半功倍之效。而其平仄結構獨異者，胥列為「別格」。所謂「別格」，乃別有風格之意。軼群脫俗，更宜取法。至若十三言以上，因變化大，句法錯綜，運用之妙，存乎一心。唯無論幾十言，或幾百言，其作法仍本諸四至十二言之聯譜，萬變不離其宗。簡練揣摩，自然能得心應手，游刃有餘。

是書取材範圍頗廣，自五代開始，沿宋、元、明、清以至當代。珠璣萬斛，璀璨奪目。分言類編，公諸同好。苟有一得之愚，曷敢韞櫝自珍。第念學識譾陋，疏誤難免。至祈 大雅君子，不吝教正為幸。辱承前考試委員、現任中華詩學研究會名譽理事長張公定成，寵錫題耑，雞林增價，篇幅生光，謹誌謝忱。

## 柳園紀遊吟稿自序

賈誼《惜誓篇》曰：「黃鵠之一舉兮，知山川之紆曲；再舉兮，睹天地之圓方。」托物喻志，使人興懷景從。是以司馬遷，足跡遍天下，其文采夐鑠千秋。張說謫岳州，詩益悽惋，人謂得江山之助。李白浪跡江湖，北抵趙、魏、燕、晉；西涉岐、邠、商、洛；東歷浙、魯、蘇、皖；南遊贛、湘、鄂、蜀，是故其詩飄逸不群，千載獨步。杜甫游歷山東、鳳翔、秦州、成都、三臺、射洪、廣漢、閬中、宜賓、重慶、夔州、江陵、岳陽、及潭州等地，是所謂讀萬卷書，行萬里路者也，因是其詩千彙萬狀，出有入無。蘇軾歇歷天南地北，其文雄偉不常。由此觀之，遊歷之於人大矣，如匱乏，欲求其文采，揚名於後世，戛戛乎難哉！

余性好遊歷，終因瑣事繁冗，未能陟涉天下名山大川。然偶有遠遊，必綴句以歸。數十載於茲，累積蕪稿，亦不忍歿矣。乃不卑謭陋，裒為一集，而付諸剞劂，聊作雪泥鴻爪云爾。至祈大雅君子，不吝教正為幸。

本書辱承前考試委員、現任中華詩學研究會名譽理事長張公定成題耑、中華民國古典詩研究社創社理事長鄧璧先生、春人詩社前社長江沛先生、中華民國古典詩研究社前理事長甯佑民先生、致理技術學院前校長朱自力先生暨泰國泰華詩學社名譽社長林雲峰先生等師友贈序，備感榮寵，謹誌謝忱。

柳園　楊君潛　謹識

二〇一九年（歲次戊戌）臘月於停雲閣寓所

# 代中華詩學研究所龔故副所長稼雲馬故副所長鶴凌輓辭序

嗟呼，今歲入秋以還，本所龔副所長稼雲、馬副所長鶴凌，相繼物故。緬懷疇曩，詩酒流連，何圖匝月之間，人天永隔，痛可言耶？

二公皆鴻儒魁士，早歲即蜚聲於鄉里，詎料戎馬生郊，神皋沈陸。先後播遷來臺，抱玉握珠，忠貞自勵。收淚新亭，鼓吹中興。故其黍離之歌，飲馬之詠，固未嘗一日或忘也。

受贛江之靈氣，持高節，行大道，虛懷善下人。振江西之詩風，衍桐城之文派，卓然自成一家之言。自以為恪守先正之法，傳之後進，義無所讓。於是老猶扶杖，都講於上庠，親操玉尺，量材於棘院。恬淡寡欲，自得其樂。吾於稼公見之。

挹湘潭之剛風，賤尺璧，重寸陰，氣節極於古。不累於俗，不飾於物，不苟於人。比壯，即聲聞於天，澤沛臺陽。義方啟後，蘭桂騰芳。晚歲，猶以「中華一統，世界大同。」為職志。栖栖遑遑，奔走兩岸之間。淵渟岳峙，周情孔思，吾於鶴老見之。

莊子曰：「逃空虛者，聞人足音，跫然而喜。」自今而後，不得復聞二公之足音矣！況謦欬乎？如今披覽諸君子之輓辭，緬想音容曷罄軫懷。爰綴數語，弁諸簡端，誠不知涕泗之何從也。

## 吳夢雄先生逝世二週年紀念集序 歲次乙未（二〇一五）涼月撰

嗚呼哀哉！公之逝世已二週年矣！寅親故舊，無所仰庇，豈厭世之溷濁，潔身而去耶？

公號渭水，意在釣國，志自不凡。況稟贛江間氣以生，儁傑廉能，踔厲風發。未若冠，即博洽百家。孟子曰：「天將降大任於是人也，必先苦其心志。」爾乃躬逢青犢，劫墮紅羊。然而不惟不挫銳摧鋒，適足以奮其丸泥封關之心，擊楫渡江之志。抗戰軍興，于役大江南北。洎神州沈淪，乃隨軍渡臺，歷任黨、政、軍要職。基、桃選戰，指揮若定。所向披靡，如振槁然。勳績彪炳，至尊大悅。擢為公營事業欣嘉天然氣公司董事長。秩滿功成身退。優遊山水，寄情翰墨。其大名，自足頡頏曩哲先賢，永垂天地之間。

使夢公更上層樓，而為將相於一時，宵旰劬勞，其書法辭章，必不能自力，以致不能必傳於後世如今，無疑也。以彼易此，孰得孰失，不難明辨者矣。大漢詩詞研究社諸吟侶，暨其生前友好，懷念不已！乃賦詩以表哀思，並哀為一集。公若有知，料當含笑於九泉矣。

## 立公榮譽理事長百歲壽序

誕降吳越，鍾西湖之靈氣；生同申甫，挹雷岫之剛風。志切澄清，胸次侔乎孟博；心縈憂樂，胸懷宛若希文。振鐸辟廱，令譽直追俞樾；射潮浙海，豪情未減錢鏐。聯國剖符，主糧食民歌大有；全球督稷，興稼穡庾慶盈倉。何殊宋室歐蘇，爭輝曩哲；無忝晉朝王謝，競爽前修。晏子狐裘，一襲千秋垂範；李公龍閈，群英相率來歸。齒冠洛耆，肩差商皓。地留難老，髯掀桃李盈庭；天錫佳兒，頷點驥騏跨竈。時維坤月，序屬陽春。安期仙棗方馨；王母蟠桃正熟。鶴算期頤嘏祝，椿齡海屋籌添。攬揆良辰，鷺侶觴傾北海；懸弧吉日，騷壇詩頌南山。

## 守愚吟草第三集序

貞明幹事，生鍾衡嶽剛風；瀟灑出塵，誕挹湘江靈氣。羨行藏用舍，克承乃祖甯俞；歆家世淵源，嫡嬗春秋齊相。珪璋德器，黼黻文章。

粵當弱冠之齡，博洽百家之籍。爾乃烽傳青犢，劫墮紅羊。背井離鄉，作賦躡蹤王粲；從戎投筆，棄繻踵躅終軍。奮孤臣孽子之心，抱興滅繼絕之志。波雲譎詭，南北馳驅。嘆鶉宿之賁賁，嗟龍辰之噎噎。

轉徙越裳，揭來瀛嶠。璞成大器，雕琢復興之岡；身衛中華，戍防金馬之壘。半生羈旅，萬里戎機。空懷穎叔椿萱，食間舍肉；遙憶鄜州兒女，月下枕戈。

嗣後解投簪組，化育菁莪。管領風騷，主盟壇坫。爬羅剔抉，刮垢磨光。激濁揚清，制頹波於濮上；變風正雅，攘異端於桑間。埋首潛心，黃卷共消永夕；涵今茹古，青箱長伴耆年。

欣逢八秩懸弧，輝騰極婺；且看千篇付梓，光掩羲娥。良由才氣縱橫，是以筆花璀璨。字諧鳳律，聲叶鸞歌。第念斯集之敘引，不求駿彥，而索鯫生；毋乃同癖瘡痂，相投臭味歟？夫如是，焉敢以不文辭。爰綴數言，以酬知遇云爾。

## 瀛海吟草米壽續集序

詩之為物，斐然以搖動性情，鏘然而形諸舞詠。故趨庭之訓，首及詩。記曰：「溫柔敦厚，詩教也。」又曰：「其為人也，溫柔敦厚而不愚，則深於詩者也。」自屈靈均以降，愛國詩人，時時間作。或以為各出於其所遇，彼此不相承，庸詎知聲應氣求，逾億萬里而不能歇，垂千百年而不能絕。是詩之功用，豈徒多識於鳥獸草木之名而已哉！

劉公祥華，稟衡湘間氣以生。自少葄枕文史，未弱冠即腹笥萬卷。際逢國難，毅然奮孤臣孽子之心，抱興滅繼絕之志，投筆從戎，卒業於中央軍校。乃隨黃杰兵團，于役大江南北，轉戰越裳。戎馬倥傯，懋著勳績。退役以還，耽於吟詠。長篇鉅製，頃刻立就。漢賦唐詩，宋詞元曲，無體不備，無言不精。一篇秀出，人爭傳誦。蓋其為人，英邁豪爽，磊落豁達，而其學又足以副之。昔史遷以涵今茹古之才，博聞强記之質，非遊天下名山大川，結交公卿漁樵，無以發其抑揚頓挫，雄偉不常之文章；東坡以經天緯地，繼往開來之姿，非經元祐黨爭，憂患餘生，不足以抒其縈迴磅礴，千變萬化之藻采；先生歇歷天南地北，蒿目蠻觸相爭，列強憑陵，志憤於中，詩鳴乎外。復兼天資高曠，前人未發之處，先生均能達之，是其一吟一詠，皆必傳之作也。以視尋常之敲章句、弄花草，相去自不可以道里計。

余迴環紬繹其詩，感物興懷，意邃辭工。其快意處，如飛兔、要褭，奔逸絕塵；其豪邁處，如漁陽撾鼓，慷慨淋漓。竟不自知撫髀賡歌，其感人有至於此者。第斯集之序，不求之當代鴻儒，而必索於余者，蓋嗜痂之癖，胸次有同感故也。夫如是，豈敢以不文辭。欣值米壽懸弧之慶，天錫純嘏，人頌岡陵。用綴數言，以答知遇焉。

## 唐謨國詩書畫集序

昔高適五十始學詩，吳道子學書不成始學畫，方苞學詩不成始學文。是故，欲求詩、書、畫三者兼擅，戛戛乎難哉！

唐公謨國，稟衡湘間氣以生，自幼葄枕文史，未弱冠即腹笥萬卷。際逢國難，毅然奮孤臣孽子之心，抱興滅繼絕之志，投筆從戎。湖南師範學院、陸軍參謀大學畢業後，歷任軍公要職，懋著勳績。退役以還，耽於吟詠。感物興懷，意邃辭工。其快意處，如飛兔、要褭，奔逸絕塵；其豪放處，如漁陽摻鼓，慷慨淋漓。蓋其為人，英邁豪爽，磊落豁達，而其學又足以副之。其書則先後拜守森權、徐松齡及唐濤等諸大師為西席，懸頭刺股，簡練揣摩，終能青出於藍，於二〇〇五年，榮獲大陸濰坊國際藝術碑林委員會評選為「中華當代書法泰斗」榮譽稱號。其所書「宋程顥偶成詩」被刊石立碑，銘載於世界名人文化村「中華當代書畫泰斗碑廊」中，供世世代代學習與敬仰，千古流芳。其畫則拜黃慶源、林晉及程梅香等諸名家為師，學習山水花鳥。孜孜矻矻，夙夜匪懈。雅能出新意於法度之中，寄妙理於豪放之外。與書法為緣而饒詩意。蔡元培云：「善畫者，多工書而能詩。」吾於先生見之。

不寧惟是，先生博學於文，約之以禮，人恆敬之。《論語》載子夏問孔子：「巧笑倩兮，美目盼兮，素以為絢兮。」何謂也？孔子曰：「繪事後素。」子夏對曰：「禮後乎？」孔子曰：「起予者商也，始可與言詩已矣。」是故「禮後乎」之事，於先生言，不致發生。然則，非子夏之才，不足以仰體孔子之微意；非先生之德，不足以實踐聖人之明訓。乃知斯集之流行，將速於置郵而傳命，不可遏抑。人有三不朽：立德、立功、立言，先生坐一望二。其所作將永留於天地之間，與河山並壽，雖達官巨賈不逮也。爰綴數言，以弁其耑，用申欽遲焉。

# 六柏居詩稿第二輯序

逸梅詞長裒其《六柏居詩稿》第二輯，將付剞劂，屬為序言。余不文，然弗敢辭。蓋其雅能篤行君子之道，是所謂「溫溫恭人」也。孔子曰：「益者三友，友直、友諒、友多聞。」余於先生見之。前者，余以《日本紀遊詩草》，請其指謬，若在疇曩，必掀髯吮毫，為之點鐵成金。者番異於是，乍聽則勃然變色曰：「余生平未嘗巽懦曲徇日人，為其謳歌風土民情，如以朝衣朝冠，坐於塗炭也。」其「直」有至於此者；再者，世之人，以不知為知，馴而不自知，亦不知人，比比也。先生則不然，必知之為知之，不知為不知，誠信處世，不自欺，亦不欺人，其「諒」有至於此者；又其天性好學，群籍胙枕，遂博文約禮，工詩善書，其「多聞」有至於此者。

先生蓋騷之苗裔，太史公曰：「國風好色而不淫，小雅怨誹而不亂，若騷者，可謂兼之矣。」是其詩，有漁陽參撾之音，讀之使人迴腸蕩氣。每一篇成，爭相傳誦。世之好詩者，無論識與不識，蔑不斂衽而推崇之。良由渠乃性情中人，稟賦既高，涉獵又廣。及長，琉璃硯匣，終日隨身；翡翠筆床，無時離手。柳骨顏筋，譽滿昭代；清新俊逸，敻鑠前修。

昔司馬遷弱冠，歷覽天下名山大川，是其文章，抑揚頓挫，沈雄排奡；杜甫、李白，足跡遍全國，是其詩，反虛入渾，粲溢古今。先生遊遍天南地北，振筆每得江山之助，幽深窈眇。復丁碩鼠當道，義憤填膺，一一託諸於詩。其將紙貴兩岸，名留百代，豈偶然哉？

自來詩之傳，不在妍詞麗句，而在微言玄意。觀其所作，類皆自闢蹊徑，不主故常，故真切感人。世之規規於推敲之末者，甯同日而語耶？爰綴數言，以弁其耑，用伸欽遲。

## 楚客留香詩集卷四序

余嘗謂詩之為物，至大無外，至小無內。言其大，雖李、杜、韓、蘇俱應斂手；云其小，則匹夫匹婦亦能為之。昔錢起省試《湘靈鼓瑟》，結句云：「曲終人不見，江上數峰青。」主司讀至此，歎有神助，遂及第。蓋其非同凡響，而出於色象之外者，千載於茲，無人能逸其範疇；漢無名氏詩云：「步出城東門，遙望江南路。前日風雪中，故人從此去。」字淺意深，傳誦千古。言其淺，則凡夫童豎亦能為之，云其深，則古今無人能出其右。元大詩人、侍講學士揭徯斯作《曉出順城門有懷何太虛》詩：「步出城『南』門，『悵』望江南路。前日風『雨』中，故人從此去。」短短二十字，竟抄襲其十七字，自作僅三字，一樣膾炙人口。苟非意境沁人心田，惡克至此？

中華楚騷研究會姚理事長化龍先生，自少浸淫文史，湖北省立第七師範學校畢業後，響應蔣公號召，參與青年軍二零六師，馳騁大江南北。播遷來臺，馬放華山，復入臺灣省立花蓮師範學院深造，畢業後，於洄瀾振鐸三十有五載。化育菁莪，成材棫樸。德被人間，譽滿天下。

先生既博於學，尤邃於詩。遣詞用語，凌厲雄邁。器宇志趣，充塞於篇什中。讀之，恍如自本身心血中嘔出。故每一詩成，眾爭索取。口之而不置，手之而不釋。迴環雒誦，靡不慷慨賡歌，擊缺唾壺者矣。所以然者，其一吟一詠，雅不欲拾人牙慧。良由其心坦蕩，故思惟質直；其情真摯，故言詞感人；其學富贍，故藻采豐腴；其性豁達，故襟懷灑落。孔子曰：「詩，可以興，可以觀，可以群，可以怨。」讀其所作，信夫！

斯集之序，先生不求諸當代碩儒，而必索於余者，毋乃苔岑結契，臭味相投故耶？爰綴數言，以弁其耑。第念侘傺半生，長罥塵網，才學謭陋，深以未能彰顯其玄意而有愧焉。

## 孟子詩契序

《孟子》作者，《史記・孟子荀卿列傳》，趙岐《孟子章句》，應劭《風俗通》，及焦循《孟子正義》等，皆謂係孟子與弟子公孫丑、萬章之徒，述仲尼之意而著。其書七篇：梁惠王、公孫丑、滕文公、離婁、萬章、告子、盡心，共二六一章，都三萬四千六百八十五言。此書在北宋以前，仍列子書，洎乎朱熹出，取之而與《大學》、《中庸》、《論語》合稱《四書》，遂一躍而為十三經之一。元仁宗皇慶二年（公元一三一三）開始用《四書》試士，而成為天下士子必讀之書。

章公新哲，生鍾贛水剛風，丰神秀逸；誕挹豫章靈氣，志慮軼倫。崇隆郡望，清白家風。先後畢業於清華、金陵兩所大學。旋進美國俄亥俄州立大學研究所深造，獲得碩士學位。學成歸國，受聘國立編譯館編修，並兼任多所大學教授。腹笥萬卷，著作等身。蒿目聖道式微，異端蠭起。濮上桑間，花感時而濺淚；淫辭邪說，鳥恨別而驚心。上焉者，不幸而不得聞大道之要；下焉者，不幸而不得蒙至治之澤。民之淪胥於晦盲否塞，未有甚於此時者也。公愀然閔世，亟思衛道濟溺。爾乃殫精竭慮，耗費十載光陰，譯著《孟子詩契》。為先哲之所不能為，言今賢之所不能言，漪漪盛哉！

然則，欲將《孟子》微言大義，譯為七言絕句，須先把章句支分節解，字字協以聲律格調；又須脈絡貫通，一氣呵成，其艱困可知。庸詎知公如庖丁解牛，游刃有餘。其纘緒聖人之功，偉矣！蔑以加矣。是斯集將長留於天地之間，與河山並壽。

若夫公之於詩，蓋所謂上薄唐宋，下該明清。埒邁時流，爭勝前修。蕆事無乃折枝之勞耳，又奚足道。然而為求靡有所失，乃命不才為之校正。當今抱玉者聯肩，握珠者接踵。余如爝火，曷足以庚日月之餘光，是以固辭者再，而公期期不可。受命以還，日夕潛研章句，追琢詞章。冀偶心先聖，歸趣今賢。遂忘其固陋，徑將一得之愚，補其闕漏。第念代匱輕眇，孤負盛託。午夜思惟，深有愧焉。

## 中華民族抗戰血戰史詩三百首序

孟子曰：「人不可以無恥，無恥之恥，無恥矣。」日本自清光緒二十年至民國三十四年，亙五十有一年（公元一八九四—一九四九年），對我國蠶食鯨吞，姦淫殺掠。初則北疆東北四省，無何，大連、旅順及山東等通商大埠，相繼迭遭侵略。爾乃食髓知味，復遣其艦隊南下，陷澎湖，逼臺灣。猶不足饜其大慾，西向揮軍，對南京人民進行長達六周之血腥大屠殺。被集體槍殺和活埋者，計有十九萬多人。零散被殺居民，僅收埋尸體，即有十萬多具。全市三分之一房屋被焚毀。慘絕塵寰，莫此為甚。人神共憤，天地同悲。細數罪孽，罄竹難書。

或曰：「吾國有史以來，被異族憑陵，非自倭始。若何厚彼而薄此耶？」余對曰：「異族侵華，肇自五胡。然其腥羶所曁，僅止於長江以北，而其惡形惡狀，視日本百不及一焉。其次即係遼、金。彼雖氈裘毳幕，逐水草而居，間曾犯闕，不旋踵間，即濡染華風，坐收用夏變夷之效矣。至若元、清，雖亦入宰堯封，然知敬天恤民，文治武功，桓赫百世。漢唐以外，兩晉宋明，瞠乎後矣。孰謂中州之雅士，定勝雲朔之豪傑哉？」

劉公延齡，生鍾衡嶽剛風，嶔崎磊落；誕挹湘江靈氣，丰神秀逸。祁姬祖德，百世流芳；周漢宗功，九州霑澤。鷗鷺聯盟，咳吐即成珠玉；苔岑結契，嘯詠輒動江關。青犢烽傳，離鄉背井；紅羊劫墮，隱晦韜光。爾乃麟角崢嶸，聲蜚同濟大學；鵬程正舉，才高入彀中樞。詩書雙絕，髦士景從瀛東；驃褭群空，神駿騰驤冀北。奮孤臣孽子之心，克繩祖武；抱興滅繼絕之志，躡跡孫文。

第先生處國家危急存亡之秋，目睹倭寇蹂躪中土，志憤於中，詩鳴乎外。積數十年之冥搜，加之以精雕細琢，篇成三百，裒為一集。嚮嗣小宛，志切中興。震撼處，如聞漁陽撾鼓，心血澎湃，慷慨激昂；敢人處，屢欲敲擊唾壺，肝膽輪囷，悲懷壯烈。余於是乎知，其一吟一詠，皆必傳之作也。以視常人之吟風弄月，相去自不可以道里計。

顧亭林曰：「士大夫之無恥，是謂國恥。」南北朝時代，北強南弱。南方士大夫，以教子女學鮮卑語為榮。閹然媚於世者，比比也。臺灣乙未抗日，多少志士仁人，喪頭顱、填溝壑。血海深仇未雪，而其子嗣，即棄義捐恥，爭先恐後，魚貫赴日，獻媚邀寵。歸來以能說倭語，驕人傲物。愀然視之，能不欷歔！以視田橫之寧一死而恥事漢王，賢劣詎可同日而語耶？若夫延公，則又勝田橫遠矣。何則？彼行小節，雪小恥，千秋咨嗟集於一身；而公則行大節，雪大恥，喚醒國魂普及全民。光爭日月，氣壯山河。使仲尼考鍛其旨要，尚不知貴其多乎哉？爰綴數言，以弁其端，用伸欽遲焉。

## 古月今照戀楓情序

臺灣乃婆娑之洋，美麗之島也。江山如此多嬌，遂引外力覬覦。近四百年來，歷經數次滄桑之變。倉葛之淚既竭，甌脫之恨難泯。先正於是寄情嘯詠，互通聲氣；宣哀楮墨，託怨蘭蓀。吾師林文訪熊祥嘗謂：「臺灣當日據時，詩人之巨擘有三人焉：曰胡南溟，曰連雅堂，曰林南強。」此蓋約莫言之也，實則車載斗量，不可勝數。聲教所暨，閨秀亦蔚起成風，李如月、王香禪、張李德和及黃金川等，是其佼者。振彤管於騷壇，揚徽音於鯤嶠。

杜紫楓女史，稟冀兗間氣以生，天資高曠。自幼葄枕文史，屏東師範學院語教系畢業後，即從事公共電視製作，成就斐然。復以餘力，邃深於古典、現代詞章之研究。其所作，骨氣奇高，詞藻華茂。恭伯姬、管道昇，無其文采；王照圓、席佩蘭遜其穎慧，宜其榮獲北京文海圖書編著中心頒授「中華詩詞創作實力獎『金獎』」也。不寧惟是，集中且獲陳玉麟先生英譯數篇，情韻緜邈，彷彿出自美國大詩人朗非羅（Longfellow, 1807-1882）之手，原詩與譯作相得益彰，定知梓成之後，將風靡於海內外而永垂不朽矣。

顧臺灣新詩，淵源於大陸。大陸則濫觴於黃遵憲（字公度，一八四八～一九〇五年）。他以《都踊歌》揭開序幕。梁啟超《飲冰室詩話》：「近代詩人，能鎔鑄新理想以入舊風格者，當推黃公度。」自是「鼓其宮，則他宮應之；鼓其商，則他商應之。五音比而自鳴，非有神，其數然也。」董仲舒《春秋繁露·卷第十三·同類相動》。一九五一年，臺灣《新詩週刊》創刊，紀弦、覃子豪及余光中等，篳路藍縷；張默、蕭蕭等接武之。迄今已具規模，不可遏抑。本書作者，踵事增華，發揚光大之，擇其所作之尤者，裒輯卷中。但見其清拔之氣，充塞於字裏行間，與古典詩詞相輝映。輔之以精湛版面設計，以及饒有詩情畫意之插圖，更加引人入勝，風簷展讀，手之而不釋者矣。

蓋嘗竊論之，詩能言文之所不能言，而不能盡言文之所能言。是故嘉會寄詩以親，離群託詩以怨。趨庭之訓，首及詩，良有以也。余嘗紬繹其詩，見其快意處，匠心獨運，託諭清遠；其含蓄處，覃思精微，出塵跨俗；其妍麗處，珠璣萬斛，璀璨繽紛。洵推當代閨秀冠冕，巾幗文宗。乃欣然為綴數言，以弁其耑。第念禿管無花，殊不足以盡其美也。

## 星遲紀遊吟稿並序

一九八三年冬，余薄遊新加坡。行前蒙蔡秋金詞兄之推介，得拜會方煥輝先生。旋辱承其邀集新聲詩社吟侶：馬副社長宗薌、社員林雲峰、李金泉、蔡映澄、及楊啟麟等諸君子，為余洗塵於萬成樓。席間，余即席賦詩曰：「玉樓塵洗義情深，促膝談心話古今。海外相逢猶恨晚，觴飛直到夜沉沉。」煥輝隨即賡歌曰：「中華文化感人深，百代相傳直到今。且看風騷揚海外，從知吾道不銷沉。」才捷不讓枚皋專美於前，風人韻事，憑添一段佳話。

雲峰詞兄與余一見如故。懇邀住宿其家，余於是在林府住了三十又五日。翌日，在雲峰陪同下，拜會社長陳寶書先生於其留星別墅。渥蒙其熱誠招呼並盛饌款待，至感榮寵。先生潮安人，中歲移硯星洲，得意商場。洎乎一九五八年，與李俊承、謝雲聲、葉秋濤、曾心影、洪來儀、林志高、許乃炎及倪啟紳等諸宿老，組織新聲詩社，公推先生為首任社長，振鐸星洲。余榮幸得瞻芝宇，恭聆教誨，且獲其惠賜《留星室吟草》。復辱其邀遊蓮山雙林禪寺。寺中楹聯，俱係清朝進士碩儒所作，典雅工麗。深奧處，漫勞寶公一一為之闡釋，長者風範，畢生難忘。厥後，余與雲峰相偕出遊各地名勝，聯句賦詩，快何如之。並承其引見實業鉅子蕭溧君、蕭席民賢昆仲。室藹芸香，棣蕚聯輝。駿業宏達，曷勝敬佩。

旋飛泰國。行前叨雲峰悉心照料，順利拜會丘新球及許景琪先生。在泰九日，渥荷丘新球先生之照拂最多。他在星暹日報社擔任主管編譯職務，每日下班，必親舉玉趾，到居停關心我起居，並邀品嚐泰國美食，良深感激。間曾搭高速巴士至泰國第二大都市清邁，旅遊四曰，然後返臺。

昔張說謫岳州，詩益悽惋，人謂得江山之助，余才質昏庸，詎敢望塵於先賢。然則，茲游之勝，冠乎平生，憂患餘生，得少快慰。且復多識髦士俊彥，文采風流，曷勝景慕。爰就所撰俚句，裒為一集，顏之曰《星暹紀遊吟稿》，工拙非所計也，聊作雪泥鴻爪云耳。

## 大漢詩選序二〇一二年

余觀民國以還，歐風日漸，教失根本。士人所作，率皆吟風弄月，流連光景之詩。欲求一辭氣豪邁，而風調清深；屬對律切，而不落窠臼者，不可亟得。究其所以，毋乃務華而棄實，捨本而逐末。是詩道陵夷，其來有自。

己丑（二〇〇九）之春，中華大漢書藝協會理事長楊蓁先生，倡議創辦「大漢詩詞研究社」，在座諸君子，俱欣然拊掌。並擬聘余為西席，余謝不敏，僉曰不可。余曰：「詩能正得失、成孝敬、厚人倫、美教化、移風俗，故趨庭之訓，首及詩。然則，占畢咿唔，非學詩也。欲以有涯之人生，逐無涯之詩學，雖窮畢生之力，亦難歷其藩翰。故須有一套方法，纔能迅即登堂入室，而窺其壼奧。」方法為何？分門別類也。余將天下文章，約略分為廿四類：天文、地理、時令、寺觀、居室、集會、慶弔、遊眺、人事、人物、文事、武備、詠史、闔閣、器用、寶飾、技藝、音樂、花木、鳥獸、魚蟲、農牧、漁樵及飲食等。逐類循環研究，鍥而不捨，於氐於成。二載於茲，已收立竿見影之效。至若相題、立意、御韻、字法句法、章法、屬對、拗救、奪胎換骨、聲調格律等，則因材施教，察其憤悱而啟發之。

詩鐘因講究平仄對仗，其要求視詩為嚴。是故做好詩鐘，則律詩、聯語、駢賦、詞曲等，俱迎刃而解，其重要性，可想而知。是以每次發講義，「詩課」、「鐘課」雙管齊下，以竟全功。

本社教學，雖以近體詩為主，但同學間，或擅作古風、聯語者，亦鼓勵其多作，用發揮其所長。李賀未嘗作律詩、絕句，許渾未嘗作古風，俱無忝為有唐一代名家。寸有所長，尺有所短，奚必畫地為牢哉。

昔李白、杜甫，貧無立錐，名鑠古今；何曾日食萬金，石崇富可敵國，或為笑資，或成禍胎。此原憲之所以抗禮子貢，孫登之所以長嘯阮籍也。是詩之功用，豈徒多識於鳥獸草木之名而已乎？茲值大漢詩選即將付梓，爰綴數言，以弁其端。至祈詩壇大老，不吝教正之，則幸甚焉。

## 大漢詩詞研究社講義序 二〇一三年

詩，文約意廣。上溯風騷，下摹漢唐。嘉會寄詩以親，離群託詩以怨。是故，不知詩詞，何以展其義？不藉歌賦，何以騁其情？至若寓言寫物，因物喻志，蔽之以一言，陳之以六義，莫尚於詩。

大漢詩詞研究社自二〇〇九年創社以來，倏逾三載。其間，月發講義兩次，至第三學年止，累得千三辭彙。孔子曰：「溫故而知新。」又曰：「工欲善其事，必先利其器。」乃為之裒成一卷，並附索引，以便隨時檢閱。日就月將，學有緝熙於光明者矣。

昔左太沖治學，典故分門別類，堆積如山；李商隱為詩，必先博蒐經史，左右鱗次。古今作手，類此者，比比也。否則，雖讀萬卷書，然而不旋踵間，什九牿亡之矣。欲求興到筆隨，埒邁時流，殆不可得。或曰：「當今電腦發達，諸子百家，悉羅網內，天地六合，靡所遯隱，何苦多此一舉？」余曰不然。人無實學，如路旁之潢潦，涸可立待。縱能衒耀於一時，甯不詆訾於後世？孔子曰：「古者，言之不出，恥躬之不逮也。」孟子曰：「聲聞過情，君子恥之！」其斯之謂歟？茲值是書即將付梓，用綴數言，與諸君子共勉焉。

# 逸樓吟稿續集序

衡嶽罡風，瀟湘靈氣；古往今來，迭出人材。唐齊　己、明李東陽，其流風餘韻，早已膾炙人口。勝朝曾國藩、彭玉麟、陶　澍、胡林翼、左宗棠、魏　源、何紹基暨譚嗣同等，尤恢奇磊落。才思藻芬，雄冠九州。洎乎民國，探驪倚馬之士，車載斗量，不可勝數。用是域外遷客騷人，靡不魂牽夢縈，亟思有朝一日，身歷其境。流連風月，上下古今，以償夙願焉。

江沛先生，號儲隱，湖南平江人也。平江瀕汨水，屈原《哀郢》、《懷沙》之藪。騷風所暨，家家之繡幌佳人，歌賡《白雪》；處處之綺筵公子，曲度《陽春》。公自幼耳濡目染，清氣逼人。粵弱冠，吐辭炳煥，屬稿嫻雅。駸駸於曩哲，獨步壇壝者矣。

庸詎知天命靡常，中原板蕩。烽傳青犢，劫墮紅羊。爾乃躡蹤定遠，投筆從戎；接武子雲，棄繻報國。戎馬倥傯，于役大江南北。據鞍草檄，風生萬馬之間；橫槊賦詩，氣壓孤鷹而上。轉戰鯤瀛，懋著勳績。退役以還，耽於吟詠。先後加入春人詩社、中華民國古典詩研究社及中華詩學研究會等。間嘗榮膺春人詩社第十二任社長。良由領導有方，社譽蒸蒸日上。三臺之大雅君子，相率來歸。

某也幸，追隨杖履，二十有年矣，故知公莫如某。其詩縹緲緜邈，恍若衡峰七二；芳菲悱惻，祖述楚辭廿五；飄逸婉麗，隱約秦臺下鳳；騰踔夭矯，依稀洛浦游龍。要之，性醇而感摯，故溫柔敦厚；情深而學富，故俊逸清新。袁枚有言曰：「孟浩然苦吟，眉毫脫盡；王維構思，走入醋甕，可謂難矣。今讀其詩，從容和雅，如天衣之無縫。深入淺出，方臻此境。」公之詩亦若是。集中一字一句，但見自然容與，尋而玩味之，若經檃括權衡，其用意亦深刻矣。最不可企及者，厥為天生健筆一枝，言盡人人之所欲言，盡言人人之所不能言。是以一篇袖出，同好競相傳布，咨嗟良久，其感人有至於此者。

斯集之序，乃命不佞為之。當今抱玉者聯肩，握珠者接踵。不佞藐若爝火耳，曷足以庚日月之餘光？是以固辭者再，而公不可。爰綴數言，以弁其端。第念禿筆無花，殊不足以盡其美也。午夜思惟，深有愧焉。

## 唐謨國詩書畫續集序

湘之士，天下之士也。自曾文正公秉儁上之才，振六義於古詩既亡之後，發奧賾於靈均未睹之先。文麗日月，學究天人。陶文毅、胡文忠、左文襄、彭剛直、王湘綺等鬱為文棟，遂開晚清同光體之先河。流風餘韻，綿邈不衰。於時攀龍託鳳，自致屬車者，舉袂成幕，揮汗成雨。彬彬之盛，髣髴黃初矣。

鼎革以還，同光之流風餘澤未沫，而謨公應運而生。荀子曰：「登高而招，臂非加長也，而見者遠；順風而呼，聲非加疾也，而聞者彰。」勢使之然也。湘之先正，掞藻於前，謨公揚徽於後。是其雅能崛起於武岡，騰踔於文苑也。

謨公自少藉枕文史，未弱冠即肄業國立湖南師範學院。際逢國難，毅然投筆從戎，畢業於陸軍參謀大學。其間戎馬倥傯，于役大江南北。轉戰臺疆，懋著勳績。洎馬放華山，大隱於市，乃肆力於詩。昔高達夫五十始學詩，蔚為美談，權衡謨公，不足多也。其詩若文，亦復如其人。不主故常，獨闢蹊徑。古近篇什，無體不備。題往往賦三四首，殆其天分使然歟？抑且其詩，清新俊逸，同好得之，口之而不置，手之而不釋。以視今之俗士，庸言雜體，準的無依，其相去自不可以道里計。例如《蔡鼎公晚學齋新編卷四讀後》云：

嵩呼純嘏壽齊彭，矍鑠精神兩眼明。七步才高如子建，八叉吟健似飛卿。蠅頭錦字人爭賞，蠆尾銀鉤世定評。松柏長青祝難老，蕪詞呈瀆表心傾。

又如《南鯤身代天府甲午全國詩人大會誌盛》榮獲榜眼之作云：

鯤廟祈安甲午年，慶成建醮小春天。千秋俎豆馨香盛，四境黎民德澤縣。地勝虎山留虎穴，神靈龍井起龍泉。蚵寮藉作南皮會，缽韻鐘聲聖道傳。

轆轤體乃詩人亟思創作而難以下筆者也，故世不多覯，而謨公獨擅此道，集中有五題之多。厥為：《落花時節杜鵑啼》、《亂蟬嘶徹柳陰陰》、《盛夏長空駐火輪》、《一場風雨便成秋》及《東籬舉酒對黃花》等，罔不令人心折。恍若關西大漢，抱銅琵琶，執鐵綽板，唱大江東去。直使人感心動耳，宕氣迴腸。詩之至者，必肖其人，其傳也，吾知之矣。至若其書畫造詣暨生平崖略，前序言之畢矣，不贅。

## 培生吟草序

《詩》大序曰：「詩者，志之所之也。在心為志，發言為詩。」故搖動性情，形諸舞詠，莫尚於詩。然則，自民國以還，歐風日漸，教失根本。士人所作，率皆吟風弄月，流連光景之詩。欲求一辭氣豪邁，而風調清深；屬對律切，而不落窠臼者，不可亟得。究其所以，毋乃務華而棄實，捨本而逐末。是詩道陵夷，其來有自。

耿公育英，生鍾岱嶽剛風，嶔崎磊落；誕挹泗洙靈氣，倜儻權奇。桓臺即古之新城，物華天寶，人傑地靈，漁洋是其尤者。而山東自古聖賢輩出，孔、孟、顏、曾，固無論矣，劉楨、王粲、左思、何遜、李清照及李攀龍等，靡不踔厲風發，掉鞅壇壝。公尤卓犖，激鏗鏘於靈府，韻發笙簧；蘊騷雅於麗詞，篇成綺繡。蓋其為人，襟懷豁達，而其學又足以副之也。

余有幸，迴環紬繹其詩，唱酬閒詠，意邃辭工。其快意處，如飛兔、要褭，奔逸絕塵；

其豪邁處，如漁陽撾鼓，慷慨淋漓。竟不自知擊節賡歌，其感人有至於此者。不寧惟是，大抵詩人，多憚用「咸」韻。

李清照詞云：「險韻詩成，別是閒滋味。」一代才女，抑且如此，遑論他人。細數《唐詩三百首》，只有李商隱《隋宮》一篇，餘若《古唐詩合解》、《宋元明詩評註》，俱付諸闕如。《清詩評註》亦僅舒位《阮嗣宗》一首而已。而公詠《古松》云：「大夫封後益尊嚴，古幹參天傍翠巖。贏得宣尼一嗟嘆，凌霜傲雪不平凡。」嘗一臠即知鼎味，令人激賞不已！

詩鐘，小小技也。然不富腹笥，則不能措一詞。民初，王闓運、朱祖謀、易順鼎、袁克文、高步瀛、陳衍、梁啟超、張昭芹、樊增祥及嚴復等名師碩儒，共同創立「寒山社」，與會諸公，都一六八人。其作品裒成一集，顏之曰：《寒山社詩鐘選》。其雄渾也，如韓海蘇潮，浩瀚無涯；其蘊藉也，不著一字，盡得風流；其清新也，如曉風楊柳，淥水芙蕖，猗猗盛哉！而公蛾術之。有曰：「中華」一唱：「中原馳去馬蹄疾，華表歸來鶴語寒。」；「女花」二唱：「名花傾國《清平調》，仕女空閨《思遠人》」；「筆花」四唱：「千秋狐筆留青史，孤嶺梅花播異香。」；「復興」五唱：「次山煥乎興唐頌，白水終於復漢朝。」；「客雲」七唱：「北固留詩題謝客，東坡有妾號朝雲。」豈不善哉！是亦具體而微矣。

八年前，公以余為孤竹老馬而問道於余。余見其謙謙自牧，亟思積蹞步以致李、杜藩翰，是以不自揆略示其所嚮。而公焚膏繼晷，兼程邁進，遂豁然開朗。第斯集行將付諸剞劂，爾乃意氣懃懃懇懇，丐序於余，爰綴數言，用表欽遲焉。



## 楊蓁詩書畫集序

託跡丘樊，獨得蕭閒之趣。寢饋諸家，貫穿百代。既競爽於詩詞，復殫精於書畫。身膺三絕，廓然若虛。盱衡當今藝苑，惟吾宗長滇西楊蓁先生是已。

家山信美，傍金馬碧雞而居。藏書增於鑿楹，汲古得其修綆。黃絹續邯鄲好辭，青氈葆瑯琊舊物。庸詎知粵當弱冠之齡，烽傳青犢，劫墮紅羊。背井離鄉，作賦躡蹤王粲；投筆從戎，棄繻躅踵終軍。行旌偶駐，觀白馬奔廣陵之濤，聽玄猿嘯巫峽之月，攝此雄奇，未嘗不踔厲風發，託諸毫素，擊節豪吟，慷慨不能自已者矣！抑其思本無邪，言歸有物。偶擴故國喬木之情，深得美人香草之意。是其一吟一詠，皆必傳之作也。

轉戰鯤瀛，懋昭勳績。庭趨驥子，案舉鴻妻。朱絃調於曲房，玉樹森其清蔭。樂此晨夕，屏跡氛埃以外，寄情縑楮之間。孜孜於華夏東巴金文之邃究，矻矻於真行草隸篆籀之研摩。竹素千行，蕉天一角。日月居諸，怡然自得。

方其于役大江南北，據鞍草檄，橫槊賦詩。見健鶻之高翔，覩群花之競豔，莫不狀其景物，寫以丹青。退役以還，再接再厲。閱時非淺，積稿滋豐。人物鳥獸，栩栩如生；花草魚蟲，蘧蘧欲活。尤精遠近山水。風格蒼鬱清潤，氣勢瑰奇雄偉。信乎公麟伯虎之心傳，盡輸腕底；習矣李鱓任熊之筆法，流露毫端。鮫窟珠多，雞林價重。未忍祕藏，將求真賞。紛百軸以俱陳，絢四壁之清輝。寧非藝壇之盛事也歟？

人乎清望，天既晚晴。德才並茂，宜膺中華大漢之龍頭；壇坫締盟，譬執葵丘踐土之牛耳。若先生者，可謂雲南之耆英，瀛東之大老矣。似此皇皇鉅著，非懋厥文德，其孰能致之乎？爾乃欣然為其贅片言以弁其耑，用伸欽遲焉。

## 辜瑞蘭詩書畫集序

荀子曰：「目不能兩視而明，耳不能兩聽而聰。」是故才有獨專，藝難二致。蘇蕙、李清照善詩詞，而未聞嫻於書畫；管道昇、文俶善書畫，而未聞嫻於詩詞。吾於辜瑞蘭女史，才兼三絕，玉樹揚芬，蓋不勝其心折焉。

生鍾屯嶺剛風，天資高曠；誕挹淡江靈氣，藻思玄深。蕙畹舒英，芸編樂志。寄幽微之趣，極雋爽之姿。茹古涵今，寢經饋史。爾乃榜花連放，祖德流芳。是所謂不櫛進士者也。

梁孟相莊，桂蘭挺秀，世僉歆羨。

其詩雅能遙步淑真之後塵，直與蘋香為敵手。是以攝萬象於楮毫，存一家之機杼。尤精律絕近體，俊逸清新，蓋瓣香於庾鮑者也。書則窮楷行隸之體勢，極篆籀草之研摩。柳骨顏筋，盡入書林之選；懸針倒薤，並生藝苑之輝。其畫妙發寸心，煇生尺幅。明兩宗之體系，紹六法之心傳。意在筆先，肖叔達雅工遠景；詩在畫裡，踵摩詰別具高懷。

蓋嘗竊論之，詩言志，藝通神。必有民胞物與之情，其詩纔能止於至善，如屈原、杜甫者是；必有志潔行芳之品，其藝纔能入化通神，如王羲之、吳道子者是。瑞蘭女史，蹤躡屈杜，響嗣騷風；氣求王吳，力殫書畫。抑且不吝膏馥，沾丐後生。昔在槐市，親擁皋比。化育菁莪，培成棫樸。文風振稻江之湄，師說纘昌黎之緒。薪盡火傳，開來繼往。寧不煒歟？寧不煒歟？

欣悉斯集即將付諸剞劂，爰綴數言，以弁其端。至若其精金美玉，世有定評，固無俟余之喋喋也。

## 愛群詩選第一集序

《禮記・學記》說：「不學博依，不能安詩。」「博依」是什麼？就是廣設譬喻。詩多比物起興，故學詩者，不能廣泛應用譬喻，則不能安善其詩學。

本班教學，將詩分為二十四類。依序：天文、地理、時令、寺觀、居室、集會、慶弔、遊眺、人事、人物、文事、武備、閨閣、器用、寶飾、技藝、音樂、花木、鳥獸、魚蟲、農牧、漁樵、飲食及詠史等。每月學一類，二年則畢學二十四類。然後周而復始，循環不息。每類教學之初，蒐羅經、史、子、集相關典故，供引喻使用。俾充實作品內容，提高作品水準。則舉凡天地人事之變遷，與草木鳥獸之名稱等，都能知幾識微，興懷嘯詠，這就不是一般詩人所能做得到的。

詞，濫觴於唐末，興於五代，盛於兩宋，元、明式微，至清復勃然復興，駸駸於宋代。鼎革以還，風力未寢。大陸中央政府詩詞總會鼓吹，各地方政府設分會以響應。自是達官顯貴，士大夫之流，皆擅此道。流風所被，名門閨秀，工詞者日多，盛況空前。詞以五十八字以內為小令，五十九字至九十字為中調，九十一字以外為長調。本班教學，以小令為主。每月教一詞牌，每一詞牌，都有「題考」及「作法」的說明。並列舉歷代類似名作約十闋，讓學生們研讀。每人得填同詞牌的詞二闋。由於小令易作難工，就是因為易作，故大家興趣高昂，認真學習。

詩鐘講究對仗，其要求視詩為嚴。譬如說：「杜甫」對「東坡」，於詩則佳矣，於鐘則末工；「三重」對「淡水」，於詩則佳矣，於鐘則末工。必也如「文信國」對「武鄉侯」；「姜白石」對「李青蓮」；「趙甌北」對「陸劍南」；「萬里」對「雙溪」。才銖兩悉稱，四平八穩。其難若此，是使人富於萬篇，猶窮於一字。然則，工於詩鐘，就能打通律詩、楹聯的任督兩脈，其功能有至於此者。本班每月都有鐘課，自一唱至七唱，循環創作，學生們愈作愈有興趣，效果豐碩。

對聯是我國文學的一種特殊作品，在世界各國是獨一無二的。因為西洋用的是拼音字母，每個單字是由若干字母構成。又習慣於橫寫，自然無法形成對聯。唯獨我國文字是單字單形，用來聯接對偶，極為方便。且慣於直寫，於是有對聯的產生。我們應該好好珍惜，並加以發揚光大。本班教作對聯，採分類方式，比如題玉山，則網羅古今題名山的聯語，讓同學們比物醜類，作出美好的作品，以此類推。

詩、詞、鐘、聯的創作，俱能得心應手，「使仲尼考鍛其旨要，尚不知貴其多乎哉！」（元稹讚杜甫）欲求「沒世而名不稱焉。」（孔子語）不可得也。

## 棗思居吟稿第二集序

詩者，篤倫紀之重，匡刑政之失；所以下宣民情，上翼邦典。其雅能嚼然千載，端在其興觀群怨之正。若夫嘲風雪、弄花草，雖辭妍黃絹，調鏗綠綺，既失諸六義，復淪胥四始，奚裨於世道人心哉。本之《詩》以厲其恆；本之《書》以厲其質；本之《禮》以厲其宜；本之《春秋》以厲其斷；本之《易》以厲其動，此江蘇寶應張公鴻藻大使，其一吟一詠之所以取道於原也。

先生通德門高，異才天縱。志紹埋輪，本張綱之裔胄；靈鍾間氣，是陳琳之山川。寢饋諸家，貫穿百代。爾乃庭桂早芳，榜花連放。蜚聲譯署，擢秀儒林。歷任司長、總領事、駐芬蘭大使級代表等要職。詩教潤身，宜膺使節之任；詞章華國，合執槃敦之盟。折衝樽俎，懋著勳猷。簿書之暇，嘯詠自娛。其詩如曉日芙蓉，滄洲杜若。寄幽微之趣，極雋爽之姿。對春江之花月，綺思爭新；聽秋壑之松風，興懷靡罄。掣鯨魚於碧海，力抗千鈞；奮鵬鶚於層霄，氣凌八表。似先生者，殆馬群之驥足，羽族之鳳毛者矣。

迨漢運東隆，星軺西返。僦居瀛嶠，載歷暄寒。最令人虔仰者，厥為行旌萬里，青氈弗替。屏跡氛埃以外，寄情藻翰之間。思本無邪，孔夫子法言是念；詩中有畫，王摩詰別具高懷。日所營者縹緗，手所御者鉛槧。觀風問俗，攬物揚葩。攝此雄奇，託諸毫素。舉義理考據辭章之屬，靡不淹通；於古今文物制度之原，尤多闡發。登高望遠，每多河梁贈答之辭；對酒當歌，不乏鷗鷺唱酬之作。樂此晨夕，積有歲年。鮫室珠多，雞林價重。撰古近體詩暨詞聯都一千二百有餘首（副）。顏曰《棗思居吟稿》第二集。希聲盪若朱絃，雋語霏其玉屑。響嗣風騷，頡頏黃公度歸來之後；槎沿星漢，毋令張博望獨步於前。廣同氣以鶯求，鬱壯心於驥伏。余濫竽中華詩學研究會，得幸識荊於先生。自奉清塵，於今五稔。輒親聆謦欬，獲益良多。爾乃屬贅一言，爰陳豹采，藉伸欽遲焉。

## 導讀千家詩序

韓愈說：「業精於勤，荒於嬉。」至若分心旁騖，一心以為鴻鵠之將至，思援弓繳而射之，與「荒於嬉」亦相差無幾。不衡量自己的時間與能力，這個要學，那個也要學，學到老，沒有一樣是他的專長，白白地過了一生，太可惜了！

吾友竹亭先生則不然。半生戎馬倥傯，五十始學畫，則專心致志，盡瘁於畫而後已。廿年後，就在美國及大陸各地舉辦天馬畫展，名揚世界。七十始學詩，憑其聰明睿智，加之以孜孜不倦，九十歲即出刊《竹亭吟草》，躋身於詩家之林。舉目斯世，能與之頡頏者殆寡也。

近因疫情嚴峻，外面活動減少，較有閒暇。乃將其熟讀之《千家詩》，從頭到尾，一篇一篇親自用毛筆繕寫。每篇並附讀後「心得」，言簡意賅，以啟發後人，顏之曰《導讀千家詩》。余嘉其苦心孤詣，時時以弘揚中文化為己任，良堪矜式，用綴數言以為序。

## 竹亭吟稿序

昔曹霸、韓幹善畫而未聞其能詩；高適、岑參善詩而不聞其能書；顏真卿、柳公權善書而不聞其能畫。亙古以還，兼善詩、書、畫者，若鳳毛麟角，戛戛乎難哉。

孫公晉卿，號竹亭，稟岱嶽、泗水間氣以生，嶔崎磊落。自少寢饋文史，博洽百家。粵當弱冠，烽傳青犢，刦墮紅羊。爾乃躡蹤王粲，背井離鄉；踵躅終軍，投筆從戎。奮孤臣孼子之心，抱興滅繼絕之志，于役大江南北。戎馬倥傯，懋著勳績。不圖鶉宿賁賁，天策焞焞。轉徙澎湖，播遷瀛嶠。贊翼中樞，扈從元戎。退食自公，拜葉醉白將軍為師，傳承天馬畫派。宵旰劬勞，簡練揣摩，青出於藍而青於藍。復淬礪奮發，臨摹各體字帖。舉凡篆隸行楷，率皆嫻熟；鍾王顏柳，靡不逼肖。功成秩滿，解組歸田。成立天馬世界書畫總會，並開課授徒，培養繪畫天馬人才。爾乃謙沖卑牧，反虛入渾。焚膏繼晷，邃究詩詞。上薄風騷，下該唐宋。斐然鴻漸李、杜、韓、蘇之藩翰，集詩、書、畫三絕於一身，猗猗盛哉！

先生為詩，不主故常，自闢蹊徑。良由才氣縱橫，律詩絕句，頃刻立就。其獨到處，如飛兔、要褭，奔逸絕塵；其豪邁處，若漁陽撾鼓，慷慨淋漓。往往令耆宿心折。殆其天分使然而其學又足以副之也。

先生歘歷世界各國，遊遍天下名山大川。復丁蹇晦之世，鄭亂雅，紫奪朱，其襟懷跌宕可知。懍黃魂之寖墮，痛狂瀾之未挽。遂將其所作詩、詞、鐘、聯，裒為一集。顏之曰《竹亭吟稿》。敲金戛玉，響嗣風騷。是則，先生宏揚中華文化之功，寧不偉歟？

斯集之序，乃命不才為之。當今抱玉者聯肩，握珠者接踵。余如爝火，曷足以庚日月之餘光？是以固辭者再，而先生期期不可。用是爰綴數言，以弁其耑。第念禿筆無花，殊不足以盡其美也。

## 唐謨國詞丈百歲書懷序

詩以言志，又曰抒情。情貴乎真，故託興田園山水，咸推陶潛、謝靈運；志貴乎偉，故眷懷忠君愛國，胥崇杜甫、陸游。其所以嚼然千載，端在得其興觀之正，罕及寵辱之私焉耳。若夫嘲風雪，弄花草，六義既失，縱辭妍黃絹，調鏗綠綺，雖多亦不足觀也已。

唐公謨國，稟衡湘間氣以生，自幼酢枕文史。未弱冠即通曉諸子百家。方其負笈國立湖南師範學院之際，適逢國難。爾乃奮孤臣孽子之心，抱興滅繼絕之志，投筆從戎。復在陸軍參謀大學畢業，歷任軍公要職，懋著勳績。間嘗轉任國立臺灣大學軍訓處教官，歷有年所。

退休後更孜孜矻矻，學書於守森權、徐松齡及唐濤諸大師。懸頭刺股，簡練揣摩，終能青出於藍。於二〇〇五年，榮獲大陸濰坊國際藝術碑林委員會評選為「中國當代書法泰斗」榮譽稱號。其所書宋程顥《偶成》詩，被刊石立碑，銘載於世界名人文化村「中華當代書法泰斗碑廊」中，供世世代代學習與虔仰。其畫則拜黃慶源、林晉及程梅香等諸名家為師。曾任中華大漢書藝協會、中華民國古典詩研究社常務理事。著有《怎樣學好書法》、《唐謨國詩書畫集》及《唐謨國詩書畫續集》等。

先生天資高曠，歇歷大江南北，詞藻復得江山之助。蒿目釁觸相爭，列強憑陵，志憤於中，詩鳴於外。長篇短製，句句不忘忠君愛國。詩歸雅正，語必雄渾。偶攄廢池喬木之思，深得美人香草之意。對春江之花月，棖觸良深；聽秋壑之松風，幽懷靡罄。廣同氣於鶯求，鬱壯心於驥伏。蓋其性醇而感摯，故敦厚溫柔；情深而文蔚，故憤悱纏綿。每迴環雒誦放翁詩句，未嘗不擊缺唾壺。激鏗鏘於靈府，韻發笙簧；流比興於《黍離》，篇成錦繡，慷慨不能自已者矣，其豪邁氣節，有至於斯者。曉風楊柳，不足儗其清新也；淥水芙蕖，不足儗其婉麗也。若先生者，洵斗南之耆英，海東之大老矣。頃賦《百歲書懷》四首，嘗海一勺，足知其味。欣值期頤懸弧大慶，天錫純嘏，人頌岡陵。爰綴數言，用申嵩祝。

## 袖山樓吟集序

溯自神州陸沈，政府播遷臺灣，浮海東來者，更僕難數。而世居臺島詩人，遠紹沈斯庵東吟詩社之遺風，近遭國家板蕩，未嘗不奮孤臣孽子之心，抱興滅繼絕之志。於是笙磬同音，雅南並奏。中興氣象，直干星文者矣。黃純青、林熊祥、錢逸塵暨張鏡微等諸公，是其尤者。既往矣，數能踵事增華，躡蹤繼軌，平添吟苑之光，環顧國內，惟安徽宿松鄧公種玉是已。

種玉先生，鄧　璧公之字，號堅白，別號袖山樓主。歷膺軍公要職，解甲後，遠謝世紛，遵養時晦。寢饋諸家，貫穿百代。取精去粕，遺貌存神。故其為詩也，粲若鋪錦，瑩如貫珠。偶攄廢池喬木之思，深得美人香草之意。曾於民國七十九年創立「中華民國古典詩研究社」，在其主編《古典詩刊》之期間，驪珠紛致，貝錦爭投，得未曾有。考槃自樂，肯累安邑以豬肝；壇坫交推，譬執葵丘之牛耳。

先生澤衍芸香，光分藜杖。本小范之秀才，擅元瑜之書記。每當雲物清佳，襟懷跌宕。《七發》賡吟，壯飛枚叔之濤；一賦俄成，朗映謝莊之月。登高望遠，屢傳河梁贈答之辭；對酒當歌，不乏湖海唱酬之作。集中篇什，博奧玄深，瓌妍獨擅。遠蹤漢魏，上薄風騷。屬對以精巧為能，緣情極委曲之致。黃絹續邯鄲好辭，青氈葆瑯琊舊物。一唱三嘆，咽朱絃之響；百辟千灌，淬神劍之鋒。寧不偉歟？

人歸清望，天既晚晴。若先生者，可謂斗南之耆英，海東之大老已。昔荀卿適楚之後，著述維勤；少陵入蜀以還，篇章益富。是知等身之作，要以皓首為期。僕自奉清塵，十有餘稔。輒聆謦欬，受誨良多。爾乃屬綴俚辭，弁於簡端。既慚倚馬之未能，且懼續貂之無當。雖推敲累日，叵奈禿筆無花，殊不足以盡其美也。

## 柳園吟稿自序

余束髮從　先君子受書，親課其詩文。年十二，執贄同邑張仰安先生之門。先生邃究古文，為晚清秀才吳蔭培入室弟子。既授業，粗傳其古文筆法，遂篤好之。及冠，供職臺灣水泥股份有限公司秘書室。業餘加入瀛社、逸社、淡北吟社、高山文社及澹社。受許多前輩悉心提挈，盡將其所學，傳授與余。余恭謹執弟子禮，每逢春秋佳日，趨步追陪。仰觀宇宙之大，俯察品類之盛，游目騁懷，不知日之既午。爾乃稍憩旗亭，列坐飛觴，引吭賦詩，融融之樂，可勝言哉！三十年間，日受薰陶，時思蛾術，始略知詩之梗概。陵谷遷移，師友契闊之情，未嘗不魂牽夢縈。爰錄其詩，次其韻，用資紀念焉。

人亦有言：「詩外尋詩。」語含至理。余格致古籍，咀嚼玩味。夙興夜寐，饜然自足。

手邊且有臺詩數萬首。擇其尤者，仍復不尠。臺灣四百年來，滄海桑田。為抗拒異族統治，先民集會結社，是以詩社林立，遍布各縣市、各鄉鎮，藉以互通聲氣，宏揚民族精神，故其詩可讀。於是余將其與古籍合流而編輯《經史子集總分類纂》。內容分為：天文、地理、時令、寺觀、居室、集會、慶弔、遊眺、人事、人物、文事、武備、閨閣、器用、技藝、寶飾、音樂、鳥獸、花木、魚蟲、農牧、漁樵、飲食及詠史等二十四類。俾沿流溯源，簡練揣摩，收事半功倍之效。

夫詩，就其大者而觀之，則其逸乎六合之外，天地亦不能囿；就其小者而觀之，則其藏乎一塵之內，雖離婁之明亦不能察。就其難者而言之，則李杜韓蘇亦有所不逮；就其易者而言之，則鳥獸魚蟲亦能為之。是詩，天籟也。孔子曰：「詩可以興，可以觀，可以群，可以怨。」鍾嶸紬繹之曰：「嘉會寄詩以親，離群託詩以怨；至於楚臣去境，漢妾辭宮；或骨橫朔野，或魂逐飛蓬；或負戈外戍，殺氣雄邊；塞客衣單，孀閨淚盡；或士有解佩出朝，一去忘返；女有揚蛾入寵，再盼傾國。凡斯種種，感蕩心靈。非陳詩何以展其義？非長歌何以騁其情？故曰：『可以群，可以怨。』使窮賤易安，幽居靡悶，莫尚於詩矣。」蓋詩，語簡意賅，能狀難寫之景如在目前；含不盡之意，見於言外。是以班揚枚馬，相將競爽；王楊盧駱，爭勝千秋。

荀子曰：「不積蹞步，無以致千里；不積小流，無以成江河。」聖賢遺訓，鏤骨銘心。本欲附庸風雅，躋身於作者之林，奈何才力不侔，心手相戾。蹉跎歲月，迄無以成。洎乎祧唐祖宋，襲貌希聲，亦何以異優孟衣冠？今茲整理故篋，除《讀書絕句三百首》及《柳園紀遊吟稿》已付梓外，尚餘閒詠及唱酬諸篇，都二千一百六十四首。分為五卷。卷一為五七言古風；卷二為五言律詩與五言排律；卷三為七言律詩；卷四為五七言絕句；卷五為詩餘、聯語、詩鐘。顏之曰：《柳園吟稿》。或曰：「兔園之冊，俗不可醫。塵點騷壇，徒彰其陋。」余寧不自知。第念平素志趣，寓意睠睠。其含毫綿邈之情，容有一二可索諸楮墨之外者，是以斟酌再三，仍靦顏付諸剞劂，以償區區之願焉。至祈大雅君子，有以正之，是所企禱。

本書渥蒙前考試委員張公定成題耑，復承中華詩學研究會理事長許公清雲、中華民國古典詩研究社前理事長甯公佑民、我國前駐芬蘭大使級代表張公鴻藻等贈序、前致理技術學院校長朱公自力、淡江大學教授陳公慶煌、百歲晉一人瑞唐公謨國暨桃園騷壇宿老陳公无藉等題辭，至感榮寵，謹伸謝忱。

## 楊巨源先生遺稿跋

粵自先考棄養，已四十有七年矣。其遺作稽延至今始裒為一集，非敢怠忽也，乃因其生前未留底稿。幸承利澤簡賴福炎父執面授其所抄錄所得二四七首（副），另從網路蒐集日據時代《詩報》所載三八首，餘八十首（副），覼縷言之，半由余旅居臺北時，先考示兒書中所錄存者；半由余間嘗回家時所抄得者。都三六五首（副）。然則，其所存者，如斯而已，其所佚者，或將倍蓰，豈不痛哉！

蓋嘗竊言之，人生無以為寶，言行以為寶。如能片言留傳於世，亦差堪告慰先考於九原矣。爾乃付諸剞劂，用遂區區之願焉。渥蒙百歲人瑞當代名書法家賓碧秋先生惠予題耑並題詩，東吳大學教授許清雲先生、淡江大學教授陳慶煌先生、佛光大學教授陳麗蓮女史等三博士贈序；中華民國古典詩研究社創社理事長鄧　璧先生、春人詩社前社長江　沛先生、中華民國古典詩研究社前理事長甯佑民先生、中華大漢書藝協會前理事長劉緯世先生、楊　蓁先生、大漢詩社社長耿培生先生、當代書法泰斗百歲人瑞唐謨國先生、傳統詩學會副理事長黃冠人先生等九大老題詩，俱辭妍黃絹，調鏗綠綺，憑添無上光彩。仰企雲情，彌深紉感，敬伸謝忱。

緊余既未能善讀父書於先，復不能克紹家學於後，庸庸碌碌，蹉跎歲月，虛度光陰。詩云：「缾之罄矣，維罍之恥。」讀聖賢書，所學何事？而今而後，悔莫暨矣！午夜思惟，不勝感慨系之。爰綴數言，以誌愆慝焉。

# 代中華詩學研究會朱創會理事長萬里先生行狀

先生諱萬里，字長城，江蘇高郵人也。朱氏蘇州望族，世有令德。皇祖考諱漢東，避洪楊亂，遷高郵，遂為高郵人。漢東公游湘淮軍幕，多識法家拂士。治易，尤鞭辟入裡，邃究天人。皇考諱傑人，字守拙，淵源家學，議論證據古今，出入經史百家，旁及岐黃星卜，法書名畫。手摹口誦之不足而寢饋之，蓋亦有志於用世矣。爾乃興學辦報，培育人才。踔厲風發，嶄然見頭角。民國二十年，蘇北水災，七縣成澤。哀鴻遍野，號泣其魚。傑人公駕扁舟，衝巨浪，洄溯大江南北，募資救濟，全活甚夥。無何，倭寇釁我東陲，難民避禍蘇北者，日以千計。公恫瘝在抱，倡議籌設收容所，躬親米鹽瑣務，力求來之安之而後已。外患甫平，內亂又作。公隨軍渡臺，蒿目痲瘋病者之哀痛無告，席不暇暖，糾合蓮友，延醫診治，不辭紆尊降貴，給事其中。日月居諸，未嘗遠離。功已，皈依禪門，篤修淨業，法號定妙上人。間與遷客騷人，廣結善緣。異代相望，人方諸慧遠、參寥云。

先生兄弟皆好學，少承庭訓，熟讀楹書。砥礪廉隅，亮采有邦。先生尤卓犖，珪璋德器，黼黻文章。瓌奇宏廓，拔俗無類。奮奕世之休烈，元晦心高；被三吳之剛風，之瑜志遠。文行忠信，儀型矜式群黎；元亨利貞，氣節抗懷千古。戒奢崇儉，彝憲流光；戴笠乘車，親朋翕服。洵推崑山片玉，咸謂桂林一枝。耆英宿老，交口薦譽之。

先生才為世出，誠昭代之威鳳，壽國之祥麟。民國三十年，考取中央大學法律系。初試啼聲，便知英物。越三稔，考取日本早稻田大學經濟系。匣劍帷燈，難掩光芒。民國三十七年，擔任臺北市政府工務局長吳三連秘書。民國四十一年，轉任臺灣水泥股份有限公司文書科長，兼《臺泥月刊》主編。民國七十九年，成立臺灣國際創價學會，就任第一屆理事長。翌歲，成立正因文化事業有限公司，擔任董事長。民國八十七年，擔任中華學術院詩學研究所所長，兼《中華詩學雜誌》發行人。民國九十一年，成立中華詩學研究會，任第一、二屆理事長。民國九十八年，成立財團法人正因文化藝術基金會，任第一屆理事長。

先生之事功，雄偉不常矣。獨其生平嘉言善行，有足垂來葉，祇因先生卑以自牧，世之人鮮能知之者，為其敬述一二：

獎掖後進：人有尺寸之長，瑣屑之文，雖非其徒，亦非其親，往往稱之不容口。且能舉其詞，為人誦焉。夫馬一騣驥坂，則價十倍；士一登龍門，則聲烜赫。先生位望尊隆，受其獎者，靡不倍加僶勉，終成令器。其潛德幽光，不讓歐、蘇專美於前。此其一。

格致詩學：先生稟賦既高，學識又富。偶有閒暇，於詩未嘗片刻須臾。抑且時與名士詩人唱和。如東海丁治磐（似庵）、武寧張相（鏡微）、龍溪林熊祥（文訪）、武進錢倬（逸塵）、宜昌馬紹文（瀞廬）、衡山譚元徵（遵魯）等，咸稱賞音。而先生詩名益著，聲光粲溢，流於域表。其所為詩，辭氣豪邁而風調清深；屬對律切而不落窠臼。人人心所欲言而不能言者，悉為言之。是其所作，識者皆貴重之。例如《繼水世丈和陳沅楊花四首見寄次韻即呈》云：

撲面摧花夕照風，錯將粉影認殘紅。千枝搖落傷淮左，萬點飛來訝海東。
可憶飄零辭上苑，劇憐輕薄誤吳宮。春閨望斷無消息，惆悵寒煙細雨濛。

其二

綿綿紫陌好風光，且趁芳時舞欲狂。睡眼初回嫌夢短，柔絲不繫怯愁長。
乍憐倩影拋幽院，忽見輕裾涉野塘。小謫鑾天思舊侶，漫將身世羨鴛鴦。

其三

聽雨江頭我亦憐，野風梳鬢感華巔。落花有意歸滄海，飄淚無心到綺筵。
閱世徒看飛白眼，送愁倘得是青錢。閒情片片誰收拾？隄上千絲正作煙。

其四

瓊樓舞罷掩雲屏，粧鏡生塵樹色冥。五兩風微歸緩緩，九衢日暖影亭亭。
鷗天蕩漾難為水，魚國浮沉莫化萍。又是一春春去也，重來應見蔣山青。

嘗一臠即知一鑊之味，且夫詩其餘事耳，而工麗若此。使仲尼考鍛其旨要，尚不知貴其多乎哉！此其二。

泠汰於物：先生家世，青箱相傳。人望、位望、地望俱高，且又去天尺五，爾乃不汲汲於名利，不營營於富貴。泥塗軒冕，自闢乾坤。其器識，視常人而彌高。世徒歎其處事之精能，襟懷之豁達，蓋猶淺之乎論先生者也。此其三。

綜先生一生，旌簡髦俊，振興詩學。創價社會，造福人群。居處恭，執事敬。寬厚有容，廉介不苟。孜孜矻矻，靖共厥職。以清、慎、勤著稱於時。遂以耆年峻望，管領風騷，卓然為一代宗匠。其生也有自來，其逝也有所為。求諸並時，殆罕其匹。嗟乎！有以也夫。

先生體素清健，齡近期頤，風采奕奕。不意（民國一〇五年）三月十九日，突感身體不適，奄忽之間，便捐館舍。距生於民國十二年農曆二月十日，春秋九十有四。尋於二十八日，發引安奉雲林華山慈恩堂。寅親故舊聞之，莫不咨嗟流洟。嗚呼痛哉！

先生德配朱林秀鳳夫人，懋昭懿德，燕翼貽謀。門庭之內，怡如秩如。伉儷梁孟相莊，久而敬之。膝下五男。長子暐，次子臺安，三子臺功，四子臺富，五子臺恆。長媳悅子（歿），次媳富美，三媳修慧，四媳麗芬，五媳壽美江。庭輝棣萼，室藹芸香。孫男七。曰大、翔、春旭、春和、春熙、春霖、春至。孫媳一。曰雁歡。孫女三。曰桃子、春薌、美春。一門雍熙，五世其昌。譯著已刊行者，有中譯《日蓮大聖人御書全集》、《六卷抄》、

《池田大作詩集》、《心之四季》、《母親舞向新世紀》、《幸福抄》、《新女性抄》，及《萬里詩草》第一冊、第二冊等。

## 吳夢雄先生事略

先生諱夢雄，號渭水，江西永豐人。永豐即廬陵也，古文大宗師歐陽修即誕生於此。其他聖哲，稟贛江間氣而嶽降者，更不可勝數。誠所謂物華天寶，人傑地靈者矣。

先生少負氣節，博洽諸子百家，際丁國難，毅然奮孤臣孽子之心，抱興滅繼絕之志，躡踵班超，投筆從戎。洎江表沉淪，乃隨軍渡臺。歷任高雄市、南投縣、臺北市團管區政戰主任。臺灣北部地區警備司令部政戰主任、臺灣後備司令部政訓處處長、國民黨基隆市黨部及桃園縣黨部主任委員、公營事業欣嘉天然氣公司董事長等要職。間曾擔簦負笈，赴美就讀柏克萊大學企管班結業。嘗謂欲枝葉之茂者，必固其基；欲流行之遠者，必濬其源。因是宵旰劬勞，深入基層。解衣分食，恫瘝民瘼。凡百措施，洞中機宜，民至今稱之。世徒嘆其居處恭、執事敬，襟懷豁達，蓋猶淺之乎論先生者也。

軍公退休，篤志詩書。曾師事張壽平教授，邃究詩詞；更從王北岳老師，研習書法。又參與中國標準草書研究班第四期結業，尤潛心揣摩于右任草書字體。多次參加總統府前新春開筆揮毫，並參加建國百年百人書畫大展、國父紀念館書法聯展、一〇一年百人書法家於圓山飯店揮毫迎新春、大陸山東濰坊碑林拓碑，及河南省衛輝市白雲閣百人書畫名家聯展立碑紀念等，累計數十次國內外書法邀請聯展。其書銀鉤鐵畫，奇偉卓絕，駸駸於兩張雙王。詩則淩厲雄邁，其器宇志趣，流露詞句間。蓋先生為人嶔崎磊落，慷慨豪爽，而其學又足以副之也。無何，榮膺臺北市南菁書法會理事長、中華大漢書藝協會常務理事、中華民國古典詩研究社候補理事、中華民國書學會顧問、法鼓山藝術中心顧問、澹寧書藝協會諮詢委員、國際蘭亭書法聯盟會會員，並加入大漢詩詞研究社社員等。

先生與德配徐燕群女士結褵，育有一男二女。長女明君，英國大學企管碩士。長男奇勳，美國大學企管碩士。次女柏蓉，政治大學社會學碩士。長媳賴欣儀，大學畢業。長孫定宇，穎悟聰慧，有乃祖風。桂馥蘭芬，一門俊秀，信乎名德之家，後嗣必昌。夫人徐燕群女士，政戰學校政治系畢業，北一女中主任教官退休。孝順姑章，相夫教子。善畫，尤工山水花鳥。雅能出新意於法度之中，寄妙理於妍媚之外，人方諸管道昇云。

孝順父母，友愛手足，乃先生最值稱道處。當政府開放大陸探親，為父母蓋新宅，給予弟妹經濟支援。並恭迎其慈母，來臺久住。其慈母回鄉後，二十年來，返鄉探視二十餘次。詩經裡，《凱風》之孝思；與《常棣》之友于，並見於今。不寧惟是，益復捐款母校，成立獎學金，以造福梓里，令人咨嗟不自勝！

綜觀先生一生，其宏猷，具在黨國，可目擊而知；其孝行，騰於人口，可耳聞而得。服軍公要職數十載，懋昭明德，以清、慎、勤，著稱於時。耆年更以峻望，領導書林，卓然為一代宗匠。輿論翕服而無間言，求諸並世，殆鮮其匹。已出版作品有《吳夢雄詩選》，其法書墨寶，方編次蕆事，待梓。嗚呼！先生之風，山高水長，可謂不朽矣。

## 代楊長性先生行述

先生生於民前八年（一九〇四），農曆二月七日。祖籍福建漳州，家世清寒。民國元年，就讀利澤簡公學校。畢業後，供職八里沙大正堂百貨店。業餘，拜黃熾秀才為師，研習漢文。是時，日本政府在宜蘭舉辦「產業組合法」，講習工商概論及財務管理等，先生榮獲參加。長途陟涉，風雨無阻，其膽識與毅力，自有過人處。

民國十二年，日本推行理蕃政策，先生率先響應，與地方縉紳籌組「日臺組」，經營糧食及日用品供應業務。民國十七年，先生為求物資運輸暢通，慨然有振興海運之志。購置「南澳丸」，定期航行大南澳、蘇澳與基隆間。非啻內山物資，得以源源輸出，而行李之往返，亦免蜿蜒鳥道，人咸稱便。民國十八年，蘇花公路通車，先生率先成立「宜蘭汽車貨運業股份有限公司」，承運兩地貨物運輸。二十一年，在基隆港成立「臺陽汽船股份有限公司」，先後購置隆昶輪、東興輪、東福輪、大通輪、得福輪、新東興輪及欣運輪，定期航駛基隆、蘇澳、花蓮、高雄、馬公、金門及馬祖各商埠。

民國三十八年，成立「東興通運股份有限公司」及「東鐵路貨運承攬股份有限公司」。翌年，申請設立「宜蘭縣蘇澳碼頭工會」。四十年，當選宜蘭縣首屆縣議員。任內促成蘇澳街道鋪設水泥路面，及提倡中元節統一於七月十五日祭拜，並促進蘇花公路拓寬，對改善交通，不遺餘力；移易風俗，獻替良多。四十九年，擔任臺灣機帆船商業聯合會副主任委員，並當選蘇花線聯營處主任。六十六年，擔任蘇澳國際獅子會第八屆會長。同年，創設蘇澳長壽俱樂部並擔任會長。旋膺任重建蘇澳福德宮主任委員（位於蘇東里，係蘇澳最古老廟宇。）及張公廟重建副主任委員等。於是榮獲副總統謝東閔先生頒「全國長青楷模」匾額，予以表揚。實至名歸，親朋好友，與有榮焉。

民國五十七年，成立「長興鑛業股份有限公司」。開澳花溪上游及和仁地區白雲石。六十七年，蘇澳港第一期擴建完成，先生所主持之東興通運股份有限公司，奉准登記為甲種船務代理商及報關行。並曾代理開港首航「莎拉雅」輪報關業務。全體職工，兢兢業業；群策群力，於底於成。

先生與元配林桂花女士，結褵凡七十有五載。夫唱婦隨，鶼鰈情深。育有六男六女。長子君亮，現任蘇澳港裝卸股份有限公司董事長、東興通運股份有限公司總經理；三子君哲，曾任臺中加工出口區日商馬立克株式會社總經理、常務董事，現任東興各關係企業監察人；四子肇榮，現任長興鑛業股份有限公司董事長；五子耀邦，曾任國際青商會蘇澳港分會創會會長、蘇澳國小家長會副會長、宜蘭縣商業會理事、宜蘭縣楊姓宗親會理事長。現任東興通運股份有限公司董事長、長興鑛業股份有限公司總經理。六女婚嫁畢，女婿均事業有成。生活美滿，家庭幸福。長孫權，曾任蘇澳高級水產學校家長會會長，現任長興鑛業公司經理；孫喜，現任東興通運公司副總經理、宜蘭縣工業會省代表；孫祥，現任東興通運公司經理；孫家瑜，美國紐約皇后大學修電腦，現在美國從事電腦事業；孫家凱，美國哥倫比亞大學土木及建築雙碩士，現從事建築師及在大學任教；孫家源，美國紐約伯森學院修大眾傳播，現在美國從事產品設計及大眾傳播事業；孫家華，中山醫學院畢業，美國阿拉巴馬大學植牙矯正研究，現在蘇澳開設「陽明牙醫診所」。孫女琬晶、媛婷，均在美國夏威夷大學碩士畢業，其餘孫女輩，亦泰半婚嫁。瓜瓞連綿，五代同堂。所謂三多、九如，吾人於先生見之。

先生享壽九十有四歲，生平功在社會，德被桑梓。其為人，禮賢下士，勤儉樸實，人所盡知。抑有人所不知，而先生亦雅不欲人知者，厥為濟困孤寡，體恤宗親。際茲蘭桂騰芳，德業昌隆，而先生竟以微疾辭世，思之抆淚。其生也有自來，其逝也有所為，靈爽有知，其無憾矣乎？謹摭其美行之尤者，以稔當世，並作潛德幽光之闡揚云爾！

## 代 楊長泉先生事略

陳楊公諱長泉，字靜淵。生於民前三年二月十八日，祖籍福建漳州。世居宜蘭縣蘇澳鎮。出身農家，自幼家貧，屢屢朝不慮夕。先生簞食瓢飲，放牛耘田。歷盡劬勞，仍泰然自若。小學三年，因故輟學。以垂髫之齡，毅然北上，雜役於基隆漁行。

先生天資聰穎，精於珠算。忠厚篤實，深獲東家激賞。旋而擢升會計。倚重彌殷。平素好學不倦，於工作餘暇，拜碩儒李石鯨（碩卿）先生為師，研習詩詞文賦。偶有所作，必箇練推摩，日以繼夜，至情達意雅而後已。

弱冠返里，供職於盧纘祥先生之臺灣石粉股份有限公司，歷任會計、外務經理等職。繼而經營海南公司、海產及百貨等商行。自是光耀門庭，恩霑兄弟。平素事親至孝，節儉持家，樂善好施。為人誠懇，與世無爭。中歲榮膺宜蘭縣文獻委員會委員。並因眾望所歸，自政府實施地方自治以還即任鄰長，以迄於今。獻替桑梓殊多，並戮力捐資，鼓吹興學。創立濤聲吟社，嚮嗣風騷，振興中華文化。宜蘭縣自日據時代至臺灣光復後，每年四季，分由頭城、宜蘭、羅東、蘇澳輪流舉辦春、夏、秋、冬全縣詩人聯吟大會，先生獨力支撐冬季大會，數十載於茲，從未間斷，精神魄力，令人紉佩無已。而其影響於後起新秀之啟發，至深且鉅。

先生博覽群書，雅能取精用宏。故其詩文對聯，清新俊逸，蜚譽遐邇，全省詩人不論識與不識，蔑不推崇之。無祿，竟於青年節參加基隆市主辦之東北六縣市詩人聯吟大會後，翌日（民國七十年三月三十日）返途之際，心臟病猝發，與世長辭，享年七十有四歲。著有《靜淵吟草》待梓。嗚呼！先生已矣，其遺著將長存於天地之間，與日月爭光。抑且蘭桂騰芳，裕後光前，先生其無憾矣乎！謹述其生平崖略，用資虔仰云。

陳楊府故長泉字靜淵老先生治喪委員會　謹述

## 臺灣古典詩的傳承與發展

提要：臺灣古典詩，咸推沈光文為初祖，結「東吟詩社」於先，裒《福臺新詠》於後。至臺灣光復為止，詩社累計二三三社，而書塾又不知凡幾。值此研究古典詩的人口，逐漸遞降的時代，如何傳承與發展，是本文探討的主題。

## 一　臺灣古典詩的濫觴

臺灣古典詩，以沈光文（字文開，號斯庵，浙江鄞縣人，一六一二～一六八八）最先濫觴。他於明永曆五年至臺灣，結茅諸羅縣羅漢門山中。三十七年（清康熙二十二年），清兵陷臺，明鄭亡。諸羅知縣季麒光，對其十分禮遇，時時關照其生活。情投意契，遂組「東吟詩社」。社員十九人：

| | | |
|---|---|---|
| 沈光文　寧波人 | 陳雄略（雲卿）寧波人 | 季麒光（蓉洲）無錫人 |
| 華　袞（蒼厓）無錫人 | 鄭廷桂（紫山）無錫人 | 韓又琦（震西）宛陵人 |
| 趙行可　關中人 | 陳元圖（易佩）會稽人 | 韓龍旋（蒼直）金陵人 |
| 林起元（貞一）金陵人 | 陳鴻猷（克瑄）福州人 | 何士鳳（明卿）福州人 |
| 翁德昌（輔生）福州人 | 林　奕　福州人 | 居士彥（仲英）上虞人 |
| 韋　波（念）武陵人 | 吳　藻　丹霞人 | 楊宗城　輪山人 |
| 王際慧　螺陽人 | | |

以上諸公，其詩學造詣，都是一時之選。他們時相唱酬，遂開文教先河。作品裒成《福臺新詠》，咸推臺灣古典詩初祖。

## 二　臺灣古典詩的傳承

聲教所暨，人材輩出。自康熙至光緒二十一年，就其居里可考者，計三六九人（限臺籍，遊宦詩人不計在內。

（一）康熙時期，二十七人：

臺南：王　璋　盧芳型　郭必捷　陳聖彪　張纘緒　張士箱

張方高　鄭大樞　李欽文　王鳳池　黃庭光　黃名臣

蔣士登　王名標　鄭煥文　施陳慶

高雄：莊一煝　陳宗達　鄭應球　李　雰　卓夢采　卓夢華

施世榜　林萃岡

嘉義：林中桂　王錫祺　鄭鳳庭

（二）雍正時期，六人：

臺南：張從政　黃繼業　蔡開春　黃　佺

高雄：施士燝　陳　璿

（三）乾隆時期，四十八人：

臺南：陳　輝　周日燦　范學洙　潘振甲　張青峰　游　化

陳廷璧　洪　禧　韓必昌　薛邦揚　陳斗南　葉泮英

林麟昭　張　英　陳庭藩　徐　元　方達聖　龔帝臣

方達義　金德元　林朝英　陳思敬　陳文炳　陳文達
高雄：王　賓　陳正春　卓肇昌　謝其仁　錢　鏄　柯廷第
林大鵬　余國榆　錢元揚　莊天釬　傅汝霖　柳學鵬
柳學輝　黃清泰　蔡莊鷹　莊文進　施國義　錢時洙
侯時見　施士膺　莊天賜
嘉義：金鳴鳳
彰化：秦定國
苗栗：謝鳳華

（四）嘉慶時期，二十七人：

臺南：林師聖　章　甫　黃　纘　黃化鯉　洪　坤　林奎章
陳廷瑜　陳廷珪　黃廷璧　楊　賓　林啟泰　魏爾青
曾濬成　郭紹芳　黃汝濟
澎湖：辛齊光　呂成家　陳登科
嘉義：陳震曜　吳　鎔　張以仁
彰化：黃瑞玉　曾作霖　鄭捧日　楊啟元　徐仲山

新竹：鄭崇和

（五）道光時期，三十五人：

臺南：施瓊芳　許廷崙　李　華　黃通理　陳尚恂　施士升

黃本淵

澎湖：蔡廷蘭　王雲鵬

高雄：黃文儀

嘉義：郭望安

彰化：羅桂芳　陳玉衡　施　鈺　曾維禎　廖春波

苗栗：黃驤雲　李緯烈

新竹：鄭用錫　鄭如松　許超英　彭廷選　鄭超英　林占梅

杜淑雅　郭襄錦　劉星槎

桃園：陳　書

臺北：陳維菁　陳祚年　李聯芬　陳篠冬　林宗衡　陳維藻

宜蘭：黃學海

（六）咸豐時期，十七人：

臺南：施昭澄　毛士釗

高雄：林逢原

嘉義：張登鼇

彰化：陳肇興

新竹：黃玉柱　鄭守昌

臺北：黃　敬　陳霞林　陳維英　曹　敬　張書紳　林維源

潘永清　李種玉

宜蘭：李望洋　李逢時

（七）同治時期，二十六人：

臺南：王藍玉　王咏裳

嘉義：賴國華　翁煌南　林慎修　王均元

彰化：林大業　蔡鴻章　蔡德芳　施葆修

苗栗：謝錫朋　張維垣　吳子光　杜國成

新竹：鄭用鑑　鄭如蘭　林汝梅　鄭如恭

臺北：陳樹藍　蘇袞榮　戴祥雲　鄭廷揚　林紹唐

宜蘭：陳省三　林師洙　楊士芳

（八）光緒二十一年前時期，一八三人：

臺南：施士洁　陳鳳昌　王文德　曾雲峰　許仰高　王藍石

趙鍾麒　許廷光　郭蔡淵　林馨蘭　謝石秋　蔡國琳

羅秀惠　蔡佩香　汪春源　胡殿鵬　陳渭川　謝汝銓

連　横　許南英　王仁驥　林人文

澎湖：陳夢華

高雄：陳日翔　蕭逢源　盧德嘉　沈時敏　林靜觀　盧德祥

尤和鳴　方文雄　史廷賁　柯錫珍

嘉義：林如璋　徐德欽　林啟東　賴世觀　賴世英　賴世陳

張元祿　張元榮　林維朝　徐杰夫　黃朝清　賴建藩

劉神嶽　白玉簪　徐德烜　徐念修　林培張　賴雨若

吳　魯　黃登瀛　黃鴻藻　江耀章　林象賢　陳人英

雲林：蔡廷璋　陳廷芳　黃服五　黃紹謨　張覲光　黃登瀛

南投：林寶鏞　林文炳

彰化：蔡穀元　施仁思　許夢青　洪　繻　施梅樵　陳百川
丁式勳　施家珍　傅于天　周青蓮　莊士勳　施　焚
吳德功　吳士功　陳槐庭　鄭玉田　呂賡年　呂賡虞
蔡明正　李清奇　丁壽泉　黃玉書　施之東　周紹祖
丁寶濂
臺中：謝道隆　林特如　林獻堂　林朝崧　賴紹堯　林資修
林資銓　呂敦禮　傅錫祺　陳懷澄　莊　嵩　莊　龍
張棟樑　王學潛　黃炎盛　蔡惠如　林載釗　張麗俊
袁炳修　陳錫金　林耀亭　盧振嘉　施景琛
苗栗：丘逢甲　蔡　相　吳湯興　謝錫光　謝維岳　曾肇楨
陳　瑚　曾蓋臣
新竹：楊克璋　劉廷璧　黃如許　吳逢清　鄭家珍　魏紹英
鄭鵬雲　陳朝龍　陳濬芝　蔡振豐　林次湘　葉文樞
林鵬霄　李祖訓　林知義　曾逢辰　戴珠光　吳蔭培
郭鏡蓉　鄭學瀛　劉景平　鄭湖南　王石鵬　王炳乾

謝　愷　黃龍伸　彭懷玉　鄭以痒　鄭霽光　鄭燦南
黃彥清　王　松　陳　貫　陳叔寶　黃宗鼎　黃彥鴻
鄭兆璜　葉際禧　童蒙吉　魏葆貞
桃園：簡　楫　余紹賡　陳登元　呂鷹揚　吳榮棣
臺北：趙一山　連日春　洪以南　林景仁　莊長命　李秉鈞
黃茂清　劉青英　黃彩喜　陳禧年　盧東玉　吳聲夏
林卓城　潘成清　高選鋒　黃鴻翔　連氏婦

## 三　臺灣古典詩的發展

臺灣自光緒二十一年（一八九五）割臺後，志士仁人，為了保存中華文化，並且互通聲氣，乃紛紛設立詩社，累計逾二百社。間或偃旗息鼓，然其文獻猶足徵焉。詩言志，其詞或動天地，泣鬼神；或悲孤臣，哀孽子；或正得失，厚人倫；或經夫婦，成孝敬；或美教化，移風俗，不一而足。要皆出諸興觀群怨，而以溫柔敦厚為依歸。其有功詩教，寧不偉歟？茲錄其詩社名稱及社長代表作如下：

### 臺北市二十三社

牡丹詩社唐景崧《夢蝶園》：

劫運河山畢鳳陽，朱家一夢醒蒙莊。孝廉涕淚園林冷，經卷生涯海國荒。殘粉近鄰妃子墓，化身猶傍法王堂。誰從窮島尋仙蛻，赤嵌城南弔佛場。

海東吟社林景商《東遊雜詠》：

天涯海客笑相迎，觸目蓴鱸倍有情。休更東南論時局，千秋灑淚鄭延平。

瀛社洪以南《寒月照梅花》：

橫斜疏影隱朦朧，大地陽回淑氣融。處士縞衣酣鶴夢，主人翠袖戀蟾宮。雙標清格蒼蒼裡，獨挺香氛淡淡中。羞煞群芳都落後，一枝御苑沐春風。

研社張純甫《閩中客次參觀文廟丁祭》：

幾日榕垣飽客塵，西風馬路最愁人。得於潰堰崩防日，重見寬衣博帶身。眼底漢儀如夢寐，意中魯殿尚嶙峋。所嗟干羽仍從舞，偷俗奢風正日新。

劍樓吟社趙一山《遊劍潭寺》：

一麾雲水叩禪關，古寺修篁泊艇間。鷗夢定知滄海變，桃園能避幾家閑？入門忍讀前時句，對面重看舊識山。為問龍泉緣底事，潭心不改碧潺潺？

芸香吟社李騰嶽《登赤嵌樓》：

高臨一市集眸中，想像當時霸氣雄。雉堞百年存拓跡，一冠兩代記崇功。春寒燕子泥含壘，雨濕遊人淚灑空。惹我凭欄無限感，西沉殘照入樓紅。

潛社歐劍窗《詩醫》：

枯腸索盡句生塵，語病偏多帶苦辛。今日冷泉無可沁，乞君攻補及吟身。

北臺吟社歐劍窗《閨思》：

玉枕夜寒惹恨長，黃金那得買春光。同心夫婿經年別，夢裡畫眉空憶張。

星社吳夢周《春宴岱雲閣》：

狂歌泥醉恣形骸，翠袖寒天豔玉階。自好明年春夜宴，重溫香夢美人懷。吟情酒後欣相見，娟月雲間恐為埋。試上三樓岱雲閣，燈光爛熳壓前街。

天籟吟社林述三《評詩》：

一樣詞華入眼中，笑將月旦馬牛風。年來肯為艱深誤，獨愛元和古淡工。

淡北吟社黃笑園《桃臉》：

瑯琊姊妹豔春風，暈頰看來灼灼同。似醉瑤池王母宴，三分猶帶酒痕紅。

逸社張晴川《秋晴晚眺》：

千山黃葉夕陽斜，簾捲西風一望賒。日暮鴉群飛遠浦，秋高雁陣落平沙。登樓王粲情猶切，愛菊桃潛興倍加。放眼江間懷故國，天涯有客未還家。

仿蘭亭吟社蔡石奇《向日葵》：

曉起嬌姿正向東，黃昏轉對夕陽紅。傾心只解趨炎勢，枉負滋深雨露功。

聚奎吟社陳廷植《訪梅》：

傳來消息這番新，春滿孤山探問頻。若識余心虛似竹，癯仙應笑遇知人。

松社陳復禮《閨思》：

停針已懶繡鴛鴦，獨夜空房蓄恨長。十載征夫消息斷，心隨明月到遼陽。

猗蘭吟社黃贊鈞《遊獅巖洞》：

鬼斧神工闢自然，森森寶殿倚巖巔。劫塵不到維摩室，佛火長明極樂天。曉看澗雲幻成海，暮來山雨細於煙。白頭市井嘶勞碌，願乞天龍一指禪。

高山文社顏笏山《留別汐止灘音吟社諸君子》：

幾經回首比年來，蓬梗飄零劇可哀。偶值鷺鷗聯雅侶，獨慚樗櫟屬庸材。思歸久已同王粲，禮遇奚堪等郭隗。不斷灘音纏耳鼓，驪歌唱急費徘徊。

文山吟社高文淵《秋雨》：

梧桐點滴小窗西，冷暖秋風太不齊。隔岸飛帆紅蓼亂，遠山壓樹黑雲低。頻穿浮藻無魚出，詎看交枝有鳥棲。獨對孤燈過夜半，聽來枕上覺淒淒。

龍文吟社林清敦《秋日詣凌雲寺》：

涼夜到蕭寺，虔趨不二門。白雲封曲道，青嶂護高垣。禪味尋僧話，心經對佛翻。殿中香火盛，菩薩靜無言。

北鷗吟社何亞季《橫貫公路偶成》：

輕車破曉出花蓮，太魯驚看勢接天。溪畔濁流通谷洞，梨山絕頂擁雲煙。崚嶒疊嶂千峰秀，磊落凌空萬石堅。一路蜿蜒多檜樹，東墩傍晚著吟鞭。

春人詩社錢逸塵《和易君左痕韻》：

依然人約在黃昏，樹外疏籬水外村。明日買花原結伴，今宵聽雨以銷魂。苗摹未是樽前影，刻畫難留燭下痕。我欲抽心舒不捲，芭蕉應許種當門。

中華詩學研究會朱萬里《元旦》：

海國生春日麗天，蓬萊宮闕望神仙。聲喧鼙鼓催花氣，風拂征衣動柳煙。漢苑草青胡馬裡，蜀山鳥喚帝祠前。碧波漲暖吳江渡，好趁東風快放船。

大漢詩詞研究社耿培生《端午即事》：

端陽紀節已千年，競渡龍舟各比先。戶挂艾蒲驅魍魎，江投角黍弔英賢。家家祭祖遺風在，處處題襟韻事傳。我獨閒探王逸注，緬懷屈子感綿綿。

## 新北市十八社

詠霓詩社黃純青《士林修禊》：

萬變煙雲眼底過，新亭風景又如何？麗人行重唐天寶，名士翩如晉永和。三老衣冠同古近，一園蘭蕙得春多。中原尚苦荊榛滿，未盡剪除且放歌。

鐘社林景仁《中秋》：

浩蕩天風振太清，碧雲秋淨化人城。誰完破碎山河影？不盡團圓弟妹情。故國剩留名士餅，鑾鄉小試竹王羹。何當便逐張騫去，萬里浮槎探玉京。

雙溪吟社張廷魁《琢玉》：

崑岡韞玉本非庸，況復雕磨不放鬆。他日能教成大器，碔砆未許混黃琮。

平溪吟社游榮枝《弈棋》：

車馳馬走炮飛投，宛似沙場鬥未休。局裡風雲多變化，須防割據誤鴻溝。

寄廬吟社洪夢花《香衾》：

蘭麝薰成翡翠衾，銀牀獨擁到宵深。可憐一幅龍文錦，覆盡秋風夜夜心。

灘音吟社陳定國《灘音》：

瀨聲飄逸迴尋常，遠勝仙妃鼓楚湘。大塊有心存古調，無絃琴奏水中央。

貂山吟社林義德《碧潭秋色》：

新店風光曳杖尋，涼飆瑟瑟拂寒襟。潭含秋影來初雁，日映波心落翠岑。岸畔砧聲驚遠夢，亭邊樹色減濃陰。緱山一磬疏林晚，天地無情萬象森。

樹林吟社黃得時《書懷》：

彈指生來十九年，文章經濟兩茫然。匣中劍欲龍騰化，架上書如蠹毀穿。豈為求名纔勉學，但知明道必親賢。時時省察兼存養，憂樂關心辨後先。

奎山吟社吳如玉《出籠雞》：

脫去樊籠復放吾，長鳴鼓翅覺無拘。一聲喚起扶桑日，六合光輝五德符。

同勵吟社王子清《鵬遊》：

一出南溟溥九衢，三千奮擊上摶扶。大人豹變應難測，鯤化方知屬我儒。

鷺洲吟社李種玉《題大觀閣》：（閣為大屯山八景之一）

高閣巍峨聳碧霄，雲山四面盡來朝。如斯福地真難得，好個洞天豈易描。文陣雄師呼筆戰，詞壇健將以旌招。眼前八景爭題壁，愧我雕龍學未饒。

滬江吟社鄭雲從《屯山殘雪》：

一望屯山上，皚皚景色妍。冰魂存幾點，玉貌沒層巔。日暖消鴻爪，天晴起樹煙。千秋西嶺句，絕妙少陵篇。

萍聚吟社蕭水秀《臨崖馬》：

騰驤偏欲斷崖臨，生死關頭總愴心。且莫誇韁收得住，世途絕壁幾千尋。

碧潭吟社張碧峰《梅》：

雪中疏影月中神，驢背尋來認最真。好是眾芳搖落後，耐寒破臘一枝新。

網溪吟會楊仲佐《次尊五硯兄八秩韻》：

流光冉冉幾盈虛，贏得飄蕭鬢影疏。似我壯心今已盡，欽君豪氣未全除。謝公早是沖和器，楊子終無儋石儲。大耋年華長矍鑠，芳懷好向酒杯舒。

讀古山莊吟會李碩卿《鯉魚山》：

山勢分明似鯉魚，疑從東海躍來初。錦鱗畢竟宜於水，願汝揚鰭返尾閭。

澹社蕭獻三《麻豆代天府題壁》：

五王廟謁趁秋晴，擒藻人來續舊盟。顯赫神靈仰南勢，巍峨寶殿冠東瀛。龍喉朝遠傳龍嘯，鳳穴宵深聽鳳鳴。濡墨我慚詩思澀，留題敢望筆花生。

中華民國古典詩研究社鄧璧《冬夜讀史》：

寒燈坐對夜沉沉，史頁翻殘百感生。帝業興亡皆有以，人心善惡豈難明。昇平總少唐虞盛，擾攘偏多楚漢爭。海已變田田變海，更從何處問枯榮？

## 基隆市九社

小鳴吟社張一泓《打謎》：

妙辯爭似解曹碑，文虎場中競釋疑。最是國危君未解，春燈何事著傳奇。

網珊吟社張一泓《雁汀》：

寥落煙沙一曲隈，南飛差可息含枚。最憐侵岸蘆花水，日洗邊塵不記回。

鐘亭張一泓《睡仙》：

欹枕蘧蘧夢自溫，玉京不厭往來煩。何關傍榻他人鼾，一覺來時世尚昏。

大同吟社張一泓《魚餌》：

唼辮魚兒到水灣，誤吞香餌解應艱。我生別抱游鯤意，利鎖名韁付等閒。

月曜吟社李碩卿《倉頡》：

六義淵源肇自公，乾坤靈秘洩無窮。任教後世翻蝌蚪，應共佉盧拜下風。

復旦吟社顏受謙《秋晴》：

蜘蛛結網弄朝曦，萬戶砧聲起水湄。寄語閨中諸戍婦，寒衣披曝正當時。

品社廖藏芝《竹影》：

千戶侯封小渭川，書成个字地為箋。葛陂自化蒼龍後，爪跡陰陰尚宛然。

華僑鄞江吟社李春霖《漏網魚》：

洋洋得脫喜頻頻，記否當時冒險身。從此揚鰭滄海去，禹門燒尾化龍鱗。

曉鐘吟社黃昆榮《月下美人》：

在上分明照影多，嬌姿婀娜弄婆娑。西風一夜香閨夢，耐盡高寒說素娥。

**宜蘭縣五社**

仰山吟社林本泉《春煙》：

村前村後布瀰漫，燕翦差池未許看。卻訝斷雲籠曉日，迴殊濃霧鎖層巒。輕迷柳眼鶯心醉，淡抹山腰鶴語寒。笑汝揚威能幾刻？東風一動自摧殘。

登瀛吟社盧纘祥《龜山朝日》：

紅旭初升照翠巒，休將不動誚蹣跚。昂頭東向琉球島，曳尾西連噶瑪蘭。峰峙何須盛玉匣，濤翻恰似湧金盤。祺生一賦流傳久，攜向晨光仔細看。

蘭社連碧榕《太魯閣》：

絕險巒煙地，偏呈景色饒。有山皆斷壁，無水不懸橋。道峻緣危峽，溪喧響怒潮。蒼茫雲樹曉，畫意更難描。

東明吟社林義德《迎歲梅》（歡迎日本木下彪博士）：

炎方淑氣轉鴻鈞，玉骨冰魂更出塵。破臘簾前開景象，沖寒雪後展精神。廣平賦罷文章古，和靖吟成歲月新。喜有高朋來上國，香凝瀛海盡成春。

濤聲詩社楊靜淵《諸葛亮出師表》：

諫主披肝膽，上書李密殊。一生知謹慎，三顧許馳驅。北伐思興漢，南征苦渡瀘。鞠躬能盡瘁，大節古今無。

## 桃園市八社

桃園吟社簡楫《春寒》：

料峭寒天雪未融，遲遲解凍待春風。狐裘染遍繁霜白，獸炭添來活火紅。縮手妻將雙袖捲，埋頭我愛一衿蒙。朱門夜宴笙歌暖，誰念袁安臥雪中。

以文吟社吳榮棣《杏林》：

春暖青囊草木蘇，北山分豔杏千株。成林都為瘡痍起，仁術何須詡扁盧？

陶社陳子春《秋山》：

萬壑蕭森以斷蟬，天開一幅畫圖然。疏疏林潤瀟瀟雨，颯颯風移淡淡煙。叢菊香濡朝露重，老楓景帶晚霞鮮。遙看螺黛渾如掃，似迓登高世外仙。

崁津吟社呂傳琪《情天》：

巫峰十二接冥冥，誓海盟山幾度經。太息媧皇終莫補，落花無主怨飄零。

東興吟社葉連三《赤壁懷古》：

賦詩橫槊人何在？折戟沉沙鐵亦空。眼底已無吳蜀魏，大江依舊夕陽中。

磋玉吟社古清雲《藜火》：

仙翁偏愛向才優，三昧吹藜助校修。太息蘭臺秦劫後，餘灰未燼夜光流。

南雅吟社呂傳琪《鶯梭》：

功藉天機巧奪人，滿園錦繡別翻新。工成自著金衣麗，轉笑寒窗織女貧。

大東吟社劉翠岩《辯護士》：

專憑雄辯作生涯，代雪沉冤善解排。太息年來多健訟，願君莫為厲之階。

## 新竹縣（市）十五社

竹社鄭用錫《雞籠紀行》：

已償婚嫁更何求，勝阜差當五嶽遊。貼水雌雄尋鷽嶼，隔江大小辨獅球。茫茫波浪天邊湧，一一帆檣眼底收。別有孤峰空際挺，遙從砥柱溯中流。

梅社林占梅《雙溪曉行》：

宛轉雙溪路，蘢蔥芋栗紛。深坑巢亂石，遠樹泊輕雲。屋盡穿巖構，泉多截竹分。嘯猿聲不斷，每向靜中聞。

潛園吟社林占梅《新莊別館月夜》：

竹籬近水兩三家，一帶芳塍稻未花。遠火江村星倒挂，平煙樹幕霧橫遮。蛙聲接浦跳萍鬧，螢燄衝風入竹斜。好是晚涼無箇事，汲泉拾葉煮新茶。

竹梅吟社蔡振豐《秋齋有感》：

萬籟聲喧樹色深，山居靜坐費沈吟。戰秋竹作回天勢，愛暖葵存向日心。屠狗早羞為噲伍，縛雞自笑是淮陰。此身七尺寧無謂，四十功名博一衿。

耕心吟社鄭家珍《感臺事》：

虎旗強迫元戎拜，雞嶼終看故壘空。不及月樓身一死，猶噴熱血灑秋風。（三句謂張月樓戰死雞籠）

青蓮吟社鄭玉田《啖荔》：

南荒佳果數天漿，葉底纍纍任摘嘗。卻笑紅塵飛騎苦，不能領略及時香。

讀我書吟社葉文樞《石灰》：

一窯煅就白於棉，建築無君總不堅。轉世劫經炎帝火，前身功補女媧天。和沙應變生為熟，得水原知死復燃。最是多情承福輩，手鏝長與結因緣。

竹林吟社謝森鴻《塵》：

浩蕩人間劫，飛揚撲面吹。貧家甑偏滿，駿馬策輕隨。緇染征衣化，紅追驛騎馳。客歸開洗宴，對酒展愁眉。

御寮吟社戴還浦《月下梅》：

衝寒獨占百花先，月下欣逢縞袂仙。天地有情蟾吐魄，湖山不夜鶴孤眠。素娥影裡誰吹笛？和靖簷前客聳肩。敢作和羹他日夢，玉樓瓊宇總心懸。

來儀吟社曾秋濤《半面美人》：

桃花人面擬仙姿，倚戶居然月半規。絕世何須容畢露，傾城未許貌全窺。徐妃妝鏡開猶小，商婦琵琶抱故遲。莫怪畫工偏靳筆，轉於靳處見深思。

南瀛吟社羅南溪《茶》：

武夷瑞草品殊佳，名擅歐西又爪哇。煙篆玉塵浮顧渚，濤翻白雪釀仙花。涼侵脾爽清詩骨，香繞心醒愜齒牙。我有盧仝閑雅癖，一甌淡泊足生涯。

大新吟社藍華峰《武曌》：

貌具蛾眉性野蠻，敢移唐代舊江山。商家妲己周褒姒，亡國終輸竊國姦。

柏社張純甫《醉春》：

往事屠蘇酒已空，今來何忍負東風。人生值此沉沉日，寧脫三閭醒眼中？

鋤社曾文新《瀛東秋感》：

砧聲催淚落纖纖，獨對孤燈懶下簾。夏去偶驚三伏杳，老來漸覺二毛添。迎晨露散風吹袖，向夜霜凝月掛簷。不盡海東羈客感，關山重疊隔閭閻。

竹風吟社高華袞《竹影》：

也學芭蕉繪綠天，擁渠清瘦碧堪憐。松梅石上三生約，只藉江山皎月傳。

## 苗栗縣五社

栗社謝鐸庵《破荷》：

芙蕖乍減美人粧，小劫橫遭雨雹傷。莫謂盈虧同兔魄，尚擎殘蓋護鴛鴦。

南洲吟社鄭鷹秋《雪花》：

頃刻開成六出奇，豐年有兆得先知。輸梅一段清香味，辜負王恭鶴氅披。

蓮山吟社陳貫《鐵砧山弔鄭延平》：

地下英雄骨已寒，尚留遺跡白雲端。百年孤島延明祚，一代頭銜署漢官。左衽肯為降虜計，焚衣合作棄繻看。荒山俎豆今安在？井涸碑橫夕照殘。

中南吟社陳如璧《劉備》：

河山破碎亂思戡，伐魏征吳百戰酣。漢業未能歸統一，託孤白帝恨長含。

龍珠吟社黃祉齋《筆花》：

夢入江淹五色開，風流文采騁雄才。一枝獨秀騷壇上，不藉唐皇羯鼓催。

## 臺中市十三社

黎江吟社黃爾竹《曝書》：

不須曝曬展蓬廬，不願人稱富五車。安得名山藏一卷，千秋風雨免愁余。

中州吟社王卿其《春燈》：

千家點點月無痕，徹夜輝煌不閉門。何似將軍張燭宴，夜剛三鼓奪崑崙。

櫻社林少英《隋煬帝》：

通濟殊方蓋世龐，荒淫至竟覆家邦。一身為禹兼為紂，褒貶何人筆似杠？

怡社吳子瑜《書懷》：（作者時客燕市）

淨几明窗好讀書，數盆花卉綴幽居。風敲戶牖疑來客，巷起喧嘩為喚車。溽暑熏蒸三伏至，濕雲散盡一天虛。都門住久離鄉慣，異地隨他兩鬢疏。

東墩吟社蔡子昭《新秋》：

炎威稍減晚涼生，閒臥蕭齋葛被輕。已覺西風催節物，猶餘小雨變陰晴。渚蓮漸冷鴛鴦夢，野草初聞絡緯鳴。刀尺香閨聲正急，何人不起玉關情？

萍社林石峰《鐵砧山懷古》：

彷彿風雲護澗阿，奔江五馬氣消磨。至今盌井波猶在，可是英雄淚點多？

中州敦風吟會林資修《三月十二夜聽雨不寐》：

元氣淋漓夜氣深，薄寒微襲五更衾。愁雲漸合疑天壓，積潦橫流想陸沉。斗室已無花雨夢，坳堂真有芥舟心。平生滴瀝窮檐淚，獨和啾啾凍雀鳴。

櫟社林朝崧《送呂厚庵秀才東歸》：（作者時旅大陸）

吾人聚散本難知，分手何須泣路歧。但使三生盟片石，不應一步阻雷池。情天再補雖無術，缺月重圓會有時。珍重萊衣歸故里，相思寄我采薇詩。

鼇西吟社蔡惠如《用丘念臺君韻寄呈伊若社兄》：（作者時旅大陸，「伊若」莊嵩字）

蓬萊島上過新年，鄉思千重鬱不宣。繡口盡供談韻事，寒香誰與寫詩篇？一枝健筆扶公理，並世清才讓此賢。太息紅羊經劫後，至今未許望青天。

白沙吟社楊英梧《醉後漫成》：

一入醉鄉萬事休，世間幾日可遨遊。悲觀不若樂觀好，濯我精神去俗憂。

榕社楊耕夫《畫梅》：

玉骨冰肌索笑頻，銀毫依樣點來勻。最宜斜挂幽窗下，試比南枝真不真？

富春吟社廖柏峰《卦山觀月》：

銀蟾隔樹影幢幢，入眼遙遙認鹿江。回首定軍多感慨，團圓又照舊家邦。

墩山吟社張春亭《觀魚》：

臨淵羨煞躍清波，金鯉洋洋玉鯽多。待到禹門雷火動，再瞻燒尾度天河。

## 南投縣八社

南陔吟社張玉書《淡如齋遣興偶成》：

自把蕭齋署淡如，十年閉戶養迂疏。論交世少同膠漆，趨利人多互毀譽。毛穎試臨新獲帖，牙籤重檢舊藏書。殘篇無故生科斗，老眼猶能辨魯魚。

東州吟社黃洪炎《登鼓山》：（閩遊雜詠）

鐘鼓樓高寶殿重，閩江如練繞諸峰。流飛石罅雲根水，風捲山濤嶺上松。隱約古城斜照麗，迷濛下界麴塵封。數聲清磬禪房裡，頓覺消除芥蔕胸。

櫻社邱榮習《虎山春望》：

江山如畫碧玲瓏，好景宜人入望中。桃臉夭嬌迎瑞日，柳腰婀娜舞春風。珠潭魚躍千重綠，霧社櫻開萬里紅。慶賀王正祈福祉，門懸松竹逞青蔥。

梅社王梓聖《冬筍》：

出頭欣得地，不怕雪霜侵。莫作貓兒看，干霄自有心。

集賢吟社王梓聖《歸雁》：

整陣啼霜淺渚邊，相呼相喚渡樓前。江南客夢三千里，塞北音書十九年。掠水痕遮蘆絮白，排雲字點蓼花嫣。傷心寂寞歸何處？遠路迷濛薄暮天。

集萍吟社吳太岳《醒靈寺秋望》：

金風瑟瑟綠湖城，岸柳蕭疏菊放英。豁眼醒靈樓外望，虎山鶴嶺落霞明。

藍田詩學研究社歐禮足《謁登瀛書院》：

登瀛創立百餘年，奉祀文昌氣浩然。客至爹香頻薦藻，人來頂禮賦詩篇。恩霑士子功名得，澤被黎民福祿綿。漢學相承昭海嶠，吟聲嘹喨震中天。

登瀛詩社許賽妍《暮春》：

李熟梅黃桂筍香，園庭寂寂百花藏。多情卻有東風老，託付新荷別樣妝。

**彰化縣二十二社**

鐘毓詩社楊桂森《樂耕樓記事》：（作者時任彰化知縣）

望杏瞻榆重省耕，樂民之樂洽春城。鋤雲在眼方占卯，課雨關心又望庚。五百年來有名士，八千里外撫蒼生。銅關鐵甕渾閒事，怎及萬間新廈成。

荔譜吟社蔡德輝《謁延平王廟》：

沙汕紛紛列舳艫，當年海上拓雄圖。鯨魚入夢生何異，龍種偕來類不孤。人似武侯籌北伐，地同洛邑建東都。知他矢志延明祚，絕島偏安亦丈夫。

鹿苑吟社許劍漁《感懷》：

不堪回首舊山河，瀛海滔滔付逝波。萬戶有煙皆劫火，三臺無地不干戈。故交飲恨埋芳草，新鬼啣冤衣女蘿。莫道英雄心便死，滿腔熱淚此時多。

大冶吟社施肖峰《漁舟》：

輕帆斜倚晚煙寒，紅日沉江罷釣竿。一片銀濤澄海月，秋風吹入子陵灘。

香草吟社許存德《宋太祖》：

兵變陳橋諉不知，黃袍雖著豈難辭？倉皇祇有存孤寡，一語焉能杜眾疑。

大成吟社吳澄江《鄧林竹》：

遺杖成林百里寬，清高節節待棲鸞。持將骨肉留餘蔭，休作祥桑一例看。

興賢吟社黃溥造《郭子儀》：

兵出岐陽共喚呼，兩京克復幾馳驅。功成不受人媒蘖，天寶元勳欲比無。

聚鷗吟社王養源《旅懷》：

昂藏人海幾經秋，未測天心付自由。歌哭誰能消讖偈，飄零我合謚詩囚。年年囊底沿羞澀，碌碌吾生應馬牛。甚欲便歸歸便否？有誰盼斷大刀頭。

鐘樓吟社王養源《春潮》：

靈胥怒鬪勢洋洋，一碧拖天蜃氣揚。早試吳兒原有約，免教春信誤瞿塘。

芸香室吟社王養源《澗松》：

伊誰樹德愛偏施，培養深山澗水湄。抵暴盤根惟國土，防災楨榦固邦基。凌寒每與篁梅友，抗日猶留霜雪姿。蔭下泉清流不息，潤枝潤葉正相宜。

蘭社魏國楨《節婦碑》：

碑文誰賦共姜詩，勁節冰心萬古垂。一塊可憐填海石，冤魂恨雨寫淋漓。

書德吟社張鳴鶴《廉泉》：

一泓清澈自潺潺，流出文鄉武里間。未許濁塵來污染，只留清白在人寰。

菱香吟社郭涵光《賈誼》：

痛哭書生絕世才，何圖絳灌起嫌猜。徙薪果定分疆策，骨肉焉能蘊禍胎。

淬礪吟社施少峰《蚯蚓》：

晝潛園圃夜來嘶，土壤翻鬆不費犁。漫說微蟲無大用，能穿地殼有誰齊？

螺溪吟社陳子授《棋聲》：

何處鏗然落子聲，微風吹送出前楹。料知有客横肱坐，吴越春秋鬥一枰。

道東吟社黃文熔《讀畫》：

顧陸荊關點綴工，吳山楚水雨煙中。不妨徙倚欄杆畔，一幅清吟味古風。

應社陳虛谷《秋水》：

海鳥群飛夕照邊，乘槎有客興悠然。蒼茫萬里涵秋碧，渾與長天一色連。

聲社周定山《將之大陸感賦》：

鷸蚌堅持感喟深，中原人物久消沉。離家書每緘愁寄，作客詩還帶淚吟。短劍鋩侵銀炬影，繁霜寒襲鐵衣襟。世途艱險文章賤，盪氣迴腸轉不禁。

新聲吟社蔡梓材《驪歌》：

雨中折柳上征途，祖道西風別恨俱。馬後笙簫馬前酒，長亭秋色唱吳歈。

洛江吟社莊幼岳《榕城客夜》：

牢落天涯意愴然，無聊生計費周旋。人離鹿渚逾千里，身滯榕城又一年。濁酒將邀誰共罪？歸心只與雁爭先。客窗春雨瀟瀟夜，坐對寒檠獨不眠。

白沙吟社洪以倫《酒債》：

朝來有鳥喚提壺，貰酒錢空何處沽？安得曹邱三萬戶，為余食邑免追逋。

卦山吟社陳渭雄《節婦吟》：

勁節冰心尚可追，千秋片石姓名垂。我來下馬斜陽外，不拜英雄拜女兒。

## 雲林縣八社

芸社黃文陶《朝顏花》：

紫白紅藍間色奇，朝朝浥露燦柔枝。漫誇金谷多名卉，讓汝先開破曉時。

茭社廖學昆《賽跑》：

不從走馬鬥縱橫，赤足爭奔萬里程：何處健兒稱霸手，追風逐電總無聲。

斗山吟社黃服五《焙龍眼》：

火色純青果色鮮，團團旋轉徹中邊。山家亦有秋收樂，一竈烘烘萬福圓。

汾津吟社蕭登壽《鄭旦》：

天然豔冶比西施，也入吳宮作愛姬。失寵那堪思往事，苧羅村裡有齊眉。

雲峰吟社陳庚宿《白菊》：

三徑冰姿並楚蘭，枝枝開處似霜團。秋容娟秀秋心淡，絕好重陽月下看。

斗南吟社陳吉榮《鄧林竹》：

一杖成林事亦奇，儒生自古費猜疑。竿頭鳳彩思凌日，夸父精靈似有知。

鄉勵吟社龔顯升《榴火》：

血染爐峰綠萬叢，豈同江浦舞丹楓。不知燒燭看花日，可有紅裙在妒中？

共同吟社楊笑儂《待菊》：

注目籬邊日幾時，豈因秋雨誤花期。高人晚節原相似，殿後能開不厭遲。

**嘉義縣（市）二十四社**

東吟詩社沈光文《感憶》：

暫將一葦向南溟，來往隨波總未寧。忽見游雲歸別塢，又看飛雁落前汀。夢中尚有嬌兒女，燈下惟餘瘦影形。苦處不堪重記憶，臨晨獨眺遠山青。陳漢光注：「就詩意觀之，可看出是在旅行中所作。而且這旅行是從海上，自北而南，其時應係隆武二年丙戌。」

茗香吟社賴雨若《丙午地震》：

壓死無棺席裹尸，慘同活葬哭妻兒。傷心萬竈停煙火，不及鷦鷯安一枝。

淡交吟社何亞季《弔五妃》：

兵覆西瀛警報頻，九泉相待示遺臣。五棺同日殉明社，萬世留名感赤民。魁斗山頭埋恨骨，嵌城郊外瘞瓊身。可憐願共天球死，愧殺琵琶出塞人。註：天球：寧靜王朱術桂字。

羅山吟社白玉簪《竹滬弔寧靜王》：

王氣將終奈數何，中原大陸沸鯨波。圖存鹿耳雄心在，地闢鯤溟血淚多。龍種孤魂歌玉帶，鳳陽故國泣銅駝。只今一片荒墳峙，夜半松風起怒濤。

玉峰吟社王殿沅《風簾》：

疊影參差小院東，迎風搖曳玉玲瓏。憎他遮住驚鴻臉，一點靈犀語未通。

青年吟社賴子清《秋興》：

涼飆頻動竹，四野已無蟬。黃葉初辭樹，秋聲忽在天。詩懷千嶂雨，畫意一溪煙。不羨王侯貴，閒居自適然。

尋鷗吟社方輝龍《對酒》：

蟻綠雞黃佐綺筵，但聞香氣已陶然。舉杯勸飲聯歡地，添得名花便欲仙。

朴雅吟社楊爾材《雲峰》：

從龍出岫本無心，靉靆巍峨幾萬尋。怪爾排空成疊嶂，奚如早日化甘霖。

崙峰吟社楊爾材《養虎》：

為愛斑皮變豹皮，殷勤買肉日防飢。柙中蹲踞休咆吼，勝落平洋受犬欺。

鷲社蔡笑峰《海水浴》：

欲除塵垢到天池，洗滌殷勤日不疲。滄海橫流今正急，潔身須待息瀾時。

龍江吟社蔡笑峰《鐵匠》：

煅練原期物我齊，終成良器利群黎。誰知柳底烘爐下，道義鉗錘有向嵇。

竹音吟社陳春林《白燕》：

也知非紫頷，又復異烏衣。釵化粧初改，泥含雪正飛。梨花空色相，柳絮夢芳菲。莫向昭陽去，銅環鎖落暉。

轂音吟社林翰堂《紅線盜盒》：

潛到魏城只瞬時，偷來金盒少人知。如何絕代英雄女，只著青衣作侍兒？

岱江吟社周鴻濤《雨傘》：

立地頂天一柄開，何愁驟雨霎時來。未嘗覆庇蒼生願，僅得容身亦可哀。

笑園吟社蕭嘯濤《樹下聽蟬》：

徙倚槐陰近柳堤，如琴切切韻清淒。枝頭譜出宮商調，葉底時聞斷續啼。聲叶南薰鳴夏日，音隨北苑恨秋閨。餐風飲露持高潔，濁世無人為品題。

揖子吟社楊嘯天《文君聽琴》：
長卿寓處異樓東，一曲求凰譜夜中。辨夜調高音嘹喨，泥郎心醉意朦朧。蘭釭顧影憐新寡，玉律含情訴綺衷。十二欄杆都倚遍，柔懷爭不繫焦桐。

聯玉詩鐘社李德和《題西施菊圖》：
苧羅移得九秋香，回首姑蘇夢一場。豔骨漫隨湖水去，好留瘦影印柴桑。

六桂吟社蔡清福《閒居》：
了無箇事態安舒，斗室潛修得自如。詩酒何妨聊卒歲，妻孥便好慰平居。三椽茅舍堪容膝，五畝圭田足荷鋤。不與趨炎人競逐，蕉窗窗下理琴書。

新鷗吟社蔡清福《新寒》：
淒風颯颯嫩生寒，漸作霜威舉步艱。此去附炎人識否？立教到處盡冰山。

石社黃傳心《催粧詞》：
一庭簫鼓亂敲吹，默對粧臺粉頸垂。卻任簪花還整髻，寸心撞鹿有誰知？

白水吟社李笑林《春陰》：
不寒還不雨，風景似江南。雲暗天疑墮，花香蕊半含。河山皆失色，草木盡沉酣。上帝夢夢睡，何時見蔚藍？

鯤水吟社李笑林《醉後》：

三分酒意七分狂，放浪形骸尚大方。老友相邀傾北海，少年猶憶典西裝。途窮阮籍杯常滿，才退江淹筆斂鋩。醉後不知春幾許，半窗明月倚籐牀。

麗澤吟社蔡如生《惜花》：

為愛名花細護持，金鈴繫遍合歡枝。年來笑我癡情甚，未到開時憶落時。

小題吟會賴惠川《月》：

河漢無垠玉鏡開，清輝依舊照蓬萊。夜深彩暈重重鎖，恐有人間火箭來。

## 臺南市三十一社

斐亭吟會唐景崧《五妃墓》：

秀姑合伴王袁死，兩婢荷梅死更奇。海上鵑啼悲玉帶，塚中魚貫葬瓊枝。法華寺畔尋詩偈，魁斗山前弔冷祠。竹滬遙遙埋白骨，城南風雨走靈旗。

崇正社許南英《憶菊》：

著意在籬東，芳魂幾日空。花容都寂寞，心事尚朦朧。晚節人偏瘦，秋歸夢未通。多情情更誤，無語對西風。

浪吟詩社許南英《蟬琴》：

入耳頻和石上泉，請將綠綺託青蟬。有聲自信非凡響，得趣何勞太古絃。羽調叶時鳴夏日，商音變處怨秋天。讓他萬壑松濤滿，濃綠清陰一飽眠。

春鶯吟社洪鐵濤《養花》：

春陰乞得護花叢，錦障低遮料峭風。盼到杏花春意鬧，一枝高奪狀元紅。

西山吟社許子文《苔痕》：

鬖髿石髮見秋痕，小雨催生滿廢園。最是有詩題不得，只緣斑駁遍牆根。

留青吟社謝星樓《艾人》：

腰橫蒲劍立當前，淮市吳門五月天。草澤英雄留本色，吹簫楚客最堪憐。

錦文吟社張文選《慵粧》：

一見秋風起，芳心倍感傷。瘦容愁對鏡，亂鬢厭梳妝。簾暗波無影，釵斜玉失光。檀郎何日返？畫妾兩眉長。

秀英吟社蔡碧吟《夏日村居》：

西瓜涼沁齒牙餘，爭說甞漿蜜不如。萊服鬆烹菘葉煮，鄉間風味勝城居。

雞林吟社吳紉秋《花夢》：

金鈴漫藉護年年，落枕蘧蘧綠萬千。今日女權提醒了，美人何事尚貪眠？

珊社林紫珊《荔枝冰》：

三千世界凝霜質，十八娘姨露玉膚。漫道黃梅酸濺齒，此君芳味勝醍醐。

聽濤吟社洪鐵濤《磨劍》：

卅萬橫磨出異材，龍文淬礪動風雷。秦王頸血吳王石，天付英雄試膽來。

集芸詩學研究會林海樓《吟魂》：

李杜壇中飄一縷，吟蹤隱現月黃昏。我來翦紙招能起，肯許鼇頭獨占元？

桐侶吟社吳子宏《夏柳》：

春婆夢醒小樓西，萬縷千絲綠又齊。去日顛狂隨絮盡，風流猶蔭老鶯啼。

延平詩社白劍瀾《臺江泛月》：

放棹西風意爽哉，一鯤一舸共瀠洄。濤聲似咽鯨魂去，檣影猶含兔魄來。曾記復臺功頌鄭，不從觀海賦傳枚。江中水色秋中月，照出婆娑擊楫才。

南社詩會謝石秋《題半身美人圖》：

洞房高掛尺縑新，眼底居然有玉人。似覺含情羞不出，可憐無語但凝神。春風閑識當窗面，夜月難窺倚柱身。未許弓鞋長短礙，怕教逢怒到真真。

嶼江吟社吳萱草《明妃出塞》：

獵獵悲風漠漠塵，寒生毳幕慘無春。琵琶一曲安邦策，萬里奇勳屬美人。

蘆溪吟社王炳南《籠鶴》：

鎮日籠中斂翼眠，夢迷松頂一巢煙。梅花落盡逋仙老，回首孤山總黯然。

竹橋吟社陳昌言《農家新年》：

芳郊日麗曉煙消，男女成群樂趣饒。賀歲酒同雞尾飲，嘻春鞋試鳳頭驕。田無暴斂堪謳舜，廩有餘儲獨頌堯。爆竹聲中逢大有，高歌擊壤起民謠。

新柳吟社劉瑤函《琢玉》：

璞玉荊山秀氣鍾，功深雕琢響琤琮。莫嫌大器成何晚，圭璧終須薦辟雍。

月津吟社蔡哲人《心猿》：

只容匿跡居靈境，未許呈形出世間。意馬可羈君可勒，修身直入聖賢關。

虎谿吟社王則修《西門豹》：

不獨沉巫俗可移，荒涼鄴邑起瘡痍。多君治績推興利，渠水長流十二支。

綠社李步雲《春日謁南鯤鯓廟》：

稽首王前淑氣呈，巍巍神闕仰雕甍。地留吉穴山騰虎，廟對璇宮海跋鯨。冠劍森嚴瞻北嶼，樓船壯肅守東瀛。整衣廿四番風裡，一瓣心香表至誠。

沅溪吟社蘇東岳《中秋月》：

一輪高挂平分夜，亙古常新不用磨。明月何知人事變，清輝猶照舊山河。

學甲吟社謝伯翔《秋月》：

玉露金風爽氣生，當空寶鏡倍光明。披襟獨上南樓望，碧海青天一色清。

明仁吟社林金昆《木鐸》：

春秋絕響抵金聲，大器何嫌木製成。一例當頭同棒喝，肅清文教醒群生。

登雲吟社徐青山《秋聲》：

乾坤瑞氣發清商，肅殺飆成滿大荒。不盡江山搖落感，悲歌我亦正淒涼。

淡如吟社蘇東岳《登赤嵌樓》：

地割牛皮霸業空，尚餘樓閣倚秋風。登臨不盡滄桑感，極目鯤潮夕照紅。

將軍詩社王則修《秋雁》：

啣蘆斜渡楚江頭，一葉西風動繡樓。問汝飛過關塞路，征夫寒信寄來不？

白鷗吟社吳萱草《捕蟹》：

橫行水滸任逍遙，公子無腸氣勢驕。遭遇漁人雙手捉，樽前風味及時饒。

竹林詩學會黃秋錦《劍膽》：

怒氣填胸殺氣雄，稜稜三尺帶腥風。鋒芒自有常山膽，百戰沙場建異功。

南瀛詩社李步雲《臺江泛月》：

一舸輕搖大澤來，安平十里海門開。銀盤影映新燈塔，玉兔光迷舊砲臺。橫槊人懷曹子賦，倚檣我愛鄭王才。乘槎有待蟾宮去，同與嫦娥話劫灰。

## 高雄市二十一社

旗津吟社陳梅峰《秋日遊劍潭》：

劍潭十丈瀉寒流，衰柳蕭疏宿雨收。雁陣嘹天聲斷續，漁燈逐浪影沉浮。江山自古盤龍虎，干櫓當年犯斗牛。霸氣未銷豪氣減，哦詩空對水悠悠。

蓮社陳梅峰《佛蘭西攻澎》：

酒酣談往事，慷慨輒低昂。只此一丸地，而為百戰場。荷蘭曾埒虎，鄭氏亦亡羊。佛寇頻窺此，南洋險北洋。

鼓山吟社鮑樑臣《秋海棠》：

斷腸人去剩胭脂，獨占春容八月時。露濕猶疑新淚點，風敲難割舊情絲。玉階搖影空憐汝，金屋藏嬌更待誰？我擬移根盤上土，不教寥落冷芳姿。

萍鄉吟社陳春林《落花》：

九十韶光去莫尋，綠章仍乞海棠陰。未酧著手回春意，已失傾葵向日心。枝上月明聞鳥喚，階前香損積泥深。有情人到應惆悵，何待啼紅淚始涔。

岑洲吟社陳皆興《莫愁湖》：

鬱金堂外草如茵，淡粉輕煙夾路陳。湖水莫愁猶帶綠，江山無恙幾翻新。樑空玳瑁雙棲燕，花落樓臺不見人。六代興亡兒女淚，豪華非復昔時春。

壽峰詩社王奬卿《壽山觀海》：

鼓山山勢鬱崔嵬，登望汪洋眼界開。地近中原神易往，船通異域客頻來。乘槎最羡張騫興，擊楫還憐祖逖才。且指夕陽西墜處，天然美景錦成堆。

高岡吟社陳國樑《晚霽》：

雨師駕返夕陽天，一望山容帶笑妍。曾憶滕王高閣賦，落霞孤鶩景無邊。

屏嵐吟社吳紉秋《月鉤》：

似玦如梳比不差，半彎初上紫薇花。秋江倒影魚龍寂，作釣嫦娥引望賒。

壽社宋義勇《鳳凰臺》：

巍巍直聳碧雲邊，絕唱登臨憶謫仙。太息鳳凰今不見，空留古蹟幾千年。

瀨南吟社施子卿《春日雜詠》：

東郊芳草綠萋萋，樹色嵐光一望迷。惆悵王孫歸未得，漫天風雨冷香閨。

雄州吟社盧耀廷《電扇》：

神光離合最相親，萬轉千揮快此身。莫道生成心是鐵，仁風鼓動及蒸民。

在山吟社蔡玉修《筆戰》：

千軍一掃逞威風，落紙交鋒氣貫虹。突破騷壇如破竹，管城子也建奇功。

鯤社鮑樑臣《落梅》：

玉骨飄零溷翠茵，瑤臺空剩可憐春。逋仙去後無知己，誰惜香泥瘞美人？

鵬社許成章《虱目魚》：

郡王老去魚猶在，記得當年莫說無。細細且看鱗似錦，星星休怪眼如珠。英雄舊物應鵬化，水國餘生怕獺驅。有客滯臺將十載，故鄉風味薄江鱸。

鳳岡吟社林靜觀《讀畫》：

寫生妙筆解人頤，供我沉吟幾斷髭。半壁煙雲誇墨瀋，六朝金粉妒胭脂。循環會悟成胸竹，點畫推敲沒字碑。一幅輞川頗玩味，百回不厭慰相思。

藏修吟會林靜觀《蠶婦》：

採葉飼蠶費苦辛，絲成不作綺羅人。裙釵亦解存兼濟，衣被蒼生遍四垠。

三友吟會蕭永東《苔痕》：

半畝蒙茸綠接垣，遊人過處屐留痕。宛然一幅青氈破，雨補風修費幾番。

旗峰吟社蕭乾源《秋聲》：

肅殺西風四野鳴，幾疑萬馬戰荒城。誰家寒杵三更急？何處疏鐘五夜清。竹雨頻敲無限恨，松濤時湧不平聲。歐公有賦同悽切，獨倚欄杆月正明。

鳳毛吟社歐炯庵《待渡》：

惆悵津頭喚渡無，江干寒月照飛烏。可憐一帶盈盈水，辜負椿萱正望吾。

岡山吟社李劍峰《蝴蝶蘭》：

幽谷移來著豔妝，風前栩栩放奇芳。飄零金粉詩傳謝，煙景繁華夢憶莊。薄翅展開三徑白，輕衣似染九秋黃。迷離若解湘纍恨，也效韓凴化蛺償。

美友吟社謝仁湜《紅蓮》：

冉冉風吹帶豔妝，西湖日暮一池香。可憐婀娜煙波上，尚抱丹心禮法王。

**屏東縣十四社**

東港詩會林玉書《延齡菊》：

黃花固是長生藥，世卻無多百歲翁。為問餐英陶處士，老來曾否返兒童？

礪社尤和鳴《倉頡》：

一闢苞符萬古同，巧同人智奪天工。千秋道統崇尼父，畢竟尊君創始功。

溪山吟社郭正涵《夕陽》：

峰頭帶紫村莊晚，天末流紅暮色新。斜照滿山煙滿徑，東皋徙倚未歸人。

新和吟會薛玉田《時世粧》：

極巧窮工筆莫描，香閨舉動亦輕佻，分明鄭魏風行日，裙襖釵鈿色色嬌。

臨溪吟社陳家駒《問鶴》：

華表歸來路幾重？孤山肯守月明中？何時結識林和靖？稱子稱翁眾口同。

屏東詩會陳家駒《秋山》：

風吹敗葉重重積，雲鎖幽崖片片封。山與人情同一樣，有時搖落減清容。

東林吟會蕭永東《誓海》：

情意堅同石與金，風波亦願共浮沉。縱教變作桑田日，難改初盟一片心。

東津吟社蕭永東《秋山》：

不同春日十分青，葉落雲橫瘦翠屏。卻怪峰巒頭自白，閒愁豈亦到山靈？

潮江吟社黃福全《鸚鵡杯》：

碟如鷓鴣是奇材，巧匠磨成作酒杯。記得當時曾識主，幾疑籠脫綺筵陪。

興亞吟會林又春《畫梅》：

雪萼霜葩著筆時，仙人姑射本天姿。可憐靜草樓中夜，添寫江妃淚暗垂。

二西吟社連祖芬《畫花》：

拂拭銀箋墨細研，筆端寫出若天仙。勸君莫畫枝連理，恐惹伊人意愴然！

蕉香吟社鄭玉波《詩癖》：

句未傳神癮倍增，傾將心血沒山陵。呻吟莫笑原無病，慷慨陳詞繫廢興。

六和吟社陳芳元《尋春》：

賞識東皋快爽神，馬蹄到處散香塵。江山煙景文章在，俯仰郊原萬象新。

東山吟社郭芷涵《題蕉》：

一天綠意護窗櫺，葉上揮題墨瀋馨。捲盡塵心詩不俗，悠悠鹿夢許催醒。

**澎湖縣三社**

西瀛吟社陳梅峰《晤南溟有作》：

桂花香裡著先鞭，翮鎩秋風共愴然！或者蹉跎能補壽，更將鎔鑄當編年。珂鄉風景濃於酒，曩日賓朋散似煙。君竟盛時甘大隱，耕經耨史作良田。

小瀛吟社陳世英《澎湖文石》：

生來石質擬圭璋，信是瀛西特產良。一自琢磨成器後，好供御覽獻君王。

文峰吟社鮑迪三《處囊錐》：

乾坤袋裡困堪哀，脫穎何妨自薦來。不有鋒鋩威楚日，誰知寸鐵是奇材？

**臺東縣一社**

寶桑吟社鄭品聰《祝鯤南七縣市聯吟》：

旗鼓東南戰壘開，擹箋共撥劫餘灰。詩心融與天心會，合頌元音繼福臺。

**花蓮縣一社**

蓮社曾文新《洄瀾觀濤》：

重疊銀山一望中，浪淘磯畔憶英雄。能教海若驚魂散，應是靈胥怒氣沖。指顧六鼇頻拍岸，奔騰萬馬欲凌空。憑誰藉得枚乘筆，雪練南濱點綴工。

其中接武最力，貢獻最大，首推趙一山先生。他生於清咸豐六年（一八五六），原名元安，因素慕文文山（天祥）及謝疊山（枋得）的為人，便自號為一山。十八歲中秀才，三十歲入泮，府學批為首名。適逢乙未之變，遂潛心岐黃。在板橋、基隆、桃園行醫兼教學。無何，榮膺臺北醫生會會長。四十二歲，在臺北市永樂市場邊南側二樓，自設「劍樓書塾」

（時宣統三年，明治四十四年。），公開授徒，聲名大噪，四方來學者日多。鹿港辜顯榮（時任保良局長，勳四等。）推薦出任公職，屢謝不敏；日人聞其大名，累加徵聘，都被婉拒。晚年雙目失明，仍繼續教學。令學生誦讀，如有誤，即予訂正，再為之講評。記憶力之強，令人咋舌。民國十六年卒（時昭和二年，一九二七），享年七十二歲。他死後，其志事，在臺北市，分由其入室弟子歐劍窗、李騰嶽（鷺村）、張晴川（字芳洲，號漢澄）等繼述。

歐劍窗先後創立「星社」、「瀞社」、「北臺吟社」，並創辦「臺灣時報」；李騰嶽創立「芸香吟社」，成員都是一時名醫；張晴川創立「逸社」，成員多係「臺灣文化協會」抗日菁英；桃園由趙靄山繼述，設帳授徒，頗有文名；新北市、基隆市，由李碩卿（石鯨）繼述，創立「月曜吟社」、「讀古山莊吟會」；宜蘭由杜天賜（仰山）繼述，都講仰山書院；臺南由謝國文（星樓）繼述，與謝石秋、陳瘦雲及趙鍾麒（雲石）等，創立「南社吟會」（簡稱南社）。影響於臺灣聲教，至深且鉅。

## 結語

詩言志，其詞或驚天地，泣鬼神；或悲孤臣，哀孽子；或正得失，厚人倫；或經夫婦，成孝敬；或美教化，移風俗；不一而足。要皆不失溫柔敦厚，而以興觀群怨美成之者，其有功邦民福祉，寧不偉歟？因其係國學主軸，且象徵國運隆替，故有正風正雅之分，與變風變雅之別。孔穎達云：「王道衰，諸侯有變風；王道盛，諸侯有正風。」舊說：《詩經・國風》中的詩，《周南》、《召南》自《關雎》至《騶虞》二十五篇為正風；《邶風》以下十三國風為變風。《毛詩序》：「至於王道衰，禮義廢，政教失，國異政，家殊俗而變風變雅作矣。」是知，雅，亦有正變之分。《小雅》從《鹿鳴》到《菁菁者莪》為正；《六月》以下為變。《大雅》從《文王》到《卷阿》為正；《民勞》以下為變。大抵正風正雅，皆在周公成康時所作；變風變雅，多在宣王幽厲時所詠。美惡各隨其時，顯善懲過之所為作也。

究其源委，各代開國初期，莫不氣勢蓬勃，則正風正雅作矣；洎國力衰退，則變風變雅起矣。我中華民族，自滿清末造，乘勢崛起，詩人所詠，靡不英風凜冽，磅礴山河。孟子曰：「上有好者，下必有甚焉者矣。」荀子曰：「順風而呼，聲非加疾也，而聞者彰。」故知，欲振詩風，端賴政府提倡，各級教育機構協力推行，不旋踵間，風行草偃，則周召不足多，漢唐可取代，在歷史上留下光輝燦爛的一頁。

## 誄辭

### 吳公夢雄先生祭文（一）

維

中華民國一〇二年十一月三十日，大漢詩詞研究社老師楊君潛、創社人楊蓁、社長耿培生、顧問劉緯世、賓碧秋暨全體社員，謹以花香酒醴之儀，致祭於吳公夢雄先生之靈前曰：

於穆先生　嶽降贛湄　永豐俊傑　穎異天資　始生七月　略識無之　家傳禮樂

性好詩詞　粵當弱冠　烽警赤眉　興滅繼絕　情奪烏私　載馳柳營　靡盬王師

六韜九變　英發雄姿　恭承閫寄　弭節桃基　指揮若定　扶傾轉危　豐功偉績

千載一時　蓋公睿智　譬彼龍夔　襟懷灑落　器度弘丕　學究諸子　道貫雙儀

晚耽書藝　簡練張芝　銀鉤蠆尾　舉世欽遲　南菁祭酒　大陸拓碑　德隆望尊

今哲思齊　鶼鰈情深　蘭桂葳蕤　遺著梓成　百代名垂　方慶耄耋　共獻壽卮

胡天不弔　奄忽長辭　愴懷疇曩　涕泗漣洏　鶴駕將升　倍切淒其　心香一掬

不盡歔欷　神靈在上　來格來歆　嗚呼哀哉　尚　饗

吳公夢雄先生祭文（二）

維

中華民國一〇二年十一月三十日，中華民國古典詩研究社名譽理事長鄧璧、理事長楊君潛暨全體理監事、社員等，謹以清醴庶羞之儀，致祭於吳候補理事夢雄先生之靈前曰：

翳維先生　永豐耆英　五歲能文　稟賦聰明　天性剛直　宿具堅貞　崇仁尚義
待人熱誠　遠祖泰伯　讓德風清　公尤卓犖　才氣縱橫　有為有守　無競無朋
九重閫寄　國賴中興　龍韜豹略　督選常贏　厥功雄偉　仕宦高陞　詩書雙絕
禮樂研精　耄齡峻望　領導南菁　徽音嗣響　祖武克承　彩筆生花　蜚譽鯤瀛
生活美滿　鶼鰈深情　一門俊秀　蘭桂敷榮　巋然著作　百代留名　方慶純嘏
共獻壽觥　胡天不憖　修文玉京　愴懷疇曩　心慟淚零　鶴引將駕　薦以潔馨
靈其不昧　來格來歆　嗚呼哀哉　尚　饗

龔公稼雲先生祭文

維

中華民國九十四年十一月四日，中華詩學研究所（會）名譽所長（名譽理事長）張定成、所

長（理事長）朱萬里曁全體副所長、研究員（理監事、會員），謹以清醴庶羞之儀，致祭於
襲故副所長（理事）稼雲先生之靈前曰：

翳維先生　贛之耆英　九歲能詩　天縱聰明　秉性剛直　宿具忠貞　崇德尚義
待人熱誠　朝野稱頌　國柱邦楨　稽公先世　誕自少卿　渤海郅治　竹帛褒旌
公尤卓犖　才氣縱横　寢經饋史　腹笥充盈　繼志述事　夙契輿情　誥命宸眷
飭宰武城　適逢兵燹　蠻觸相爭　歷盡艱辛　東渡蓬瀛　辟雍振鐸　育化莪菁
玉尺量材　棘院蜚聲　等身著作　百代留名　方慶耄耋　共獻壽觥　胡天不憖
修文玉京　愴懷疇曩　涕泗沾膺　靈輀將駕　薦以潔馨　九原不昧　來格來歆
嗚呼哀哉　尚　饗

## 二姊丈　盧旺坤先生祭文

維

中華民國一二年五月十九日，外家楊君銳、楊君潛、楊君甫、楊君五，謹以清醴庶羞之儀，
致祭於二姊丈諱旺坤之靈前曰：

翳維姊丈　天之奎星　誕生七月　之無辨明　五歲能書　舉世咸驚　敦厚篤孝

事友忠誠　蘭馨桂馥　顯親揚名　嘉言懋行　鄉里典型　星嶺開發　鎮志褒稱
推為鄰長　勤勉不停　齡臻耄耋　家業大成　蔗境彌甘　潭府光榮　方慶懸弧
共獻壽觥　胡天不憖　修文玉京　愴懷疇曩　涕泣縱橫　人天永別　痛不欲生
儻有來世　再作弟兄　鶴駕將昇　薦以潔馨　靈其不昧　來格來歆　嗚呼哀哉
尚　饗

## 劉公東橋先生祭文

維
中華民國一〇〇年三月十二日，中華民國古典詩研究社名譽理事長鄧　璧、理事長楊君潛暨
全體理監事、社員等，謹以清醴庶羞之儀，致祭於　劉故常務理事榮生（東橋）先生之靈前
曰：
　翳維先生　湘之耆英　五歲能詩　天縱聰明　秉性公直　宿具忠貞　崇仁尚義
　待人熱誠　稽公先世　誕自劉楨　才冠七子　筆氣縱橫　公尤卓犖　腹笥五經
　響嗣徽音　祖武丕賡　藻鑑詩苑　蜚譽蓬瀛　稻江振鐸　化育莪菁　方慶耄耋
　共獻壽觥　胡天不憖　修文玉京　愴懷疇曩　涕泗沾膺　靈輀將駕　薦以潔馨

九原不昧　來格來歆　嗚呼哀哉　尚　饗

## 蕭公慕遷先生祭文

維

中華民國一〇五年七月三十日，中華民國古典詩研究社，榮譽理事長鄧璧、名譽理事長江沛、甯佑民、理事長楊君潛暨全體理監事、社員等，謹以清醴庶羞之儀，致祭於本社資深社員　蕭公諱漢（慕遷）先生之靈前曰：

翳維先生　贛之精英　五歲能詩　天縱聰明　秉性剛直　宿具忠貞　崇仁尚義
待人熱誠　稽公先世　誕自道成　文韜武略　才氣縱橫　公尤卓犖　祖武丕賡
江西騁驥　桃園掣鯨　投簪彌勁　振鐸蓬瀛　方慶期頤　共獻壽觥　胡天不憖
修文玉京　愴懷疇曩　涕泗沾膺　靈輀將駕　薦以潔馨　九原不昧　來格來歆
嗚呼哀哉　尚　饗

## 代胡故理事長傳安先生治喪委員會祭文

維

中華民國一〇三年二月二十七日，治喪委員會主任委員張定成、名譽主任委員朱萬里、副主任委員王曉祥、吳大和、邱繼智、蔡鼎新暨全體委員，謹以花香酒醴庶羞之儀，致祭於中華詩學研究會胡故理事長傳安之靈前曰：

於穆先生　嶽降鄱陽　贛州俊傑　世代青箱　天資穎異　氣宇軒昂　握瑜懷瑾
挺耀含章　文該兩漢　詩貫三唐　格致儒術　旁涉老莊　皐比坐擁　都講上庠
桃李三千　競秀門牆　鐸音丕振　德澤汪洋　傳薪覺後　功在家邦　中華詩會
領導有方　邇遐翕服　風雅扢揚　八叉四韻　公獨擅場　將門國棟　無忝行藏
鴻鵠高舉　騏驥騰驤　鶼鰈情深　蘭桂芬芳　家庭美滿　好景榆桑　巋然著作
日月爭光　方慶純嘏　共獻壽觴　天造昧昧　二豎獗猖　魯殿折柱　少微斂芒
風雲變色　鷗鷺憂傷　愴懷疇曩　膠漆難忘　鶴駕將昇　涕泗茫茫　心香一掬
寸斷柔腸　神靈在上　來格來歆　嗚呼哀哉　尚　饗

# 蔡公鼎新先生祭文

維

中華民國一〇四年二月十一日，中華民國古典詩研究社榮譽理事長鄧　璧，名譽理事長江沛、甯佑民，理事長楊君潛，副理事長楊　蓁暨全體理監事、社員等，謹以清醴庶羞之儀，致祭於　蔡公鼎新老先生之靈前曰：

於穆先生　嶽降榕城　濟陽世胄　聖代耆英　少小岐嶷，稟賦聰明　仁崇孝篤
義重利輕　處事廉潔　待人熱誠　文邁班馬　詩掣鯢鯨　書法鍾王　各體研精
稽公遠祖　漢代蔡邕　筆氣淩雲　疇能抗衡　公尤卓犖　才調縱橫　邃究百家
格致諸經　三臺譽滿　雙絕僉稱　鯤瀛祭酒　騷壇主盟　德隆望尊　邦棟國楨
知止知足　安樂安寧　不忮不求　無競無朋　歸然著作　百世留名　家庭幸福
生活溫馨　快婿佳兒　龍乘驥騰　方慶純嘏　共獻壽觥　天造昧昧　二豎憑陵
魯殿折柱　少微隕星　奄忽長辭　修文玉京　天地含悲　鷗鷺齊驚　愴懷疇曩
枯目難瞑　靈輀將駕　執紼淚崩　生芻一束　聊表哀情　神靈在上　來格來歆
嗚呼哀哉　尚　饗

## 蔡公榮宗先生祭文

維

中華民國一〇四年二月一日，中華民國古典詩研究社，理事長楊君潛暨全體理監事，謹以清醴庶羞之儀，致祭於　蔡公榮宗先生之靈前曰：

翳維先生　彰化耆英　家世清白　稟賦聰明　天性仁和　待人熱誠　溫良恭儉
元亨利貞　稽公遠祖　漢代蔡邕　學識淵博　為官廉清　公尤卓犖　才氣縱橫
推恩及物　照顧親朋　醫療天授　華佗並稱　疑難雜症　一見心明　陰陽玄窅
犀角通靈　活人無算　譽滿鯤瀛　一門俊秀　蘭桂敷榮　方慶純嘏　共獻壽觥
胡天不愸　召返仙庭　愴懷疇曩　心慟淚零　從茲一別　欲見不能　但願來世
再作弟兄　鶴引將駕　薦以潔馨　靈其不昧　來格來歆　嗚呼哀哉　尚　饗

## 陳公德藩先生祭文

維

中華民國一〇四年十二月七日，大漢詩詞研究社指導老師楊君潛、創社社長楊　蓁、社長耿培生暨全體社員，謹以清醴庶羞之儀，致祭於陳公德藩先生之靈前曰：

於穆先生　嶽降榕城　潁川世冑　昭代耆英　自幼岐嶷　稟賦聰明　仁崇孝篤
義重利輕　處事廉潔　待人熱誠　稽公先世　溯自陳平　文韜武略　探驪掣鯨
公尤卓犖　腹笥群經　書法鍾王　各體研精　環顧海內　疇能抗衡　齡猶弱冠
投筆請纓　雄姿英發　才氣縱橫　功勳彪炳　祖武丕賡　軍訓教官　邦棟國楨
解甲歸田　化育莪菁　領導大漢　懋著譽聲　生活美滿　鶼鰈深情　一門俊秀
蘭桂敷榮　方慶純嘏　共獻壽觥　胡天不憖　二豎憑陵　悵懷疇曩　涕泗沾膺
靈輀將駕　薦以潔馨　九原不昧　來格來歆　嗚呼哀哉　尚　饗

## 致　張公定成先生函（一）

清公名譽所長尊鑒：敬覆者，久違　教範，正深馳系。頃奉手諭並辱承厚貺《尊聞室賸稿》，上下兩巨冊，感奮莫名。晚猥以菲才，屢蒙提挈，所謂一登龍門，則聲價十倍。此恩此德，非隕首無以為報。前者瀆呈次韻以公副所長題明公書展蕪稿，驚悉辱荷以法書抄錄，惶汗無已。惟薏苡明珠，人或錯愛之，誠不虞之譽也。《韻語陽秋》云：「東坡喜獎與後進，有一言之善，則極口褒賞，使其有聞於世而後已。故受其獎者，亦踴躍自勉，樂於修進，而終為令器。」由此觀之，先賢後賢，其揆一也。晚也幸，得遇明公於昭代，敢不竭盡駑鈍，以答知遇於萬一。《尊聞室賸稿》，經史詩文賅備，讀之沈著痛快。最令人不忍釋手者，厥為一枝健筆，揮灑八極，照耀萬有。閎肆似東坡，排奡若韓愈。而其所著詩詞，又如海底珊瑚，瘦勁難移。深沈莫測而精光萬丈。篇篇章法、句法、字法，直可與老杜爭勝於毫釐。非特國朝無人能出其右，即遜清一代，亦鮮能與之抗衡也。全書雖未及詳細研讀，然嘗一臠即知鼎味。當逐日簡練揣摩，以資勵進。顓肅奉覆，祇頌

鐸綏

晚楊君潛　頓首

九十四年八月廿九日

## 致張公定成先生函（二）

定公尊鑒：謹稟者，今日榮叨盛饌，渥蒙　殷切照拂，至深銘感。更覺不安者，　公療疾在身，猶特地為晚題耑，使蕪稿憑添萬丈光彩。仰企　雲情，畢生難忘。晚不自揆，擬將《紀遊吟稿》、《柳園文賦》及《得獎作品集》等三蕪稿，先行付梓，餘容明後年處理。忝在　愛末，用敢伸述微忱。時序已屆立冬，天氣日趨寒冷，起居宜多珍攝。顓肅奉懇，祗頌

鐸綏

晚楊君潛　頓首再拜

二〇一六年十一月七日

## 致中華詩學研究會榮譽理事長凌立公函（美國）

立公尊鑒：蓮園敘別，倏易寒暑。敬維　道履迪吉，萬事如意，為頌無量。謹覆者，接奉六

月十日　示諭，迴環諷誦，曷勝感奮。明公德望冠乎當代，學術超邁前賢，用詞猶如此謙沖自牧，仰企　風範，彌深紉佩。晚之蕪稿，無非老生常談，於　公又何足道，而辱嘉許再四。循循善誘之情，溢諸言表。子貢曰：「夫子之文章，可得而聞也；夫子之言、性與天道，不可得而聞也。」異代相望，先聖後賢，其揆一也。但憾關山修阻，未得時聆訓誨。欣悉，涼秋九月，將弭節返臺，存問故舊。屆時將趨前隨侍左右，親聆謦欬。隨函奉呈近作數首，忝在　愛末，用敢輕瀆清嚴，至祈　斧正為禱。顓肅奉懇，祗頌

時綏

晚楊君潛　頓首再拜

二〇〇九年六月十六日

## 致蔡公鼎新先生函（一）

鼎公尊鑒：接奉手諭，領悉一是。查平水韻乃宋理宗時代，江北平水人（今山西省新絳縣）劉淵，將陳彭年（宋人）所編《廣韻》，增修為《禮部韻略》，統計一〇七韻，其書已佚。金人王文郁，奉修詩韻，供科舉考試之用，書名為《新刊平水禮部韻略》。將劉淵《禮部韻

略》一〇七中，上聲「迥」、「拯」合為一韻，而為一〇六韻。為元、明、清以來，作近體詩者押韻之圭臬，延用至今。由於劉淵是平水人，因稱其詩韻為平水韻。考王文郁《新刊平水禮部韻略》，平聲三十韻，上聲二十九韻，去聲三十韻，入聲十七韻，完全與唐人用韻同。推而及於漢、魏、晉、南北朝及隋等，亦相差無幾。諒其必有所本。否則，如何能質諸歷代而無疑，放諸天下而皆準？晚遍查手邊《佩文韻府》，及諸韻書刻本，均未載此事。惟臺灣中華書局《辭海》、商務印書館《辭源》、三民書局《大辭典》，及大陸一九九二年出版之《辭海》，則謄載頗詳，尤以《大辭典》為最。僅參酌奉覆，敬乞

垂鑒

晚楊君潛　頓首再拜

民國一〇二年一月十六日

## 致蔡公鼎新先生函（二）

鼎公尊鑒：謹稟者，日前寧福樓餐敘，渥蒙　撥冗光臨，至感榮寵。更辱於席間，備加獎掖，仰企　雲情，曷勝紉感。謹呈是日唱酬蕪稿，敬乞　斧正。晚承乏在大漢詩詞研究社，與諸同學切磋詩文，已逾二年矣。全班同學，擬將過去二年所作，裒成一輯，取名為《大漢

詩選》第一輯。恃在　愛末，敢請惠予贈序，藉光篇幅。夫馬一蹽驥坂，則價十倍；士一登龍門，則聲烜赫，足以顯昭代而名後世。倘蒙　俯允，不勝受恩感激。顓肅奉懇，祇頌

鐸綏

晚楊君潛　頓首再拜

民國一〇二年六月八日

## 致蔡公鼎新先生函（三）

鼎公尊鑒：敬覆者，接奉七月廿一日大函，領悉一是。

明公詩文，俱臻化境，當代耆宿，蔑不斂衽而推崇之。而猶謙牧若此，雖韓、柳、歐、蘇不能過也。是其聲望日隆，其來有自。仰企　風裁，彌深孺慕。伏乞　賡續提挈，以免隕越。顓肅奉懇，祇頌

鐸綏

晚楊君潛　頓首再拜

民國一〇二年七月廿五日

## 致龔公嘉英（稼雲）先生函

稼公副所長道鑒：謹覆者，辱承　厚貺湖南平江杜工部祠墓，修繕竣工致敬之瑤章，迴環雒誦，驀感一股強烈學人謦欬之氣，洋溢字裡行間。是氣也，久已不聞於叔世矣，感奮奚如！乃不自揆，效顰一章。恃在　愛末，用敢瀆呈於　左右，敬乞斧正為禱。顓肅奉懇，祇頌

鐸綏

晚 楊君潛　頓首

民國九十四年六月廿三日

## 致賓公碧秋（勁柏）先生函（一）

勁公有道：敬覆者，一昨因遇鴻便，檢寄即期《古典詩刊》，荷蒙垂鑒，殊深感謝。頃接奉四月三十日華翰，領悉一是。辱承惠將其中拙作，錄而存之，愧不敢當。類此瑣屑之蕪詞，於　公又何足道，寧非饜飫芻豢，反思螺蛤耶？雖然，亦足以見　明公誘掖之誠，不讓永叔專美於前也。顓肅奉覆，祇頌

時綏

晚 楊君潛　頓首

民國九十九年五月二日

## 致賓公碧秋（勁柏）先生函（二）

勁公道鑒：敬啟者，日前有幸於天廚追隨左右，且聆　明誨，仰懷　風範，倍切神馳。承示招飲詩二章，諷詠再四，遣詞工麗，自不待言矣，最不可及者，厥為神韻悠揚，意境遼闊。諸若「開宴坐花集雅士，飛觴醉月敞瓊筵。」、「美盡東南賓主樂，芝蘭契合自年年。」；又如：「吟詩多藻句，揮翰勒碑林。」等，不勝枚舉。洵字字珠璣，璀璨奪目，誰謂當代無詩耶？晚於是乎知　文旆自西徂東，乃天之欲教瀛堧山水，以俟大筆揮灑也。素仰　明公才高倚馬，技擅探驪。半生所作，早已譽滿騷壇。如已付梓，敬乞　惠賜一冊，以便朝夕簡練揣摩，用替俗骨。冒昧之處，尚祈　涵原，顓肅奉懇，祗頌

吟綏

民國九十九年六月三十日　楊君潛　頓首

## 致王甦（闕齋）教授函

闕公教授道鑒：謹覆者，接奉　明公鴻著《朱子的中道思想與兩輪哲學》及《退溪學論

集》，無任感奮。連日雒誦，竟不自知手之舞之，足之蹈之也。朱子兩輪哲學，溯源忠恕，爾乃演繹之、光大之。然理奧而微，常人知之者蓋寡也。一經闡揚，如撥雲見日，天下莫不豁然開朗，而　公之學術，繼往開來，接武先賢，而與日月爭光，豈不偉哉！韓國退溪大師，其國學造詣，至為深奧。觀其《詠梅》、《醉夢》與《詠月》等諸作，洵推一代宗匠。尤憶李承晚總統，其國學亦淵渟莫測。其被放逐流寓夏威夷時所作七言律詩，晚少時即愛讀且欽佩無已。有句云：「只許魚蝦游渚水，不教鷗鷺夢中原。」心中之鬱陶，宣諸楮墨，所謂動天地、感鬼神者也。於斯益見中華文化，無遠弗屆。昔杜甫身後百載，經元稹為其寫墓誌銘，而尊稱「詩聖」，於是聲名乃大噪。退溪亦然，其學術得　明公之頌揚而名滿天下，所謂千載一知己者是。其靈爽有知，定當號泣於天衢矣。人生固有幸與不幸，或遇青雲之士於生前，或於身後，因而其道德文章，不致湮沒於荒煙蔓草間。此雖　公之陰德，亦退溪生前積善使然也。謹略述讀後心得，覼縷言之，當否至祈　裁示，尚乞爾後多賜誨諭，以匡不逮，曷勝企禱。顓肅奉懇，祗頌

鐸綏

晚楊君潛　頓首再拜

民國一〇五年十月三日

又及：隨函檢奉即期《古典詩刊》一本。

## 致周國屏（中藩）先生函

中藩大師伉儷道鑒：敬啟者，六月二十三日於天廚得親　道範，且聆明誨，足慰平生。諺有之曰：「白頭如新，一見如故。」其斯之謂乎？頃接奉華翰暨尊著《人生不留白》，迴諷雒頌，曷勝感佩！「人生不留白」旨哉斯言。蘇轍云：「人生逐日，胸次須出一好議論。若飽食暖衣，唯利欲是念，何以自別於禽獸？」春秋魯叔孫豹有言曰：「太上有立德，其次有立功，其次有立言，雖久不廢，此之謂三不朽。」

明公衡陽一役，立功矣；旋受層峰倚重，職掌中樞要職，為百年樹人而奠丕基，立德矣；斯集將長留於天地之間，與日月爭光，立言矣。是則，　公之半生，奚止「不留白」，抑且煥乎其有文章矣。與之相形，則晚猶醯雞也。苟能附驥流行，不亦快哉！隨函奉贈拙著《柳園詩話》一冊，芻蕘之言，至祈　哂正為禱。顓肅奉懇，祗頌

儷祺

晚楊君潛　頓首

民國九十九年六月廿九日

## 致張夢機教授函

夢機教授有道：敬覆者，八月九日接奉　尊作六十以後詩，大喜過望。迴環雒頌，彌深紉佩。　先生管領風騷數十年，才德並茂，三臺墨客，無論識與不識，靡不斂衽而推崇之。今觀所作，直可駸駸於唐宋諸大家矣，欽遲無已。尚祈爾後，多賜諭誨，以匡不逮，曷勝企禱。顓此奉懇，祇頌

鐸綏

## 致刁抱石（磊庵）先生函

磊庵詞丈尊鑒：敬覆者，拙作《遊虎頭碑》詩，無非堆砌詞藻，庸俗餖飣，與當代諸賢，度長絜大，猶自有間。爾乃渥蒙　獎飾若此，寧非「求也退，故進之。」乎？至若以「大振金聲」嘉許，則萬萬不敢當。劉勰有言：「音實難知，知實難逢。」仰懷殊遇，敢不倍加黽勉，用答涓埃。爰不皁譾陋，效顰一首，當否至祈斧正為禱。顓肅奉覆，祇頌

吟綏

晚楊君潛　頓首再拜

民國九十四年十月卅一日

## 致新加坡方煥輝先生函

煥輝詞長道席：敬啟者，一九八三年冬十一月，弟薄游獅城，有幸識荊，且蒙熱誠接待，詩酒聯歡。仰懷　隆誼，彌深紉感。濠梁一別，即守拙田園，昕夕摩挲舊籍，用遣駒光。惟是，日月居諸，忽忽十八星霜矣。祇以瑣事繁劇，致疏問候。怠慢之處，伏乞　曲諒為禱。吾　兄博學高才，咳吐成珠，翩翩風範，世所虔仰。而弟得叨承　愛末，尤屬榮幸。茲不卑譾陋，另郵檢呈張濟川社長《次韻春秋千詠》，及近著紀遊蕪稿若干首，敬請　削正，並盼　文旆早日蒞遊，俾暢敘契闊。顓此佈悃，順頌

春釐

弟楊君潛　拜覆

二〇〇二年三月十四日

## 致新加坡新聲詩社張社長濟川先生函

濟川社長吾兄道席：時維孟春，鳥語花香，韶光旖旎。恭維　道履迪吉，萬事如意，為頌無量。敬啟者，前承　厚貺《春秋千詠》鉅作，喜不自勝。爾乃焚膏繼晷，迴環研讀。孜孜累月，試圖狗尾續貂。無奈才疏學淺，一再搜竭枯腸，猶未能稱心如意。本不敢瀆呈　左右。

然若是，則未能以答知遇。一昨，因遇鴻便，繫帛寄奉。未盡妥善之處，至祈　郢正，是所企禱。顓此奉懇，祇頌

鐸綏

弟楊君潛　拜啟

二〇〇二年三月十四日

## 致左公達五先生函

達公道鑒：敬啟者，日前趨謁，渥蒙款待，促膝談心。暢敘契闊，樂何如之。明公蓆枕圖書數十年，腹笥便便，德冠儒林，譽滿騷壇。曩昔林義德社長，即極推崇之。是故，貂山吟社，一遇慶典，則牌樓等所須聯語及詩句，靡不仰賴大手筆揮灑之，以壯觀瞻。是　先生之德望，恆夐鑠於騷壇，豈一般詩人所能望其項背哉！昔韓愈迭次褒獎孟郊、賈島，而郊島之徒，才不及韓公遠甚，彌見長者之愛才若渴。今晚所作，尚難臻大雅，而　先生以「情珠意錦」推之；且謂：「一卷見貽，勝讀十年書。」如此紆尊降貴，晚何敢承哉！大易所謂「謙光卑牧」，其斯之謂乎？尚乞　不吝指謬，藉資勵進，曷勝感激。顓肅奉懇，祇頌

吟祺

晚楊君潛　頓首再拜

民國九十一年三月十六日

# 柳園文賦

文化生活叢書 詩文叢集1301076

作　者　楊君潛
責任編輯　張晏瑞、林婉菁
發行人　林慶彰
實習編輯　沈尚立、章楷治、莊媛媛、許心柔
總經理　梁錦興
許雅宣、陳巧瑗、謝宜庭
總編輯　張晏瑞
排　版　菩薩蠻電腦科技有限公司
編輯所　萬卷樓圖書股份有限公司
印　刷　百通科技股份有限公司
發　行　萬卷樓圖書股份有限公司
臺北市羅斯福路二段四十一號六樓之三
電話 (02)23216565　傳真 (02)23218698
香港經銷　香港聯合書刊物流有限公司
電話 (852)21502100
傳真 (852)23560735
ISBN　978-986-478-795-1
二〇二三年五月初版
定價：新臺幣六四〇元



柳園文賦

國家圖書館出版品預行編目(CIP)資料

柳園文賦 / 楊君潛著. -- 初版. -- 臺北市 : 萬卷樓圖書股份有限公司, 2023.05

面 ; 公分. -- (文化生活叢書. 詩文叢集 ; 1301076)

ISBN 978-986-478-795-1(平裝)

863.4 111020928

本書為國立臺灣師範大學國文學系 2022 年度「出版實務產業實習」課程成果。部分編輯工作，由課程學生參與實習。